H.G. WELLS
UMA UTOPIA MODERNA

Tradução
Mayra Csatlos

H.G. WELLS
UMA UTOPIA MODERNA

Principis

Esta é uma publicação Principis, selo exclusivo da Ciranda Cultural
© 2021 Ciranda Cultural Editora e Distribuidora Ltda.

Texto
H. G. Wells

Produção editorial
Ciranda Cultural

Tradução
Mayra Csatlos

Diagramação
Linea Editora

Preparação de textos
Maria Stephania da Costa Flores

Design de capa
Wilson Gonçalves

Revisão
Fernanda R. Braga Simon

Imagens
vectorpouch/shutterstock.com

Dados Internacionais de Catalogação na Publicação (CIP) de acordo com ISBD

W453u   Wells, H. G., 1866-1946

Uma utopia moderna / H. G. Wells ; traduzido por Mayra Csatlos. - Jandira, SP : Principis, 2021.
304 p. ; 15,5cm x 22,60cm. - (Clássicos da literatura mundial)

Tradução de: A modern utopia
ISBN: 978-65-5552-310-2

1. Literatura inglesa. 2. Romance. I. Csatlos, Mayra. II. Título. III. Série.

2021-191

CDD 823
CDU 821.111-31

Elaborado por Vagner Rodolfo da Silva - CRB-8/9410

Índice para catálogo sistemático:
1. Literatura inglesa : Romance 823
2. Literatura inglesa : Romance 821.111-31

1ª edição em 2021
www.cirandacultural.com.br
Todos os direitos reservados.
Nenhuma parte desta publicação pode ser reproduzida, arquivada em sistema de busca ou transmitida por qualquer meio, seja ele eletrônico, fotocópia, gravação ou outros, sem prévia autorização do detentor dos direitos, e não pode circular encadernada ou encapada de maneira distinta daquela em que foi publicada, ou sem que as mesmas condições sejam impostas aos compradores subsequentes.

SUMÁRIO

Nota ao leitor..7
O Dono da Voz 11

1. Topografia..15
2. Sobre as liberdades 37
3. A economia em Utopia 67
4. A voz da natureza 99
5. Falha em Utopia Moderna.................................... 116
6. As mulheres em Utopia Moderna 145
7. Algumas impressões utópicas 172
8. Meu eu utópico 195
9. Os samurais 204
10. As raças em Utopia 247
11. A explosão da bolha 272

Apêndice. Ceticismo da obra...................................... 288

NOTA AO LEITOR

Este é, provavelmente, o último de uma série de escritos, com exceção de alguns ensaios anteriores desconectados, cujo início se deu com *Anticipations*[1]. Originalmente, minha intenção era de que *Anticipations* fosse a única digressão da minha arte ou negócio (chame do que quiser) de um escritor imaginativo. Escrevi aquele livro imbuído de limpar a lama que turvava a minha própria mente a respeito de inúmeras dúvidas de ordem social e política; dúvidas que eu não podia manter dissociadas do meu trabalho porque elas me incomodavam ao ponto de eu as abordar de maneira estupidamente aleatória e porque ninguém, até onde eu sabia, havia tocado nelas de modo que satisfizesse minhas necessidades. No entanto, *Anticipations* não serviu para esse propósito. Minha mente é lenta, construtiva e hesitante, e, quando emergi daquele projeto, percebi que grande parte dos meus questionamentos ainda precisava ser identificada e resolvida. Em *Mankind in the Making*[2], portanto, tentei analisar a organização social de maneira distinta e considerá-la como um processo educacional em vez de estabelecer algum tipo de conexão com uma história futura, e, se transformei esse segundo livro em algo ainda menos satisfatório do que o primeiro, do aspecto literário (esta é a minha opinião), deslizei, penso, de maneira mais edificante – pelo menos do ponto de vista da minha própria erudição. Aventurei-me por diversas temáticas com grande franqueza em comparação a *Anticipations*, e ergui-me dessa segunda labuta ainda mais culpado pela escrita precipitada, mas com considerável desenvolvimento de uma opinião formada. Em muitos assuntos consegui delinear, finalmente, alguma certeza pessoal com base na qual sinto que viverei pelo resto dos meus dias. Neste livro, tentei liquidar diversas

---

[1] *Anticipations*, ou *Antecipações*, é uma obra de H. G. Wells publicada em 1901. (N.T.)
[2] *Mankind in the making*, ou *Humanidade em construção*, é uma obra de H. G. Wells publicada em 1903. (N.T.)

questões que haviam restado ou que haviam sido expostas nos dois volumes anteriores, bem como corrigir alguns detalhes, além de expor uma visão geral de uma Utopia que se desenvolveu em minha mente durante o curso dessas especulações por ser uma situação imediatamente possível e ainda mais desejável em relação ao mundo em que vivo. Contudo, este livro me remeteu à escrita criativa novamente. Nos volumes predecessores, o tratamento da organização social havia sido puramente objetivo; porém, neste volume, a minha intenção foi abordá-la de modo mais profundo e abrangente, em que almejei não apenas retratar um ideal, mas um ideal reagente a duas personalidades. Além do mais, este pode ser o último livro deste tipo que hei de publicar. Escrevi-o, portanto, com todo o ceticismo metafísico e herético possível, sobre o qual todo o meu pensamento jaz, e inseri certas seções que promovem uma reflexão acerca dos métodos estabelecidos por duas ciências, a sociológica e a econômica.

As últimas quatro palavras não hão de atrair o leitor de sobrevoo, aquele que simplesmente passa os olhos de modo distraído pelas páginas. Reconheço isso. Fiz o melhor para tornar este livro inteiro tão lúcido e interessante quanto o assunto permite, pois quero que seja lido pelo maior número possível de pessoas. No entanto, não prometo nada além de raiva e confusão a quem se propuser a folhear as minhas páginas só para ver se temos opiniões parecidas, ou então a quem resolver começar a leitura do meio e apenas passar os olhos pelo texto, sem uma atenção constante. Se você já não tem um interesse mínimo ou a mente aberta em relação às questões sociais e políticas, e pouco exercitou sua autoavaliação, certamente não encontrará nenhum interesse nem prazer aqui. Se tiver a mente "convencida" sobre essas questões, essas páginas serão uma perda de tempo. E, mesmo se for um leitor disposto, você poderá precisar de um pouco mais de paciência em relação ao método que adotei desta vez.

Este método pressupõe uma atmosfera casual, mas não tão descuidada quanto pode parecer. Acredito que, agora que terminei de escrever este livro, esta é a melhor maneira de descrever uma ambiguidade lúcida que sempre chamou a minha atenção. Tentei iniciar um texto utópico diversas vezes antes de adotar este início. Rejeitei desde o princípio o formato de ensaio argumentativo, o qual tende a agradar mais rapidamente aquele leitor "sério", o leitor que, muitas vezes, não passa de um parasita solenemente impaciente com as grandes dúvidas do mundo. Esse leitor gosta de tudo descrito de maneira dura, pesada, gosta do "preto no branco", de "sim" e "não", pois não compreende a magnitude de assuntos que não podem ser apresentados dessa maneira; e, sempre que há algum tipo de defeito de obliquidade, de incomensurabilidades, sempre que há leveza ou humor ou dificuldades acerca de apresentações multiplexas, esse mesmo leitor lhe recusa a atenção. Ele parece mentalmente fundamentado sobre convicções invencíveis, entre as quais o Espírito da Criação é apenas uma, e trabalha somente com alternativas. Decidi, portanto, não tentar agradar esses leitores aqui, mesmo se eu apresentasse todos os meus cristais de três dimensões geométricas em sistemas de cubos! De fato, senti que não valeria a pena. Contudo, ao rejeitar o tipo "sério" de ensaio como formato, ao qual eu estava bastante acostumado, levei meses para decidir qual seria então a estrutura deste livro. Em primeiro lugar, tentei um método famoso, o de analisar questões de perspectivas divergentes. Isso sempre me atraiu, porém eu nunca soube utilizar com êxito o romance discursivo, seguindo a linha de desenvolvimento de Peacock[3] (e do senhor Mallock[4]) do diálogo antigo. No entanto, o método me sobrecarregou devido ao número desnecessário de personagens e à complicação inevitável da trama entre eles; então, abandonei-o. Em seguida, tentei encaixar o texto em um formato que lembrava um pouco a dupla personalidade de Johnson de Boswell[5], um tipo de interação entre monólogo e comentário, mas esse método também falhou, embora tivesse se aproximado mais da qualidade que eu buscava. Depois, hesitei em relação ao que alguns chamam de "narrativa engessada". Ficará evidente ao leitor experiente que, ao omitir

---

[3] Referência ao autor, poeta e romancista inglês Thomas Love Peacock. (N.T.)
[4] Referência a William Hurrell Mallock, romancista inglês e escritor de economia. (N.T.)
[5] Referência ao livro *A vida de Samuel Johnson*, de autoria do biógrafo e advogado escocês James Boswell. (N.T.)

certos elementos especulativos e metafísicos e ao elaborar um incidente, este livro pode ter sido reduzido a uma história assaz direta. Mas eu não quis omitir tanto nesta ocasião. Não sei por quê, mas minha tendência sempre é a de bajular o apetite vulgar por histórias cruéis. E, resumindo, foi exatamente o que fiz. Explicarei tudo isso de maneira ordenada para esclarecer ao leitor que, por mais estranho que este livro pareça à primeira análise, este é o resultado de diversas tentativas e determinação, cuja intenção é compatível com o que ele é. Vislumbrei, ao longo dele, um tipo de textura semelhante a um tipo de seda iridescente que se presta ora a uma discussão filosófica, ora a uma narração imaginativa.

H. G. Wells

O DONO DA VOZ

 Há obras, e esta é uma delas, que são mais bem iniciadas com um retrato do autor. E aqui, de fato, em razão de um equívoco muito natural, este é o único curso a ser tomado. Ao longo destas páginas, ecoa uma nota pessoal e distintiva, uma nota que tende algumas vezes à estridência; e tudo em contrário, assim como essas palavras, em itálico, representam uma Voz. Agora, esta Voz, e essa é a peculiaridade inerente ao assunto, não deve ser considerada como a Voz do autor ostensivo que apadrinha essas páginas. Você deve desobstruir a mente em relação aos preconceitos que carrega a esse respeito. O Dono da Voz deve ser imaginado como um homem rechonchudo e branquelo, ligeiramente abaixo da estatura e da idade médias, de olhos azuis assim como muitos irlandeses, ágil nos movimentos e dono de uma pequena calvície, a qual poderia ser facilmente coberta com poucos centavos, em formato de coroa. Sua frente é convexa. Às vezes ele se aborrece, como todos nós, mas na maior parte do tempo é valente como um pardal. Sua mão ocasionalmente esvoaça com um gesto trêmulo e ilustrativo. E a Voz de tenor (que fará o nosso intermédio daqui em diante) é pouco atrativa, de tom às vezes agressivo. Você deve imaginá-lo sentado à sua mesa, lendo um manuscrito sobre Utopias, um manuscrito que repousa em ambas as *mãos dele, minimamente rechonchudas na região dos pulsos. A cortina se ergue diante dele, portanto. Todavia, se os dispositivos da declinante arte literária prevalecerem, você o acompanhará em suas experiências curiosas e interessantes. Ainda assim, incessantemente, você o encontrará sentado àquela mesa, com o manuscrito nas mãos e reiniciando a expansão de seu raciocínio conscientemente acerca da Utopia. Sendo assim, o entretenimento que se encontra diante do leitor não é o conjunto dramático das obras de ficção que você está acostumado a ler, tampouco é o conjunto literário dos ensaios que você se acostumou a evitar, mas uma fórmula híbrida de ambos. Se imaginar o dono desta Voz sentado, um pouco irritado, um pouco modesto, em um palco, diante de uma mesa onde um copo d'água repousa e onde tudo se completa, e imaginar a mim, o autor, como um tipo intruso que insiste em acrescentar uma brutalidade moderada às suas "poucas palavras" introdutórias antes que ele possa voar com as próprias asas, e se conseguir imaginar uma folha de papel atrás do nosso amigo em que figuras móveis aparecem de maneira intermitente e então supor que o assunto é a história da aventura de sua alma vagando por dúvidas utópicas, estará, portanto, preparado, pelo menos, para algumas das dificuldades desta obra incomum e sem valor.*

No entanto, contra o escritor apresentado neste livro há também outra pessoa, mundana, a qual se recolhe a uma personalidade distinta apenas depois de uma complicação preliminar com o leitor. Esta pessoa é chamada de um botânico, um homem mais inclinado, mais alto, mais sério e muito menos falante. Seu rosto é pouco formoso e salpicado com tons de cinza. Ele tem a pele clara, seus olhos são acinzentados, e sua cara é a de quem sofre de indigestão. É uma suspeita justificável, na realidade. O escritor observa homens desse tipo com uma intrusão repentina de modo a expor o personagem: são românticos, mas com uma sombra de mesquinhez, e buscam de todos os modos ocultar e moldar suas tentações emergentes com sentimentalidades ofensivas. Embrenham-se em grandes emaranhados de problemas com mulheres, e este do qual falamos de fato teve os seus. Você vai ouvir sobre eles, uma vez que esta é a qualidade deste tipo. Sua voz não tem uma expressão pessoal neste livro, a Voz é sempre a do outro, mas você entenderá melhor o assunto e como se dão suas interpolações por meio do entorno e da essência da Voz.

Muita coisa é necessária no que diz respeito a um retrato pictórico para apresentar os exploradores de uma Utopia Moderna, a qual se desdobrará como pano de fundo para essas duas figuras inquiridoras. Você deve se ater à imagem de um entretenimento cinematográfico. Haverá um efeito dessas duas pessoas andando de um lado para outro em frente ao holofote de uma lanterna falha que às vezes se torna turva e sai de foco, mas que ocasionalmente é capaz de mostrar, em uma tela, uma figura móvel e momentânea das condições utópicas. Ocasionalmente, a figura se esvai de uma única vez, a Voz argumenta e, então, as luzes do palco retornam. Nesse momento, você percebe que está ouvindo o homem pequeno e rechonchudo sentado à sua mesa articulando suas proposições de maneira laboriosa, de frente para o qual, neste mesmo instante, as cortinas se erguem.

1

TOPOGRAFIA

SEÇÃO 1

A utopia de um sonhador moderno precisa necessariamente diferenciar-se em um aspecto fundamental, desde os *Nowheres*[6] às utopias planejadas pelo homem antes da aceleração provocada no mundo pelo pensamento darwinista. Essas utopias anteriores eram estados perfeitos e estáticos, havia um equilíbrio entre a felicidade conquistada em relação às forças da inquietação e do caos que são inerentes às coisas. Abrangiam uma geração saudável e simples que reverenciava os frutos da terra em atmosfera de virtude e felicidade, a ser seguida por outras gerações virtuosas, felizes e inteiramente semelhantes – até que os Deuses se cansaram. As mudanças e o desenvolvimento foram para sempre amaldiçoados por

---

[6] Corrente filosófica criada por William Morris em seu livro *News from nowhere* [*Notícias de lugar nenhum*]. No livro, a sociedade utópica de Morris se volta novamente à agricultura e ao artesanato. (N.T.)

poderes invencíveis. Porém, a Utopia Moderna não pode ser estática, mas *cinética*; portanto, ela deve moldar-se não em forma de *estado* permanente, mas de *estágio* esperançoso, que deve levar a uma escalada de outros longos estágios. No presente, não resistimos nem superamos a corrente avassaladora das coisas, mas flutuamos *sobre* elas. Não construímos fortalezas, mas navios estáticos. Para uma porção ordenada de cidadãos que regozijam em meio a uma igualdade entre segurança e felicidade garantidas eternamente para eles e seus filhos, temos de planejar um "compromisso comum e flexível em que uma grande ideia original e perpétua das individualidades possa convergir com mais efeito sobre um desenvolvimento *progressivo* e *abrangente*". Esta é a primeira diferença geral entre uma Utopia baseada nas concepções modernas e todas as outras utopias que foram escritas no passado.

O nosso "negócio" aqui é refletir de maneira utópica, de modo a tornar alguns aspectos de um mundo inteiramente feliz e imaginário mais vívidos e críveis, se pudermos. A intenção é deliberadamente *não* ser impossível, mas mais distintamente impraticável, apenas na escala que separa o hoje do amanhã. Estamos prestes a dar as costas a um espaço por meio de uma análise insistente e, então, encarar uma atmosfera mais livre, bem como espaços mais amplos que podem se transformar; partimos da projeção de um Estado ou de uma cidade tidos como "dignos" ao desenho livre sobre o simples croqui de nossa própria imaginação para produzir o retrato de uma vida concebível e mais valiosa do que aquela que vivemos. Esta é a nossa "empreitada". Nesse sentido, vamos estabelecer certas proposições iniciais necessárias e, depois, procederemos à exploração do tipo de mundo que tais proposições nos fornecem...

É sem dúvida uma empreitada otimista. Mas é bom que nos mantenhamos livres, por algum tempo, das notas queixosas que precisam necessariamente ser audíveis quando discutimos as nossas imperfeições presentes, para nos libertar das dificuldades práticas e do emaranhado de meios e modos. É bom poder descansar à margem da trilha, colocar a mochila de lado, enxugar as sobrancelhas e conversar um pouco sobre os declives mais altos da montanha – isso se as árvores nos deixarem ver.

Aqui não deve haver questionamentos quanto às normas e aos métodos. Vamos tirar umas férias da política, dos movimentos e dos métodos. Mas, para tudo isso, é necessário definirmos certos limites. Se fôssemos livres para realizar os nossos desejos, sem nenhum entrave, suponho que devêssemos seguir Morris e os seus *Nowhere*; deveríamos mudar a natureza do homem e a natureza de todas as coisas. Em um cenário como esse, toda a humanidade deveria ser sábia, tolerante, nobre, perfeita – acene para a anarquia, pois cada homem faria o que quisesse e ninguém cometeria maldade alguma. Este seria um mundo bom, em sua essência, um mundo maduro e ensolarado, assim como é o mundo que precede o outono. No entanto, nessa era dourada, esse mundo perfeito precisa se encaixar às possibilidades do tempo e do espaço. No tempo e no espaço, a vontade imbuída de sobreviver sustenta eternamente uma perpetuidade de agressões. A nossa proposta aqui refere-se, pelo menos, a um plano mais prático do que esse. Devemos nos restringir primeiramente às limitações humanas como aquelas que conhecemos nos homens e nas mulheres do mundo real e, depois, a toda a inumanidade e a toda a insubordinação da natureza. Devemos moldar nosso estado em um mundo de estações incertas, catástrofes repentinas, doenças antagonistas, bem como vermes e animais nocivos. Sobretudo, devemos aceitar um mundo de conflitos; não vamos adotar uma postura de renúncia, mas encará-lo com um espírito não ascético, com um ânimo dos povos ocidentais, cujo propósito é sobreviver e superar. Devemos adotar, tanto quanto seja necessário, em comunhão com aqueles que não vivem em uma utopia, mas em um mundo do aqui e do agora.

Certas liberdades, contudo, seguindo os melhores precedentes utópicos, precisam ser adotadas de maneira factível. Assumimos que a tônica do pensamento público pode ser completamente diferente do que é no mundo atual. Concedemos liberdade a nós mesmos com relação aos conflitos mentais impostos pela vida dentro das possibilidades da mente humana como a conhecemos. Também concedemos liberdade a nós mesmos com relação a todo o aparato da existência que o homem, por assim dizer, construiu para si próprio com casas, estradas, roupas, canais, maquinários, leis, divisas, convenções e tradições, escolas, literatura e organizações religiosas, crenças e costumes, com tudo que cabe ao homem alterar. Isso, na realidade, é a hipótese cardeal de todas as especulações utópicas, velhas e novas: a *República* e as *Leis* de Platão[7], a *Utopia* de More[8], a *Altruria* implícita de Howell[9], o futuro de Boston de Bellamy[10], a grande República Ocidental de Comte[11], *Terra Livre* de Hertzka[12], *Viagem a Icária* de Cabet[13] e a *Cidade do sol* de Campanella[14]. Todas essas obras foram construídas como devemos construí-las, fundamentadas na hipótese de uma completa emancipação de uma comunidade de homens, de suas tradições, costumes, vínculos legais e daquela servidão mais sutil que as posses implicam. E muitos dos valores essenciais de todas essas especulações repousam na hipótese de uma emancipação, na consideração de uma liberdade humana, no interesse decadente do poder humano de autofuga, no poder de resistir à ação do passado e, então, evadir, iniciar, empenhar-se e superar.

SEÇÃO 2

Há limitações artísticas bastante definidas também.
Sempre deve haver certo efeito da dureza e da debilidade sobre as especulações utópicas. A falha em comum é que elas são, de maneira

---

[7] *A república* e *As leis* são obras do filósofo grego Platão, o qual viveu entre c. 427-348 a.C. (N.E.)
[8] *Utopia*, do estadista e humanista Thomas More, foi publicada em 1518. (N.T.)
[9] *A traveller from Altruria* [*Um viajante da Altruria*] foi escrito pelo romancista e crítico estadunidense William Dean Howells e publicado pela primeira vez em 1892. (N.T.)
[10] *Looking Back* [*Olhando para o passado*] é um romance utópico futurista sobre a Boston dos anos 2000 de Edward Bellamy, autor estadunidense do século XIX. (N.T.)
[11] Referência ao filósofo francês Auguste Comte, o qual viveu entre os séculos XVIII e XIX. É conhecido como o fundador do positivismo. (N.T.)
[12] Theodor Hertzka, jornalista austro-húngaro e judeu, publicou *Freeland* [*Terra livre*] em 1890. Era comumente chamado de "Bellamy da Áustria". (N.T.)
[13] *Voyage et aventure de lord William Carisdall en Icarie* [*Icária*] foi escrito pelo socialista francês Etiènne Cabet e publicado em 1842. (N.T.)
[14] *La città del sole* [*A cidade do sol*] é obra do frade dominicano de origem italiana Tommaso Campanella. Foi publicado em 1602. (N.T.)

abrangente, ingênuas. O sangue, o calor e a realidade da vida estão geralmente ausentes nessas utopias: não há individualidades, mas uma massa generalizada de pessoas. Em quase todas as utopias – exceto, talvez, em *Notícias de lugar nenhum,* de William Morris – é possível ver prédios bonitos, porém sem personalidade, uma sofisticação simétrica e perfeita, e uma multidão de pessoas saudáveis, felizes, vestidas lindamente, mas sem nenhuma distinção pessoal entre si. Muito frequentemente, essa perspectiva é a chave para nos lembrarmos daqueles grandes quadros que retratam coroações, casamentos reais, parlamentos, conferências e reuniões populares na era vitoriana, em que, em vez de um rosto, os personagens têm uma forma ovalada sem expressão, com um número de índice gravado de maneira legível. Esse é um fardo que carregamos como um efeito irremediável da irrealidade, e eu não vejo como podemos nos livrar de tudo isso. É uma desvantagem que deve ser aceita. Toda instituição que existiu ou que exista, por mais irracional que seja, ou por mais ilógica que pareça, tem como virtude de seu contato com as individualidades um efeito de autenticidade e retidão que nada que não tenha sido experimentado pode compartilhar. Ela amadureceu, foi batizada com sangue, foi pigmentada e amaciada pelo manuseio, foi arredondada e entalhada de acordo com os contornos suaves que associamos à vida; foi salgada, talvez, em uma salmoura de lágrimas. Mas a coisa que é meramente uma proposição, a coisa que é meramente uma sugestão, por mais racional, por mais necessária que seja, parece estranha e inumana em suas linhas descompromissadas, duras e claras, bem como em seus ângulos e superfícies desqualificados.

Ela, entretanto, não pode ser evitada, é isso! O mestre sofre com seus últimos e escassos sucessores. Pois toda a humanidade ganha com seu dispositivo dramático de diálogo. Duvido que alguém já tenha se acalorado com a ideia de ser um cidadão da república de Platão; ou se suportaria um mês da publicidade embebida na virtude planejada por More. Ninguém deseja viver em uma sociedade de verdadeira comunhão, exceto pelo bem das individualidades que encontrar ali. O conflito fertilizante das individualidades é o significado primordial da vida pessoal, e todas as nossas Utopias não passam de esquemas para aprimorar essa interação. Pelo menos, é assim que a vida se molda cada vez mais às percepções modernas. Até que você adicione as individualidades, nada pode ser, portanto, o Universo acaba assim que você estilhaça o espelho da menor das mentes individuais.

SEÇÃO 3

Nada menos que um planeta inteiro servirá ao propósito de uma Utopia Moderna. Ela ocorreria à época em que um vale montanhoso, ou uma ilha, pareceria prometer isolamento suficiente para que um regime se mantivesse intacto às forças externas; a república de Platão, por exemplo, permaneceu armada e pronta para uma guerra defensiva, bem como *Nova Atlântida*[15] e a *Utopia* de More, em teoria, assim como a China e o Japão fizeram ao longo de muitos séculos de prática eficaz e mantiveram-se isolados de intrusos. Tantos exemplos recentes, como no texto satírico de Butler[16] intitulado *Erewhon* e o reinado feminino de Stead[17] de condições sexuais reversas na África Central, encontraram no método tibetano de abate do visitante questionador uma regra simples. No entanto, toda a tendência do pensamento moderno caminha na direção contrária da permanência de tais cercos. Temos plena consciência, no presente, de que, por mais sutilmente idealizado que um Estado possa ser, fora de suas linhas fronteiriças a epidemia, a reprodução bárbara ou o poder econômico unirão forças para vencê-lo. A marcha célere da invenção é o segredo do invasor. Agora, talvez, você pode estar salvaguardando uma costa rochosa

---

[15] *Nova Atlântida* [*New Atlantis*], é um romance utópico de Francis Bacon, publicado pela primeira vez em 1627. (N.T.)

[16] *Erewhon* é uma sátira utópica escrita por Samuel Butler, escritor britânico, publicada pela primeira vez em 1872. (N.T.)

[17] William Thomas Stead, jornalista, editor e autor britânico (1849-1912). (N.T.)

ou uma passagem estreita, mas no amanhã próximo uma máquina voadora dispara acima de sua cabeça e encontra uma brecha para penetrar em suas terras. Um Estado suficientemente poderoso que possa manter-se isolado sob as condições modernas seria suficientemente poderoso para governar o mundo se, de fato, não o estivesse ativamente governando, mas, ainda assim, seria passivamente submisso em todas as outras organizações humanas e, então, responsável por todas elas. "Estado-Mundo", portanto, é o que deve ser.

Isso não dá espaço para uma Utopia Moderna na África Central ou na América do Sul, ou ao redor do polo, esses últimos refúgios do idealismo. A ilha flutuante de *La cité morellyste*[18], por exemplo, seria em vão. Precisamos de um planeta. Lorde Erskine[19], autor de uma utopia, escreveu *Armata*, provavelmente inspirado em Hewins. Esta foi a primeira de todas as utopias a perceber essa questão. Sendo assim, ele uniu seus planetas gêmeos, de polo a polo, por um tipo de cordão umbilical. Porém, a imaginação moderna obcecada pela física precisa viajar mais longe do que isso.

Além de Sirius, nas profundezas do espaço, além do voo de uma bala de canhão viajando por bilhões de anos, além da faixa de visão a olho nu, brilha a estrela que é o sol da *nossa* Utopia. Para aqueles que sabem em qual direção olhar, e com um bom par de binóculos que possa auxiliar olhos igualmente bons, ela e três outros companheiros que parecem aglomerados, embora estejam a incríveis bilhões de quilômetros de proximidade, produzem um borrão de luz enfraquecido. Ao redor estão planetas, como os nossos planetas, mas juntos tecem um destino diferente, e em seu lugar, entre eles, fica Utopia, ao lado de sua irmã, a lua. É um planeta como o nosso, com os mesmos continentes, as mesmas ilhas, os mesmos oceanos e mares, onde mais um lindo monte Fujiyama domina Yokohama e mais um Monte Cervino avista o caos congelado de outra geleira Theodul. É

---

[18] O autor desta utopia é Abbé Morelly, filósofo francês do século XVIII. A utopia de *La cité morellyste* [*A cidade moralista*] é retratada em *Le code de la nature* [*A lei da natureza*], obra publicada em 1755. (N.T.)

[19] *Armata* foi escrito pelo barão Thomas Erskine em 1817. Ele foi político e advogado inglês. (N.T.)

tão semelhante ao nosso planeta que um botânico da Terra é capaz de encontrar cada espécie fitológica aqui, mesmo a espécie aquática mais remota ou a flor alpina mais rara.

Contudo, imagine que, depois de coletar aquela última muda e virar-se em direção à sua pousada, ele não fosse capaz de encontrá-la...

Imagine, agora, que nós dois nos virássemos daquela exata maneira. Dois, penso eu, pois, para encarar um planeta estranho, mesmo que seja um planeta civilizado, sem alguma familiaridade, seria o suficiente para tolher qualquer tipo de coragem. Imagine-nos agora transmutados e em pé sobre uma passagem alta nos Alpes e, apesar de estar atordoado em meio à descida, não sou um botânico e, portanto, mesmo que meu companheiro tivesse uma espécie rara dentro de uma lata embaixo do braço (contanto que não fosse pintada com aquele tom de maçã verde suíça), eu não discutiria por nada! Caminhamos, "botanizamos" e descansamos e, sentados em meio às rochas, almoçamos e acabamos com uma garrafa de Yvorne[20]. Depois, engajamo-nos em uma conversa sobre utopias e coisas do tipo. Eu pude descobrir como atravessar a estreita Passagem de Lucendro[21], sobre os ombros do pico que leva o mesmo nome, pois certa vez almocei lá e tive uma conversa bastante agradável. Estávamos olhando para baixo, na direção de Val Bedretto, Villa e Fontana[22], enquanto Airolo[23] tentava se esconder de nós sob um dos lados da montanha, a três quartos de quilômetro abaixo, na vertical. (Lanterna.) Com aquela proximidade de efeito absurdo é possível adentrar os Alpes. Vemos um pequeno trem a aproximadamente um quilômetro e meio de distância, correndo pela Biaschina[24] rumo à Itália. Também vemos a Passagem Lukmanier[25] adiante de Piora[26],

---

[20] Marca suíça de bebida alcoólica feita com frutas vermelhas. Também é o nome de uma cidade na Suíça onde é provavelmente produzido. (N.T.)
[21] Localizado no Vale Lucendro, na Suíça. (N.T.)
[22] Municipalidades suíças. (N.T.)
[23] Municipalidade suíça. (N.T.)
[24] Viaduto espiralado por onde correm ferrovias. (N.T.)
[25] Municipalidade na Suíça, no cantão do Ticino. (N.T.)
[26] Alpes de Piora, na Suíça. (N.T.)

do nosso lado esquerdo, e a Passagem Giacomo[27] do nosso lado direito, meras trilhas sob nossos pés.

Mas espere, em um piscar de olhos magicamente surgimos naquele outro mundo!

Mal conseguimos notar as diferenças. Nenhuma nuvem se esvaiu. Talvez a cidade remota logo abaixo tivesse adquirido uma atmosfera um pouco diferente, e meu companheiro, o botânico, com sua observação educada, parecia enxergar quase tanto quanto antes, mas o trem, quem sabe, não estivesse presente na paisagem, e a retidão do barranco do Ticino, nos prados de Ambri-Piotta[28], estivesse diferente, mas aquela era toda a mudança visível. Ainda assim, imagino que, de maneira obscura, haveremos de sentir alguma diferença.

O olhar do botânico, tomado por uma atração sutil, pairou de volta sobre Airolo.

– E estranho – ele comentou despretensiosamente. – Nunca reparei naquele prédio à direita.

– Qual prédio? – perguntei.

– Aquele à direita. Tem algo estranho nele.

– Agora consigo vê-lo. Sim. Sim, tem certamente uma aparência estranha... e é grande! Bonito! Pergunto...

Bem, isso interrompeu as nossas especulações sobre Utopia. Ambos descobriríamos que aquelas pequenas cidades logo abaixo haviam mudado, mas de que maneira nós não havíamos notado suficientemente bem. Pareciam indefinidas, havia uma mudança em seus agrupamentos, em suas distâncias e em seus pequenos formatos.

Talvez eu deva me levantar. "Que estranho", repeti pela décima ou décima-primeira vez, erguendo-me. Levantamo-nos, espreguiçamo-nos, e, ainda um pouco atordoados, viramos na direção das rochas e dos riachos que beiram o lago calmo e límpido, o qual corria rumo ao

---

[27] Passagem São Giacomo, nos Alpes, a qual conecta a Suíça e a Itália. (N.T.)
[28] Ambri é uma região localizada no Vale Leventina, próxima da vila de Priotta, na Suíça. (N.T.)

hospício de St. Gotardo, se por sorte ainda conseguíssemos seguir por aquele caminho.

Muito antes de conseguirmos chegar lá, antes mesmo de conseguirmos chegar à grande estrada, precisamos de algumas dicas sobre a construção de pedra que ficava na parte posterior da passagem. Ela havia sumido ou mudado milagrosamente, das cabras no topo das rochas aos pequenos casebres ao lado da ponte rústica de pedra. O mundo dos homens havia atravessado grandes mudanças!

E, nesse momento, impressionados, encontramos um homem, o qual não era suíço. Estava vestido de um jeito estranho e falava de maneira pouco familiar.

SEÇÃO 4

Antes do cair da noite, estávamos completamente embebidos em espanto – na verdade nos espantaríamos ainda mais com o que meu companheiro, diante de seu treinamento científico, testemunhou pela primeira vez. Ele olhou para o alto, com um ar de dono das estrelas no céu, o qual bem conhece suas constelações e parece enxergar pequenas letras em grego. Eu imagino a grande incógnita em sua mente. Em primeiro lugar, não conseguia acreditar no que seus olhos viam. Perguntei-lhe, então, qual era a causa de tamanha consternação, mas ele teve dificuldades em explicar. Perguntou-me, então, de maneira singular, onde estava Orion[29], a qual eu não pude encontrar, bem como a Ursa Maior[30], a qual parecia ter desaparecido. "Onde?", eu perguntava. "Onde?", e buscava em meio a uma perplexidade dispersa. Logo percebi qual era a incompreensão que tomava conta dele.

---

[29] Uma das constelações modernas. (N.T.)
[30] Grande constelação do hemisfério Norte. (N.T.)

Pela primeira vez, quem sabe, notamos com base em nossas observações deste céu desconhecido que não era o mundo que havia mudado, mas nós mesmos. Havíamos adentrado as profundezas mais extremas do espaço.

SEÇÃO 5

Devemos supor que não há um impedimento linguístico à comunhão. O mundo inteiro certamente terá uma linguagem em comum, algo elementarmente utópico; e, uma vez que estamos livres dos obstáculos de uma contação de história convincente, podemos supor que a língua deve ser suficientemente nossa para podermos compreendê-la. Estaríamos realmente em Utopia se não pudéssemos falar com ninguém? Aquela amaldiçoada barreira da língua, aquela inscrição hostil em olhos estrangeiros que parece dizer "se é surdo e mudo, então é seu inimigo" é a primeira das falhas e complicações em razão das quais tentaram escapar da Terra.

Mas que tipo de linguagem precisaríamos utilizar se nos fosse contado que o mito de Babel[31] poderia ser reversível nos dias de hoje?

Se eu puder criar uma imagem ousada, uma liberdade medieval, eu suporia que, nesse local solitário, o Espírito da Criação falou conosco sobre esse assunto:

– Vocês são homens sábios – o espírito teria dito, e eu, um cara desconfiado, sensível e demasiadamente honesto como sou, com toda a minha predisposição à corpulência, imediatamente sentiria o cheiro da ironia (enquanto o meu companheiro, penso eu, se emplumaria todo) –, e gerar sabedoria é exatamente o motivo pelo qual o mundo foi criado.

---

[31] O mito da Torre de Babel se refere ao surgimento das diferentes línguas no mundo. Há menções a ela na Bíblia, especialmente no Antigo Testamento. (N.T.)

Você é muito bom em propor uma aceleração daquela tediosa evolução multitudinária em que estou engajado. Pois penso que uma linguagem universal lhe serviria neste caso. Enquanto estou sentado aqui entre as montanhas, tenho registrado todas elas durante séculos apenas para atrair os seus hotéis. Você seria gentil o bastante em fornecer algumas dicas?

Então, o Espírito da Criação sorriria de maneira transitória, um sorriso que seria como a passagem de uma nuvem. Toda a vastidão selvagem das montanhas se acenderia, resplandecente, diante de nós. (Como aqueles momentos passageiros em que um calor e uma luz pairam sobre você em um canto solitário e desolado.)

Ainda assim, por que dois homens deveriam receber sorrisos apáticos do Infinito? Aqui estamos, com nossas cabeças pequenas e nodosas, com nossos olhos e mãos e pés e corações valentes, e se não fosse por nós, a infinidade das multidões viria, finalmente, por nós e atrás de nós, para o Estado-Mundo, junto de um grande companheirismo e uma língua comum. Deixe-nos recolhidos à nossa própria habilidade e, se não encontrar uma resposta para essa questão, de nenhuma maneira, tente pensar dentro da melhor perspectiva possível. Este é, afinal, o nosso propósito: imaginar o que é melhor e lutar por esse ideal. É uma tolice e um pecado ainda pior a presunção do abandono à luta em razão do nosso melhor parecer inferior entre os sóis.

Agora, você, na posição de botânico, suponho, teria uma inclinação ao que chamam de "científico". Você se retrai ao epíteto mais ofensivo, e eu posso lhe oferecer a minha compaixão inteligente, embora um "pseudo--cientificismo" ou "quase-cientificismo" faça mal à pele. Você começaria a conversar sobre línguas científicas, sobre o Esperanto[32], a Língua Bleue[33], o Novo Latim[34], Volapuk[35] e o Lorde Lytton[36], da língua filosófica do

---

[32] Língua artificial criada em 1887 por L. L. Zamenhof. (N.T.)
[33] Língua-franca criada com base no português usada como meio de comunicação entre os colonizadores e os indígenas. (N.T.)
[34] Retomada do uso do latim após séculos de seu declínio. (N.T.)
[35] Língua criada por Johann Martin Schleyer, padre católico apostólico romano. (N.T.)
[36] Edward Bulwer Lytton foi um político, romancista e dramaturgo inglês. (N.T.)

arcebispo Whateley[37], sobre a obra de Lady Welby[38], sobre *Significs*[39] e derivados. Você me contaria sobre as precisões memoriáveis, a qualidade enciclopédica da terminologia química, e, quanto à palavra "terminologia", eu teceria um comentário a respeito daquele biólogo eminente, o professor americano Mark Baldwin[40], o qual sustentou a biologia da linguagem com tamanha clareza e expressividade ao ponto de ser ilegível com todo triunfo e toda invencibilidade (um prenúncio da minha própria defesa).

Você torna o seu ideal claro, a linguagem científica que lhe é necessária, sem ambiguidades, tão precisa quanto uma fórmula matemática, e estabelece cada termo com a exata consistência lógica em relação aos outros. Será uma língua com todas as inflexões de verbos e substantivos e todas as construções inevitáveis, cada palavra é claramente discernível das outras no que diz respeito ao som e à grafia.

Esse é o tipo de coisa necessária apenas porque a necessidade jaz sobre as implicações que vão além do território da linguagem – por isso é preciso considerá-la aqui. Ela implica, de fato, quase tudo que nos empenhamos em repudiar nesta obra específica. Sugere que toda a base intelectual da humanidade está estabelecida, que as regras da lógica, os sistemas de contagem e medição, as categorias gerais e os esquemas de semelhança e diferença estão estabelecidos na mente humana para todo o sempre. O comteísmo[41] vazio de fato tem uma descrição vazia. Mas a ciência da lógica e toda a estrutura do pensamento filosófico, preservados pelo homem desde os dias de Platão e Aristóteles, não possuem uma permanência essencial, como expressão final da mente humana, muito maior do que o Grande Catecismo Escocês. Em meio ao alvoroço do pensamento moderno, uma filosofia perdida há muito tempo pelos homens volta a erguer-se e a desenvolver-se, como um embrião cego e quase sem forma que precisa

---

[37] Arcebispo Richard Whately, de Dublin. (N.T.)
[38] *Lady* Victoria Welby-Gregory foi uma filósofa inglesa. (N.T.)
[39] Teoria de *Lady* Welby-Gregory sobre os significados. (N.T.)
[40] James Mark Baldwin foi um filósofo e psicólogo de origem estadunidense. Jean Piaget foi fortemente influenciado pelos trabalhos de Baldwin. (N.T.)
[41] Referência aos estudos e teorias de Auguste Comte. (N.T.)

aprimorar a visão, a forma, o poder: uma filosofia em que esta hipótese é negada. [O leitor sério pode consultar, por lazer, a obra de Sidwick[42], *Uso das palavras no raciocínio* (em particular), e a obra de Bosanquet[43], *Lógica essencial*, os *Princípios da Lógica* de Bradley[44], e *Lógica* de Sigwart[45]. Aqueles menos ávidos podem observar o temperamento do professor Case na Enciclopédia Britânica, artigo sobre *Lógica* (vol. XXX). Anexei ao livro dele um projeto rústico de uma filosofia em algumas linhas, o qual li originalmente à Oxford Philosophical Society em 1903.]

Ao longo desta excursão por Utopia, devo avisá-lo, você sentirá o baque e o turbilhão do movimento insurgente. No uso reiterado da palavra "único", você irá observar o brilho do invólucro, assim como ele era, na insistência a respeito da individualidade e na diferença individual sobre o significado da vida. Você sentirá a textura do seu corpo sendo moldada. Nada persiste, nada é preciso e certo (exceto a mente de um pedante), a perfeição é o mero repúdio daquela inexatidão marginal inevitável que é a qualidade mais íntima e misteriosa do ser. Ser, realmente! Não há existência exceto uma transformação universal de individualidades, e Platão ignorou a verdade quando resolveu encarar seu museu de ideais específicos. Heráclito[46], aquele gigante perdido e mal-interpretado, pode talvez estar voltando ao seu próprio...

Não há nada duradouro no que conhecemos. Mudamos das luzes fracas para as fortes, e cada raio de luz mais poderoso perfura as nossas presentes fundamentações opacas e nos revela outras opacidades frescas e diferentes logo abaixo delas. Nunca podemos prever quais das nossas convicções aparentes a próxima mudança deixará de afetar. Que bobagem, portanto, sonhar com um mapa fora de nossas mentes, sejam quais forem os termos gerais, bem como fornecer uma terminologia e uma

---

[42] Henry Sidwick foi um economista e filósofo inglês. (N.T.)
[43] Bernard Bosanquet foi um teórico político e filósofo inglês. (N.T.)
[44] Francis Herbert Bardley foi um filósofo idealista inglês. (N.T.)
[45] Christoph von Sigwart foi um filósofo e lógico de origem alemã. (N.T.)
[46] Heráclito de Éfeso foi um filósofo pré-socrático, conhecido como o "Pai da Dialética". (N.T.)

linguagem aos mistérios infinitos do futuro! Seguimos sempre à mesma maneira, minamos e acumulamos nossas riquezas, mas quem poderá ditar as possíveis tendências quanto a essa maneira? A linguagem é o alimento do pensamento humano, que serve apenas enquanto está correndo pelo metabolismo, e então se torna pensamento e vida, e depois morre em seu próprio viver. Vocês, cientistas, têm um gosto pela exatidão terrível da linguagem, bem como fundamentações construídas e indestrutíveis, assim como a poesia ruim de Wordsworth[47] na página intitulada *Natureza*, onde se lê um "para sempre", maravilhosamente desprovido de imaginação!

A linguagem de Utopia será sem dúvida única e indivisível. Toda a humanidade irá, na medida de suas diferenças individuais em relação à qualidade, traduzir em uma única fase, em uma ressonância comum de pensamentos. No entanto, a língua que falarão ainda será uma língua viva, um sistema de imperfeições que cada homem individual poderá alterar de maneira infinitesimal. Por meio da liberdade universal de troca e movimento, a mudança em desenvolvimento em seu espírito geral será uma mudança global; esta é a característica de sua universalidade. Penso que será uma língua aglutinada, uma síntese de muitas. Uma língua aglutinada como o inglês, o qual é resultado de uma amálgama entre o anglo-saxão, o francês normando e o latim erudito, fundidos em uma única fala mais ampla, poderosa e bonita do que qualquer uma delas isoladamente. A língua de Utopia pode também apresentar uma aglutinação mais espaçosa e conter um quadro de expressões inflexivas ou ligeiramente inflexivas, como o inglês apresenta, um vocabulário profuso em que uma dúzia de línguas separadas foram amalgamadas, sobrepostas e, então, fundidas por meio de acordos bilíngues e trilíngues. [Consulte o excelente artigo *La Langue Française en l'an 2003*, de Leon Bollack, em *La Revue*, 15 de julho, 1903.] No passado, homens engenhosos especularam sobre a pergunta: "Qual língua sobreviverá?". Na verdade, a pergunta foi mal formulada. Creio, agora, que o casamento e a sobrevivência de diversos frutos em comum serão muito mais prováveis.

---

[47] William Wordsworth, poeta inglês nascido em 1770. (N.T.)

SEÇÃO 6

Essa conversa sobre linguagens é, contudo, uma digressão. Estávamos a caminho das corredeiras que levam à orla do lago Lucendro e estávamos a ponto de encontrar o nosso primeiro habitante de Utopia. Ele não era, como eu havia dito, suíço, mas seria se fosse um habitante da Mãe--Terra, e aqui teria os mesmos traços, talvez com algumas diferenças em sua expressão. No entanto, teria o mesmo físico, embora um pouco mais desenvolvido, e a mesma compleição. Teria hábitos diferentes, costumes diferentes, conhecimento diferente, ideias diferentes, roupas diferentes, utensílios diferentes, mas, exceto tudo isso, ele seria o mesmo homem. Havíamos evidentemente estabelecido que, a princípio, Utopia Moderna teria pessoas exatamente iguais às da Terra.

Mas, talvez, haja mais a discutir sobre essa questão do que ela aparenta ao primeiro indício.

Essa proposição fornece uma característica diferente entre uma Utopia Moderna e quase todas as suas predecessoras. Ela deve ser um mundo utópico, conforme havíamos concordado, nada menos do que isso. Portanto, devemos necessariamente encarar o fato de que haverá diferentes raças[48]. Até mesmo a classe mais baixa da república de Platão não tinha uma raça especificamente diferente. Porém, esta é uma Utopia, tão vasta quanto a caridade cristã; portanto, branco e preto, pardo, vermelho e amarelo, enfim, todas as tonalidades de pele e todos os tipos de corpo e aparência estarão presentes. Como ajustaremos suas diferenças é a grande questão, mas não será abordada neste capítulo. Precisaremos de um capítulo inteiro para abordar esse assunto. No entanto, salientamos o pré-requisito: toda e qualquer raça que habite o planeta Terra será encontrada com o paralelismo mais rígido possível em Utopia, em números inclusive; no entanto, afirmo-lhes, com um conjunto inteiramente diferente de tradições, ideais,

---

[48] O autor tem uma visão impregnada dos costumes e valores da época em que o livro foi escrito, assim como a imensa maioria das obras clássicas. Na atualidade, utilizamos a palavra "etnia" para nos referir às ascendências diferentes dentro da espécie humana. (N.T.)

ideias e propósitos movimentando-se sob diferentes céus em direção a um destino igualmente distinto.

Aqui vai um desenvolvimento curioso desse tópico para quem estiver realmente impressionado com a singularidade e a significância das individualidades. As raças não são coisas inflexíveis e efêmeras. Não há uma multidão de pessoas idênticas, mas massas de sub-raças, tribos e famílias, únicas e distintas, e estes são aglomerados de singularidades ainda menores até chegarmos a cada sujeito individual. Sendo assim, a nossa primeira convenção funciona dessa forma: cada montanha presente na Terra, cada rio, planta e animal terá o seu equivalente paralelo no planeta além de Sirius, mas não apenas esses elementos, pois cada homem, mulher e criança vivos serão representados em Utopia. Daqui em diante, claro, os destinos destes dois planetas divergirão, os homens que morrerão aqui terão sua sabedoria salva no mundo de lá, e talvez, em contrapartida, possamos salvar os homens aqui. Lá eles terão filhos, mas nós não os teremos, e vice-versa, mas este exato momento de leitura é o momento inicial e, pela primeira e última vez, as populações de nossos planetas caminharão de mãos dadas.

No presente momento, precisamos fazer esse tipo de suposição. A alternativa é uma utopia de bonecos à semelhança dos anjos, com leis imaginárias que se encaixem a pessoas incríveis – um empreendimento pouco atrativo.

Por exemplo, devemos presumir que haja um homem como eu, mais bem informado, mais bem disciplinado, mais bem empregado, mais magro e mais ativo – inclusive, pergunto a mim mesmo o que ele estaria fazendo agora! – e você, senhor ou senhora, também será duplicado, assim como todos os homens e mulheres que você e eu conhecemos. Pergunto se devemos encontrar nossas duplicatas, se seria agradável fazê-lo, mas, conforme descemos essas montanhas solitárias em direção às casas e estradas e espaços vivos do Estado-Mundo de Utopia, certamente encontraremos, aqui e ali, rostos que nos lembrarão de maneira singular daqueles que viveram sob os nossos olhos.

Há certas pessoas que você não desejará ver nunca mais, e outras, penso eu, que gostaria de encontrar. "Sempre tem uma pessoa..."

É estranho, mas não sei como a figura do botânico veio parar em minha mente. Ele apareceu entre nós, querido leitor, como uma invenção ilustrativa e transitória. Eu não sei o que o impregnou em minha mente, e, no momento, ele toma conta de mim e força a sua personalidade contra você, como se fosse sua, e o chama de cientista, esta palavra tão abusiva. Mas aqui está ele, incontestavelmente comigo, em Utopia, tendo lapsos em meio à nossa conversa altamente especulativa, interrompendo-a para tecer algumas confidências íntimas. Ele declara, então, que não veio a Utopia para reencontrar suas tristezas.

Que tristezas?

Eu protesto, de maneira calorosa, e lhe digo que nem ele nem suas tristezas estavam em meus planos.

Ele é um homem de trinta e nove anos, cuja vida não foi nem uma tragédia nem uma aventura feliz. É um homem com um daqueles rostos presenteados pela vida com interesse, mas sem força ou notoriedade. Ele é razoavelmente refinado, com algum conhecimento, talvez, das pequenas dores, e detém algum autocontrole civilizado; é um homem que leu mais do que sofreu, e sofreu mais do que obteve êxitos na vida. Ele olha em minha direção com seus olhos azuis acinzentados, de onde todo o interesse nesta Utopia esvaneceu.

– É um problema – ele diz – que me acometeu por apenas um mês, mais ou menos, até que ocorreu intensamente de novo. Pensei que havia passado. Mas conheci alguém...

Que história incrível de ouvir enquanto se está no pico de uma montanha em Utopia! Ele teve um caso em Hampstead[49], uma história de amor mais especificamente em Frognal. Frognal, explicou, é o lugar onde se conheceram, o que me traz recordações sobre uma palavra escrita em uma placa no canto de uma estrada nova de pedra, uma estrada pública

---

[49] Bairro abastado em Londres. (N.T.)

com visão das vilas, no topo de um monte. Ele a conheceu antes do professorado, e nem os conhecidos dele, nem os dela (ele fala com aquele dialeto típico da classe média usado por tias e coisas que têm dinheiro, que gostam de nos interromper e ainda querem ser chamados de "pessoas"!) aprovaram o namoro.

– Ela era facilmente persuadida – ele comenta. – Mas talvez eu não esteja sendo justo. Ela se importava demais com os outros, se estavam aborrecidos, se concordavam com as suas decisões...

Sério mesmo que vim até Utopia para ouvir esse tipo de história?

SEÇÃO 7

É necessário canalizar os pensamentos do botânico para um assunto que valha mais a pena. É necessário desconsiderar esses arrependimentos modestos, essa história de amor intrusa e mesquinha. Será que ele percebe que estamos em Utopia? Concentre sua mente em minha Utopia, eu insisto, e deixe esses contratempos mundanos para o planeta ao qual pertencem. Você percebe para onde as proposições necessárias para uma Utopia Moderna nos estão levando? Todo mundo na Terra deverá estar lá; eles mesmos, mas com alguma diferença. Em algum lugar deste mundo, por exemplo, estará o senhor Chamberlain[50], o Rei (disfarçado, sem dúvida), a Real Academia[51], Sandow[52] e o senhor Arnold White[53].

Mas essas celebridades não lhe chamavam a atenção.

A minha mente viaja entre esse personagem, típico e proeminente, e outros, e por um instante consigo esquecer o meu companheiro. Estou

---

[50] Arthur Neville Chamberlain foi um político conservador nascido no Reino Unido. (N.T.)
[51] Referência à Real Academia Inglesa, fundada em 1768 pelo rei George III. (N.T.)
[52] Eugene Sandow, famoso fisiculturista alemão que se apresentava às plateias da era vitoriana. (N.T.)
[53] Arnold Henry White, jornalista inglês, antissemita que fazia campanhas contra a imigração. (N.T.)

distraído com as questões secundárias que essa proposição geral carrega consigo. Haverá isso e aquilo. O nome e a figura do senhor Roosevelt[54] colocam em foco e dissipam toda tentativa de aclimatizar o imperador alemão[55]. O que Utopia fará, por exemplo, com o senhor Roosevelt? A imagem de um esforço extenuante de policiais de Utopia paira em minha visão interna; a voz que alvoroçou milhões de terráqueos com seu protesto eloquente. Um mandado de prisão flutua em meio ao conflito; esvoaça sobre os meus pés. Eu apanho o pedaço de papel e leio – mas como pode ser? Tentativa de desordem? Incitações ao caos? O equilíbrio da população?

A tendência da minha lógica nos guiou a um beco falacioso. Alguém poderá decerto guardar a chave e escrever uma pequena utopia mais aprazível, como aquela das sagradas famílias dos artistas medievais (ou *O Juízo Final*, de Michelangelo[56]) que elogia os amigos em diversos graus. Ou, então, poderá embarcar em uma abordagem especulativa do *Almanaque de Gotha*[57], algo com vistas à epistemologia[58] sobre os grandes amaldiçoados:

Xerxes era um leiloeiro de mostarda
Rômulo era um salgador e remendava tecidos.

Aquele catálogo incomparável! Inspirados pela Musa da Paródia, podemos prosseguir pelas páginas de *Quem é Quem*[59] e até dar uma olhadela na república obstinada de *Quem é Quem na América*[60], e fazer os arranjos mais prazerosos e extensos. Mas onde devemos colocar esse homem tão excelente? E aquele?

---

[54] Referência a Theodore Roosevelt, presidente dos Estados Unidos quando da publicação da presente obra. (N.T.)
[55] Referência ao imperador alemão Wilhelm II. (N.T.)
[56] Michelangelo Buonarroti, pintor italiano do renascentismo. (N.T.)
[57] O *Almanaque de Gotha* era uma lista publicada na Alemanha dos nobres da época. (N.T.)
[58] Vertente filosófica que aborda os conhecimentos científicos. (N.T.)
[59] Listas regionais das pessoas mais proeminentes da época. (N.T.)
[60] Lista das celebridades mais nobres nos Estados Unidos, publicada em 1899, em Chicago. (N.T.)

De fato, é sempre duvidoso se devemos nos encontrar com essas duplicatas durante a nossa jornada utópica ou se iremos reconhecê-las. Duvido que alguém consiga aproveitar o melhor desses dois mundos. Os grandes homens nesta Utopia ainda inexplorada podem ser simples aldeões de Hampden[61], enquanto pastores de cabras mundanos e iliteratos desconhecidos poderão ocupar as poltronas dos todo-poderosos que conhecemos na Terra.

Contudo, isso dá margem novamente a uma perspectiva conveniente tanto da esquerda quanto da direita.

Meu botânico, no entanto, impõe sua personalidade novamente. Seus pensamentos viajam em uma rota diferente da minha.

– Eu sei – ele diz – que ela será mais feliz aqui e que será mais valorizada do que era na Terra.

Suas interrupções impedem a minha contemplação momentânea daquelas efígies populares infladas por velhos jornais e artigos prolixos, aquelas maravilhas terrenas. Ele me faz pensar sobre aplicações mais pessoais e íntimas dos seres humanos como os conhecemos, com certa aproximação do real conhecimento, da real substância comum da vida. Ele me faz pensar sobre conflitos e gentileza, sobre diferenças e desilusões. Sou repentinamente levado de maneira dolorosa ao passado das coisas que poderiam ter sido. E se em lugar daquela utopia de rostos ovais e vazios encontrarmos amores abdicados aqui, oportunidades perdidas e rostos familiares?

Dirijo-me ao botânico de maneira quase reprobatória:

– Você sabe, aqui ela não será exatamente a mesma moça que você conheceu em Frognal – declaro, e retiro-me do assunto que deixou de ser agradável. – Além disso – digo, enquanto permaneço em pé –, as chances de que a encontremos é de uma em um milhão. Aliás, estamos muito lentos! Este não é o assunto em razão do qual viemos, não passa de um mero entrave em nossos planos primários. Os fatos permanecem, essas

---

[61] Referência ao condado de Hampden, o qual se encontra em Massachussets, em uma região interiorana. (N.T.)

pessoas que viemos ver possuem debilidades semelhantes às nossas, apenas as condições foram alteradas. Caminhemos com as nossas indagações.

Diante daquilo, permaneci à frente; nas margens do rio Lucendro e em direção ao nosso mundo de Utopia.

(*Tente imaginar a cena.*)

Desceremos pelas montanhas e passagens e, assim que os vales se abrirem, o mundo também se abrirá para nós. Esta é Utopia, onde os homens e as mulheres são felizes e as leis são sábias; onde todo o caos e todas as confusões humanas foram desfeitos e corrigidos.

2

SOBRE AS LIBERDADES

SEÇÃO 1

Que tipo de pergunta ocorreria a dois homens que caminham em direção à Utopia Moderna? Provavelmente, uma grande preocupação no tocante às suas liberdades individuais. Em direção a um mundo estranho, como já mencionei, as utopias do passado explicitavam aspectos menos agradáveis. Será que o novo estado utópico, disseminado em todas as dimensões do globo, se mostraria menos ameaçador?

Deveríamos nos confortar com o pensamento de que a tolerância universal é certamente uma ideia moderna e é sobre as ideias modernas que esse Estado Mundial repousa. Mas imagine que vivamos em meio à permissão e à tolerância nesta cidadania inevitável; ainda assim, nos restaria um grande leque de possibilidades. Acho que devemos tentar resolver o problema por meio de uma investigação dos princípios iniciais e seguir a tendência de nosso tempo e modos ao aceitar que a pergunta se refere a "homem *versus* Estado" e discutir seu compromisso com a liberdade.

H. G. Wells

A ideia de liberdade individual cresceu em importância e ainda cresce a cada desdobramento do pensamento moderno. Para os utopistas clássicos, a liberdade era algo relativamente trivial. Eles claramente consideravam a virtude e a felicidade aspectos inteiramente separáveis da liberdade; coisas mais importantes. Mas a visão moderna, com sua insistência profunda em relação à individualidade e à singularidade, intensifica continuamente o valor da liberdade até que finalmente comecemos a ver a liberdade como a exata substância da vida – que é de fato a vida – e que apenas as coisas mortas, coisas que não possuem escolha, vivem em absoluta obediência à lei. Ter a liberdade de ir e vir com vistas à individualidade é, na perspectiva moderna, o triunfo subjetivo da existência, como a sobrevivência no trabalho criativo e no produto em seu triunfo objetivo. Para todos os homens – levando em conta que o homem é um ser social – o desejo de ir e vir está aquém das liberdades absolutas. A liberdade humana em seu estado de perfeição é possível apenas para um déspota absoluta e universalmente obedecido. Portanto, desejar seria comandar e alcançar, e dentro dos limites da lei da natureza poderíamos agir a qualquer momento para satisfazer a nós mesmos. Qualquer outro tipo de liberdade é um acordo entre o nosso próprio livre-arbítrio e os arbítrios daqueles com os quais nos relacionamos. Em um Estado organizado, cada um de nós possui um código mais ou menos elaborado de como podemos agir perante os demais e a nós mesmos, bem como a maneira como os demais poderão agir perante nós. Limitamos os outros por meio de seus direitos, e somos limitados pelos direitos e pelo bem-estar da comunidade como um todo.

A liberdade individual em uma comunidade não é, como os matemáticos diriam, sempre o mesmo sinal. Ignorar isso é a falácia primordial do culto ao chamado individualismo. Mas, na realidade, uma proibição geral em um Estado pode aumentar a soma da liberdade, e uma permissão geral pode diminuí-la. Não procede, como essas pessoas nos tentam enganar, que um homem seja mais livre onde há menos leis e sofra mais restrições onde há mais leis. Um socialismo ou um comunismo não é necessariamente uma escravidão, como não há liberdade sob uma anarquia. Considere quanta liberdade ganhamos através da perda da liberdade de matar. Assim, temos a liberdade de ir e vir a qualquer parte do mundo em que haja ordem, sem nenhum impedimento imposto por armas ou armaduras, sem medo de venenos jocosos, barbeiros excêntricos ou alçapões de hotéis. Decerto, essa é a representação da liberdade dos medos e precauções. Suponhamos que houvesse até uma liberdade limitada em que pudéssemos matar por vingança. Reflita sobre o que ocorreria nos nossos subúrbios. Leve em conta a inconveniência de dois moradores de um bairro moderno que se estranharam e possuem armas avançadas e precisas. Pois a inconveniência não seria apenas de ambos, mas dos pedestres inocentes devido à perda prática da liberdade de todos; do açougueiro que precisasse passar por lá, e se passasse teria de fazê-lo em um automóvel blindado; e de tantos outros cidadãos...

Procede, portanto, que em uma Utopia moderna, a qual encontra a esperança final para o mundo no desenvolvimento das relações entre individualidades, o Estado terá erodido efetivamente todas aquelas liberdades perdulárias e não mais uma única liberdade. Sendo assim, será capaz de alcançar a máxima liberdade geral.

Há dois métodos distintos e contrastantes de limitar a liberdade: o primeiro é a proibição, "não deverás...", e o segundo é a ordem, "deverás". Há, no entanto, um tipo de proibição que assume a forma de uma ordem condicional, a qual precisa ser lembrada. Segundo ela, se você fizer "isso ou aquilo", você também deve fazer "aquilo e aquilo outro". Por exemplo, você se lança ao mar com homens que contratou; portanto, deve ir em uma embarcação navegável. Contudo, a ordem pura é incondicional, ela diz que, independentemente do que você tenha feito – ou estiver fazendo ou desejar fazer –, você deve fazê-lo de determinada maneira, assim como o sistema social, o qual trabalha com necessidades de base, de pais que constituem a base da sociedade, sob leis péssimas que são capazes de levar uma criança de treze anos de idade a trabalhar em uma fábrica. A proibição tira a possibilidade da liberdade indeterminada de um homem, mas, em contrapartida, permite uma infinidade de outras escolhas. Esse homem permanece livre, e você só subtraiu um balde de água do mar da liberdade que ele ainda possui. Na nossa Utopia, é possível que haja muitas proibições, mas nenhuma compulsão indireta, se alguém conseguir idealizá-la, e quase nenhuma ordem. Penso atualmente que, em referência à presente discussão, compulsões positivas não devem existir em Utopia sob nenhuma hipótese, especialmente para os cidadãos adultos, a menos que elas sejam incorridas como penalidades.

SEÇÃO 2

A quais proibições estaríamos sujeitos, nós dois, *uitlanders*[62], nesse mundo utópico? Certamente não teríamos a liberdade de matar, atacar ou ameaçar nenhum conhecido, e, nessa terra de homens treinados, provavelmente também não nos prestaríamos a ofensas. E, até que conseguíssemos compreender melhor a ideia de pobreza em Utopia, teríamos muito cuidado ao tocar qualquer objeto que pudesse ser concebivelmente apropriado. Se não fosse propriedade de um indivíduo específico, poderia ser do Estado. Mas teríamos nossas dúvidas. Estaríamos certos em usar as roupas estranhas que usamos, em escolher seguir pelo caminho que mais nos agrada, através das rochas e da relva, caminhando a passos largos com nossas mochilas pestilentas e tachões umedecidos pela neve rumo a um mundo extremamente limpo e ordenado? Acabamos de passar pelo primeiro habitante de Utopia, ao qual acenamos com um gesto vago, correspondido. Em seguida, notamos, tomados por uma satisfação interna, não haver motivo para desânimo; sem nenhuma chateação, fizemos o contorno e, ao descer pelo vale, observamos ao longe o que parecia ser uma estrada particularmente bem cuidada...

Creio que para o homem de mente moderna não pode haver valor nenhum em uma utopia que não conceda a liberdade de ir e vir aos seus

---

[62] *Uitlander* significa "estrangeiro" em africânder. Os *uitlanders* foram trabalhadores migrantes na África, em sua maioria de origem britânica. (N.T.)

cidadãos. A liberdade de movimentar-se é, para muitas pessoas, um dos maiores privilégios da vida: ir aonde quer que o espírito o leve, perambular e contemplar, e, embora tenham todo o conforto, toda a segurança, toda a disciplina virtuosa, ainda estarão infelizes caso isso lhes seja negado. Os habitantes de Utopia certamente terão esse direito, diante do baixo prejuízo das coisas produzidas e estimadas. Portanto, devemos esperar que não haja muros e cercas inalcançáveis, tampouco leis que determinem como uma transgressão a nossa descida por essa região montanhosa.

Ainda assim, da mesma forma que a liberdade civil é um acordo defendido pelas proibições, esse tipo específico de liberdade também tem suas restrições. Elevado ao timbre mais alto, o direito à liberdade de movimentar-se deixa de ser distinguível do direito à intrusão livre. Já fornecemos essa noção, em um comentário sobre a *Utopia* de Thomas More, em um acordo com o argumento aristotélico contra o comunismo, pois ele atira as pessoas em uma continuidade de contato intolerável. Schopenhauer[63] carregou Aristóteles nas veias de sua própria amargura e através de uma representação verossímil ao comparar a sociedade humana a ouriços amontoados em busca de calor, mas infelizes mesmo quando demasiadamente unidos ou demasiadamente separados. Empédocles[64] não encontrou nenhum significado para a vida, exceto no desequilíbrio entre o amor e o ódio, entre a atração e a repulsa, a semelhança e a diferença. Enquanto ignorarmos as diferenças, enquanto ignorarmos a individualidade – algo que considero como o pecado das utopias anteriores a esta –, poderemos fazer declarações absolutas, prescrever comunismos ou individualismos e todo tipo de arranjos teóricos inflexíveis. Todavia, no mundo da realidade – que, para atualizar Heráclito e Empédocles, não passa mais ou menos do mundo da individualidade –, inexistem certos e errados absolutos, não há questões qualitativas sob nenhuma hipótese, mas tão somente arranjos

---

[63] Arthur Schopenhauer foi um filósofo de origem alemã. Ele possui inúmeras obras icônicas publicadas cujos temas variam entre a ética, a felicidade, a razão, o moral, a liberdade, entre outros assuntos. (N.T.)
[64] Empédocles foi um filósofo grego da era pré-socrática. (N.T.)

quantitativos. No mundo normal e civilizado do homem, há um desejo intenso pela liberdade de movimentar-se tanto quanto pela privacidade, por um canto verdadeiramente seu, e, para tal, temos de considerar até onde vai o limite de uma possível conciliação.

Talvez a sede pela privacidade pessoal absoluta nunca seja um desejo muito intenso ou persistente. Na vasta maioria dos seres humanos, o instinto gregário é suficientemente poderoso para transformar os maiores isolamentos temporários em experiências não simplesmente desagradáveis, mas dolorosas. O selvagem possui toda a privacidade de que precisa dentro das fronteiras do seu crânio, assim como os cachorros e as moças tímidas. Tal selvagem prefere o maltrato à deserção, e ele é apenas um tipo moderno complexo e escasso que encontra conforto e renovação em locais e afazeres solitários. Ainda assim, há homens que não conseguem dormir ou pensar bem, tampouco conseguem ter uma percepção abrangente da beleza dos objetos, e não são capazes de saborear o melhor da existência se não estão seguramente sozinhos. Por isso, pelo bem deles mesmos, seria razoável delimitar o direito geral à liberdade de movimentar-se. Porém, sua necessidade particular é apenas um aspecto especial e excepcional de uma reivindicação quase universal à privacidade entre as pessoas modernas, nem tanto pelo bem do isolamento quanto pela camaradagem. Nós queremos nos separar da multidão não tanto para ficar sozinhos, mas para ficar na companhia daqueles que nos agradam mais e aos quais também agradamos. Queremos constituir famílias e sociedades com eles, queremos trocar individualidades com eles, seja nos compromissos, seja nas doações que a relação implica. Queremos jardins e cercas e liberdades exclusivas (tão espaçosos quanto possível), de acordo com o nosso próprio gosto e a nossa própria escolha, e é apenas a hostilidade multitudinária, ansiosa também por evoluções semelhantes em alguma direção oposta, que pode frear este movimento expansivo de seleção pessoal e firmar um acordo com a privacidade.

Olhando para trás, do lado de baixo da nossa montanha utópica, na direção em que nosso discurso caminha, à luz das confusões da velha

Terra, podemos observar que a necessidade e o desejo pelas privacidades são excepcionalmente grandes no presente momento. Elas foram mais brandas no passado; no futuro podem voltar a enfraquecer, e sob as condições de Utopia – que alcançaremos ao final da estrada – podem ser reduzidas a dimensões consideravelmente maleáveis. Mas isso não deve ser obtido por meio da supressão de individualidades a um padrão comum [*Utopia* de More. "Entre quem quiser, pois não há nada dentro das casas que seja privado nem de propriedade de algum homem"], mas pela ampliação da caridade pública e do aprimoramento geral da mente e dos modos. Não é pela semelhança, por assim dizer, mas pela compreensão de que uma utopia moderna pode alcançá-la. A comunidade ideal dos homens do passado tinha uma crença em comum, costumes e cerimônias em comum, modos e fórmulas em comum; homens de uma mesma sociedade vestidos de maneira comum, cada um de acordo com o seu grau definido e compreendido, os quais comportavam-se, amavam, adoravam e morriam de maneira comum. Eles pouco se mexiam se aquilo não lhes rendesse uma publicidade acolhedora. A disposição natural de todas as pessoas, brancos, pretos ou pardos – uma disposição natural que a educação busca destruir – é insistir em uma uniformidade, tornar a publicidade extremamente hostil até mesmo para quem, de um modo inofensivo, não se encaixa no código. Vestir-se ou comportar-se de maneira "estranha", comer alimentos diferentes ou de maneira diferente, envolver-se em alguma quebra da convenção estabelecida é desagradar e submeter-se à hostilidade entre homens não sofisticados. No entanto, a disposição das mentes mais originais e empreendedoras, a todo momento, se deu no sentido de promover tais inovações.

Isso está particularmente em evidência na presente era. O desenvolvimento quase cataclísmico das máquinas, a descoberta de novos materiais, a aparência das novas possibilidades sociais por meio da busca organizada da ciência material propiciou facilidades enormes e sem precedentes ao espírito da inovação. A velha ordem local foi quebrada e está em processo de quebra, agora, em todas as partes da Terra, e em todos os lugares as sociedades se liquefazem; em todos os lugares os homens flutuam em meio ao naufrágio de suas convenções inundadas e permanecem tremendamente inconscientes do que ocorreu. As velhas ortodoxias locais sobre o comportamento, da precedência, das velhas diversões e dos trabalhos aceitos; o velho ritual da conduta em relação às coisas pequenas e importantes da vida cotidiana; o velho ritual do pensamento sobre os temas que causam discussões; todos são esmagados e espalhados e misturados de maneira discordante; um uso junto do outro e nenhuma cultura global que preze pela tolerância; nenhuma aceitação gentil das diferenças; nenhum conhecimento mais abrangente que tenha substituído tudo isso. Portanto, a publicidade no mundo moderno tornou-se confusamente inóspita a todos. Algumas classes são intoleráveis a outras classes, bem como os conjuntos são intoleráveis a outros conjuntos, o mero contato provoca agressões, comparações, perseguições e desconfortos, e as pessoas mais sutis são atormentadas em excesso por um senso de observação sempre áspero e frequentemente hostil. Viver sem nenhum tipo de segregação das massas gerais parece impossível na exata proporção das distinções individuais.

É claro que as coisas serão muito diferentes em Utopia. Utopia estará saturada de opiniões. Para nós, vestidos com as nossas lãs das montanhas e sem dinheiro – exceto notas bancárias do governo britânico (as quais são transferíveis apenas a uma distância praticamente infinita) –, esta é uma indução necessariamente reconfortante. Contudo, os modos em Utopia não serão apenas tolerantes, mas praticamente toleráveis de maneira universal. Inúmeras coisas compreendidas por poucos na Terra serão compreendidas perfeita e universalmente em Utopia. Ou seja, a conduta baixa e a grosseria dos modos serão marcas distintivas que não servirão para a divisão da comunidade sob nenhuma hipótese. As razões mais hostis por privacidade, portanto, não existirão aqui. E aquele tipo de timidez selvagem que torna reclusas e defensivas as pessoas semieducadas da Terra não acometerá os habitantes de Utopia por meio de educações mais liberais. No Estado cultivado, supomos que será muito mais fácil que as pessoas se alimentem, descansem, divirtam-se e trabalhem em público.

Uma utopia moderna

Nossa atual premência por privacidade em muitas coisas marca, decerto, uma fase de transição de um conforto em público devido à homogeneidade do passado para um conforto em público devido à inteligência e à boa educação. Em Utopia, essa transição estará concluída. Devemos ter isso em mente ao considerar essa questão.

Ainda assim, após essa concessão ter sido realizada, ainda há uma reivindicação considerável por privacidade em Utopia. Os quartos, ou apartamentos, ou casas, ou mansões, seja lá o que for que os homens e as mulheres mantenham nas montanhas, devem ser privados e estarão em seu domínio absoluto. Parece duro e intrusivo permitir um projeto de jardim central ou em peristilo[65], típicos de Pompeia[66], dentro das adjacências da casa, e é quase tão difícil negar um pequeno território privado que ultrapasse suas fronteiras. Porém, se concedermos isso, ficará evidente que, sem uma provisão adicional, concederemos também a possibilidade de que um cidadão pobre (se é que haverá pobres e ricos nesse mundo) seja forçado a caminhar por quilômetros de vilas ajardinadas com cercas altas até que possa ir além de seu pedacinho de terra assegurada. Esse já é o péssimo destino do pobre londrino. A nossa Utopia terá, é óbvio, estradas impecáveis e comunicações interurbanas lindamente estabelecidas, bem como trens velozes ou serviços motores ou o que for necessário para dispersar a população pelo globo. E, sem provisões antecipatórias, a perspectiva das áreas residenciais se tornará áreas vastas de vilas paradisíacas, como o Éden[67], com muralhas defensivas onde for possível.

Essa é uma questão quantitativa que deve ser lembrada e jamais desconsiderada por toda declaração de princípio. Os habitantes de Utopia obedecerão a ela, suponho, por meio de regulamentações detalhadas, as

---
[65] Estilo arquitetônico marcado por um pátio rodeado de colunas. (N.T.)
[66] Situada ao sul de Nápoles, Pompeia foi uma das cidades mais proeminentes do Império Romano, a qual foi soterrada após uma erupção vulcânica do monte Vesúvio no ano 79 d.C. A cidade se tornou Patrimônio Mundial da UNESCO depois de escavada. A arquitetura de Pompeia é marcada por anfiteatros, termas, ginásios, portas e muralhas. (N.T.)
[67] Referência ao local habitado por Adão e Eva, segundo a doutrina cristã, antes do pecado original. (N.T.)

quais, muito provavelmente, deverão variar de acordo com as condições locais. A privacidade além do território doméstico pode tornar-se um privilégio a ser pago em relação à proporção da área ocupada, e a tributação sobre essas licenças de privacidade deverá ser proporcional ao metro quadrado da área afetada. Uma fração máxima de área privada para cada quilômetro quadrado urbano e suburbano poderia ser delimitada. Uma distinção poderia ser feita entre um jardim absolutamente privado e um jardim privado e, portanto, reservado apenas por um dia ou algumas semanas; e, em outros momentos, aberto ao público comportado. Quem, em uma comunidade civilizada, se oporia a tal medida de invasão? Os muros poderiam ser taxados por altura e comprimento, e o acesso privado a belezas verdadeiramente naturais, como corredeiras, cascatas, desfiladeiros, mirantes e outras coisas, seria impossibilitado. Assim, um compromisso razoável entre as reivindicações vitais e conflitantes no tocante à liberdade de movimentação e ao isolamento seria alcançado...

E, à medida que discutimos tais questões, nós nos aproximamos mais e mais da estrada que sobe e passa pelo cume de Gotardo e por baixo de Val Tremola[68], em direção à Itália.

Que tipo de estrada seria essa?

SEÇÃO 3

A liberdade de movimentar-se em uma utopia planejada de acordo com as condições modernas deve envolver algo além da passagem errante e irrestrita de pedestres. Portanto, a proposição de uma língua universal em comum carrega consigo a ideia de uma população mundial que tenha viajado ou que possa viajar a uma distância muito maior do que qualquer coisa que a nossa Terra tenha presenciado. De acordo com a nossa presente

---

[68] Val Tremola ou estrada Tremola é uma passagem asfaltada em formato de serpente. (N.T.)

experiência terrestre, os desenvolvimentos econômicos e políticos é que propiciam que uma classe específica viaje, e então aquela classe passa a usufruir de tal possibilidade. Na Inglaterra, por exemplo, acima da marca de quinhentas ou seiscentas libras por ano é difícil encontrar quem não esteja acostumado aos hábitos migratórios; que não tenha ido, como as pessoas dizem, ao "estrangeiro". Em Utopia Moderna, as viagens fazem parte da tessitura comum da vida. Desbravar climas e cenários novos; descobrir uma nova compleição da humanidade e um novo tipo de casa e aparelhos; entalhar rabiscos em árvores novas; conhecer outras plantas, flores e animais; escalar montanhas; ver a noite nevada do norte e a chama tropical do meio-dia no sul; percorrer grandes rios; experimentar a solidão do deserto; atravessar a escuridão das florestas tropicais; cruzar os mares altos; tudo isso será uma parte essencial da recompensa e da aventura da vida, até mesmo para as pessoas mais comuns. Essa é uma especificidade agradável e brilhante em que a nossa Utopia Moderna há de diferir diametralmente de suas predecessoras.

Podemos concluir, diante do que foi feito em lugares sobre a nossa Terra, que o mundo utópico será completamente aberto, acessível e seguro para o viajante, como a França e a Inglaterra são hoje em dia. A paz mundial será estabelecida para sempre e em todo e qualquer lugar (exceto em áreas remotas e isoladas), haverá pousadas agradáveis, pelo menos tão agradáveis e seguras quanto aquelas da Suíça no presente. Os clubes de turismo e associações hoteleiras que tarifaram a Suíça e a França de maneira tão efetiva serão tarifados de maneira equivalente em Utopia, e o mundo inteiro estará habituado à ida e à vinda de estranhos. A maior parte do mundo será segura e barata e acessível a todos, tal e qual Zermatt[69] ou Lucerna ou o leste europeu da classe média atual.

Quanto a esse assunto isolado, os locais não serão tão congestionados quanto esses dois são na Terra. Diante da liberdade de ir a qualquer lugar, com acesso livre a todo lugar, sem medo das dificuldades referentes

---

[69] Região turística da Suíça. (N.T.)

ao idioma, moeda, costumes ou leis, por que as pessoas continuariam a visitar sempre os mesmos locais? As aglomerações são meros frutos da inacessibilidade, da insegurança e do custo elevado da vida contemporânea, uma fase estranha e transitória inerente aos primórdios da era das viagens feitas pela humanidade.

Os habitantes de Utopia, sem dúvida, viajarão de maneira diferente. É improvável que haja ferrovias cuspidoras de fumaça em Utopia; já estão fadadas ao desaparecimento na Terra; ameaçadas com aquela obsolescência que as renderá aos Ruskins[70] de amanhã, mas em seu lugar haverá uma fina teia de rotas especiais e discretas que cobrirão as terras desse mundo, perfurarão os terrenos montanhosos e os túneis sob os mares. Estas poderão ser malhas ferroviárias ou monoviárias ou o que for – não somos engenheiros para opinar em relação a esses dispositivos –, mas por meio delas os habitantes de Utopia viajarão pela Terra, de um ponto central a outro a uma velocidade de duzentos ou trezentos quilômetros, ou mais, por hora. Isso deverá abolir as grandes distâncias. Podemos imaginar que essas ligações seriam algo semelhante aos corredores de trens, que são amplos e viajam suavemente; abertos de ponta a ponta, com vagões em que se pode sentar, ler e tomar uma bebida; onde as notícias do dia chegam impressas por meio de cabos ao lado dos trilhos; vagões em que se pode ter privacidade e dormir, se for essa for a vontade; vagões-banheiro, vagões-biblioteca; um trem tão confortável quanto um bom clube. Não haverá distinções de classe nesses trens, pois em um mundo civilizado não haveria diferenças entre um homem e outro, e, para o bem de todo o mundo, essas viagens seriam tão baratas quanto pudessem ser, acessíveis ao bolso até mesmo de pobres ladrões de galinhas.

Essas grandes linhas de trens serão usadas quando os habitantes de Utopia desejarem viajar de maneira rápida e a longas distâncias. Assim, poderão deslizar por toda a superfície terrena do planeta; e, delas, outros sistemas menores e inumeráveis seriam alimentados e distribuídos;

---

[70] Referência a John Ruskin, poeta, escritor e desenhista inglês. (N.T.)

pequenos bondes elétricos e limpos, imagino, estariam espalhados pelas terras por meio de conexões ainda menores, que se aproximariam e se tornariam mais densas nas regiões urbanas e diminuiriam com a demanda menor de pessoas. Percorrendo a lateral dessas malhas ferroviárias mais suaves, e espalhando-se além de sua abrangência, haveria estradas menores e suaves, como esta, da qual nos aproximamos, onde veículos, automóveis, bicicletas e tudo o mais viajam. Duvido que haverá cavalos sobre essa estrada sofisticada, suave e limpa. Duvido que haverá cavalos nas rodovias de Utopia, ou que sejam usados como meio de transporte no planeta. E por que deveriam, afinal? Onde houver gramado ou areia, ou em trechos especiais, os cavalos até poderão ser utilizados por esporte ou lazer, mas seu uso se restringirá tão somente a isso. Quanto aos outros animais de carga, por exemplo, nas pistas mais remotas das montanhas, a mula sem dúvida ainda será um meio de sobrevivência pitoresca, enquanto no deserto os homens ainda encontrarão uso para os camelos e, no leste, os elefantes ainda poderão ser vistos desfilando. Todavia, o tráfego menor de cargas, se não ele todo, será certamente mecânico. Isso é o que veremos mesmo em estradas ainda remotas: automóveis velozes e esplêndidos, bem como ciclistas passando, e nessas regiões agradáveis também haverá pedestres. Pistas para ciclistas serão abundantes em Utopia, às vezes percorrendo toda a extensão das rodovias, mas frequentemente percorrendo caminhos mais agradáveis em meio às florestas, às plantações e aos pastos, e ainda haverá uma grande variedade de pistas para pedestres e vias menores. Haverá caminhos para pedestres em Utopia, caminhos agradáveis sobre as torres perfumadas das montanhas de pinheiros; pistas forradas de prímulas em meio ao mato das regiões mais baixas; trilhas que percorrem os córregos e que atravessam a amplitude das plantações de milho e trilhas em meio aos jardins floridos em que as casas das cidadezinhas repousarão. E a todo lugar do mundo, seja por meio das estradas ou trilhas, seja por baixo do mar ou sobre a terra, os habitantes felizes de Utopia se deslocarão.

A população de Utopia será uma população migratória acima de todo precedente terreno, não apenas uma população de viajantes, mas uma população migratória. As velhas utopias estavam todas restritas a um local, situadas como um conselheiro paroquial, mas é evidente que hoje em dia as pessoas mais comuns vivem em locais que poderiam ter sido reinos na antiguidade, que teriam surpreendido com incredulidade até mesmo os atenienses que criaram as leis e os sistemas legais. Com exceção dos hábitos da parcela mais rica da população durante o Império Romano, nunca houve o menor precedente para esse desapego moderno em relação a um lugar. Viajar cento e trinta ou cento e quarenta quilômetros de casa ao trabalho tornou-se algo comum, assim como percorrer oitenta quilômetros em uma hora para jogar golfe em um fim de semana. A verdade é que, a cada verão, tornou-se um hábito fixo viajar para longe. Apenas a falta de jeito para a comunicação nos limita, mas a facilidade de locomoção amplia não apenas o nosso potencial, mas a nossa abrangência habitual. E não é só isso. Mudamos de casa com crescente facilidade e frequência; para *sir*[71] Thomas More, deveríamos ser uma raça de nômades. A velha fixação foi uma necessidade, não uma escolha, mera fase no desenvolvimento da civilização, um truque dos homens primitivos aprendido com os recém-amigos. O milho, o vinho e a casa, o espírito indômito do jovem se voltou ao modo errante e ao mar. A alma dos homens nunca havia se disposto a fixar-se a terra. Até mesmo o senhor Belloc, o qual prega sobre a felicidade do servo proprietário de camponeses, é muito mais sábio do que seus pensamentos quando navega em sua pequena embarcação ou caminha da Bélgica a Roma. Ganhamos liberdade mais uma vez, uma liberdade renovada e ampliada, e agora não há a necessidade nem a vantagem em manter uma vida de servidão a um lugar ou a outro. Os homens poderão, em algum momento, estabelecer-se na nossa Utopia Moderna seja por amor, seja pela família, mas em primeiro lugar, e da maneira mais abundante possível, poderão experimentar o mundo.

Com o afrouxamento dos grilhões da localidade presos aos tornozelos dos homens, haverá necessariamente todo o tipo de distribuições novas

---

[71] O título de *sir* é uma condecoração de honra dada pela Coroa britânica aos cidadãos considerados mais nobres e influentes. (N.T.)

dos fatores da vida. Na nossa pobre terra aleatória, onde quer que o homem trabalhe; onde quer que haja coisas a serem cultivadas; minerais a serem extraídos; eletricidade a ser utilizada; lá, independentemente das alegrias e das decências da vida, as necessidades domésticas terão de ser agrupadas. Contudo, em Utopia, haverá grandes extensões de terras taciturnas ou insalubres ou trabalhosas ou perigosas sem nenhum funcionário. Haverá regiões de mineração e fundição, enegrecidas devido à fumaça das fornalhas, talhadas e desoladas devido às minas, com um tipo de grandiosidade inóspita dada a desolação industrial, e os homens irão para lá, trabalharão durante um período de tempo e retornarão à civilização, limpos e com suas vestimentas trocadas dentro de trens velozes. E, por meio de um sistema de compensação, haverá lindas regiões da Terra, regiões especialmente destacadas e favoráveis às crianças; nelas, a presença dos pequenos será abatida da tributação; as passagens mais baixas e os montes dianteiros destes Alpes, por exemplo, serão populosos, com casas que servirão aos vastos horizontes aráveis da porção mais alta da Itália.

Portanto, veremos, assim que descermos pelo pequeno rio, à margem do Lucendro, e até mesmo antes de alcançarmos a estrada, os primeiros chalés e ambientes domésticos espalhados, onde esses migrantes vivem: as casas altas de verão. Com a chegada do verão, e com o recuo da neve do lado mais alto dos Alpes, uma maré de casas e escolas, professores e médicos, e todo o tipo de serviços de atendimento fluirão para as montanhas, e deixarão a região assim que a neve voltar, em setembro. É essencial para o ideal moderno de vida que o período escolar e de crescimento seja prolongado pelo período mais tardio possível e que a puberdade também seja, e de modo correspondente, retardada. Assim, por meio de uma regulamentação sábia, os governantes de Utopia ajustarão e reajustarão as regulamentações e taxações e maneira constante, para diminuir, em condições quentes e estimulantes, a proporção de crianças atrasadas. Essas montanhas altas serão, no doce verão ensolarado, populosas com a juventude. Até mesmo nas regiões que levam a estes lugares mais altos, onde a neve se esvai em meados de junho, essas casas se estenderão, e abaixo delas, todo o longo vale de Urseren[72] será uma cidade de veraneio povoada.

Pode-se imaginar uma das rodovias mais urbanas, uma daquelas ao longo das quais as ferrovias iluminadas da segunda ordem passam, como aquela no vale de Urseren, a qual acessamos no momento. Penso que ela deve ser vista à noite, uma faixa de aproximadamente noventa metros de comprimento, o caminho em ambos os lados sombreado pelas árvores altas e suavemente iluminado devido aos raios alaranjados de luzes. Enquanto isso, no centro baixo, a estrada se estende. Às vezes, um vagão de trem noturno passa radiante e feliz, mas quase inaudível. Ciclistas com suas lanternas acesas percorrem as trilhas rapidamente, como libélulas, e com frequência algum automóvel cantarola apressado, indo ou vindo ora da Renânia[73], ora da Suíça e ora da Itália. Ao longe, em ambos os lados, as luzes das pequenas casas interioranas reluzem sobre o declive das montanhas.

Posso imaginá-la à noite, pois é assim que devemos vê-la pela primeira vez.

Sairíamos do nosso vale montanhoso e caminharíamos em direção à estrada menor que corre pelas rochas selvagens e solitárias da passagem de São Gotardo[74]. Desceríamos aqueles quinze quilômetros de rota sinuosa e chegaríamos por volta do crepúsculo entre o amontoado de casas e jardins superiores abertos de Realp e Hospenthal e Andermatt[75]. Entre Realp e Andermatt, e na direção do desfiladeiro de Schoellenen[76], perpassaria uma grande estrada. Até alcançarmos a tal estrada, estaríamos no caminho de uma compreensão melhor de nossa aventura. Já teríamos uma compreensão mais ampla – ao avistarmos os dois agrupamentos familiares de chalés e hotéis substituídos por uma grande multidão de casas dispersas, bem

---

[72] O Urseren é um vale na Suíça, na região de Uri. (N.T.)
[73] A Renânia é uma região que fica a oeste da Alemanha. (N.T.)
[74] Passagem montanhosa localizada em Uri, na Suíça. (N.T.)
[75] Comunas no cantão de Uri, na Suíça. (N.T.)
[76] Desfiladeiro no cantão de Uri, na Suíça. (N.T.)

como as luzes pelas janelas, mas nada além disso – de que havíamos sido vítimas de uma transição estranha do espaço e do tempo, e desceríamos, pensativos e um bocado receosos, por meio das construções pouco iluminadas até a região que corresponderia a Hospenthal. Desembocaríamos em uma grande rodovia principal, como uma avenida urbana, onde olharíamos de cima a baixo, hesitantes sobre se deveríamos percorrer o Passo da Furka[77] ou se deveríamos descer por Andermatt, pelo desfiladeiro que levaria a Göschenen[78]...

As pessoas passariam por nós em meio ao crepúsculo, e depois mais pessoas, todas caminhando normalmente, usando vestidos graciosos, porém pouco familiares. No entanto, não distinguiríamos muito mais além disso.

– Boa noite! – iriam dirigir-se a nós em alto e bom tom. Seus rostos pouco iluminados passariam por nós mediante certo escrutínio.

Responderíamos com perplexidade:

– Boa noite!

Afinal, conforme estabelecido pelas convenções no início deste livro, compartilharíamos a liberdade de falar a mesma língua.

SEÇÃO 4

Se esta fosse uma história, eu deveria contar-lhes detalhadamente sobre como tivemos sorte em encontrar uma moeda dourada de Utopia; como finalmente conseguimos nos hospedar em uma pousada e como achamos tudo maravilhosamente simples. Você deve estar imaginando que somos os hóspedes mais tímidos e observadores, mas, quanto à comida que nos servem e às instalações da casa, bem como todo o nosso entretenimento, falaremos melhor em outro momento. Estamos em um mundo migratório,

---

[77] Passagem nos Alpes suíços localizada no cantão de Uri. (N.T.)
[78] Comuna na Suíça, no cantão de Uri. (N.T.)

sabemos disso, um mundo extremamente habituado aos estrangeiros; nossas roupas das montanhas não são exóticas o bastante para atrair a atenção das pessoas, apesar de malfeitas e esfarrapadas para os padrões de Utopia, e somos tratados como gostaríamos na melhor das hipóteses: ou seja, à maneira que somos, descuidados mas discretos. Olhamos ao nosso redor e procuramos pistas e exemplos, e de fato começamos a entender alguma coisa. Após o nosso jantar estranho, mas não desagradável, em que não observamos sinais de carne, saímos da casa para respirar ao ar livre e conversar de maneira discreta, e lá avistamos aquelas estranhas constelações sobre nossas cabeças. Percebemos, então, de maneira clara e absoluta, que nossa imaginação apercebeu-se de si; finalmente deixamos de lado os pensamentos sobre o conto de Rip-Van-Winkle[79] que nos entreteve até então, bem como sobre todas as dessemelhanças desde a nossa descida até a passagem da montanha; imaginação amalgamada a uma absoluta convicção de sabermos que estamos em Utopia.

Passeamos por baixo das árvores ao lado da estrada principal, observamos os transeuntes simplórios como se fossem os fantasmas de uma história. Raramente nos dirigimos um ao outro. Entramos em uma pequena passagem e chegamos a uma ponte sobre o turbulento rio Reuss[80], o qual corria apressado em direção à Devil's Bridge[81], no desfiladeiro abaixo. Ao longe, acima do topo do Furka, um brilho pálido representa o prelúdio da subida da lua.

Um casal de namorados passa cochichando, e nós dois os seguimos com os olhos. Esta Utopia certamente preservou a liberdade fundamental, a liberdade de amar. Em seguida, o doce ressoar de um sino de algum lugar alto, na direção de Oberalp[82], toca vinte e duas vezes.

---

[79] Conto escrito por Washington Irving, o qual foi publicado em 1819. O personagem principal sobe às montanhas e dorme por vinte anos, mas só descobre isso quando desce de volta à cidade e percebe que está velho e tudo está mudado. (N.T.)

[80] Rio cuja nascente se encontra no cantão de Uri. (N.T.)

[81] Há diversas *Devil's Bridges*, ou pontes do Diabo, na Europa. São geralmente feitas de pedra em formato de arco. (N.T.)

[82] Referência ao Passo Oberalp, no cantão de Uri, na Suíça. (N.T.)

Interrompo o silêncio e digo:

– Isso deve significar dez da noite.

Meu colega se debruça e olha o rio calmo logo abaixo. Percebo o ávido contorno da lua, como uma agulha de prata incandescente rastejando sobre o cume e, de repente, o rio parece estar vivo em meio a clarões.

Ele fala sobre o curso que seus pensamentos tomaram e me assombra.

– Eu e ela éramos dois apaixonados – diz, e balança a cabeça na direção dos habitantes de Utopia que haviam passado. – Eu a amei desde sempre, e nunca pensei em amar mais ninguém desde então.

É algo curiosamente humano, e, a meu respeito, não é algo que planejei. Finalmente, ao observar o crepúsculo em meio à cidade de Utopia, quando toda a minha existência deveria ser tomada por um pensamento meta-especulativo, este homem parado ao meu lado desvia a minha atenção, com persistência, para ele próprio, para sua existência limitada e fútil. Isso sempre acontece comigo, essa intrusão de algo pequeno e irrelevante e vivo sobre as minhas grandes impressões. A primeira vez que vi Matterhorn[83], aquela rainha altiva em meio ao pico alpino, distraí-me além da minha apreciação pelo conto de um homem que não podia comer sardinhas – apenas as sardinhas causavam isso a ele; e, durante as minhas primeiras caminhadas pelas ruas pardas de Pompeia, uma experiência que eu havia previsto com uma intensidade estranha, fui acometido com o discurso mais estupidamente inteligente possível de se imaginar sobre tarifas veiculares nas principais capitais da Europa. E agora este homem, na minha primeira noite em Utopia, fala e fala e fala sobre seu miserável caso de amor.

Ele conta a história como se fosse uma daquelas tragédias vulgares e débeis, uma daquelas histórias de submissão natural ao acaso e aos costumes que o senhor Hardy[84] ou George Gissing[85] poderia ter aproveitado

---

[83] Matterhorn ou Monte Cervino é um dos montes mais conhecidos dos Alpes. O seu formato inspirou os chocolates da marca suíça Toblerone. (N.T.)

[84] Thomas Hardy foi um prolífico poeta e escritor de origem britânica. (N.T.)

[85] George Robert Gissing foi um professor e escritor britânico. (N.T.)

como tema. Entreouço no início enquanto observo figuras escurecidas sob a luz da lua, indo e vindo pela estrada. Não compreendo como ele consegue transmitir tamanha convicção, mas, ainda assim, a mulher que ele ama é linda.

Juntos eram um garoto e uma garota, e mais tarde se reencontraram em um mundo de discrições confortáveis. Ele parece ter conduzido a vida com decoro e grande fé, pareceu ser tímido, inocente e reprimido, além de deter um tipo mental alheio aos sucessos mundanos; mas deve ter sonhado com ela e a amado suficientemente bem. Nunca saberemos como a moça se sentia em relação a ele, parecia uma amizade ingênua, a mesma na qual treinamos nossas garotas. De repente, foram acometidos por um grande estresse. O homem que se tornou marido dela apareceu de repente, estava perdidamente apaixonado. Era um ano e pouco mais velho do que ambos, e tinha o hábito de lutar por seus objetivos; já era um homem de sucesso e prometia riqueza – conforme depreendi das palavras do meu interlocutor –, mas a desejava sobretudo devido à sua beleza.

Conforme o "meu" botânico falava, pude notar todo o "draminha" de maneira mais clara do que pelas suas palavras. Notei que todos os atores dessa história se vestiam absurdamente como a classe média de Hampstead, faziam reuniões de domingo após a igreja (homens com chapéus de seda, sobrecasacas e guarda-chuvas devidamente enrolados); faziam raras excursões dentro de vestidos de festa (mas liam um tipo de ficção decorosamente vulgar em suas casas); suas sentimentalidades andavam a passos lentos; as mães eram adoráveis e experientes, os pais eram respeitosos; também havia as tias, as "pessoas" da parte dele e da parte dela; composições e canções ao piano... e neste cenário está o nosso amigo de um lado, "muito ligeiro" em botânica, o qual "escolheu" isso como sua "profissão"; e do outro lado, a garota, naturalmente linda. Nesse enredo, notei que o ambiente propiciou definitivamente que garras de força elementar se lançassem sobre sua presa.

Ou seja, um estranho recém-chegado conseguiu o que queria. A garota achava que nunca havia amado o botânico verdadeiramente e que, na verdade, seu sentimento por ele se resumia à amizade, embora mal soubesse o significado daquelas três palavras tão delicadas. Diante disso, separaram-se em meio a lágrimas e de maneira um tanto incoerente. Não ocorreu ao botânico que ela não teria uma vida convencional em algum dos inúmeros lugares semelhantes à bolha de Frognal, local que ele considerava o tecido celular do mundo.

Mas a verdade é que não era.

Ele guardou uma foto da moça tanto quanto sua doce memória, e mal conseguiu esquecê-la. Seu amor pareceu ter se fortalecido ainda mais com o peso da experiência, pareceu ter crescido diante da desolação e do pensamento sobre o que ela havia significado em sua vida. Depois de oito anos se reencontraram.

Ao chegar à sua parte da história, mediante minha iniciativa já havíamos deixado a ponte e estávamos caminhando em direção à pousada de Utopia. Ah, a pousada de Utopia! A voz do botânico sobe e desce, e às vezes ele segura em meu braço. Minha atenção vem e vai.

– Boa noite – dois habitantes de Utopia gritam em nossa direção em sua língua universal, e eu lhes respondo:

– Boa noite.

– Você percebe – ele prossegue –, eu a vi apenas uma semana atrás. Foi em Lucerna, enquanto eu esperava por você, vindo da Inglaterra. Conversamos três ou quatro vezes no total. E o rosto dela estava diferente, não consigo tirar isso da cabeça, noite ou dia. Como ela parecia gasta pela vida...

Enquanto isso, em meio aos troncos de pinheiros altos, as luzes da nossa pousada brilham diante de nós.

Ele fala vagamente sobre o mau uso conferido à moça pelo cônjuge[86].

---

[86] Na época em que o livro foi publicado, em 1905, a mulher ainda era amplamente vista como uma propriedade do marido. No entanto, as origens políticas e filosóficas que alicerçam o feminismo remetem ao Iluminismo e à Revolução Francesa, no século XVIII. Em 1905, alguns movimentos esparsos em direção ao feminismo começavam a se formar e a ganhar força ao redor do mundo. (N.T.)

– O marido é vaidoso, presunçoso e desonesto de acordo com os limites da lei, além de ser bêbado. Há cenas e insultos...

– Ela lhe contou?

– Não muito, mas outra pessoa me contou. Ele leva outras mulheres à presença dela por pura maldade.

– E isso ainda ocorre?

– Sim, ainda.

– E precisa ir adiante?

– O que quer dizer?

Faço silêncio por um instante.

– Trata-se de uma moça em apuros que precisa da ajuda de um cavalheiro. Por que não colocar um ponto final nesse sofrimento deplorável?

(Imagine a cena heroica da mocinha sendo resgatada pela Voz.) Chego a me esquecer completamente de que estamos em Utopia.

– O que você quer dizer?

– Tome-a! De que vale toda essa emoção se seus atos não são compatíveis?

Ele parece perplexo diante de mim.

– Você quer dizer... fugir com ela?

– Parece-me o mais apropriado a fazer, nesse caso.

Durante um instante ele fica em silêncio e continuamos caminhando entre as árvores. Um vagão de Utopia passa e fito o seu rosto, um pobre miserável esquelético e assustado em meio ao reflexo daquela luz.

– Isso tudo faria sentido em um romance, mas como eu poderia voltar ao meu laboratório, como poderia dar aulas para turmas mistas com garotas diante dessa situação? Como e onde poderíamos viver? Até poderíamos ter uma casa em Londres, mas quem nos visitaria? Além disso, você não a conhece. Ela não é o tipo de mulher... Não pense que sou um cara tímido ou convencional. Não pense que eu não sinto nada, pois eu sinto, sim! Você não sabe como é estar em uma situação dessas.

Ele para e de repente começa a falar com certa agressividade:

– Às vezes sinto que poderia estrangulá-lo com as minhas próprias mãos!

O que não faz o menor sentido.

E então ele lança suas mãos de botânico à frente, em um gesto de impotência.

– Pobre homem! – exclamo e me calo.

Por um momento, esqueço novamente que estamos em Utopia.

SEÇÃO 5

Voltemos a Utopia. Estávamos falando sobre viagens.

Além das rodovias, ferrovias e das linhas de bonde, para aqueles que vão e vêm na Terra, os habitantes de Utopia Moderna terão muitos outros meios de locomoção. Haverá rios, por exemplo, com grande variedade de barcos; canais com diversos tipos de fretes; haverá os lagos e as lagoas; e, quando alguém chegar à fronteira de uma terra, os barcos de lazer estarão lá à sua espera, indo e vindo, e as majestosas e rápidas embarcações de passageiros, enormes e estáveis, navegando a trinta nós por hora ou mais, tracejarão longas trilhas ao passarem transversalmente pela vastidão do mar agitado.

Eles estarão no início da aviação em Utopia. Devemos muito ao senhor Santos Dumont[87]; o mundo é imensamente mais predisposto a acreditar na possibilidade dessa maravilha, a qual parece mais próxima na atualidade do que era há cinco anos. Mas, apesar de supormos que o conhecimento científico estará mais avançado em Utopia – e, embora esta suposição não tivesse sido prevista na nossa tese inicial, seria uma inconveniência não inseri-la no escopo das nossas premissas –, eles estarão no mesmo estágio experimental que nós. Em Utopia, no entanto, serãos conduzidas pesquisas pelas forças armadas enquanto nós as conduzimos... não conduzimos nada, só deixamos acontecer. Tolos fazem pesquisas e

---

[87] O brasileiro Alberto Santos Dumont foi aeronauta, inventor e entusiasta da aviação. No entanto, a invenção do avião é um assunto controverso, uma vez que é geralmente creditada aos Irmãos Wright. (N.T.)

homens sábios exploram essas pesquisas, esse é o nosso jeito mundano de lidar com a questão, e agradecemos aos céus por uma suposta abundância de tolos financeiramente impotentes e suficientemente engenhosos.

Em Utopia, uma grande multidão de homens selecionados, voluntários escolhidos, irá colaborar nesse novo passo do empenho humano. A Casa de Saloman[88], do visionário Francis Bacon, será algo realizável e operante em nossa empreitada utópica. Toda universidade do mundo trabalhará com senso de urgência neste ou naquele aspecto do problema. Relatórios de experimentos, completos e atempados – tal como os relatórios telegráficos de críquete[89] na nossa atmosfera esportiva – estarão disponíveis ao mundo. Tudo isso acontecerá, como no passado, atrás das cortinas de nossa primeira experiência, atrás dessa primeira imagem do vale Urseren urbanizado. A literatura acerca do assunto crescerá e se desenvolverá com a agilidade do arremate de uma águia à medida que descemos pela encosta; invisibilizada sob o crepúsculo, impensada por nós até o presente momento; mil homens em mil cadeiras reluzentes, uma atribulada imprensa especialista que peneira, critica, condensa e desimpede novas especulações para todo o sempre. Aqueles que estiverem preocupados com os problemas referentes ao transporte público seguirão as investigações aeronáuticas com um interesse ávido e empreendedor, assim como os fisiologistas e os sociólogos. A pesquisa em Utopia procederá também como o arremate de uma águia em comparação à estabanação de um cego pelas vias terrestres[90]. Mesmo antes do final da nossa breve jornada a Utopia, poderemos ter uma breve noção acerca do rápido amadurecimento de toda essa atividade, que estará em progresso assim que chegarmos. Amanhã, talvez, ou em aproximadamente um dia, algo silencioso e distante virá sobrevoando a paisagem das montanhas, dará uma guinada e plainará acima de nossas vistas incrédulas...

---

[88] Comunidade científica idealizada por Francis Bacon na obra *Nova Atlântida*. (N.T.)
[89] Esporte de origem inglesa. (N.T.)
[90] À época da publicação desta obra, as deficiências eram vistas como doenças, e não como condições. Em obras clássicas, é infelizmente comum a abordagem pouco respeitosa a cegos, surdos, mudos e a outras condições. (N.T.)

SEÇÃO 6

Contudo, meu amigo e seu terrível impasse deslocam a minha mente das questões referentes às liberdades e à locomoção. Apesar de tudo, encontro-me matutando sobre seu caso. Ele está apaixonado; é o amante anglicano mais convencional, com um coração que foi treinado, penso eu, em uma sala de aula limpa, mas limitada, como as do senhor Henry Wood[91]...

Creio que em Utopia os habitantes voarão com rêmiges mais fortes. A vida não há de se circunscrever apenas às superficialidades, o movimento será abrangente e livre. Plainaremos ainda mais alto e arremataremos de maneira ainda mais íngreme do que meu colega botânico – preso em sua gaiola – jamais poderá crer. Qual será o alcance, quais serão as proibições? Quais serão os tipos de preconceitos que ele e eu sofreremos aqui?

Minha mente flui livre e levemente, o fluxo típico do final de um dia agitado, e à medida que caminhamos silenciosamente em direção à nossa pousada, pulo de assunto a assunto; debruço-me às questões fundamentais da vida individual bem como à perplexidade dos desejos e das paixões. Encaro meus questionamentos como os mais difíceis de todos os compromissos, aquelas mitigações de liberdade momentânea que constituem as leis do casamento, o mistério do equilíbrio entre a justiça e um futuro promissor em meio a essas paixões violentas e esquivas. Qual é o equilíbrio entre as liberdades, nesse caso? Passo da utopização[92] total para, então, fazer a pergunta à qual o próprio Schopenhauer não foi capaz de responder inteiramente: por que, certas vezes, mesmo que algo nos machuque, nos destrua e não faça sentido, continuamos desejando-o de maneira tão veemente?

Emerjo de tal olhar infrutífero das nossas profundezas para a questão geral sobre as liberdades nessa nova relação. Estou longe, à deriva em

---

[91] Henry Joseph Wood foi um maestro de origem inglesa. (N.T.)
[92] Neologismo que representa o ato de transformar uma ideia em uma utopia. (N.T.)

relação ao assunto do botânico de Frognal, e pergunto-me como uma utopia moderna lidará com a ética pessoal.

Como Platão demonstrou muito tempo atrás, os princípios da relação entre o controle do Estado e a ética pessoal podem ser mais bem discutidos no caso de intoxicação[93], o problema mais isolado e menos complexo de um grupo inteiro de problemas.

No entanto, o tratamento de Platão a respeito de quem pode ou não usar o vinho – apesar de ser suficientemente apropriado considerar um pequeno Estado em que todos são inspetores de todos – é de todo irrelevante sob o espectro das condições modernas segundo as quais manteremos um padrão extraordinariamente alto de privacidade individual bem como amplitude e afluência migratórias inconcebíveis à imaginação acadêmica. Podemos aceitar seu princípio e colocar essa liberdade particular (o uso do vinho) entre os privilégios distintivos da maturidade, e, ainda assim, achar puro tudo o que uma pessoa moderna possa pensar sobre a questão da bebida.

Essa questão em Utopia se diferenciaria, talvez, na proporção de seus fatores, mas em nenhum outro aspecto em relação ao que é na Terra. Os mesmos fins desejáveis serão vislumbrados: a manutenção da ordem pública e a decência; a redução ao mínimo das induções à forma, este hábito ruim, ineficaz e insignificante; e a proteção completa dos imaturos. Mas os habitantes de Utopia Moderna – uma vez sistematizada sua sociologia – terão prestado atenção à psicologia dos oficiais secundários, um assunto negligenciado por completo pelos reformistas sociais da Terra. Eles não colocarão poderes diretos e indiretos nas mãos de policiais comuns, os quais representariam um perigo público diante de um juiz. E evitarão o erro imensurável de transformar o controle do tráfico de bebida em uma fonte de faturamento público. As privacidades não serão invadidas, mas decerto restringirão o consumo público de tóxicos a lugares específicos licenciados e a adultos. Além disso, a tentação dos jovens será considerada

---

[93] Platão usa o termo "intoxicação" para referir-se ao uso de alucinógenos, álcool e outras substâncias. (N.T.)

uma infração grave. Em uma população tão migratória como a de Utopia Moderna, a licença das pousadas e dos bares estará sob o mesmo controle que as ferrovias e as rodovias. Pousadas existirão para os estranhos, e não para os locais, e lá não encontraremos nada que corresponda a uma baboseira qualquer chamada de "opção local".

Os habitantes de Utopia certamente controlarão esse negócio e punirão os excessos pessoais igualmente. Vai-se considerar a embriaguez pública (conforme diferenciada da mera felicidade consequente do uso controlado de vinho) como uma infração contra a decência pública, tratada de maneira bastante drástica. Será, obviamente, um agravamento, e não uma desculpa, para o crime.

Mas duvido que o Estado irá muito além disso. Se um adulto deve tomar vinho, cerveja ou destilados, ou não, é uma questão a ser resolvida com um médico ou com a própria consciência. Duvido que nós, exploradores, nos encontrássemos com homens embriagados, como também duvido que nunca tenhamos nos prestado a isso dentro de nossas liberdades adultas! Adiante, as condições de felicidade física serão mais bem compreendidas em Utopia, e é bom que essas condições existam lá para que o cidadão inteligente possa observar-se de perto. Mais da metade da embriaguez da Terra é uma tentativa de suavizar os dias tediosos, bem como vidas sórdidas, sem esperança e desagradáveis, mas em Utopia as pessoas não sofrerão com essas questões. Seguramente, Utopia será amena, não apenas em relação à bebedeira, mas também na alimentação moderada. Ainda assim, não julgo que vinho e cerveja boa devam ser escassos lá, tampouco os uísques bons e adocicados, ou os licores – a depender da ocasião. Realmente, não penso que devam faltar. O botânico, o qual se abstém inteiramente, pensa de maneira diferente. Divergimos nessa questão e a deixamos a cargo do bom leitor. Tenho o maior respeito pelos absenteístas, proibicionistas, *haters* e perseguidores de donos de pousadas. Sua energia reformista desperta notas responsivas em mim, e, para essa espécie, busco uma grande parte do reparo da nossa Terra...

Temos o Burgundy[94], por exemplo; uma garrafa de Burgundy suave e gentil pode ser ingerida para revigorar o almoço depois de quatro horas extenuantes de trabalho de tirar o apetite; ou cerveja. Uma caneca espumante de cerveja, uma boa quantidade congelada e outra derretida como prelúdio com pão e manteiga de boa qualidade, bem como um pedaço generoso de gorgonzola Stilton[95] oco, um bocado mais de aipo e cerveja – refiro-me a certa liberdade em relação à cerveja. Qual é o pecado em três ou quatro taças de vinho do Porto ou cinco, talvez, por ano, para acompanhar a época em que as nozes estão maduras? Se não for para beber vinho do Porto, de que adiantam as nozes? Guardo essas coisas como recompensa após longos intervalos de abstinência; elas justificam a sua grande e imaculada reserva, que não passa de um mero vazio sem significado na página do paladar que Deus lhe deu! Escrevo sobre essas coisas como um homem de prazeres carnais, confessa e sabidamente, e mais consciente da minha tendência de pecar do que gostaria. Reconheço que sou uma criatura mais dada ao sedentarismo do que à agilidade; não sou nem um décimo mais ativo do que o jornaleiro mais ocioso de Londres. Mas posso ser útil para algumas coisas, utilidades que desaparecem com a monotonia, mas mesmo assim pergunto a mim mesmo por que devemos enterrar o talento dessas sensações por completo. Sob nenhuma hipótese devo pensar nos habitantes de Utopia vivendo suas vidas ordeiras à base de cerveja de gengibre, limonada e cerveja Kops[96]. Essas terríveis bebidas não alcoólicas, soluções preparadas de açúcar com grandes volumes de gás – como os refrigerantes, a água com gás, a limonada e as granadas chamadas de *minerais apagadores de incêndio*, como se referem a elas na Inglaterra –, são capazes de encher um homem de vento e arrogância. E de fato enchem! O café destrói o cérebro e os rins, um fato universalmente reconhecido e advertido na América do Norte; o chá, exceto um tipo de chá verde que pode ser utilizado para o preparo de ponches, escurece as

---

[94] Burgundy ou Borgonha é um vinho produzido na região que leva o mesmo nome, na França. (N.T.)
[95] Tipo de queijo azul produzido na Inglaterra, na região que leva o mesmo nome. (N.T.)
[96] Primeiro tipo de cerveja sem álcool, produzida no Reino Unido. (N.T.)

entranhas e transforma o estômago dos homens honestos em bolsas de couro. Em vez disso, prefiro passar por uma metchnikoffização[97] de uma vez e ter um estômago limpo, bom e cheio de prata alemã. Não! Se não tivermos cerveja em Utopia, dê-me uma boa bebida não alcoólica pela qual valha a pena abandonar o vinho... Água, simplesmente. É ainda melhor quando não vem acompanhada de algo, com um pedaço qualquer de matéria orgânica para que ganhe sabor e algumas borbulhas.

Meu botânico ainda discordaria de tudo isso.

Graças aos céus que este livro é *meu*, e que a decisão final de publicá-lo é toda *minha*. Está liberado a qualquer um escrever sua própria utopia e inventar que ninguém deve fazer nada, exceto mediante o consentimento dos sábios da República, seja ao comer, beber, vestir-se, seja ao morar, como Cabet[98] propôs. Está liberado também ler a utopia proposta em *Notícias de lugar nenhum* com uma taça de vinho que tenha sobrado. Às vezes eu mesmo perco a paciência com o botânico. Apareço na entrada da nossa pousada, diante do proprietário polido, mas nem um pouco servil, e com uma ambiguidade cuidadosa para expressar aquilo que pode soar como um ultraje. Tento fazer graça a respeito da ideia e coloco a minha tese à prova...

– Você vê, meu querido absenteísta? – indaga o dono da pousada, e então coloca uma bandeja e um copo diante de mim. Aqui vai o experimento necessário junto de um suspiro profundo: – Claro, uma cerveja clara e de *excelente* qualidade! Também tem bolo e cerveja em Utopia? Deixe-nos neste mundo mais sensato e bonito para que possamos beber até a perdição dos nossos excessos mundanos. Por que não bebemos ainda mais pelo dia, que há de chegar, em que os homens aprenderão a distinguir entre qualidade e quantidade; a ponderar as boas intenções e a inteligência, a justiça e a sabedoria? Um dos piores males do nosso mundo é certamente a indisciplina, a qual não pode ser ensinada acima do bem.

---

[97] Neologismo que transforma o sobrenome do biólogo e anatomista em um processo. (N.T.)
[98] O francês Etiènne Cabet foi o autor de *Viagem a Icária*, livro em que descreve uma sociedade ideal, igualitária e livre. Essas ideias geraram o movimento icariano, fundador de colônias socialistas nos Estados Unidos entre 1848 e 1898. (N.T. e N.E.)

SEÇÃO 7

No momento, estou deitado em minha cama, mas sem conseguir dormir. Em primeiro lugar, meu cérebro, como um vira-lata em um bairro pouco familiar, precisa virar-se algumas vezes antes de descansar. Esse estranho mistério de um mundo que eu conheço tão pouco; um declive entre as montanhas; uma estrada iluminada pela lua; um tráfego de veículos ambíguos e de formatos indefinidos; as luzes através das janelas de todas aquelas casas, tudo instiga a minha curiosidade. Figuras e incidentes vêm e vão, as pessoas passam, o proprietário permanece atento, e ainda assim, com o interesse mais ávido que brilha pelos seus olhos, sinto as formas desconhecidas das partes da casa e da mobília, as refeições desconhecidas. Fora deste pequeno quarto há um mundo, um mundo inteiro e ainda não imaginado. Milhões de coisas que estão lá fora, no escuro, além desta pequena pousada iluminada, um mundo impensado de possibilidades, considerações subestimadas, surpresas, enigmas imensuráveis, um universo inteiro de consequências monstruosamente complexas que eu devo me empenhar da melhor maneira para desvendar. Tento fazer algumas recapitulações impossíveis e acabo por misturar a característica estranha dos sonhos com os meus próprios pensamentos.

Em meio a este tumulto provocado pela minha memória, há essa imagem do meu companheiro inesperado, tão obcecado por si mesmo e por seu amor egoístico que a mudança para outro mundo parece somente uma mudança de cenário para a sua paixão roedora e entorpecente. Penso que essa paixão também deva existir em Utopia. Portanto, todas as outras ideias tornam-se fracas e turvas e se dissolvem finalmente diante da chegada do sono...

3
A ECONOMIA EM UTOPIA

SEÇÃO 1

    Esses habitantes modernos de Utopia, com seus bons hábitos universalmente difundidos, com sua educação universal, com as belas liberdades que lhes devemos atribuir, com sua unidade global, sua língua global, suas viagens globais, sua liberdade global de compra e venda, permanecerão meros sonhos, incríveis até mesmo sob o crepúsculo, até que demonstremos que a comunidade se sustentaria. De todo modo, a liberdade comum dos habitantes de Utopia não abarcará a liberdade comum de ser imprestável, a economia mais perfeita da organização ainda mantém intacta a questão a respeito da ordem e da segurança em um Estado sobre a certeza de que o trabalho será realizado de alguma forma. Mas como será o trabalho nesse planeta? Qual será a estrutura econômica em Utopia?
    Em primeiro lugar, um Estado tão complexo como o mundo de Utopia, e com uma população tão migratória, precisará de um símbolo útil para

verificar a distribuição dos serviços e produtos. É quase certo que eles precisarão de dinheiro. Eles terão dinheiro e não é inconcebível que, por todos os seus pensamentos melancólicos, o nosso botânico, com sua observação treinada e o hábito de olhar para as pequenas coisas no solo, seria o cara que observaria e apanharia a moeda que caiu do bolso de um transeunte qualquer. (Isso ocorreu em nossa primeira hora em Utopia ou pouco antes de chegarmos à pousada em Urseren Thal.) Pense em nós na estrada, no pico de Gotardo, com nossas cabeças enfiadas nos pequenos discos que nos contavam tanto sobre esse mundo estranho.

É uma moeda de ouro, imagino, e será um acidente assaz conveniente se for o bastante para nos manter aqui por um dia ou mais, até que nos informemos melhor sobre o sistema econômico no qual acabamos de ingressar. Além disso, é uma moeda arredondada e de tamanho considerável, e sua inscrição indica um Leão, o equivalente a doze coroas de bronze. A menos que a proporção dos metais seja diferente aqui, essa deve ser uma moeda de troca, e, portanto, uma moeda corrente, mas de baixo valor. [Isso representaria dor e prazer ao senhor Wordsworth Donisthorpe[99] se ele tivesse a chance de nos acompanhar nessa jornada, pois idealizou uma moeda utópica (*Um sistema de medidas*, escrito por Wordsworth Donisthorpe); as palavras "Leão" e Coroa" foram extraídas de sua idealização. Mas uma moeda de troca e uma moeda corrente não seriam do seu feitio. Elas o desapontariam.] Além disso, estar em Utopia, bem como aquelas doze coroas sugerem que acabamos de nos deparar com uma das coisas mais utópicas, um sistema de contagem duodecimal[100].

O privilégio dos detalhes fornecidos pelo meu autor foram úteis aqui. Esse Leão é uma bela moeda distinta, produzida de modo admirável, com seu valor escrito em letras claras, requintadas e arredondadas na face, bem como uma cabeça de Newton, por incrível que pareça! É possível detectar uma influência estadunidense aqui. A cada ano, como descobriremos,

---

[99] Wordsworth Donisthorpe foi um inventor, advogado e anarquista inglês. (N.T.)
[100] O sistema de contagem duodecimal tem como base o número 12. (N.T.)

cada denominação de moeda celebra um centenário. O verso mostra a deusa universal da cunhagem de Utopia: a Paz, retratada como uma linda mulher, lendo um grande livro para o seu filho, com um fundo estrelado e uma ampola semipreenchida. Esses habitantes de Utopia me parecem bastante humanos e não ultrapassam em hipótese alguma a obviedade dos seus simbolismos!

Portanto, pela primeira vez descobrimos algo sobre o Estado-Mundo, além de ter uma noção clara de que os reis e os reinados têm um fim. No entanto, nossa moeda ainda levanta outras questões. Pode parecer que Utopia não possui uma comunidade simples de mercadorias, e que há, de alguma forma, uma restrição em relação ao que o cidadão pode consumir, uma necessidade de equivalência monetária, uma limitação de crédito humano.

Essa é uma questão que remonta às velhas utopias, tanto quanto a esta aqui. Os antigos utopistas eram completamente contra o uso do ouro. Você certamente se lembrará do uso indigno que *sir* Thomas More teria dado ao ouro, bem como o fato de que não havia nenhum tipo de dinheiro na República de Platão. Naquela comunidade mais tardia, para a qual Platão escreveu suas Leis, a moeda usada era uma cunhagem de ferro de aparência austera e eficácia duvidosa. Pode ser que aqueles homens tenham agido de maneira um tanto precipitada diante de tal complexidade, e não foram nem um pouco injustos com o elemento altamente respeitável.

Abusa-se do ouro, ele é usado para gerar desonra e, portanto, seria abolido da sociedade ideal como se fosse a causa, e não o instrumento da infâmia da raça humana; mas, a bem da verdade, não há nada de mau no ouro. Bani-lo do Estado por gerar desonra é o mesmo que punir a machadinha pelo crime do assassino. O dinheiro, se usado adequadamente, pode ser algo bom na vida, algo necessário na vida humana civilizada. Complicado? Sim, devido aos seus propósitos, mas de crescimento tão natural quanto os ossos do punho de um homem. Portanto, não compreendo como se pode imaginar algo que mereça ser chamado de civilização sem que o ouro esteja presente. É a água da vida social, é distribuído e recebido, e pode conferir crescimento e semelhança e movimento e recuperação tanto quanto possível. Ele representa a conciliação da interdependência humana com a liberdade. Que outro dispositivo poderia atribuir ao homem uma liberdade tão vasta por meio da indução de um esforço tão hercúleo? A história da economia no mundo, quando não é a história da teoria da propriedade, refere-se de modo amplo ao registro do abuso, não tanto do dinheiro, mas dos dispositivos de crédito para suplementar o dinheiro, para amplificar o escopo dessa invenção preciosíssima; e nenhum dispositivo de crédito pelo trabalho [*Olhando para trás*, de Edward Bellamy, capítulo IX] ou pela livre demanda de mercadorias de um comércio central [*Utopia* de More e *Viagem a Icária* de Cabet]; quaisquer derivações dessas ideias nunca foram nem sequer sugeridas para evitar que fornecessem dez mil vezes mais espaço para o entulho moral inerente ao homem, um aspecto que precisa ser tratado em toda utopia sensata que desenhemos ou planejemos. Os céus sabem até onde o progresso pode ir, mas, de alguma forma, esse Estado em desenvolvimento, no qual nós dois caímos de paraquedas, essa utopia do século XX, ainda não superou o uso do dinheiro e das moedas.

SEÇÃO 2

Mas, se esse mundo utópico deve, em algum grau, ser paralelo ao nosso pensamento contemporâneo, ele deve ter-se preocupado, ou deve se preocupar, com muitos dos problemas referentes à moeda corrente, bem como dos problemas que centralizam um padrão de valor. Talvez o ouro seja, de todas as substâncias materiais, a melhor a ser adaptada ao propósito monetário, mas, mesmo em seu patamar, falta-lhe um ideal imaginável. Ele é submetido ao barateamento espasmódico e irregular com as novas descobertas, e a qualquer momento pode ser submetido a uma depreciação extensa, repentina e desastrosa por meio da descoberta de alguma maneira de transmutar elementos menos valiosos. A desvantagem de tais depreciações introduz um elemento especulativo indesejável nas relações de devedores e credores. Quando, de um lado, há, por um tempo, uma contenção no aumento das lojas de ouro do mundo, ou um aumento na energia aplicada aos propósitos sociais, ou uma contenção da segurança pública que impediria a livre troca de crédito e necessitaria de uma produção de ouro mais frequente em evidência, esse é o momento em que ocorre uma valorização indevida do dinheiro em relação às *commodities*[101] gerais da vida, e, portanto, há um empobrecimento dos cidadãos em geral em relação à classe de credores. As pessoas comuns são escravizadas em nome do débito. E do outro lado há uma avalanche inesperada da produção do ouro, a descoberta de uma única pepita tão grande quanto a Catedral de St. Paul[102]; digamos que seja algo possível e resultaria em uma espécie de aprisionamento de devedores em meio a um terremoto financeiro.

Já foi sugerido por um pensador ilustre que seria possível deixar de utilizar substâncias como padrão de valor monetário. Em seu lugar, no entanto, seria utilizada a força, e seu valor seria medido em unidades de energia. Um desenvolvimento extraordinário, em teoria, da ideia geral do Estado moderno como algo cinético e não cinético; ela transforma a velha ideia da ordem social e a nova na antítese mais obtusa. A velha ordem é apresentada como um sistema de instituições e classes, governado por homens de "substância"; a nova é um sistema de empreendimentos e interesses governado por homens de poder.

Agora, começo a olhar para essa questão de maneira incidental, como um homem que passa a folhear a explicação de um especialista em uma revista popular. O artigo, da maneira que se apresenta a mim, contém uma explicação lúcida e completa, embora ocasionalmente técnica, sobre suas propostas mais recentes. Elas foram publicadas, ao que parece, para

---

[101] Produtos primários, geralmente destinados à venda no exterior, cujos valores oscilam de acordo com a relação entre oferta e procura. (N.T.)
[102] Um das catedrais mais famosas de Londres. (N.T.)

a crítica geral, e pode-se pensar que em Utopia Moderna a administração apresenta os detalhes mais elaborados a respeito de toda alteração proposta nas leis ou nos costumes pouco antes de alguma medida ser levada a efeito. As possibilidades de cada detalhe são criticadas ferrenhamente; as falhas são previstas; as questões secundárias são levantadas; e sua completude é testada em minúcias, além de refinada por um mundo de críticas antes que o verdadeiro processo legislativo se inicie.

A explicação para essas propostas envolve uma observação antecipatória da administração local de Utopia Moderna. Para todos que puderam testemunhar o desenvolvimento da ciência técnica durante a última década, ou pouco mais do que isso, não haverá nenhum choque com a ideia de que uma consolidação geral de um grande número de serviços públicos comuns em áreas de tamanho considerável seja neste momento não apenas praticável, mas bastante desejável. Em pouco tempo, os serviços de aquecimento, luz e fornecimento de energia para fins domésticos e industriais, bem como para comunicações urbanas e interurbanas, serão administrados eletricamente de estações geradoras comuns. A tendência à especulação política e social aponta decididamente para a conclusão de que, tão logo passe da fase experimental, o fornecimento de energia elétrica, tal como o sistema de escoamento e o fornecimento de água, recairão sobre as autoridades locais. Além disso, as autoridades locais serão as proprietárias universais da terra. Nesse ponto, o individualista extremo, Herbert Spencer[103], concordava com os socialistas. Em Utopia, portanto, concluímos que, independentemente dos outros tipos de propriedades que possam existir, todas as fontes naturais de força e, de fato, todos os produtos estritamente naturais como carvão, energia hidráulica e similares serão atribuídos de forma não alienável às autoridades locais (as quais, imbuídas do esforço de garantir a máxima conveniência e eficiência administrativas, provavelmente controlarão áreas tão amplas quanto a metade da Inglaterra), e deverão gerar eletricidade pela água, pela combustão, pelo

---

[103] Herbert Spencer foi um filósofo e antropólogo inglês. (N.T.)

vento, pelas marés ou por qualquer outro tipo de força natural disponível. Uma parte dessa eletricidade será destinada aos serviços de energia das autoridades e a outros serviços públicos. Outra parte servirá como subsídio à autoridade Estado-Mundo que controla as rodovias, as grandes malhas ferroviárias, as pousadas e outros aparatos da comunicação global. O restante, então, será repassado aos sujeitos privados ou a companhias distribuidoras a uma taxa fixa e uniforme para os serviços de aquecimento e luz, bem como para maquinários e aplicações industriais de todos os tipos. Tal organização de negócios necessariamente envolverá uma quantidade vasta de registros entre as várias autoridades, o governo Estado-Mundo e os clientes, e esses registros serão naturalmente feitos da maneira mais conveniente possível por meio de unidades de energia física.

Não é difícil imaginar que a avaliação sobre as várias administrações locais para o governo centro-mundial já haveria de ter sido calculada com base na estimativa da energia total disponível periodicamente em cada localidade, bem como registrada e discutida nessas unidades físicas. As considerações entre os governos centrais e locais poderiam ser mantidas nesses termos. Além disso, pode-se imaginar que as autoridades locais de Utopia firmariam contratos em que o pagamento não seria feito em uma determinada moeda de ouro, mas por meio de contas que serviriam para milhares ou milhões de unidades de energia em uma ou outra estação geradora.

Sendo assim, os problemas de ordem econômica terão sido submetidos a uma grande simplificação se, em vez de fazer as medições por meio de valores monetários oscilantes, a mesma escala de unidades de energia fosse estendida à discussão acerca da possibilidade de eliminação por completo da ideia de comercialização. Na minha Utopia, de todo modo, isso já foi feito. A produção e a distribuição de mercadorias comuns foram expostas como um problema na conversão de energia, e o esquema discutido em Utopia no momento seria a aplicação dessa ideia como padrão de valor para toda a comunidade. Cada uma das gigantes autoridades locais seria livre para emitir contas de energia contra os valores do excedente de energia disponível e vendável, bem como para firmar todos os seus contratos de pagamento dessas contas até uma quantidade máxima definida pelo montante de energia produzida e fornecida naquela mesma localidade no ano anterior. Esse poder de emissão seria renovado tão rapidamente quanto as contas chegariam para reembolso. Em um mundo sem fronteiras, com uma população altamente migratória e emancipada de uma determinada localidade, o preço das contas de energia desses diversos organismos constantemente tenderia à uniformidade, pois a empregabilidade seria com frequência alternável em áreas em que a energia fosse barata. Em conformidade com isso, o preço de tantos milhões de unidades de energia, em moedas de ouro e em qualquer momento específico, seria aproximadamente o mesmo ao redor do globo. Foi proposta a seleção de um dia específico em que a atmosfera econômica fosse uniforme, e então uma proporção fixa entre as moedas de ouro e as contas de energia seria firmada; cada Leão de ouro e cada Leão de crédito representariam o número de unidades de energia que poderiam ser compradas naquele dia. A velha moeda de ouro deixaria de ser, finalmente, a moeda corrente até certo limite definido, exceto para o governo central, o qual não a reemitiria à medida que ela entrasse. Seria, de fato, uma moeda de troca temporária, uma moeda de troca temporária de valor cheio para o dia de sua conversão, ou tardiamente, sob os novos padrões de energia, a qual seria substituível por uma moeda de troca comum com o passar do tempo. A velha lógica dos Leões e as pequenas variações da vida diária não sofreriam, portanto, nenhum tipo de turbulência.

Os economistas de Utopia, pelo que entendi, teriam método e sistema teóricos bastante diferentes em relação àqueles que li na Terra, e isso torna a minha explicação consideravelmente mais complexa. Este artigo, com base no qual sustento minhas ideias, pairou diante de mim em uma fraseologia pouco familiar, desconcertante e ilusória. Mesmo assim, tive a impressão de que aqui havia uma precisão que os economistas da Terra haviam falhado em obter. Poucos economistas foram capazes de se desembaraçar dos patriotismos e da política, e sempre se mostraram obcecados pelo comércio internacional. Aqui em Utopia, o Estado-Mundo elimina essa possibilidade, não há importações (além dos meteoritos, claro!) nem exportações. O comércio é a noção inicial dos economistas mundanos, e eles começam com enigmas confusos e insolúveis acerca da troca de valores – insolúveis porque todo comércio envolve, ao final, preferências individuais que são únicas e incalculáveis. Nem de longe parecem estar tentando lidar com padrões realmente definidos; cada dissertação e cada discussão econômica me lembra o jogo de croqué[104] em *Alice no país das maravilhas*, em que o próximo é mais forte do que o anterior; flamingos faziam as vezes dos tacos; os ouriços rastejantes, das bolas; e os soldados, dos aros – os quais sempre se levantavam e voltavam a caminhar. Mas a economia em Utopia não deve ser, ao que me parece, uma teoria do comércio com base em uma psicologia ruim, mas a física devidamente aplicada a problemas de uma perspectiva sociológica. O problema geral do sistema econômico em Utopia é afirmar as condições de aplicação mais eficazes das quantidades crescentes e estáveis de energia material disponibilizadas com o progresso da ciência para o serviço humano e para as necessidades gerais da humanidade. O trabalho humano e os materiais existentes são tratados em relação a esse aspecto. O comércio e a riqueza relativa são meramente episódicos nesse esquema. A ideia do artigo que li, como o compreendi, era de que um sistema monetário baseado em uma quantidade relativamente pequena de ouro, com base na qual os negócios no mundo todo foram erguidos até o momento, flutuava de maneira despropositada e não fornecia nenhum critério real relacionado ao bem-estar; os valores nominais das coisas e dos empreendimentos não tinham uma relação clara e simples com a verdadeira prosperidade física da comunidade; a riqueza nominal da comunidade em milhões de libras ou dólares ou Leões não refletia nada além da quantidade de esperança no ar e, portanto, um aumento da confiança significava uma inflação de crédito,

---

[104] Croqué é um jogo recreativo cujo objetivo é arremessar bolas com tacos de madeira entre arcos fincados na grama. O jogo aparece na obra de Charles Lutwidge Dogson, publicada em 1865. Mais tarde, a obra se tornou uma das mais proeminentes da cinematografia. (N.T.)

ao passo que uma fase pessimista significava o colapso dessa alucinação das posses. O novo padrão, conforme esse defensor raciocinava, seria a alteração de tudo isso, o que me pareceu bastante razoável.

Tentei indicar a corrente dessas propostas brilhantes, mas uma discussão densa, ávida e moderada aglutinou-se a ela. Não entrarei no mérito dos detalhes dessa discussão no momento, além de não ter certeza de que sou qualificado o bastante para emitir uma opinião precisa sobre o aspecto multitudinário dessa questão complicada. Li a coisa toda em uma hora ou duas após o almoço; era o meu segundo ou terceiro dia em Utopia e estávamos sentados em uma pequena pousada no final do rio Uri. Perambulamos um pouco por lá e optei pela leitura em meio a uma chuva torrencial. Mas certamente, ao ler isso, a proposta me surpreendeu por ser simples e atrativa, e sua explicação se abriu para mim pela primeira vez de maneira clara e abrangente. Era a concepção de que eu precisava sobre a natureza econômica no Estado de Utopia.

A diferença entre as ciências social e econômica, da forma como estas existem em nosso mundo [*Princípios da Sociologia,* de Giddings[105], uma obra estadunidense moderna e altamente sugestiva, apreciada erroneamente por seu aluno britânico; consulte também *Estudos econômicos*, de Walter Bagehot[106]], merece algumas palavras nesta Utopia. Escrevo com grande timidez, pois na Terra a ciência econômica foi levada a uma abstração tortuosa de nível tão elevado pelos seus professores que temo que nem o estudante mais paciente e íntimo de tais produções, nem nada (e o que é mais grave) além do conhecimento generalizado das equivalências de Utopia foi capaz de alcançar. A natureza vital das questões econômicas para uma utopia necessita, contudo, de alguma tentativa de interpretação acerca da diferença entre ambas.

Em Utopia não há uma ciência distinta e separada de Economia. Muitos problemas que consideramos de âmbito econômico estarão dentro do escopo da Psicologia utópica. Meus habitantes utópicos terão duas divisões

---

[105] Franklin H. Giddings foi um sociólogo nascido nos Estados Unidos. (N.T.)
[106] Walter Bagehot foi um jornalista e escritor britânico. (N.T.)

da ciência da Psicologia; primeiro, a Psicologia geral dos indivíduos, um tipo de ciência mental separada por uma linha indeterminada da própria fisiologia; em segundo lugar, a Psicologia das relações entre os indivíduos. A segunda é um estudo exaustivo acerca da reação de uma pessoa sobre a outra e de todos os relacionamentos possíveis. É uma ciência de aglutinações humanas, de todas as possibilidades de agrupamentos familiares, de vizinhos e vizinhanças, de companhias, associações, uniões e sociedades públicas, agrupamentos religiosos que possuem propósitos comuns e interligados, bem como dos métodos de ligação e decisão coletiva que mantêm os grupos humanos juntos, e, por final, o governo e o Estado. A elucidação das relações econômicas, a depender de como se dá na natureza da hipótese da agregação humana em atividade a todo momento, é considerada subordinada e subsequente à ciência geral da Sociologia. A política econômica e a Economia, no nosso mundo, consistem em uma poça de desesperança de hipóteses sociais e de Psicologia ilógica, além de algumas poucas generalizações geográficas e físicas. Seus ingredientes serão classificados e separados amplamente nesse pensamento utópico. Por um lado, haverá o estudo das Economias físicas, culminando no tratamento descritivo da sociedade como uma organização para a conversão de toda a energia disponível na natureza para os fins materiais da humanidade – uma Sociologia física que estará em tal estágio de desenvolvimento prático ao ponto de fornecer ao mundo essa moeda de troca que representa a energia – e, por outro lado, haverá o estudo dos problemas econômicos como questões acerca da divisão do trabalho, em consideração a uma organização social cujos propósitos principais seriam a reprodução e a educação em uma atmosfera de liberdade pessoal. Cada investigação desse tipo, trabalhando desvinculada das outras, contribuirá com conclusões novas, válidas e contínuas para uso do administrador prático.

Em nenhum campo de atividade intelectual as nossas hipóteses de liberdade das tradições terão mais valor ao projetar uma Utopia como aqui. Desde o início, o estudo sobre a economia sempre foi infértil e pouco útil devido aos volumes de hipóteses não analisadas e raramente suspeitas sobre as quais repousava. Fatos eram ignorados, como o comércio ser um subproduto e um fator não essencial da vida; as propriedades serem uma convenção flutuante e maleável; o valor ser tratado de maneira impessoal apenas no âmbito das exigências mais gerais. A riqueza era medida pelos padrões de troca. A sociedade era considerada um número praticamente ilimitado de adultos avarentos incapazes de formar quaisquer outros agrupamentos subordinados a não ser parcerias comerciais, e as fontes de competição eram consideradas inesgotáveis. Sobre tais areias movediças ergueu-se um edifício que imitava a segurança da ciência material, desenvolveu-se um jargão técnico e professou-se a descoberta das "leis". A nossa liberação dessas falsas presunções através da retórica de Carlyle[107] e Ruskin, assim como as atividades dos socialistas, é mais aparente do que real. O velho edifício ainda nos oprime, reparado e alterado por construtores diferentes, alicerçado em lugares e com uma pequena alteração de nome. "Economia Política" foi apagada e em seu lugar lemos "Economia – sob administração inteiramente nova". A Economia moderna difere da velha Economia Política principalmente por não ter produzido nenhum Adam Smith[108]. A velha "Economia Política" fez certas generalizações e estava errada em boa parte delas; a nova Economia foge de generalizações e parece ser desprovida de poder intelectual para tecê-las. A ciência paira como uma neblina em um vale, uma neblina que começa e termina em lugar nenhum, uma inconveniência incidental e insignificante para os transeuntes. Seus exponentes mais típicos demonstram uma disposição para repudiar generalizações de todo tipo, para reivindicar alguma reputação como "especialistas" e dar aplicação política imediata para tal reivindicação concedida. Mas Newton[109], Darwin[110], Davy[111], Joule[112] e Adam Smith não afetaram essa pouca vergonha do "especialista", a qual

---

[107] Thomas Carlyle foi um historiador, professor e escritor de origem escocesa. (N.T.)
[108] Adam Smith foi um filósofo e economista escocês. (N.T.)
[109] Referência a Isaac Newton, filósofo, teólogo, cientista, matemático e físico de origem inglesa. (N.T.)
[110] Referência a Charles Darwin, biólogo, naturalista e geólogo britânico. (N.T.)
[111] Referência a Humphry Davy, químico de origem britânica. (N.T.)
[112] Referência a James Prescott Joule, físico nascido no Reino Unido. (N.T.)

tornou-se suficiente na boca de um cabeleireiro ou de um médico da moda, mas indecente na boca de um filósofo ou de um cientista. Contudo, nesse estado de especialidade impotente, ou em algum outro estado igualmente insano, a economia deve continuar a duras penas, uma ciência que não é ciência, uma crença estabanada chafurdando em uma poça de lama de estatísticas até que o estudo sobre a organização material da produção como desenvolvimento da física e da geografia ou o estudo da agregação social forneça alicerces mais duradouros.

SEÇÃO 4

As utopias anteriores eram Estados relativamente pequenos; a República de Platão, por exemplo, seria menor do que um bairro médio na Inglaterra, e nela nenhuma distinção foi feita entre a família, o governo local e o Estado. Platão e Campanella – por mais que o último fosse um padre cristão – levaram o comunismo ao limite e idealizaram até mesmo uma comunidade de maridos e mulheres, ideia que foi testada efetivamente no Estado de Nova Iorque entre 1848 e 1879 com a Comunidade Oneida[113]. No entanto, esse organismo não sobreviveu muito mais que o seu próprio fundador, pelo menos como comunismo veraz, em razão do individualismo insurgente de seus filhos vigorosos. E mais, não havia privacidade, e a comunidade era governada em meio a uma comunhão absoluta de bens, e então, ao observar as utopias vitorianas, Cabet repetiu o feito. Mas o comunismo de Cabet era do tipo "comércio livre", e os bens eram seus até que fossem requisitados. Esse também parecia ser o caso de *Notícias de lugar nenhum*, de Morris. Em comparação com os escritores mais velhos, Bellamy e Morris possuem um senso vívido de separação individual, e o abandono da velha homogeneidade é destacado de modo

---
[113] Comunidade fundada por John Humphrey Noyes. (N.T.)

suficiente para justificar uma dúvida acerca da futura existência de outras utopias completamente comunistas.

Uma utopia como a presente – escrita no início do século XX após uma discussão exaustiva, cuja duração foi de quase um século –, em que, de um lado, estavam as ideias comunistas e socialistas, e do outro, o individualismo, emerge como conclusão eficaz para tais controvérsias. Os dois lados ruíram e consertaram as proposições alheias de que, de fato, com exceção dos rótulos ainda aderidos aos homens em questão, é difícil escolher uma ou outra. Cada lado estabeleceu muitas proposições boas, das quais tiramos proveito. Nós, da geração subsequente, podemos enxergar de maneira clara que, em sua maioria, o calor e o zelo das discussões surgiram na confusão de uma questão quantitativa em choque com uma questão qualitativa. Para o espectador, tanto o individualismo quanto o socialismo são completas absurdidades. Na primeira hipótese, os homens são escravizados pelos mais violentos ou ricos; na segunda, pelo Estado oficial, e o caminho da sanidade corre talvez de maneira sinuosa pelo vale interveniente. Felizmente, o passado enterrou seus mortos, e não é o nosso papel agora atribuir a supremacia da vitória. No exato dia em que a nossa ordem política e econômica tornar-se mais socialista de maneira estável, os nossos ideais de comunhão irão reconhecer a necessidade da individualidade. O Estado será progressivo, deixará de ser estático e isso, portanto, altera a condição geral do problema de Utopia profundamente; temos de fornecer não apenas alimentos e roupas, ordem e saúde, mas também iniciativa. O fator que leva o Estado-Mundo de uma fase do desenvolvimento até a outra é a interação entre as individualidades; da perspectiva teológica, o mundo existe para o bem e por meio da iniciativa, sendo a individualidade o seu método. Cada homem e mulher, na medida de sua própria individualidade, quebra a lei da precedência, transgride a fórmula geral e faz um novo experimento na direção da força da vida. Sendo assim, é impossível, para o Estado – que representa tudo e tem preocupações medianas –, fazer experimentos eficazes e inovações inteligentes e então fornecer a substância essencial da vida. Assim como, para o indivíduo, o

Estado representa a espécie, o Estado-Mundo de Utopia representa a espécie em absoluto. O indivíduo emerge da espécie, faz seus experimentos, falha, ou morre, e chega à reta final, ou então é bem-sucedido e grava a sua imagem em sua prole, nas consequências e nos resultados intelectuais, materiais e morais no mundo como um todo.

Biologicamente, a espécie é o acúmulo dos experimentos de todos os seus indivíduos bem-sucedidos desde os primórdios, e o Estado-Mundo de Utopia Moderna será, no aspecto econômico, um compêndio da experiência econômica estabelecida, em que o empreendimento individual será continuamente testado, seja para falhar e depois triunfar, seja para triunfar e depois ser incorporado ao organismo imortal do Estado-Mundo. Esse organismo é a regra universal, a restrição comum, a plataforma crescente em que as individualidades repousam.

De acordo com esse ideal, o Estado-Mundo se apresenta como o único proprietário de terras do globo, com os grandes governos locais, bem como as municipalidades, mantidos como eram, em um sistema feudal sob o comando dos proprietários. O Estado ou esses subordinados deterão todas as fontes de energia, e seja diretamente, seja por meio de inquilinos, fazendeiros e agentes, desenvolverá essas fontes e fornecerá a energia disponível para dar seguimento à vida. Ele ou seus inquilinos produzirão alimentos e, portanto, a energia humana e a exploração do carvão e da energia elétrica, a energia do vento, das ondas e da água serão seu direito. O Estado verterá essa energia por meio de designação, arrendamento, acordos e o que mais for necessário para seus cidadãos individuais. Isso será o bastante para manter a ordem, as rodovias, a administração barata e eficiente da justiça, locomoções igualmente baratas e eficientes. Fará o transporte comum em todo o planeta, comunicará e distribuirá mão de obra e controlará, propiciará ou administrará as produções naturais. Pagará e garantirá nascimentos saudáveis e uma geração nova e vigorosa. Manterá a saúde pública, fará a cunhagem do dinheiro e sustentará os padrões de medida. Subsidiará pesquisas e recompensará os empreendimentos comerciais infrutíferos como benefícios à comunidade como um todo. Subsidiará cátedras de crítica, autores, publicações indispensáveis, bem como coletará e distribuirá informações. A energia desenvolvida e o emprego, ambos fornecidos pelo Estado, descerão as montanhas como a água do mar que evapora com o calor do sol, cai sobre as cordilheiras e volta finalmente ao mar, fluindo em taxas de licença sobre o aluguel e sobre os direitos de exploração do solo, sobre as taxas de viagens, sobre os lucros relativos às cargas, sobre a cunhagem de moedas e similares, sobre as taxas relativas às heranças, sobre as taxas de transferência, sobre heranças e penhoras, como se todas elas também retornassem ao mar. Correrão entre as nuvens e o mar, assim como um sistema hidrográfico corre, descerão através de uma grande região de empreendimentos individuais e interações, cuja liberdade deverão sustentar. Nessa região intermediária entre alturas e profundezas familiares, aqueles começos e promessas emergirão, os quais são o significado essencial, a substância essencial da vida. Do nosso ponto de vista humano, as montanhas e o mar são destinados às terras habitáveis que jazem entre eles. Portanto, o Estado é igualmente destinado às individualidades. O Estado é destinado às individualidades como a lei é destinada às liberdades, como o mundo é destinado aos experimentos, às experiências e à mudança: essas são as crenças fundamentais que balizam a nossa Utopia Moderna.

SEÇÃO 5

Dentro desse esquema, o qual torna o Estado não só a fonte de toda a energia, mas legatário final, qual é a natureza da propriedade que um homem pode deter? Nas condições modernas – na verdade, em quaisquer condições –, um homem sem uma propriedade negociável é um homem sem liberdade, e a extensão de sua propriedade é em grande medida a sua liberdade. Sem nenhuma propriedade, sem abrigo ou comida, um homem não tem escolha senão partir para a obtenção dessas coisas; ele fica submetido às suas necessidades até que consiga uma propriedade segura que o satisfaça. No entanto, com uma pequena propriedade, o homem se torna livre para fazer muitas coisas, para sair de férias por quinze dias quando bem entender, por exemplo, e tentar sair de um emprego para encontrar outro; com um tanto mais, ele pode tirar um ano de liberdade e ir ao fim do mundo; com um tanto mais, pode comprar aparelhos modernos e inovações curiosas, pode construir casas e lindos jardins, estabelecer negócios e fazer experimentos livremente. Rapidamente, dentro das condições terrestres, a propriedade de um homem pode ganhar proporções a ponto de sua liberdade oprimir a liberdade dos demais. E, então, mais uma vez, temos uma questão quantitativa, um ajuste de conflitos de liberdades, uma questão quantitativa que muitas pessoas insistem em tornar qualitativa.

O objeto previsto no código das leis proprietárias que poderia estar em vigor em Utopia é o mesmo objeto que permeia toda a organização de Utopia; por assim dizer, uma quantidade máxima universal da liberdade individual. Independentemente da extensão dos movimentos que o Estado, os grandes homens ricos ou as corporações privadas poderão criar, a fome em razão de quaisquer complicações empregatícias, a deportação intransigente, a destruição de alternativas para submissões servis não deverão ocorrer. Além dessas restrições, o objetivo político de Utopia Moderna será assegurar ao homem a liberdade que lhe foi conferida por toda a sua propriedade legítima, o que significa todos os valores que seu empenho, sua habilidade ou seu planejamento lhe conferiram. Seja o que tiver obtido de maneira justa, ele terá o direito de mantê-lo, o que é bastante óbvio; porém, terá, igualmente, o direito de vender e trocar; portanto, a questão acerca do que pode ser transformado em propriedade passa a ser uma questão do que é passível de compra em Utopia.

Um habitante de Utopia seguramente deve ter uma propriedade praticamente desqualificada quanto às coisas que se tornarem suas, como no passado, por posse, extensão e expressão de sua personalidade; sua vestimenta, suas joias, as ferramentas de seu trabalho, seus livros, os objetos de arte que possa ter produzido ou comprado, suas armas pessoais (se é que Utopia terá a necessidade dessas coisas), emblemas, *et cetera*. Tudo o que comprar ou adquirir com o próprio dinheiro – desde que não seja um vendedor profissional ou habitual de tais mercadorias – será seu de modo não alienável, o qual poderá dar, emprestar ou manter livre de todo tipo de taxação. Terá tanta intimidade com esse tipo de propriedade que, tenho certeza, em Utopia os homens terão direitos póstumos sobre essas coisas, o que lhes permitirá atribuí-las a um sucessor por, no máximo, o pagamento de um pequeno resgate. Um cavalo, talvez, em certos bairros, ou uma bicicleta, ou qualquer veículo mecânico usado para fins pessoais também poderá ser julgado pelos habitantes de Utopia como posse. Sem dúvida, uma casa ou uma propriedade ocupada, assim como sua mobília, poderão ser consideradas como bens de valor similar ou quase similar em uma determinada escala; além disso, poderão ser pouco taxadas e transferidas mediante um resgate ligeiramente mais caro – desde que o proprietário não as tenha transferido ou cedido de outra maneira. Um socialista democrático ferrenho sem dúvida questionaria o fato de que, se os habitantes de Utopia tivessem a chance de transformar essas coisas em propriedades especialmente livres, como consequência passariam muito mais tempo nelas do que em qualquer outro lugar – o que seria excelente. Somos afetados demais pela atmosfera carente de nosso mundo mal administrado. Em Utopia, ninguém passará fome em detrimento daqueles que têm, tiveram, mantêm ou apreciam coisas bonitas. Fornecer essa quantidade de posses aos indivíduos tenderá a tornar as roupas, as ornamentações, os recursos, os livros e todos os tipos de arte ainda mais refinados e bonitos, pois, ao comprar tais coisas, o homem irá assegurar algo impassível de alienação, salvo em casos de falência, para ele e para aqueles que lhe são íntimos. Além disso, um homem poderá, durante o período de sua vida, separar quantias para garantir vantagens especiais em relação à educação e aos cuidados para seus filhos e para seus próximos. Dessa maneira, também exercerá um direito póstumo. [O *Estatuto de Mortmain*[114] define um limite de tempo distinto para a continuação

---

[114] *Statutes* ou Estatuto de Mortmain foram duas publicações do Reino Unido sob a vigência do reinado de Eduardo I, nos anos 1279 e 1290. (N.T.)

de tais benemerências. Uma revisão periódica dos donativos é necessária em qualquer Utopia moderna.]

Quanto aos outros tipos de posse, os habitantes de Utopia atribuirão valor ainda menor, seja o dinheiro não gasto por um homem, sejam as dívidas que não produzirem juros, os quais, mediante sua morte, estarão abaixo dessas coisas. O que ele não escolheu acumular para si ou ceder em forma de estudos para seus filhos, o Estado compartilhará em proporção de Leões com seus herdeiros e legatários.

Isso se aplica, por exemplo, à propriedade que um homem cria e adquire em forma de empreendimentos comerciais, os quais são presumivelmente destinados ao ganho e constituem um meio de sobrevivência, não de uso pessoal. Nenhum maquinário, nenhum método novo, nenhum empreendimento não universal, variável e incerto é negócio do Estado. Eles sempre começam como experimentos de valor indeterminado. Além disso, logo depois da invenção do dinheiro, nenhuma outra criação humana facilitou tanto a liberdade e o progresso como a invenção das empresas de responsabilidade limitada, as quais realizam esse trabalho de tentativa e aventurança. Os abusos, as reformas necessárias das leis societárias na Terra não nos preocupam no cenário atual. Em Utopia Moderna, será suficiente que tais leis sejam consideradas tão perfeitas quanto as leis mortais. *Caveat vendor*[115] será, portanto, uma qualificação razoável para *Caveat emptor*[116] na lei lindamente codificada de Utopia. Se as empresas daqui terão a permissão para escolher uma classe de ações ou emitir dividendos; se a agiotagem, ou seja, o ato de emprestar dinheiro a taxas de juros fixas, será permitida em Utopia, podemos questionar. No entanto, seja qual for a natureza das ações que um homem detiver, elas todas serão vendidas mediante sua morte, e tudo o mais que ele não tenha cedido para fins educacionais será – com alguma possível concessão fracionária aos seus parentes próximos e ainda vivos – do Estado. O "investimento seguro",

---

[115] Termo em latim que significa "Advertência ao vendedor". (N.T.)
[116] Termo em latim que significa "Advertência ao comprador". (N.T.)

aquela reivindicação permanente e imperecível sobre a comunidade, será apenas uma das coisas desencorajadas em Utopia; a segurança da civilização quase automaticamente o desencoraja por meio da queda nas taxas de juros. Como veremos de maneira mais ampla, o Estado será o tutor das crianças de cada cidadão, e daquelas legitimamente dependentes dele no caso da inconveniência de sua morte, e levará a cabo todas as disposições adicionais e razoáveis que ele possa ter direcionado a elas. Além disso, o Estado garantirá o mesmo no caso de sua velhice e enfermidade. O objetivo da economia utópica será, portanto, fornecer todo o incentivo para que o capital excedente seja investido no aprimoramento da qualidade dos seus arredores, seja por meio de aventuras econômicas e experimentos – os quais podem produzir perdas ou grandes lucros –, seja no fomento da beleza, do prazer, da abundância e da promessa de vida.

Além das posses estritamente pessoais, bem como das ações provenientes de aventuras comerciais, Utopia, sem dúvida, permitirá que grupos de cidadãos associados tenham propriedades mediante diversos tipos de contratos e concessões, sejam arrendamentos de terras para cultivo, sejam outras, como casas, fábricas e maquinários que tenham construído, e propriedades similares. E se um cidadão preferir aventurar-se nos negócios individualmente, terá toda a liberdade comercial gozada por uma empresa. Na verdade, em termos comerciais, ele será uma empresa de fato, e sua única ação será empregada no evento de sua morte, como todas as outras. Bem, já discutimos bastante as propriedades secundárias. Os dois tipos mencionados provavelmente abarcarão todos os tipos de propriedades que um habitante de Utopia poderá ter.

A tendência do pensamento moderno é absolutamente contra a propriedade privada de terras e objetos ou produtos naturais, e em Utopia essas coisas serão de propriedade não alienável do Estado-Mundo. Sujeitas aos direitos de livre locomoção, as terras serão arrendadas a companhias ou indivíduos; no entanto – haja vista as necessidades futuras ainda desconhecidas –, nunca por períodos muito mais longos do que, digamos, cinquenta anos.

A posse dos pais sobre seus filhos, bem como de um marido sobre sua esposa[117], parece estar sofrendo uma crescente restrição nos dias de hoje, mas a discussão acerca do bem-estar em Utopia em relação a esse tipo de posse poderá ser mais bem abordada quando enfocarmos as questões referentes ao casamento. Limito-me a observar, por enquanto, que o crescente controle em relação ao bem-estar de uma criança, a criação desse indivíduo por parte da comunidade, bem como a crescente disposição a limitar e taxar as heranças são aspectos complementares à tendência geral; tendência não apenas de considerar o bem-estar e a interação livre entre as futuras gerações como algo alheio à preocupação parental e altruísta dos indivíduos, mas também como uma questão predominantemente de habilidade política e concernente ao significado do dever e da moral da comunidade como um todo.

SEÇÃO 6

Contrastes profundos emergem entre as utopias modernas e clássicas, desde a concepção da força mecânica proveniente da natureza, e posta a serviço do homem, à proposta utópica em relação ao uso de uma moeda baseada em unidades de energia. Exceto o parco uso de energia hidráulica para a moagem, a energia eólica para a navegação – energias tão escassas que no último caso o mundo clássico nunca foi capaz de abrir mão dos navios negreiros –, bem como certo auxílio restrito de bois no arado e de cavalos na locomoção, toda a energia que nutriu o Estado velho derivou-se do esforço muscular hercúleo dos homens. Era como se o mundo girasse à manivela. O trabalho físico contínuo era uma condição de existência social. Com a combustão de carvão, com a abundância de ferro e aço e com o conhecimento científico, essa condição foi alterada. No presente,

---

[117] O texto foi publicado em 1905, em uma época em que a mulher ainda era considerada posse do marido. (N.T.)

suponho que, se fosse possível precisar em unidades de energia o imenso desenvolvimento a partir do qual os Estados Unidos da América ou a Inglaterra nasceram, descobriríamos que a vasta metade de toda essa energia foi obtida por meio de fontes não humanas, desde o carvão ao combustível líquido, dos explosivos ao vento e à água. Há uma grande sugestão, portanto, de um crescimento estável na proporção de energia mecânica atrelada à emancipação do homem em relação à sua necessidade de trabalho físico. Parece que não há limites para a invasão das máquinas na vida do homem.

No entanto, foi apenas nos últimos trezentos anos que o ser humano parece ter previsto isso. É estimulante para a imaginação observar como essa questão foi tão absolutamente ignorada como uma causa modificadora do desenvolvimento humano. [É interessante notar como até mesmo Bacon pareceu ter desprezado isso em *Nova Atlantis*]. Platão, está claro, não tinha nenhuma ideia de que as máquinas, como instrumento de força, afetariam a organização social. Não havia nada em seu mundo que sugerisse isso. Suponho que não surgiram invenções, nenhum aparelho mecânico novo ou algum método de importância minimamente social durante todos os seus anos de vida. Ele nunca pensou sobre um Estado que não dependesse da força proveniente dos músculos humanos, como também nunca pensou em um Estado que não fosse primordialmente organizado em busca de um bem-estar alcançado por meio da ajuda mútua. Em contrapartida, o filósofo grego viu muitas invenções políticas e morais, e é nessa direção que ele estimula a nossa imaginação. Mas, em relação a todas as possibilidades materiais, Platão nos esmorece em vez de incentivar. [A utopia perdida de Hipódamo[118] fornecia recompensas para inventores, mas, a menos que Aristóteles tivesse se confundido – e é certamente o destino de todas as utopias serem mais ou menos mal interpretadas –, as invenções contempladas eram meros dispositivos de ordem política.] Uma vastidão de absurdidades sobre a mente grega jamais teria sido

---

[118] Hipódamo de Mileto foi um arquiteto, urbanista, médico e filósofo grego. (N.T.)

escrita se a qualidade intelectual distintiva e artística da época de Platão tivesse nascido na mente – sua definição clara e extraordinária de certas condições materiais absolutamente permanentes, ligadas à instabilidade político-social. O alimento da mente grega era a exata antítese da nossa nutrição. Somos educados pelas nossas circunstâncias para pensar que nenhuma revolução, seja dos aparelhos, seja da organização econômica, é impossível. Nossas mentes brincam livremente com possibilidades que teriam bestificado os homens da Academia[119] como se fossem extravagâncias escandalosas, mas é justamente em relação às questões político-sociais que nossas imaginações falham. Esparta, com toda a evidência histórica, é muito mais crível para nós do que um veículo possante percorrendo os espaços públicos teria sido para Sócrates.

Por pura inadvertência, portanto, Platão começou a tradição das utopias sem máquinas envolvidas, uma tradição que encontramos em Morris de maneira fiel, exceto pelas barcaças mecânicas e brinquedos em *Notícias de lugar nenhum*. Há prenúncios de possibilidades mecânicas em *Nova Atlantis*, mas foi apenas no século XIX que as utopias apresentaram nitidamente a tessitura social não dependente da mão de obra humana. Foi, acredito, Cabet [*Viagem a Icária*, 1848] quem insistiu, antes de todos, em uma obra utópica sobre a fuga de um homem de seu trabalho extenuante por meio do uso de uma máquina. Ele é o ilustre primitivo das utopias modernas, e Bellamy é seu equivalente estadunidense. Até aqui, seja o trabalho escravo (Phaleas[120]) [*Política*, de Aristóteles, volume II, capítulo 8], sejam pelo menos as distinções de classe envolvendo o trabalho inevitável por parte das classes mais baixas – como Platão faz, e como Bacon provavelmente vislumbrou em *Nova Atlantis* (More, por exemplo, deu a seus escravos utópicos a política do silêncio em troca do trabalho desumano) –, há, como em Morris e os sinceros utópicos da vertente do "retorno à natureza", um faz de conta atrevido de que todo o esforço deve ser uma

---

[119] Academia era o nome da escola estabelecida em Atenas por Platão, onde aconteciam os debates filosóficos da antiga Hélade. (N.E.)

[120] Phaleas da Calcedônia foi um estadista grego. (N.T.)

alegria e, com isso, o rebaixamento de toda a sociedade na participação igualitária no trabalho. Mas isso vai certamente contra todo o comportamento observado na humanidade. A falta de experiência de vida de um olimpo rico e irresponsável era necessária, do tipo acionista, um Ruskin ou um Morris brincando com a vida, para imaginar tanto. A construção de estradas sob a proteção do senhor Ruskin era uma alegria para Oxford, sem dúvida, bem como uma distinção, e assim permanece, tendo sido provada como uma das práticas menos contagiosas. Hawthorne[121], por sua vez, considerava o trabalho manual nada mais do que uma maldição descrita na Bíblia, na fazenda Brook[122]. [Consulte *O Romance de Blythedale*, bem como seu caderno.]

Se o trabalho é uma bênção, então ele nunca foi tão bem disfarçado – os pobres que nos digam sobre essa maravilha enviada do paraíso. Certa carga de exercício físico ou mental, uma quantia considerável de coisas a serem realizadas de acordo com a imaginação livre de outro sujeito é um assunto bem diferente. A produção artística, por exemplo, em sua melhor forma, ou seja, quando um homem obedece livremente a si mesmo e não se preocupa em satisfazer outras pessoas, não pode ser considerada trabalho em hipótese alguma. É muito diferente colher batatas, como os garotos dizem, "pela diversão" de colhê-las para evitar a inanição ou colhê-las dia após dia como uma obrigação inevitável e monótona. A essência do trabalho é a sua obrigatoriedade, o fato de que a atenção *deve* estar toda concentrada na atividade – o que exclui todo tipo de liberdade, e não o fato de que envolve o cansaço. Ao considerarmos que qualquer coisa em uma vida quase-selvagem dependia do trabalho, seria inútil esperar que a humanidade não se esforçasse para conseguir a maior bênção possível, porém por meio da exploração uns dos outros. Entretanto, com as novas condições que a ciência física nos tem proporcionado, a fonte de energia produzida pelo homem não é apenas dispensada, mas utilizada para

---

[121] Nathaniel Hawthorne foi um escritor nascido nos Estados Unidos. (N.T.)
[122] Experimento utópico estadunidense realizado em Massachussets na década de 1840. (N.T.)

fornecer a esperança de que todo o trabalho cotidiano um dia seja feito automaticamente. É cada vez mais concebível a ideia de que o trabalho será desnecessário no futuro; que uma classe trabalhadora – ou seja, uma classe de trabalhadores sem iniciativa pessoal – será despropositada no mundo dos homens.

A mensagem clara que a ciência física ecoa ao mundo é esta: se o propósito dos nossos dispositivos políticos, sociais e morais fosse tão bem planejado quanto o de uma máquina tipográfica, ou uma fábrica de antissépticos ou um bonde elétrico, não haveria uma grande necessidade de trabalho no mundo atual, sobraria apenas uma pequena fração de dor, medo e ansiedade que torna o valor da vida tão questionável. Há mais do que o suficiente para todos os que estão vivos. A ciência jaz, como uma funcionária competente, atrás de seus mestres rudes, oferecendo recursos, dispositivos e remédios que eles são estúpidos demais para usar [consulte o pequeno livro elucidativo *Invenções do século XX*, do senhor George Sutherland[123]]. Quanto ao lado material, Utopia Moderna precisa necessariamente considerar esses presentes como aceitos, e então mostrar um mundo que realmente deve eliminar a necessidade do trabalho, a última explicação em que a servidão ou a inferioridade se alicerçam.

SEÇÃO 7

A abolição efetiva de uma classe servil e trabalhadora se refletirá em cada detalhe na pousada que nos abriga, bem como nos quartos que ocuparemos. Desperto para essas questões na manhã após a nossa chegada. Permaneço, no entanto, deitado por alguns instantes com o nariz para fora da manta enquanto acordo gentilmente de um pesadelo em que me

---

[123] *Twentieth century inventions*, ou *Invenções do século XX*, é uma obra de Alexander George Sutherland. O autor foi um jurista de origem inglesa, atuante nos Estados Unidos da América. (N.T.)

encontrava sentado à mesa com um gari vestido de verde e dourado, chamado Boffin [consulte *Notícias de lugar nenhum*, de William Morris], cuja imagem se esvaía aos poucos da minha mente. Faço menção de me levantar, ainda apreensivo, e inspeciono o recinto. "Onde estou?", a frase clássica ecoa em minha mente. Em seguida, percebo claramente que estou deitado na cama, em Utopia.

Utopia! A palavra é suficiente para fazer qualquer um levantar-se da cama de supetão em direção à janela mais próxima, mas não vejo nada além de um grande aglomerado montanhoso, uma visão bastante terrestre, por sinal. Volto-me ao meu entorno e teço algumas observações enquanto me visto, pausando aqui e acolá com uma peça de roupa na mão e verificando um objeto e outro.

O quarto é, evidentemente, muito claro, limpo e simples; em nenhum aspecto é mal equipado, mas projetado de maneira a economizar todo o trabalho possível com questões de organização e reparo. Ele é lindamente proporcional e mais baixo do que a maioria dos quartos na Terra. Não há lareira, o que me deixa perplexo, até encontrar um termômetro localizado abaixo de seis botões na parede. Esse painel de controle contém instruções concisas: um dos botões serve para aquecer o quarto, que não é atapetado, mas coberto com uma substância que imita linóleo; outro botão serve para aquecer o colchão (o qual é feito de metal com espirais de resistência que perpassam toda a sua extensão); os outros têm a função de aquecer as paredes em diversos graus, e cada um direciona uma corrente diferente de calor através de um sistema isolado de resistências. O caixilho não pode ser aberto, mas acima, nivelado com o teto, um ventilador veloz e silencioso refresca o quarto. O ar entra por um duto Tobin[124]. Há um acesso ao trocador, o qual se encontra equipado com uma banheira e todas as necessidades de asseio. A água, vale lembrar, pode ser aquecida, se assim desejarmos, por meio de uma espiral de aquecimento elétrico. Uma pilha de sabonetes cai de uma máquina armazenadora com o giro

---

[124] Provável tipo de duto utilizado na época em que o livro foi publicado. (N.T.)

de uma maçaneta. Ali é possível depositar a toalha usada e o que mais for necessário pela mesma abertura ao final do banho. Máquinas fornecem as toalhas, as quais caem no fundo de uma pequena caixa e deslizam por uma espécie de tubo. Mediante uma breve observação, é possível inferir o preço da diária, o qual imagino que pode sofrer um ajuste salgado se o banheiro não for mantido limpo como foi encontrado. Ao lado da cama há um pequeno relógio, o qual pode ser aceso durante a noite por meio de um interruptor acima do travesseiro, cuja frente está nivelada com a parede. O quarto não possui cantos que acumulem poeira, a parede se encontra com o chão com uma curvatura sutil, e o apartamento pode ser varrido com eficácia com dois ou três movimentos de uma vassoura mecânica. Os batentes da porta e da janela são feitos de metal, arredondados e hermeticamente fechados. Somos instruídos a girar uma maçaneta situada bem ao pé da cama antes de deixarmos o quarto, e imediatamente a cama é erguida até uma posição vertical, e então as roupas brancas ficam penduradas, tomando ar. Ao parar no corredor, percebo que o quarto foi organizado em menos de um minuto. Nesse mesmo instante, memórias da costumeira desorganização fétida depois de uma noite de sono pairam em minha mente.

Imagine um apartamento sem sujeira e sem manchas, mas doce e bonito. Sua aparência é um pouco estranha, obviamente, mas aqui toda a pilha de penduricalhos e ornamentos tolos que forram a maior parte dos quartos que conhecemos não existe, bem como os enxovais de cama, as cortinas que vedam as correntes de ar que passam pelas frestas de janelas mal instaladas, os quadros irrelevantes e desnecessários (geralmente tortos), os carpetes empoeirados e toda a parafernália necessária para manter uma lareira. As paredes são claras e emolduradas com uma silhueta fraca de tinta, feitas com todo o cuidado, como se por um artista da capital grega; as maçanetas e as linhas dos painéis da porta, as duas cadeiras, a moldura da cama, a escrivaninha, tudo tem uma simplicidade, um contorno final resultado de um grande esforço artístico. As janelas, graciosamente modeladas, parecem emoldurar um quadro. Como não há passagem de ar, as cadeiras parecem zombar da Terra, e, na base da janela, uma única coisa nos chama a atenção no quarto: um pequeno vaso com flores azuis dos Alpes.

A mesma simplicidade nos acolhe no andar de baixo.

Nosso proprietário senta-se à mesa conosco por um instante e, ao perceber que não compreendemos o funcionamento da cafeteira elétrica, mostra-nos como fazê-la funcionar. Tomamos café com leite, à moda continental[125], e comemos pão com manteiga de excelente qualidade.

O proprietário da nossa pousada é um rapaz moreno, de estatura baixa, e durante a noite notamos a sua preocupação com outros hóspedes. Mas, pelo jeito, acordamos muito tarde, ou muito cedo, para os padrões de Utopia, não sabemos qual dos dois exatamente, mas nesta manhã ele está aqui conosco. Seu semblante é gentil e inofensivo. No entanto, ele não consegue esconder a curiosidade que lhe é inerente. Seus olhos encontram os nossos, e neles transparece uma dúvida silenciosa. Ele examina nossos punhos, nossas roupas, nossas botas, nossas faces e nossos modos à mesa. A princípio não nos pergunta nada, mas depois indaga de maneira sutil, com uma palavra ou outra, sobre o nosso conforto durante a noite e sobre o clima – frases que soam assaz costumeiras. Em seguida, faz silêncio com um ar interrogativo.

– Café excelente – digo, para preencher o silêncio.

– Os pães também são excelentes – acrescenta o botânico.

O proprietário faz um gesto de agradecimento.

Nossa atenção é desviada momentaneamente com a entrada de uma garota – diminuta como um elfo –, a qual nos encara sem pudores, mas com certa timidez. Ela tem olhos negros brilhantes e hesita ao notar o sorriso desajeitado do botânico. Em seguida, corre em direção ao pai, que nos interroga obstinadamente.

– Vocês vêm de longe? – ele quer saber, afagando o ombro da filha.

Olho em direção ao botânico e respondo:

---

[125] Alusão ao café da manhã típico dos países europeus. É considerado uma refeição mais simples e prática em relação ao café da manhã inglês, por exemplo. (N.T.)

– Sim, viemos. – E continuo: – Viemos de tão longe que o seu país nos parece muito estranho.

– Das montanhas?

– Não, não viemos das montanhas.

– Vocês vieram do vale Ticino?

– Não, também não viemos desse lado.

– Do Oberalp?

– Não.

– Do Furka?

– Não.

– Dos lagos superiores?

– Não.

O pai da garotinha parece atordoado.

– Viemos de outro mundo – informo.

Ele tenta entender. Depois, um pensamento lhe parece cruzar a mente, e ele manda a garota atrás da mãe com uma mensagem irrelevante.

– Ah, outro mundo... Que significa? – indaga.

– Viemos de outro mundo, das profundezas do espaço sideral.

Mediante a expressão em seu rosto, é possível notar que Utopia Moderna provavelmente manterá os cidadãos mais inteligentes em outras tarefas que não a manutenção de pousadas. O homem evidentemente não captou a ideia que colocamos diante dele. Ele nos encara por um momento e tece uma observação:

– Vocês têm de assinar o livro de hóspedes.

Então nos vimos diante de um livro, algo semelhante ao costumeiro livro de assinaturas de hotéis da Terra. Ele o coloca diante de nós, e ao lado dispõe uma caneta, uma placa sobre a qual a tinta se encontra borrada.

– Digitais – diz o cientista ao meu lado de maneira apressada.

– Mostre-me como fazê-lo – sussurro rapidamente.

Ele assina primeiro enquanto eu observo por cima dos ombros.

E parece demonstrar mais prontidão do que eu esperava. É um livro repleto de linhas transversais e possui um espaço para inserir nome, número e digital. Ele coloca o polegar sobre a placa e marca a primeira digital com todo o cuidado. Em seguida, examina os dois outros campos a serem preenchidos. Os "números" dos hóspedes anteriores são uma mistura de letras e números. O botânico escreve o nome e, depois, com segurança e calma, escreve o seguinte código: A.M.a.1607.2.αβ⊕. Sou tomado por um sentimento de admiração. Sigo seu exemplo e fabrico uma assinatura igualmente majestosa. Nós nos achamos muito espertos. O proprietário fornece um recipiente para limparmos os dedos, e seus olhos examinam nossas informações com grande curiosidade.

Decido que é mais aconselhável pagar e sair antes que alguma conversa sobre as fórmulas inseridas no livro venha à tona.

Ao chegarmos à altura do corredor iluminado, vejo o proprietário debruçado sobre o livro.

– Vamos logo – digo. Explicações são a coisa mais cansativa do mundo, e, se perceberem que não nos encaixamos, eles se voltarão contra nós.

Olho para trás e percebo que o proprietário, ao lado de uma mulher vestida com um gracioso penhoar, nos observa do lado de fora da pousada à medida que nos afastamos.

– Vamos depressa – insisto.

SEÇÃO 8

Decidimos ir em direção ao desfiladeiro Schoellenen, e, à medida que caminhávamos, nossos sentidos recém-amanhecidos recobrariam todos os fatores que nos causavam aquelas impressões sobre o mundo civilizado. Em Utopia Moderna, todas as questões concernentes à nacionalidade terão sido banidas; portanto, todas as fortificações, barricadas, quartéis e a imundície militar do vale de Urseren – como o conhecemos na Terra – terão se esvaído. Em seu lugar haverá uma multidão de casas graciosas amontoadas em grupos, com cozinhas e saguões indubitavelmente idênticos, espalhadas por toda a encosta do vale. E haverá muitas árvores, uma grande variedade delas, o mundo inteiro será repleto de coníferas invernais. Apesar da altura do vale, haverá uma avenida dupla na extensão da estrada. Essa rodovia com trilho de bonde desce o desfiladeiro conosco, e então hesitamos em subir no bonde. Mas a lembrança dos olhos curiosos do proprietário da pousada, ainda fresca em nossas mentes, nos faz adiar o risco de ter de fornecer explicações acerca de uma aventura precipitada.

Caminharemos pelo acostamento durante algum tempo e observaremos as diferenças entre a engenharia de Utopia e a da Terra.

O trilho de bonde, a ferrovia, os aquedutos e as pontes, o túnel Urnerloch, no qual as rodovias desembocam, todos são lindos de se observar.

Não há nada em relação a maquinário, encostas, ferrovias, pontes de aço e dispositivos de engenharia que os faça parecer feios. A feiura é a medida da imperfeição; coisas construídas pelo homem são geralmente feias em proporção se as compararmos à pobreza do seu poder construtivo e à falha do seu construtor em entender o propósito de suas obras. Tudo ao que o homem devota sua atenção e pensamento de forma contínua, tudo o que ele faz e refaz com o mesmo objetivo, e com o desejo contínuo de fazer da melhor maneira possível, evolui de maneira linda e inevitável. As criações do homem, sob as condições modernas, são feias, primeiramente porque nossa organização social é feia; porque vivemos em uma atmosfera de arrebatamento e de incertezas e, portanto, fazemos tudo de maneira grosseira e extenuante. Essa é a desgraça das máquinas, e a culpa não é das máquinas. A arte, tal e qual uma planta formosa, vive de sua atmosfera: quando a atmosfera é favorável, ela cresce em qualquer lugar; quando não é, não cresce em lugar nenhum. Se quebrarmos e enterrarmos todas as máquinas, cada fornalha, cada fábrica do mundo, e não mudarmos nada em nós mesmos e nos pusermos em direção às indústrias manuais, ao trabalho manual, à agricultura manual, à criação de ovelhas e porcos, faremos as coisas com a mesma precipitação de antes e não alcançaremos nada além de sujeira, inconveniência, poluição e outras reflexões áridas e desajeitadas sobre a nossa desorganização intelectual e moral. Não consertaremos absolutamente nada.

Mas, em Utopia, um homem que projeta um trilho para bondes será um homem culto, um artesão; ele se empenhará como um bom escritor ou pintor para alcançar a simplicidade da perfeição. Ele construirá suas vigas e trilhos e peças de maneira tão graciosa quanto a primeira engenheira de todas: a natureza, a qual fez as ramificações das plantas, bem como as articulações e os movimentos dos seus animais, com perfeição. Não considerar a natureza uma artista, e então julgar um homem que faz coisas sem nenhum esforço – ou que usa as máquinas de maneira bruta – como se fosse um artista é apenas uma fase passageira da estupidez humana. Essa rodovia que corre ao nosso lado será um projeto digno de trunfo. A ideia será tão inovadora que, por algum tempo, não nos ocorrerá que se trata de um sistema de lindos objetos. Certamente iremos admirar sua adaptação engenhosa de acordo com as necessidades de cada bairro soterrado pela neve durante pelo menos seis meses do ano. Portanto, o canteiro logo abaixo será curvado e com uma sarjeta autolimpante, os carrões-leito serão grandes e arcados, cujos trilhos se erguerão a quase dois metros acima do solo, os isoladores e padrões serão fáceis e simples. Depois, pensaremos: "Por Deus! Que projeto!".

De fato, tudo isso terá sido projetado.

Mais tarde, encontraremos alunos das escolas de artes trabalhando em competições para projetar bondes elétricos, outros que conhecem metalurgia moderna, outros ainda que se especializaram em engenharia elétrica. E haverá pessoas tão avidamente críticas sobre detalhes como as caixas sinaleiras ou pontes de aço como há na Terra. Céus! O que as pessoas criticam mesmo na Terra?

Ah, sim, a qualidade e as condições de uma gravata! É sobre isso que elas sabem discutir!

Deveríamos certamente tecer algumas comparações antipatrióticas sobre o nosso planeta.

4
A VOZ DA NATUREZA

SEÇÃO 1

No presente, reconhecemos o colega da ponte do Diabo, ainda não percorrida a pé, a qual abarca o desfiladeiro, e então velhas memórias nos desviam da estrada para as ruínas de uma trilha de mulas que corre em sua direção. Este é o nosso primeiro aviso de que Utopia terá uma história. Nós a cruzamos e encontramos o Reuss[126]; por tudo o que ele já iluminou, aqueceu, ventilou, limpou, nos milhares e milhares de casas no vale acima, e por tudo o que conduz através dos bondes na galeria superior, ele ainda é capaz de cascatear de maneira tão precisa quanto na Terra. Então, nos deparamos com um caminho rochoso, tão selvagem quanto possível, e o descemos dialogando sobre quão bom e justo um mundo ordenado pode ser. No entanto, temos uma opinião pouco formulada em nossas mentes

---
[126] Referência ao rio Reuss, localizado na Suíça. (N.T.)

acerca das digitais que havíamos deixado gravadas em um pedaço de papel na pousada.

– Você se lembra do vale de Zermatt? – pergunta meu amigo. – E de como ele fede por causa da fumaça?

– As pessoas utilizam isso como argumento para impedir as mudanças necessárias em vez de promover algum tipo de melhoria!

E aqui ocorre um incidente. Somos interrompidos por um tagarela de marca maior.

Ele nos domina e começa a falar com uma voz aguda, mas cortês. Trata-se de um conversador, gesticula de maneira bastante respeitável e é a pessoa para quem tentamos explicar, pela primeira vez e de maneira pouco eficaz, quem somos de fato. Entretanto, o fluxo de sua conversa leva tudo embora. Seu rosto é corado e nodoso, do tipo que um dia ouvi um mineralogista indignado mencionar como "botrioidal"[127], com uma quantidade desordenada de pelos loiros ao redor. Está vestido com um gibão de couro e bombachas, e sobre tudo isso usa uma capa de lã esvoaçante de carmesim desgastado que lhe confere uma silhueta bastante dramática ao descer pelo rochedo em nossa direção. Seus pés, os quais são grandes e bonitos, mas rosados por causa da brisa cortante da manhã, estão à mostra, e ele calça sandálias de couro. (Foi a primeira vez que vimos os pés de alguém em Utopia.) Ele nos saúda com um gesto circular do graveto que carrega na mão e se aproxima a passos lentos.

– Alpinistas, presumo – ele diz. – E desprezam os bondes daqui? Eu também! Gosto de vocês! Por que um homem deveria aceitar ser tratado como um fardo de mercadorias com um bilhete indistinto nas mãos quando Deus lhe deu um par de pernas e um rosto?

À medida que fala, seu cajado aponta para a grande estrada mecânica que atravessa o desfiladeiro, nas alturas, passa por uma galeria de pedras, segue por uma curva e ganha velocidade como um viaduto lá embaixo, submerge em uma galeria em meio a um penhasco saliente e lá se despede em um turbilhão espiralado.

---

[127] Aparência externa de um mineral com esferoides criptocristalinos. (N.T.) Nos seres humanos, trata-se de uma afecção cutânea que lembra um cacho de uvas. (N.E.)

– Não! – exclama.

Ele parece ser um enviado dos céus, pois agora mesmo falávamos sobre como resolveríamos a nossa situação em relação aos habitantes de Utopia antes que o nosso dinheiro fosse todo gasto.

O recém-chegado olha em meus olhos e percebo, ao consultar o botânico, que eu mesmo terei de revelar a nossa questão.

E então faço o meu melhor.

– Vocês vieram do outro lado do espaço! – exclama o homem naquela capa carmesim enquanto me interrompe. – Perfeito, gosto disso, é exatamente do que eu gosto. Eu também venho! E vocês acham esse mundo estranho! Exatamente o meu caso! Somos irmãos. Estamos em comunhão. Estou surpreso e permanecerei assim por todo o tempo e morrerei certamente em um estado de incredulidade com esse mundo notável. Não é mesmo? E, quando deram por si, estavam no topo de uma montanha! Que sortudos! – Riu. – Da minha parte digo que me encontrei na posição de filho de dois pais intratáveis!

– O que digo é verdade – protesto.

– Uma posição que, garanto-lhes, demanda o tato de um verdadeiro super-humano!

E então desistimos de explicar quem éramos, uma vez que o habitante pitoresco e excepcional de Utopia conduzia a conversa somente para onde lhe convinha...

SEÇÃO 2

Ele era uma pessoa agradável, mas um tanto distrativa, e falava, pelo que me lembro, sobre muitas coisas. Impressionou-nos, sobretudo, pela característica *poser*[128], praticamente um ismaelita[129] no mundo da perspicácia. E,

---

[128] Pessoa que finge ser o que não é. (N.T.)
[129] Ismaelitas, segundo o livro do Gênesis, no Antigo Testamento, são os descendentes de Ismael. (N.T.)

de uma maneira sutilmente inexplicável, era um pedante de marca maior. Primeiro falou sobre os bondes excelentes e cômodos que vinham das passagens e desciam pelo vale comprido em direção ao centro da Suíça, bem como sobre as casas agradáveis e os chalés cravados nas alturas que tornavam a abertura do desfiladeiro tão diferente dos seus equivalentes na Terra, isso tudo com bastante desrespeito.

– Mas são bonitos – protestei. – São graciosamente proporcionais, posicionados em pontos bem escolhidos, de modo que não ofendem os olhos.

– Mas o que sabemos sobre a beleza que jaz embaixo deles? Se espalham como uma doença. Por que nós, homens, agimos como bactérias, corroendo nossa própria Mãe?

– É isso que a vida é!

– Não, não é o reflexo da vida na natureza, não é como as plantas ou as criaturas gentis que passam suas existências na floresta ou na selva. É uma parte dela. Essa é a florescência natural inerente a ela. Mas essas casas, trilhos e coisas foram todas feitas de minérios e outras substâncias tiradas das suas veias! Não tem como melhorar a minha visão em relação a essa doença. É como uma erupção mórbida! Eu trocaria tudo isso por camurça livre e natural.

– Você vive em uma casa, por acaso? – indaguei-lhe.

O homem ignorou minha pergunta solenemente. Para ele, a natureza intocada era o melhor dos mundos, afirmou, e com um rápido olhar para os pés terminou:

– É a coisa mais bonita.

Declarou-se um nazarita[130] e balançou seu tufo de cabelo teutônico. Em seguida, conduziu a conversa para si novamente e pelo resto da nossa caminhada manteve o fio de seu discurso. Falou sobre si, dos pés à cabeça, e tocou em assuntos sob o sol para ilustrar todo o seu esplendor. Mas a sua repulsa maior era a tolice relativa, a falta de naturalidade e de lógica dos seus compatriotas. Tinha opiniões contundentes sobre a simplicidade extrema em tudo, que apenas homens de mente turva confundiam.

---

[130] Pessoa de origem judia que vive uma vida de abstinência e devoção a Javé. (N.T.)

– Por isso a existência desses bondes! Eles estão sempre correndo para cima e para baixo como se buscassem a simplicidade perdida da natureza. "Nós os colocamos aqui!" – disse. Ganhava a vida, conforme nos pareceu, "de um jeito considerável, acima do salário-mínimo", o que evidenciou o problema do trabalho. Ele perfurava discos para tocadores automáticos de música – dispositivos do tipo Pianola e Pianotist[131], certamente – e seu lazer era ir e vir fazendo palestras com títulos como "A necessidade de um retorno à natureza" e "Alimentos e meios simples". Fazia isso por puro amor. Era muito claro que o homem tinha um impulso indômito de palestrar e provavelmente nos considerou presas fáceis. Havia palestrado sobre esses assuntos na Itália e estava voltando de lá, pelas montanhas, para discursar na Saxônia. Palestrava, inclusive, pelo caminho, para então voltar e perfurar mais discos, palestrar mais um pouco e depois preparar-se para palestrar mais. E parecia manifestamente satisfeito em poder conferenciar para mim e para o botânico em seu percurso até a Saxônia.

Ele chamou a nossa atenção para as suas vestes logo no início da conversa. Era a materialização do ideal de vestimenta natural e havia sido confeccionada especialmente para ele a um preço bastante alto.

– Simplesmente porque a naturalidade desapareceu e tem de ser buscada novamente, e desassociada, lavada das complexidades, assim como o ouro.

– Eu deveria ter pensado nisso – comentei. – Qualquer tipo de roupa é pouco importante para o homem que preza a natureza.

– De forma alguma – foi a resposta ríspida. – De forma alguma! Você se esquece da vaidade natural?

Ele foi particularmente duro com a nossa carcaça, chamou nossas botas, chapéus e cabelos de destruidores.

– Os homens são os verdadeiros reis dos animais e deveriam ter jubas. Os leões apenas têm jubas porque não se opõem a elas, e quando estão em cativeiro. – Ao dizer isso, lançou o cabelo para trás.

---

[131] Marcas de pianos que permitem tocar músicas automaticamente. (N.T.)

Em seguida, enquanto almoçávamos e ele esperava pelos alimentos naturais que havia pedido – os recursos culinários do lugar haviam sido taxados ao máximo –, teceu uma generalização.

– O reino animal e o reino vegetal são facilmente distinguíveis, e, por mais que eu tente, não vejo razão para confundi-los. Seria um pecado contra a natureza. Tenho ambos bem distintos em minha mente e os mantenho igualmente distintos em minha pessoa. O que poderia ser mais simples e lógico do que um prato sem nenhum vestígio animal e em que não faltem vegetais? Nada sobre mim a não ser couro e vestimentas apenas de lã; no meu prato, cereais, frutas, castanhas, ervas e derivados. Classificação; ordem; função do homem. O homem está aqui para observar e acentuar a simplicidade da natureza. Essas pessoas – completou, fazendo um gesto de modo a não nos incluir – estão cobertas de engano.

Então chupou uma boa quantidade de uvas, fumou um cigarro e tomou uma grande jarra de suco de uva não fermentado, o que pareceu satisfazê-lo.

Nós três nos sentamos sobre um banco, o qual estava situado em uma região arbórea, em uma colina do lado de Wassen[132], de onde tínhamos uma visão do vale Uri Rothstock, logo abaixo. Sempre que possível, tentávamos mudar o rumo daquela autoexposição inegável para elucidar as nossas próprias dificuldades.

Mas fomos pouco exitosos; seu estilo era completamente esquivo. Em seguida, sentimos de fato que fomos lavados com muitas informações e tentativas de persuasão, mas na hora não parecia nada. Ele indicava as coisas por meio de pontos e traços em vez de linhas assertivas. Não fazia pausas para checar se tínhamos compreendido o que havia dito. Às vezes, sua perspicácia era tão grande que ele mesmo se perdia e então se interrompia, juntava os lábios como se fosse assoviar e, até que conseguisse reorganizar as ideias, enchia a boca de uvas. Falava sobre a relação entre os sexos, sobre o amor – quanto à paixão, nutria grande desprezo,

---

[132] Região na Suíça, dentro do cantão de Uri. (N.T.)

devido à sua essência complexa e enganosa –, e, mais tarde, percebemos que havíamos descoberto muitas coisas sobre o que as leis do casamento em Utopia permitiam e proibiam.

– Uma liberdade simples e natural – ele disse, balançando uma uva de maneira ilustrativa, e então percebemos que em Utopia Moderna as coisas não eram assim de forma alguma. Ele também falou sobre a regulamentação das uniões, de pessoas que não possuíam permissão para ter filhos, de normas complicadas e intervenções.

– Os homens deixaram de ser um produto natural! – sentenciou.

Tentamos testá-lo com algumas perguntas em seu ponto mais elucidativo, mas ele desviou do assunto como se em uma torrente e o levou a perder de vista. Acreditava que o mundo era superadministrado e que essa era a raiz do mal. Falou sobre o excesso de administração, e, entre outras coisas, sobre as leis que não permitiam que um pobre idiota, uma pessoa "natural", crescesse. Então tivemos uma pequena noção do destino dos mais frágeis e insanos em Utopia.

– Nós fazemos todas essas distinções entre os homens, exaltamos algumas coisas e favorecemos outras, desgraçamos uns e isolamos outros; tornamos o nascimento um evento artificial, assim como a vida e a morte.

– Você diz "nós" – comentei, vislumbrando uma nova ideia –, mas não se inclui nisso, não é?

– Eu não! Não sou um dos seus samurais, dos nobres voluntários que carregam o mundo nas mãos. Eu poderia ser, claro, mas não sou.

– Samurais? – repeti. – "Nobres voluntários?" – Por um instante não consegui pensar em uma pergunta.

Ele deu meia-volta e começou a atacar a ciência, causando polêmica com o botânico. Denunciou com grande amargor todos os especialistas, especialmente os médicos e os engenheiros.

– Nobres voluntários – insistiu. – Creio que se consideram deuses voluntários.

Fui deixado para trás com a minha perplexidade ao examinar esse último parêntese, enquanto ele e o botânico (o qual é diligente demais com relação à sua digestão em meio à torrente de novas informações) discutiam sobre a benfeitoria dos homens devotados à medicina.

– A constituição humana natural – continuou o homem do cabelo loiro – é perfeitamente simples, com uma condição simples: você deve deixá-la nas mãos da natureza. Mas, se misturar duas coisas essencialmente distintas, como os reinos animal e vegetal, por exemplo, e enfiar isso tudo para dentro a fim de que sejam ambos digeridos em seu interior, o que mais pode esperar?

– Péssima saúde! Não há isso na natureza. Porém, vocês se escondem da natureza dentro de casas, protegem-se com roupas que são úteis em vez de serem ornamentos, vocês tomam banho (com tantos produtos químicos sépticos como sabão, por exemplo) e, sobretudo, se consultam com médicos. – Aprovava o que dizia com uma risada. – Já encontrou alguém em um estado muito grave de saúde e sem médicos ou medicina por perto? Nunca! Você diz que muitas pessoas morreriam sem abrigo e consulta médica! Sem dúvida, mas morreriam de morte natural. Uma morte natural é melhor do que uma vida artificial, certo? Este é, honestamente, o cerne da minha questão.

Isso o conduziu prontamente, antes que o botânico pudesse argumentar, a um grande sermão contra as leis que proíbem os habitantes de "dormir fora de casa". Ele as denunciou com grande vigor e alegou que, de sua parte, transgredia essa lei sempre que possível, encontrava algum canto forrado de líquen, cobria-se do excesso de sereno e lá ficava até adormecer. Costumava dormir sentado, com a cabeça recostada nos pulsos, e estes recostados sobre os joelhos, a posição mais simples e natural para um homem dormir. Disse que seria muito melhor se todo mundo dormisse assim e as casas fossem demolidas.

Você entenderá, talvez, a irritação calada com a qual tive de lidar enquanto ouvia o botânico se enrolar na teia lógica dessa absurdidade. Impressionou-me por ser irrelevante. Quando alguém vem a Utopia, espera-se um guia, uma pessoa tão precisa, insistente e instrutiva quanto uma propaganda norte-americana – a propaganda de um daqueles corretores de imóveis, por exemplo, os quais imprimem suas próprias fotografias para instilar confiança e afirmar que você *quer* comprar bens imóveis. Espera-se encontrar habitantes de Utopia completamente convencidos da perfeição desse mundo e incapazes de ser coniventes com alguma sugestão contrária. E aqui, diante de nós, estava um grande mexeriqueiro falando todos esses absurdos!

Entretanto, ao refletir a respeito de tudo, não seria essa uma das diferenças necessárias entre Utopia Moderna e aqueles alojamentos compactos e infinitos da velha escola de sonhadores? Sendo assim, este não deve mais ser um mundo unânime. Ao contrário, deve ter ainda mais contrariedades como aquelas que encontramos no mundo real; não deve ser um mundo perfeitamente explicável, mas apenas o nosso próprio caos vasto e misterioso, sem algumas das sombras mais escuras, mas mais iluminado e com uma intenção mais consciente e sagaz. Dentro dessa perspectiva, a irrelevância não é irrelevante e, portanto, o nosso amigo de cabelo loiro está exatamente onde deveria estar.

Mesmo assim...

SEÇÃO 3

Parei de ouvir as argumentações entre o botânico e o apóstolo da natureza. O botânico, à sua maneira científica, parecia defender as profissões aprendidas. (Ele pensa e argumenta da mesma maneira que se desenha em um papel milimetrado.) Me surpreendeu de maneira passageira o fato de que um homem que não podia ser induzido a esquecer de si mesmo e de seus problemas, nem mesmo ao pisar em um novo mundo – um homem que desperdiçou a nossa primeira noite em Utopia falando a respeito de sua história de amor egoísta e desprezível –, se envolvesse de maneira tão calorosa e impessoal em uma discussão sobre profissionalismo científico. Ele estava completamente absorto. Não consigo explicar esses pontos cegos e vívidos na imaginação de homens sãos, e lá estão eles!

– Você diz – falou o botânico apontando o dedo indicador, com a mesma deliberação resoluta de um grande obus sendo preparado para o ataque sobre um solo rústico pelas mãos de soldados inexperientes – preferir uma morte natural a uma vida artificial. Mas qual é a sua *definição* de artificial?

E a discussão continuou após o almoço! Sinceramente, parei de ouvir, dei um peteleco na ponta do meu cigarro, e as cinzas se espalharam sobre as treliças esverdeadas da pérgula. Estiquei as pernas com tranquilidade, me recostei e emprestei minha mente aos campos e às casas que repousavam lá embaixo, no vale.

O que eu vi se misturou com alguns fragmentos de coisas que o nosso amigo prolixo havia dito, bem como com as minhas próprias especulações...

A rodovia, com seus trilhos de bonde e avenidas de cada um dos lados, fazia uma curva sinuosa e com uma volta grande decrescente percorria o lado oposto do vale, onde, lá embaixo, cruzava novamente em um viaduto bonito para depois submergir em uma galeria ao lado de Bristenstock[133]. A nossa pousada jazia imponente em uma planície mais alta. As casas se aglomeravam em grupos ao lado da rodovia e nas proximidades do caminho subordinado que quase percorria verticalmente a região inferior e posterior de onde estávamos e, depois, subia na direção do vale de Meien Reuss. Havia um ou dois habitantes de Utopia cortando e embalando a grama florida das montanhas, em meio aos prados irrigados e planos, com máquinas rápidas e leves que corriam sobre pés e devoravam o pasto. Também havia muitas crianças e uma mulher ou outra, as quais iam e vinham das casas mais próximas. Supus que o prédio central fosse a escola, na direção da rodovia, de onde as crianças saíam. À medida que passavam, notei que aquelas pequenas herdeiras de Utopia eram saudáveis e pareciam bastante limpas.

A qualidade que permeava toda aquela cena parecia uma organização sensata, a resolução deliberada dos problemas, uma intenção progressiva e

---

[133] Nome de uma montanha na Suíça. (N.T.)

estável; e o aspecto que particularmente me intrigava era a incongruência daquilo tudo com o que o rapaz do cabelo loiro dizia.

Por um lado, a situação aqui implicava o poder da vontade, uma força organizada e controladora, a cooperação de um grande número de pessoas vigorosas, imbuídas da vontade de estabelecer e apoiar o progresso. Por outro lado, havia uma criatura cheia de pose e vaidade, com sua inesgotável perspicácia, com um riso perpétuo que corroborava sua própria esperteza, sua incapacidade manifesta de cooperar de um modo geral.

Estaria eu diante de uma incompatibilidade sem esperança? Seria esse o *reductio ad absurdum*[134] da minha visão, e será que, enquanto estava sentado lá, ela esvanecia, dissolvia e desaparecia diante dos meus olhos?

Não havia meios de negar o que o rapaz loiro dizia. Se é que esta Utopia traça de fato um paralelo com a Terra, homem a homem – e não vejo escolha mais razoável do que essa –, deve haver pessoas semelhantes a ele e em abundância. O desejo e o dom de ver a vida em sua completude não são o território da grande maioria das pessoas. O serviço da verdade é um privilégio dos escolhidos, e esses tolos espertalhões que obstruem as vias de pensamento do mundo, os quais se atêm a inconsistências, os quais se opõem, obstaculizam e confundem, encontrarão um terreno mais livre em meio às liberdades utópicas:

(Eles continuaram discutindo enquanto eu preenchia a minha mente com enigmas. Era como um voo de um pardal macho e um cágado; ambos continuaram às suas maneiras, independentemente dos métodos alheios. O encontro tinha um ar de vivacidade extrema, mas poucos momentos de contato.

– Você não entendeu meu ponto de vista – nosso interlocutor dizia enquanto balançava o cabelo no ar, parecendo tranquilo em relação àquela disputa. E, com um movimento precipitado da mão, acrescentou: – Você não aprecia a minha posição.)

"Credo", falei comigo mesmo, acendi outro cigarro e saí de perto, com meus próprios pensamentos.

---

[134] Expressão em latim, que em português significa "redução ao absurdo". (N.T.)

A posição que ele toma é a de um tolo intelectual no universo. Ele assume uma posição e decide ser a mais brilhante, prazerosa, encantadora, engajada, invencível e deliciosa de todas as criaturas ao defender aquela posição. E, mesmo quando o caso não é tão ruim assim, ainda resta a qualidade. Nós "assumimos nossas posições", criaturas ínfimas e briguentas que somos, não enxergamos o direito alheio, não afirmaremos e reafirmaremos pacientemente e nos acomodaremos e planejaremos honestamente, e então permaneceremos em desacordo. Todos temos um traço de Gladstone[135] em nosso DNA, e tentamos até o final negar que demos o braço a torcer. Por sua vez, o nosso mundo pobre e partido pega a tangente em um destino sem trilhos. Tente sobrepor-se a um colega mais fraco e observe as suspeições, agressões e os equívocos de entendimento que a sua abordagem provocará – assim como moscas de calor em uma rodovia –, observe a maneira como seu oponente tentará ganhar mais um ponto em cima de você e dizer que conseguiu convertê-lo por causa do que disse, com medo, na verdade, de que você ganhe a discussão por merecimento.

Não me refiro apenas a esses casos grosseiros e palpáveis como o do nosso amigo loiro e vociferante. Eu julgaria a coisa insignificante por si só. Mas, quando vemos o mesmo traço em homens de liderança, homens que trazem consigo vastas multidões, que são de fato poderosos e grandes, quando vemos quão injustos eles podem ser, quão indômitos, assim como seus pontos cegos, quando vemos sua falta de generosidade, então as nossas dúvidas pairam como névoa sobre esse vale utópico, as visões empalidecem, as pessoas se tornam fantasmas insubstanciais, e toda a ordem e a felicidade enfraquecem e retrocedem.

Se uma Utopia há de existir, devemos ter um propósito claro em comum, bem como um movimento majestoso e inabalável para passar por cima desses dissidentes egoístas e incuráveis. Algo é necessário em uma escala larga e profunda o bastante para sobrepujar os piores dos egoísmos. O mundo não se tornará bom por aclamação, tampouco em um único dia, e seguirá assim pelo fim dos tempos. É evidente que essa Utopia não

---

[135] Referência a William Ewart Gladstone, político liberal de origem inglesa. (N.T.)

surgiria por acaso e por meios anárquicos, mas por um esforço coordenado e uma comunidade engajada, e falar sobre leis latifundiárias justas e um governo sábio, um sistema econômico engenhosamente equilibrado, arranjos sociais inteligentes (sem falar de como surgiram e como são sustentados contra a vaidade e a autoindulgência), flutuações geniosas e imaginações incertas, o calor e a aptidão para o partidarismo à espreita (mesmo quando não floresce na tessitura de cada homem vivo) é como criar um palácio sem portas ou escadas.

Eu não tinha isso em mente quando comecei minha empreitada.

Em algum lugar de Utopia Moderna, deve haver homens razoáveis, que representem a exata antítese do colega aqui, capazes de autodevoção, coragem intencional, pensamentos honestos e esforço contínuo. Deve haver alguma literatura que incorpore a comunhão de ideias, com base na qual Utopia Moderna nasceu; deve haver algum tipo de organização, por menor que seja, que os mantenha em contato.

Quem seriam esses homens? A qual classe pertenceriam? Qual será sua raça? Seria uma organização de natureza religiosa? Então algumas palavras do nosso recém-conhecido invadiram minha mente, quando ele disse que não era um desses "nobres voluntários".

A princípio, essa frase me soou bastante estranha, e depois comecei a perceber algumas possibilidades amarradas a ela.

O ânimo do nosso colega fortuito, de todo modo, sugeria que essa seria a sua antítese. Evidentemente, o que ele não representa é exatamente tudo o que nos falta aqui.

SEÇÃO 4

Fui retirado das minhas meditações pela mão do homem loiro sobre meu braço. Olhei ao redor e percebi que o botânico havia se recolhido dentro da pousada. E, por um instante, pareceu-me que o habitante de Utopia estava despido da sua carapuça.

– Digo – ele comentou –, você não estava me ouvindo?

– Não – respondi prontamente.

Sua surpresa era evidente. Mas, com esforço, lembrou-se do que ia dizer.

– Seu amigo estava me contando, apesar de minhas longas interrupções, uma história incrível.

Pensei em como o botânico teria conseguido tal proeza.

– Sobre aquela mulher? – perguntei.

– Sobre um homem e uma mulher que se odeiam, mas não conseguem se afastar.

– Conheço essa história – respondi.

– Parece uma história absurda.

– E é.

– Por que não conseguem se afastar? O que os mantém juntos? Isso é ridículo.

– Realmente é uma história ridícula.

– Ele me contaria.

– É o jeito dele.

– Ele me interrompeu. E não tem nexo. Ele... – o homem hesitou antes de terminar a frase – está aborrecido?

– Tem muita gente aborrecida com ele – respondi após uma pausa.

O homem ficou ainda mais perplexo. Seria vaidoso demais negar que ele alargou o escopo de sua investigação, pelo menos visivelmente, se não verbalmente.

– Não creio! – exclamou, e retomou o assunto que quase havia esquecido. – E se deram conta de que estavam nas montanhas? Pensei que estivessem brincando.

Encarei-o com um gesto repentino de sinceridade. Pelo menos foi o que almejei com meus gestos, mas pode ter parecido um pouco tempestuoso para ele.

– Você é um homem do tipo original. Não fique alarmado. Talvez você entenda. Mas não estávamos brincando.

– Mas... meu caro!

– Foi exatamente o que quisemos dizer. Viemos de um mundo inferior. Como este, porém desordenado.

– Mas nenhum outro mundo poderia ser mais desordenado do que este...

– Aposte e divirta-se. Digo-lhe que não há limites para a falta de direção em um mundo povoado pelos homens.

Ele sacudiu a cabeça, mas seus olhos deixaram de transparecer a amabilidade de antes.

– Lá, os homens morrem de fome; morrem às centenas e milhares sem necessidade e sob grande dor; os homens e as mulheres se forçam a ficar juntos; crianças nascem, abominavelmente, e com um pano de fundo repleto de crueldade e estupidez fazem uma coisa chamada "guerra", puro sangue e maldade. Tudo parece uma selvageria desumana e ineficaz coberta de lama. Você, neste mundo decente, jamais poderá entender...

– Não? – perguntou, e quase me interrompeu, mas fui mais ligeiro do que ele dessa vez.

– Não! Quando o vejo colerizado em um mundo tão extraordinário, discordando, obstruindo e transgredindo as leis, demonstrando desprezo à ciência e à ordem, aos homens que se empenham de maneira tão inglória para avolumar os conhecimentos e usá-los para a nossa salvação, salvação pela qual nosso pobre mundo clama aos céus...

– Você não quer dizer que realmente vem de outro mundo, em que as coisas são diferentes ou piores, não é mesmo?

– Sim, é isso mesmo o que eu quero dizer.

– E você prefere conversar comigo a me ouvir?

– Sim.

– Que absurdo! – falou abruptamente. – Você não pode fazer isso, de verdade. Garanto-lhe que este mundo é o maior poço de imbecilidade. Você e seu amigo, com o amor pela moça que os une tão misteriosamente, estão romantizando! As pessoas não poderiam fazer essas coisas. Desculpe-me, mas é ridículo. *Ele* começou tudo isso e começaria de algum modo. Uma história cansativa que me entediou completamente. Estávamos no meio de uma conversa agradável antes disso, agradável do meu ponto de vista pelo menos, a respeito da absurdidade das leis do casamento, da interferência em uma vida livre e natural, e assim por diante, e de repente ele desembestou a falar. Não! – Fez uma pausa. – É impossível. Você se comporta lindamente durante um tempo e depois começa a me interromper? E com uma história infantilizada, ainda por cima!

Ele girou abruptamente sobre a cadeira em que estava sentado, levantou-se, me encarou por cima dos ombros e deixou a pérgula onde estávamos. Então, caminhou lateralmente de modo a evitar um possível encontro com o botânico. De longe, eu o ouvi ruminar: "Impossível". Ele se sentia evidentemente incomodado conosco. Em seguida, vi que estava não muito longe do jardim e conversava com o proprietário da nossa pousada. Ambos olhavam em nossa direção. De repente, sem cerimônias, ele desapareceu. Não o vimos mais. Esperamos por ele por mais alguns instantes e depois expus a situação ao botânico...

– Teremos grandes problemas se tentarmos nos explicar. Estamos aqui graças à nossa imaginação, e esta é apenas uma daquelas operações metafísicas que são muito difíceis de acreditar. Somos, a julgar pelo nosso padrão de comportamento e vestimentas, pouco atrativos em ambos os termos. Não temos nada a produzir que possa justificar a nossa presença aqui, nenhum sinal de máquina voadora ou esfera de viagem espacial ou qualquer aparato costumeiro nessas ocasiões. Não temos nenhum outro meio, além de uma moeda de ouro cujo valor se esvai a cada dia que permanecemos aqui, sobre o qual suponho que, em relação à ética e às leis, algum nativo de Utopia tenha uma escolha melhor. Já devemos estar encrencados com as autoridades em razão daquele seu código estranho!

– Mas você também inventou um código!

– E talvez tenhamos ainda mais dores de cabeça quando isso for levado a nós em nossos lares. Não há necessidade de recriminação. A questão é que nos encontramos em uma situação, sendo bem honesto, de pedintes em um mundo tão admirável. A questão mais premente no momento é, portanto, o que eles fazem com os pedintes aqui neste mundo. Pois, cedo ou tarde, e a balança da probabilidade parece tender mais para cedo, eles nos darão o mesmo destino que dão aos outros pedintes.

– A menos que consigamos um trabalho.

– Exatamente, a menos que consigamos um trabalho.

– Vamos atrás disso!

O botânico reclinou-se sobre os braços e olhou ao redor da pérgula com uma expressão de descoberta desesperançada.

– Digo... este mundo é estranho, estranho demais e novo. Estou começando a notar o que isso significa para nós. As montanhas, a velha Bristenstock e todo o resto são os mesmos; mas as casas, a estrada, as roupas e as máquinas que parecem lamber a grama são um tanto... – Ele tentou se explicar: – Quem sabe o que encontraremos além do vale? Quem sabe o que poderá nos acontecer? Não sabemos quem nos governa!

– Precisamente – respondi. – Ainda não sabemos quem nos governa por aqui.

5
FALHA EM UTOPIA MODERNA

SEÇÃO 1

As velhas utopias – exceto aquelas de Platão e Campanella – ignoram a competição reprodutiva entre as individualidades, que é a substância da vida, e lidam essencialmente com a questão de forma incidental. A infinita variedade de homens e a infinita gradação da vida, sobre as quais a seleção atua, e às quais devemos as complicações incontroláveis da vida, são tacitamente deixadas de lado. O mundo real é resultado de uma vasta desordem de acidentes e forças incalculáveis em que os homens sobrevivem e falham. Uma utopia moderna, diferentemente de suas predecessoras, não ousa alterar esta última condição; ela ordena e humaniza os conflitos, mas os homens ainda sobrevivem ou falham.

A maioria das utopias se apresenta como um negócio viável, como fontes de felicidade; elas vislumbram uma condição essencial de que uma terra feliz não possui história e de que todos os cidadãos têm boa aparência, são honestos e sincrônicos em termos mentais e morais. No entanto, estamos sob o domínio de uma lógica que nos obriga a encarar a população real do mundo apenas sob tais melhorias em termos morais, mentais e físicos inerentes às possibilidades. Portanto, é do nosso interesse indagar o que Utopia reserva aos inválidos congênitos, aos idiotas e aos loucos, aos bêbados e aos viciados, às almas cruéis e furtivas, aos estúpidos (estúpidos demais para servir à comunidade), aos desajeitados, aos indômitos e aos desprovidos de imaginação. E o que ela reserva aos homens "pobres", homens sem espírito, incompetentes e de baixo grau de instrução, os quais vivem em tocas imundas; os pedintes que percorrem as ruas sob o título de "desempregados" (aqueles que balouçam por aí vestindo as roupas jogadas no lixo por outro homem, ou então aqueles dados às orgias), à beira do trabalho rural? Essas pessoas certamente estarão em declínio; a espécie estará engajada em eliminá-las; não há escapatória e, em contrapartida, as pessoas de qualidade excepcional estarão certamente em ascensão. O melhor tipo de pessoa, até onde se é possível distingui-las, deverá ter máxima liberdade ao serviço público, máximas oportunidades em termos parentais. E esse deve ser um direito de todo homem digno de boa ascendência.

O curso da natureza nesse processo é matar os mais fracos e tolos, destruí-los, privá-los de alimentação, sobrepujá-los utilizando os mais fortes e espertos como arma. Mas o homem é um animal antinatural, o filho rebelde da natureza, e se volta cada vez mais contra a mão pesada e errática que o educou. Enxerga com ressentimento crescente a multidão de vidas sofredoras e inúteis que a própria espécie esmaga. Em Utopia Moderna, ele buscará mudar essa lei antiquada. Os fracassados deixarão de sofrer e sucumbir em nome da evolução de sua espécie; no entanto, não evoluirão para que a raça humana não sofra e pereça com eles.

Não precisamos argumentar aqui para provar que os recursos do mundo e a energia da humanidade, se organizados corretamente, seriam suficientemente abundantes para suprir toda e qualquer necessidade material de cada ser humano vivo. E, se puder ser planejado de modo que cada ser humano viva em um estado de conforto físico e mental razoável, sem a reprodução de tipos inferiores[136], não há nenhuma razão para que isso não seja assegurado. Porém, deve haver algum tipo de competição em vida a fim de determinar quem deverá ser forçado até seu limite, quem deverá prevalecer e se multiplicar. Seja lá o que façamos, o homem permanecerá uma criatura competitiva, e, embora treinamentos intelectuais e morais possam variar e ampliar sua concepção de sucesso e fortalecê-lo com refinamentos e confortos, nenhuma utopia jamais o salvará da tensão emocional do esforço, das exultações e das humilhações, do orgulho, da prostração e da vergonha. O homem viverá em meio ao sucesso e ao fracasso tão inevitavelmente quanto vive imerso no tempo e no espaço.

Mas podemos fazer muita coisa para tornar tolerável o limite do fracasso. Na Terra, na extravagância da caridade, o esforço das classes mais baixas se transforma em luta, e com frequência se trata de uma luta sórdida e feia por comida, abrigo e roupas. Mortes descaradas devido ao relento e à fome talvez sejam incomuns no presente, mas para a grande multidão restam apenas casas miseráveis, roupas desconfortáveis, comida péssima e insuficiente; a fome e o relento são o que lhes resta, por assim dizer. Uma utopia planejada com base em preceitos modernos certamente colocará um ponto final nisso. Ela insistirá que cada cidadão tenha um abrigo adequado, seja bem-alimentado, tenha boa saúde, roupas devidamente limpas e sadias, e sobre essas insistências é que as leis do trabalho serão criadas. Utilizando uma linguagem familiar àqueles interessados em reformas sociais, ela deverá assegurar um "padrão de vida". Qualquer casa (a menos que seja um monumento público) que não corresponda às expectativas emergentes de saúde e conforto será demolida por completo pelo Estado utópico e, então, o material será empilhado e o dono pagará pelo trabalho; toda casa indevidamente superlotada ou suja deverá, de alguma maneira

---

[136] Wells, assim como outros progressistas de seu tempo, acreditava na eugenia para purificação da raça humana, e sua crença se reflete de maneira contundente na presente obra. (N.T.)

efetiva (direta ou indiretamente), ser confiscada, esvaziada e limpa. Todo cidadão vestido de maneira imprópria, maltrapilho ou sujo, publicamente insalubre ou que durma na rua como um sem-teto, negligenciado ou abandonado, deverá receber os cuidados devidos. O Estado utópico lhe fornecerá uma oportunidade de emprego – caso ele tenha condições de realizar tarefas –, irá levá-lo até a região onde vai morar e trabalhar, lhe concederá um registro e dinheiro para que possa viver uma vida digna até que um emprego lhe seja encontrado ou criado. Além disso, lhe dará crédito, abrigo e força se estiver doente. Na ausência de empresas privadas, o Estado lhe assegurará um alojamento em uma pousada, alimentação, e manterá – atuando sozinho como empregador sobressalente – o valor mensal de um salário-mínimo, que lhe servirá para cobrir os custos de uma vida decente. O Estado estará na retaguarda do esforço econômico como empregador sobressalente. Essa ideia extraordinária sustenta, na realidade, a instituição britânica de asilo, mas se confunde ao alívio fornecido em meio à idade avançada e enfermidades, é administrada paroquialmente e mediante a suposição de que toda a população é estática e localizada – enquanto, na verdade, ela se torna mais migratória com o passar dos anos; é administrada sem levar em conta os padrões crescentes de conforto e autorrespeito em uma civilização progressiva, e é administrada com má vontade. O que está feito está feito em forma de caridade pouco disposta por administradores que estão frequentemente nos bairros rurais competindo por mão de obra barata, os quais consideram a falta de emprego um crime. Se fosse possível que cada cidadão sem dinheiro recorresse a locais públicos de trabalho como um direito e trabalhasse lá por uma semana ou um mês, sem degradação e durante prazos curtos, parece-me correto afirmar que ninguém trabalharia por menos, exceto como vítima de um acidente temporário e excepcional.

 O trabalho fornecido publicamente seria, sim, cansativo, mas não cruel ou incapacitante. A escolha de ocupações teria de ser ofertada (ocupações adaptadas por tipos diferentes de treinamento e capacidade) com algum trabalho residual puramente laborioso e mecânico para aqueles que fossem incapazes de fazer coisas que exigissem inteligência. Esse emprego, fornecido pelo Estado, representaria necessariamente um alívio da pressão econômica. Contudo, não seria considerado uma caridade feita aos indivíduos, mas um serviço público. Não seria pago, não mais do que à polícia, por exemplo, mas poderia ser realizado dentro de uma margem pequena de perda. Há inúmeras coisas duráveis e úteis que poderiam ser produzidas e armazenadas quando a temporada de empregos bem remunerados estivesse em queda e o trabalho recuasse ao seu nível mais baixo; por exemplo, tijolos, ferro proveniente de minérios inferiores, madeira preservada e modelada, alfinetes, pregos, tecidos lisos de algodão e linho, papel, folhas de vidro, combustível artificial, e assim por diante; novas estradas poderiam ser construídas, e prédios públicos, reconstruídos, inconveniências de todo tipo seriam removidas, até mesmo material acumulado, investimentos acumulados ou outras coisas, ou seja, a temporada de empreendimentos privados fluiria novamente.

O Estado providenciaria essas coisas para seus cidadãos como se fosse seu direito de exigência; o cidadão, por sua vez, receberia tudo como se fosse um sócio acionista em uma empresa comum e sem nenhuma menção insultante à caridade. Em contrapartida, o cidadão que fornecer um serviço mínimo por essas concessões não poderá ter filhos até que se estabeleça no trabalho em uma taxa acima do mínimo e livre de alguma dívida que possa incorrer. O Estado jamais o pressionará por quaisquer dívidas, tampouco colocará um limite para seu acúmulo, desde que este homem ou esta mulher não tenha filhos; isso sequer lhes renderá fortunas temporárias quando puderem levantar esses valores acima do salário-mínimo. O Estado fornecerá pensões por idade a todos que necessitarem e manterá asilos especiais para os anciãos, os quais poderão se alojar como hóspedes contribuintes e gastar suas pensões nesses locais. Por meio de tais dispositivos óbvios, haverá a máxima eliminação de cidadãos frágeis e sem ânimo de cada geração – contanto que não haja sofrimento nem desordem pública.

SEÇÃO 2

 Todavia, os moderadamente incompetentes, os desprovidos de ânimo e enfadonhos e os pobres mais adoentados não serão o único problema em Utopia. Haverá também os idiotas e os lunáticos, os perversos e os incompetentes, as pessoas de pouco caráter que se embriagarão, os viciados em drogas, e derivados. Haverá pessoas contaminadas por doenças venéreas e transmissíveis. Essas pessoas todas arruínam o mundo dos outros. Elas poderão tornar-se pais, e não haverá nada mais evidente a fazer com essa gente a não ser segregá-la das grandes massas populacionais. Será necessário recorrer a um tipo de cirurgia social. Não poderá haver liberdade social em vias públicas, as crianças não poderão conversar com quem bem entenderem, as garotas e as mulheres doces não poderão viajar, ao passo que a maioria das pessoas poderá. Haverá também as pessoas violentas e outras que não respeitam a propriedade alheia, os ladrões e trapaceiros; eles também (assim que sua essência lhes bater à porta) deverão ser eliminados da vida livre desse mundo ordenado. Assim que não restarem dúvidas a respeito da doença ou da baixeza de determinado indivíduo, tão logo a insanidade seja confirmada ou um crime se repita pela terceira vez, a embriaguez ou a má conduta se repita pela sétima vez (por exemplo), então, este homem ou esta mulher deixará de ter a liberdade comum a todos os cidadãos.

 A repulsa a todas as propostas como essa jaz na possibilidade de que elas sejam realizadas por mãos de administradores duros, cínicos e cruéis. Mas, no caso de uma utopia, imaginamos o melhor governo possível, tão misericordioso e cuidadoso quanto poderoso e firme. Não imagine precipitadamente essas coisas feitas – como teriam sido feitas na Terra no presente momento – por inúmeras pessoas semieducadas e zelosas em um estado de pânico diante de uma imaginária "e rápida multiplicação dos sujeitos inadequados".

 Sem dúvida, para réus primários, bem como réus abaixo dos vinte e cinco anos de idade, Utopia Moderna aplicará tratamento admonitório e corretivo. Haverá escolas de disciplina e faculdades para os jovens, lugares justos e felizes, mas com menos confiança e mais restrições do que as instituições comuns ao redor do globo. Essas instituições se situarão em regiões remotas e solitárias, serão rodeadas por grades e proibidas aos cidadãos comuns; locais remotos a toda tentação, e o cidadão que falhar será educado. A lição não será mascarada: "o que você valoriza mais, o mundo vasto da humanidade ou essa tendência diabólica?". Essa lição, pelo menos, terão aprendido após o tempo de aprisionamento.

Mas... e os outros? O que o mundo sadio fará com eles?

Nosso mundo ainda é vingativo, mas o abrangente Estado de Utopia terá a força que gera misericórdia. Silenciosamente, os excluídos serão identificados em meio aos seus conhecidos. Não haverá golpes, destruição de dragonas nem tapas na cara. O fato deve apenas tornar-se público para evidenciar tiranias secretas, só isso.

Não haverá mortes ou câmaras letais. Sem dúvida, Utopia matará todos os deformados, os monstruosos, bem como os recém-nascidos adoentados; no entanto, o Estado será responsável por todo o resto. Não há justiça na natureza, mas a ideia de justiça deve ser sagrada em qualquer sociedade benevolente. Vidas permitidas pelo Estado e erros não previstos e contornados por meio da educação não deverão ser punidos com a morte. Se o Estado não tiver fé, ninguém a terá. Crimes e pessoas ruins representam o termômetro do fracasso do Estado, e todo o crime, ao final, será um crime da comunidade. Nem mesmo por assassinato Utopia matará, penso.

Duvido inclusive que haja prisões. Nenhum homem é suficientemente sábio, bom e barato para comandar uma prisão como se deve. Talvez ilhas sejam utilizadas, ilhas bem distantes, e para elas o Estado enviará seus exilados, muitos dos quais agradecerão aos céus por serem banidos de um mundo de arrogantes. O Estado certamente se protegerá contra os filhos desses cidadãos; esse é o objetivo primário de tal segregação e talvez seja necessário transformar essas ilhas em prisões, monastérios e conventos. No entanto, não sou suficientemente competente para falar sobre esse assunto, mas, se eu puder recomendar alguma literatura a esse respeito, infelizmente criticada, não será necessário forçar essa separação. [Consulte, por exemplo, *A fertilidade dos desencaixados*, de W. A. Chapple[137].]

Barcos patrulheiros farão a fiscalização dessas ilhas, não haverá a liberdade de construir barcos, e poderá ser necessário contar com guardas armados nos riachos e no cais. Além disso, o Estado fornecerá a esses fracassados em exílio quase toda a liberdade que puderem ter. Se tiver de interferir um pouco mais, será apenas pela polícia, a fim de evitar crueldades, manter a liberdade de algum detento que deseje ser transferido para outra ilha, bem como evitar todo tipo de tirania. Os insanos, obviamente, demandarão cuidados e controle, mas não haverá razão para que as ilhas dos embriagados inúteis, por exemplo, não tenham autonomia virtual, um residente e um guarda. Creio que uma comunidade de bêbados poderá coordenar até mesmo os maus hábitos ao ponto da tolerabilidade. Não vejo motivos pelos quais uma ilha dessas não deva construir, ordenar, produzir e comercializar por si só. "Seus meios não são seus meios", dirá o Estado-Mundo; "mas aqui há liberdade e almas semelhantes. Elejam seus governantes felizardos, cozinhem e destilem; aqui há vinhedos e campos de cevada; façam o que desejarem. Nós cuidaremos das facas, mas, quanto ao resto, lidem vocês próprios com Deus".

De repente, você vê o grande e convicto navio a vapor chegando à Ilha dos Trapaceiros Incuráveis. A tripulação, respeitosamente em seus postos, pronta para ajudar com o desembarque, e, completamente acordado, o capitão hospitaleiro permanece na ponte, pronto para despedir-se de seus tripulantes enquanto observa atentamente a carga. Os novos cidadãos dessa Alsatia[138] específica, cada qual com sua bagagem devidamente empacotada e à mão, amontoam-se no convés e estudam a costa que se aproxima. Rostos iluminados e ávidos estariam lá, e nós, se nos

---

[137] *The fertility of the unfit* foi escrito por William Allan Chaple. O autor foi um representante político neozelandês, o qual também fez parte da Câmara dos Comuns, na Inglaterra. (N.T.)
[138] No século XVII, Alsatia foi uma região nas proximidades de Whitefriars, Londres, considerada um santuário dos criminosos. (N.T.)

deparássemos de alguma maneira ao lado do capitão, reconheceríamos o sósia deste ou daquele magnata bem de perto, como a Petticoat Lane e a Park Lane[139], lado a lado. O píer está desobstruído, apenas um governante ou outro está lá para receber o barco e evitar todo tipo de correria, mas, além dos portões, inúmeros indivíduos espertalhões perambulam e fazem especulações. Um homem avista uma construção notável chamada "Alfândega", uma fiscalização interessante do que essas pessoas fizeram, e, amontoadas sobre a colina, as paredes pintadas de inúmeras pousadas confortáveis chamam a atenção. É possível ver um ou dois habitantes em circunstâncias reduzidas, antigos cambistas, diversos ônibus de hotel e uma Casa de Câmbio, certamente uma Casa de Câmbio. Há também uma casa pequena com uma grande quadra, virada categoricamente para o mar, com o título "Escritório de Informações Gratuitas", e ao seu lado ergue-se a graciosa doma de um pequeno cassino. Além disso, grandes cartazes anunciam as vantagens de muitas especialidades na ilha, um comércio frenético e a abertura de uma Loteria Pública. Há uma grande e maltrapilha caserna, a escola de Ciências Comerciais para cavalheiros de treinamento inadequado...

O porto seria pequeno e proeminente, e, embora esse desembarque não tivesse um fluxo de coleguismo e fraternidade capaz de distribuir auréolas pela Ilha da Bebida, duvido que os recém-chegados se sentiriam tristes nesse momento. Afinal de contas, a atmosfera seria de aventura para aqueles corações trambiqueiros.

Isso soa mais fantástico do que é. Mas o que mais se pode fazer além de matá-los? Segregá-los é uma opção, mas por que atormentá-los? Todas as prisões modernas são lugares dados ao tormento por restrição, e o criminoso habitual assume o papel de rato ferido esperando a misericórdia do gato justiceiro. Ele corre em sofrimento e volta mais uma vez a um estado pior do que a destituição. Não há mais Alsatias no mundo. De minha parte, não consigo pensar em nenhum crime (a não ser a reprodução

---

[139] Duas ruas próximas em Londres. (N.T.)

desnaturada ou a transmissão intencional de doenças) para o qual os terrores sombrios, a solidão e a desgraça da prisão moderna não pareçam suficientemente cruéis. Se quiser ir ainda mais longe, então mate-os. Por que, após ter se livrado deles, você importunaria criminosos com a lição de respeito aos padrões de conduta compatíveis com esse mundo? Em ilhas de exilados como essas, uma Utopia Moderna terá de purgar-se. Não consigo pensar em outra alternativa.

SEÇÃO 3

Os habitantes de Utopia terão a liberdade do ócio?
O trabalho deve ser feito, a humanidade é sustentada todos os dias pelo empenho coletivo, e, sem a constante recorrência ao trabalho por parte do homem, como por parte da raça em geral, não há saúde nem felicidade. O ócio permanente de um ser humano não é um fardo para o mundo, mas é uma desgraça para ele mesmo. O trabalho não remunerado também leva ao ócio, e tal liberdade poderá ser considerada para os cidadãos utópicos. É possível que esteja presente em Utopia, tal e qual a privacidade, a locomoção e quase todos os tipos de liberdade da vida, e, nos mesmos termos, caso o cidadão tenha dinheiro para pagar pelo próprio ócio.

A última condição pode produzir um choque nas mentes acostumadas à proposição de que o dinheiro é a fonte de todo o mal, bem como à ideia de que uma utopia necessariamente implica algo rudimentar e primitivo nas relações. Evidentemente, o dinheiro não é a fonte de nenhum mal no mundo; a fonte de todo o mal do mundo e de todo o bem também é o desejo de viver, e o dinheiro se torna nocivo apenas quando, por meio de más leis e da má organização econômica, ele é mais facilmente obtido por mais homens maus do que bons. É tão razoável quanto dizer que a comida é a fonte das doenças, pois muitas pessoas sofrem devido a alimentações excessivas e prejudiciais. O ideal econômico mais sensato é tornar a posse do dinheiro uma indicação clara de prestatividade pública, e, quanto mais nos aproximamos desse ideal, menores são a justificativa e a adversidade na pobreza. Em países bárbaros e desordenados, é quase uma honra ser um indigente, e uma virtude inquestionável o ato de dar esmolas a um pedinte, e até mesmo nas sociedades mais ou menos civilizadas da Terra tantas crianças vêm ao mundo com deficiências intratáveis; a austeridade aos pobres é considerada a mais vil de todas as maldades. Mas, em Utopia, todos serão educados, nutridos e treinados dentro de um limite mínimo; todos terão cuidados de saúde em caso de acidentes ou enfermidades; haverá uma organização eficiente para equilibrar a pressão do trabalho e a existência de trabalho desvinculado; portanto, a falta de dinheiro será uma evidência clara de desmerecimento. Em Utopia, ninguém sonhará em dar esmolas a um pedinte, e ninguém sequer sonhará em ser pedinte.

Haverá necessariamente, no lugar dos albergues britânicos, pousadas simples e confortáveis a uma tarifa baixa, controladas e, até certo limite e em alguns casos, mantidas pelo Estado. Essa tarifa terá relação direta com o salário-mínimo permitido, com o qual um homem que não tenha obrigações relativas ao casamento ou outros relacionamentos poderá viver com conforto e decência, além de poder pagar um seguro de vida contra doenças, morte, invalidez ou velhice, e ainda lhe sobrará uma boa margem para vestimentas e outras despesas pessoais. No entanto, ele não receberá abrigo nem comida, exceto pelo preço de sua liberdade e a menos que possa produzir dinheiro.

Mas imagine um homem sem dinheiro em um bairro onde não haja emprego para ele; imagine que a oferta de empregos sofreu uma queda repentina na região ao ponto de estagná-la. Ou, então, imagine que ele se desentendeu com o único empregador possível, ou que não goste daquele trabalho específico. Nesse caso, o Estado Utópico, o qual almeja que todos os seus cidadãos sejam tão felizes na medida em que o bem-estar futuro da raça permitir, intervirá em sua assistência, sem sombra de dúvida. Imagine que ele recorrerá a um posto comercial de atendimento e informará sobre sua situação a um funcionário civil e capacitado. Em todos os Estados sensatos, as condições econômicas de qualquer quarteirão da Terra serão vigiadas constantemente, assim como as condições meteorológicas. Um mapa diário do país, em um diâmetro de quatro a cinco quilômetros, o qual mostre todos os locais onde há demanda de trabalho, estará pendurado nas paredes desses postos. Sua atenção se direcionará para esses anúncios. O homem desempregado, portanto, tentará a sorte em um desses locais, e um funcionário público, ou oficial, redigirá uma nota com seu nome, verificará sua identidade – a liberdade de Utopia não será incompatível com o registro universal das digitais – e emitirá bilhetes de viagem e cupons para alguma pousada no caminho do destino escolhido. Lá, ele buscará um novo empregador.

Uma mudança tão livre de localidade uma ou duas vezes no ano de uma região restrita em relação à demanda de trabalho será um dos privilégios gerais dos cidadãos de Utopia.

Mas imagine que em nenhum bairro do mundo haja trabalho compatível com as capacidades desse homem específico.

Antes de imaginarmos isso, devemos levar em conta a assunção geral permitida em todas as especulações utópicas. Todos os cidadãos de Utopia serão razoavelmente bem-educados sob as diretrizes utópicas; não haverá analfabetos, a menos que sejam imbecis impossíveis de aprender algo; na prática, não existirá nenhum trabalhador manual que não se adapte, assim como as mulas. O trabalhador de Utopia será tão versátil quanto qualquer homem bem-educado da Terra no presente, e nenhum sindicato poderá impor limites às suas atividades. O mundo será seu sindicato. Se o trabalho de que ele gosta e o qual faz melhor não está disponível, ainda haverá o seu segundo tipo de trabalho favorito. Se ainda lhe faltar trabalho, ele realizará uma atividade parecida.

Mas, mesmo diante de tanta adaptabilidade, pode ser que esse cidadão ainda não encontre um emprego. Essa desproporção entre a demanda de trabalho e de pessoas pode produzir um excedente de trabalho em qualquer lugar. Essa desproporção pode ocorrer por dois fatores: um aumento da população sem um aumento correspondente de empresas, ou uma diminuição da oferta de emprego pelo mundo devido ao estabelecimento de grandes empresas, de economias alcançadas, ou em razão das novas máquinas mais eficientes e econômicas do que a mão de obra humana. Seja qual for a causa, um Estado-Mundo pode se dar bem, exceto se houver um excedente de cidadãos medíocres e de baixa qualidade.

Contudo, o primeiro fator supramencionado pode ser evitado com leis sábias que regulem os casamentos. Uma discussão mais detalhista sobre essas leis será apresentada mais adiante, mas em Utopia é possível que alguém insista sobre o controle do aumento populacional. Sem a determinação e a habilidade para limitar o aumento, bem como para estimulá-lo quando necessário, nenhuma Utopia é possível. Isso sempre foi claramente demonstrado por Malthus[140].

O segundo fator não pode ser previsto com tanta facilidade, mas então, apesar de o resultado imediato de saturar o mercado de trabalho ser semelhante, suas consequências finais são inteiramente diferentes daquelas referentes ao primeiro fator. Toda a tendência da civilização mecânico-científica é substituir continuamente o trabalho pelas máquinas e elevá-lo em eficiência por meio da organização. Portanto, independentemente de qualquer aumento populacional, o trabalho deve sofrer uma queda de valor até que possa competir e impedir o processo de barateamento; se isso puder ser prevenido, como será em Utopia, a queda equivalerá ao valor do salário-mínimo, e essa solução resultará em novos empregos. Não há limite aparente para esse processo. Mas um excedente de trabalho eficiente ao valor do salário-mínimo é a condição exata que deveria estimular o surgimento de novas empresas, e isso em um Estado saturado em termos científicos e prolífico em questão de invenções deverá estimular a criação de novas empresas. Um excedente crescente de trabalho disponível sem um aumento populacional absoluto, um excedente crescente de trabalho devido à aceleração da economia e não devido à proliferação, e

---

[140] Thomas Malthus foi um economista de origem britânica, conhecido pela teoria do controle de aumento populacional. (N.T.)

que, portanto, não pressione nem desarranje o fornecimento de comida, é certamente a condição ideal para uma civilização progressiva. Tendo a pensar que, uma vez que o trabalho será considerado uma força desconcentrada e fluida, o Estado-Mundo, e não as grandes municipalidades, governará essas áreas e será o empregador de trabalho reserva. É bastante provável que convenha ao Estado entregar seu excedente de trabalho para fins municipais, mas essa é outra questão. Ao redor de todo o mundo, as trocas de trabalho refletirão a pressão flutuante da demanda econômica e a transferência de trabalhadores de uma região excedente para uma região escassa; e, quando o excesso for universal – na falta de um desenvolvimento adequado de empresas privadas –, o Estado-Mundo reduzirá as horas de trabalho e permitirá a absorção do excedente, ou se aventurará nos próprios trabalhos especiais e permanentes, pagando o salário-mínimo e permitindo um progresso tão lento ou rápido quanto a queda e o fluxo de trabalho prescrito. Mas, com leis sãs que regulem os casamentos e os nascimentos, não haverá razão para supor que tal demanda de recursos e iniciativa passará de uma frequência ocasional ou temporária.

SEÇÃO 4

A existência do nosso colega descalço e de cabelo loiro é evidência suficiente de que em Utopia Moderna um homem será tão livre para desfrutar do ócio quanto de uma vida de atribulações desnecessárias, o que lhe convier, até que receba seu salário-mínimo. Ele deve fazer isso, obviamente, para pagar por seu alojamento, seu seguro de vida em caso de enfermidades ou da velhice e quaisquer cobranças ou dívidas que a paternidade lhe traga. O Estado-Mundo do utopista moderno não é um estado de compulsões morais. Se, por exemplo, sob o esquema de herança restrito de Utopia, um homem tenha herdado dinheiro suficiente para se libertar do trabalho, ele teria a liberdade de ir para onde bem entendesse e de fazer o que quisesse. Uma determinada proporção de homens em descanso é boa para o mundo; o trabalho, como obrigação moral, é a moralidade dos escravos, e, desde que ninguém esteja sobrecarregado, não há necessidade de nos preocuparmos com aqueles que estão usufruindo do ócio. Utopia não existe como consolo aos invejosos. Do lazer, desde que em uma atmosfera boa em termos morais e intelectuais, surgem os experimentos, a filosofia e as novas descobertas.

Em qualquer utopia moderna haverá muitas pessoas tranquilas. Todos nós somos obcecados, no mundo real, pelo ideal de esforço, pela ideia de que o tolo extremamente ocupado é o único homem certo. Nada feito com pressa, nada feito sob tensão produz bons resultados. Um Estado em que todos trabalhem duro, em que ninguém vá e venha tranquila e livremente, um Estado assim perde o seu contato com o propósito da liberdade.

No entanto, uma independência herdada será o mais raro e permanente dos fatos utópicos, pois a liberdade mais ampla terá de ser ganha, e os estímulos aos homens e às mulheres para que elevem seus valores pessoais acima do salário-mínimo serão grandes. Desse modo, as privacidades virão: mais espaço para viver, liberdade de ir e vir e fazer infinitas coisas, o poder e a liberdade de abrir empresas interessantes, auxiliar e cooperar com as pessoas e todas as melhores coisas que a vida pode proporcionar. Utopia Moderna proverá segurança universal e exercerá mínima compulsão ao esforço, mas oferecerá alguns prêmios altamente desejáveis em troca. O objetivo desses dispositivos – o salário-mínimo, o padrão de vida, a provisão aos frágeis e desempregados, e assim por diante – não vislumbra tirar os incentivos, mas mudar sua natureza, tornar a vida menos energética, menos desesperada, violenta e baixa, mudar a incidência de esforço pela existência, tornar as nossas emoções soturnas em emoções vivazes; prever e neutralizar os motivos dos covardes e pífios para que a ambição e a imaginação ativa, que são as qualidades mais refinadas do homem, possam ser o incentivo e o fator determinante da sobrevivência.

SEÇÃO 5

Depois de almoçarmos e pagarmos pelo almoço na pequena pousada que corresponde a Wassen, o botânico e eu certamente teríamos passado o resto da manhã discutindo a respeito de vários aspectos e possibilidades de leis trabalhistas de Utopia. Verificamos o troco que nos havia restado, moedas de cobre de uma aparência mais ornamental do que reconfortante, e com base no que o colega loiro nos havia informado, percebemos que seria aconselhável prosseguir com as questões trabalhistas o quanto antes. Afinal, deveríamos respirar fundo e tomar a decisão de perguntar sobre o Posto Público de Atendimento. A essa altura, já teríamos descoberto que o escritório do trabalho, os correios e outros serviços públicos ficavam todos no mesmo prédio.

O Posto Público de Atendimento em Utopia guardaria surpresas para dois homens da Inglaterra. Tente nos imaginar entrando, o botânico atrás de mim, e a minha tentativa de improvisar e fingir trivialidade em meio a uma solicitação de trabalho.

A responsável pelo posto é uma mulher baixa de olhar rápido, de aproximadamente um metro e sessenta centímetros de altura, e ela nos observa com grande interesse.

– Onde estão os seus documentos? – ela pergunta.

Por um momento, pensei nos documentos em meu bolso, meu passaporte xadrez com vistos e endereçado a mim pela falecida Majestade: *Nós, Robert Arthur Talbot Gascoigne Cecil, A Marquesa de Salisbury, O Conde de Salisbury, O Visconde Cranborne, O Barão Cecil*, e assim por diante, a todos os quais possa interessar, minha carta de identificação (útil em poucas ocasiões) do *Touring Club* na França, meu bilhete verde para o Salão da Leitura do Museu Britânico e a minha carta de indicação do Banco do Condado de Londres. Sou tomado por um sentimento cômico ao imaginar-me desdobrando todos esses documentos, entregando à moça e esperando as consequências, mas mantenho-me firme.

– Perdi os documentos – falei brevemente.

– Vocês dois perderam seus documentos? – perguntou a funcionária enquanto fitava meu amigo.

– Sim – respondi.

– Como?

Surpreendo-me com a prontidão de minha resposta:

– Rolei por um barranco de neve, e eles sumiram dos meus bolsos.

– E o mesmo ocorreu com o seu colega?

– Na verdade, não. Ele havia pedido que eu os guardasse junto dos meus. – Vi que ela levantou as sobrancelhas. – O bolso dele estava furado – acrescentei ligeiramente.

O *modus operandi* da moça é utópico para conseguir entender tudo aquilo. Ela parece refletir sobre os procedimentos a serem tomados.

– Quais são seus números? – ela nos pergunta abruptamente.

A imagem do livro de visitantes da pousada pisca em minha mente.

– Deixe-me ver – respondo enquanto coloco a mão na testa e reflito, evitando o olhar da funcionária em minha direção. – Deixe-me ver.

– E qual é o seu?

– A. B. – o botânico diz lentamente. – Com "a" minúsculo, nove quatro sete, eu acho...

– Você não sabe?

– Não muito bem – declara ele cordialmente. – Não.

– Nenhum de vocês dois sabe o próprio número? – pergunta a funcionária com um tom de voz mais alto.

– Exato – respondo com um sorriso tímido enquanto tento manter a voz calma. – Estranho, não? Nós dois esquecemos nossos números.

– Vocês só podem estar brincando! – ela exclama.

– Bem... – faço cera.

– Imagino que tenham dedões, pelo menos.

– A verdade é que... – hesito – claro que temos nossos dedões.

– Então terei de enviar uma impressão das digitais de vocês para o escritório e conseguir os números por meio delas. Vocês têm certeza de que não têm nenhum documento ou número? Que estranho!

Admitimos de modo encabulado que aquilo era estranho e questionamos um ao outro em silêncio.

Ela saiu e voltou, pensativa, com a placa de tinta, para colher nossas digitais. Então um homem entra no escritório. Ao vê-lo, ela pergunta com um tom de alívio:

– Como devo proceder aqui, senhor?

O olhar do homem deixa a moça e se volta para nós dois. Ele se enche de curiosidade ao fitar nossas roupas.

– Qual é o problema? – pergunta cordialmente.

Ela explica a situação.

Até o momento, a impressão que tivemos de nossa Utopia é de uma sanidade bem pouco peculiar à Terra, de boa administração e bom *design* em cada objeto material, e nos pareceu um pouco incongruente que todos os habitantes de Utopia com os quais conversamos (o nosso anfitrião, a funcionária e o andarilho arrogante) fossem tão comuns. Mas, de repente, a postura desse homem parece de uma qualidade diferente, uma qualidade semelhante à que vimos nas proximidades do trilho do bonde e das casas graciosas da montanha. Trata-se de um alguém musculoso, de aproximadamente um metro e sessenta de altura, com um físico que reflete sua condição física excepcional. O rosto está limpo e barbeado, e seus lábios estão cerrados como os de um homem disciplinado; seus olhos acinzentados são claros e tranquilos. Ele veste um treco de tecido vermelho escuro e, sobre isso, uma camisa branca bastante justa ao corpo, com uma bainha roxa. Sua aparência geral lembra os Cavaleiros Templários[141]. Ele leva um chapéu de couro fino e aço ainda mais fino sobre a cabeça, e com vestígios de protetores de orelha, uma versão mais tênue dos chapéus utilizados pelos soldados da cavalaria de Cromwell[142].

---

[141] Os Cavaleiros da Ordem dos Templários, ou os Cavaleiros de Cristo, formaram uma ordem existente na Idade Média, durante a época das Cruzadas. (N.T.)

[142] Referência a Oliver Cromwell e seu *New Model Army*, ou Novo Modelo de Exército. (N.T.)

O homem nos observa e interpolamos uma palavra ou outra enquanto a funcionária explica a condição. Nós nos sentimos bastante envergonhados diante da situação em que nos colocamos. Estou determinado a me desfazer desse enrosco se o caso se complicar.

– O fato é... – começo a falar.

– Sim... – o homem responde, com um sorriso educado.

– Talvez não tenhamos sido tão sinceros. A nossa posição é tão excepcional que chega a ser difícil de explicar.

– O que vocês fizeram?

– Não – respondo, decidido. – Não dá para ser explicado dessa maneira.

Ele olha para os próprios pés e diz:

– Continue.

Tento conferir um ar de verdade.

– Vejam bem – começo em um tom geralmente utilizado em explicações lúcidas –, nós viemos de outro mundo. Consequentemente, qualquer registro de digital ou números que existam neste planeta não são suficientes para nos identificar, e não sabemos nossos números porque não os temos. Somos verdadeiros exploradores, alheios a este mundo.

– Mas a que mundo vocês se referem?

– A um planeta diferente, muito longe. A uma distância praticamente infinita.

Ele olha para o meu rosto com a expressão paciente de quem ouve um grande absurdo sem nexo.

– Sei que pode soar impossível – continuo –, mas esse é o simples fato: nós aparecemos de repente no seu mundo. Aparecemos repentinamente na garganta do Lucendro, a passagem Lucendro, ontem à tarde. E duvido que vocês consigam achar algum vestígio de nós antes desse período. Depois, caminhamos em direção à rodovia São Gotardo e aqui estamos! Esses são os fatos. E, quanto aos nossos documentos, onde neste mundo vocês veriam documentos assim?

Alcanço meu bolso, retiro o meu passaporte e apresento a ele.

A expressão em seu rosto muda. Ele apanha o documento e o examina, olha o verso, olha para mim e sorri novamente.

– Veja outros documentos – digo enquanto mostro o cartão do banco. Sigo aquele ímpeto mostrando um bilhete verde do Museu Britânico, em frangalhos como uma bandeira de guerra.

– Vocês serão descobertos – ele fala enquanto segura meus documentos. – Suas digitais serão coletadas. Eles encontrarão seus registros na central.

– Mas é o que eu disse. Não tem como!

Ele reflete.

– Essa é uma piada bastante estranha contada por dois marmanjos – acrescenta, e devolve meus documentos.

– Não é uma piada de forma nenhuma – retruco enquanto coloco os documentos de volta no bolso.

A funcionária intervém e lhe pergunta:

– O que aconselha que eu faça?

Ele olha em nossa direção e indaga:

– Vocês têm dinheiro?

– Não.

Ele sugere algumas coisas.

– Francamente, acho que vocês escaparam da ilha. Como conseguiram chegar tão longe, não tenho ideia, nem do que pensam em fazer aqui. De todo modo, temos o dispositivo de verificação de digitais.

Ele aponta para o aparelho das digitais e vira-se para resolver outras questões.

Saímos do escritório no estado limiar entre vexame e diversão, cada um com um bilhete para Lucerna nas mãos e com dinheiro suficiente para pagar nossas despesas até o dia seguinte. Devemos ir a Lucerna, pois lá há uma demanda de trabalho sem experiência prévia com entalhamento de madeira, o que nos parece um tipo de trabalho para o qual estamos aptos e que não nos forçará a uma separação.

SEÇÃO 6

As velhas utopias são organizações imóveis; já as novas devem suprir as necessidades de uma população migratória, de idas e vindas inesgotáveis, pessoas tão fluidas e inconstantes quanto o mar. Nem sequer se encaixa no esquema político ao qual estamos acostumados, mas, de fato, todos os estabelecimentos locais, todas as definições de lugar derretem diante dos nossos olhos. No atual momento, todo o mundo será inundado de pessoas estranhas e anônimas.

As leis simples que ditam as tradições, os métodos domésticos de identificação que serviam nas pequenas comunidades do passado, em que todo mundo conhecia todo mundo, falham diante dessa liquefação. Se Utopia Moderna deve ser um lugar de cidadãos responsáveis, precisa utilizar algum esquema pelo qual cada pessoa do mundo possa ser identificada pronta e seguramente e pelo qual todo cidadão desaparecido possa ser rastreado e localizado.

Isso não é impossível. A população mundial, utilizando uma estimativa bastante generosa, não passa de um bilhão e quinhentos milhões de pessoas[143], e a indexação efetiva desse número de pessoas, o recorde de seu movimento para um lado e para outro, o registro de vários fatos relevantes, como estado civil, parentescos, infrações criminosas e derivados, o registro de nascimentos e mortes, apesar de serem uma tarefa colossal, ainda não são tão árduos se os compararmos ao trabalho incomensurável dos correios ao redor do globo no presente momento, ou à catalogação de livrarias como a do Museu Britânico, ou a coleções como a de insetos na Cromwell Road[144]. Esse índice de informações poderia ser abrigado confortavelmente em um dos lados da Northumberland Avenue[145], por exemplo. É apenas um tributo razoável à lucidez distintiva da mente francesa supor que um

---

[143] Referência ao número aproximado da população mundial em 1905, quando esta obra foi publicada pela primeira vez. (N.T.)

[144] Nome de uma avenida em Londres. (N.T.)

[145] Avenida em Londres, na região de Westminster. (N.T.)

índice central poderia ser abrigado em uma grande variedade de prédios em Paris ou em seus arredores. O índice seria classificado primariamente por alguma característica física imutável, como as digitais dos dedos indicador e polegar, e a essas seriam adicionadas outras características mais relevantes. A classificação das digitais e das características físicas inalteráveis são fixas, e temos todas as evidências para crer que seja possível que cada ser humano receba um código distinto, um número ou um "nome científico", com o qual ele ou ela possa ser "etiquetado". [É possível que a própria digital tenha um papel pequeno no trabalho de identificação de um sujeito, mas é uma conveniência óbvia na linha da nossa história assumir que essa é a única característica cabal.] A respeito dos prédios em que esse grande índice de informações estaria concentrado, haveria um índice de outras referências cruzadas com as principais e organizadas por nome, profissões, doenças, crimes e outros detalhes.

Esses cartões de identificação indexados poderiam ser transparentes e projetados de modo que uma cópia fotográfica de cada sujeito pudesse ser mostrada quando necessário, e poderiam ter uma espécie de anexo com o nome da localidade em que o indivíduo fora visto pela última vez. Uma pequena equipe de funcionários trabalharia nesse índice noite e dia. Das subestações que verificariam as digitais e códigos, haveria um fluxo incessante de informações chegando acerca dos nascimentos, mortes, chegadas em pousadas, envios de cartas em correios, bilhetes de viagens a longa distância, condenações criminosas, casamentos, inscrições para seguro-desemprego, entre outras informações. Um filtro de escritórios separaria a corrente de dados, e todo o dia e noite, por todo o sempre, inúmeros funcionários trabalhariam nas correções desses registros centrais, e fotografariam cópias de tais registros para envio às estações locais subordinadas, em resposta à demanda de dados. Portanto, o inventário do Estado observaria cada indivíduo, e o mundo inteiro registraria a sua história, conforme a tessitura de seu destino fosse costurada. Ao final, ao falecer, o registro final contemplaria sua idade, causa da morte, data e local de cremação, e seu cartão de identificação seria retirado e inserido junto de sua genealogia, em um local mais calmo, nas galerias intermináveis de registros dos cidadãos falecidos.

Se um dia Utopia Moderna for alcançada, esse será um registro inevitável.

No entanto, diante disso tudo, o nosso amigo loiro certamente se rebelaria. Uma das coisas que algumas pessoas reivindicariam como direito seria poderem perambular sem ser reconhecidas, conforme lhes agradasse. Mas isso, levando-se em conta os colegas transeuntes, seria impossível. Apenas o Estado seria capaz de compartilhar informações sigilosas sobre o encobrimento de alguém. De acordo com os preceitos liberais do século XVIII e com os antiquados preceitos liberais do próprio século XIX, isso é o mesmo que dizer a todos os liberais convictos, os quais foram criados na contramão dos princípios do governo, que essa clarividência organizada seria um dos piores pesadelos. Talvez os individualistas enxergassem essa questão de maneira semelhante. Mas esses são apenas hábitos mentais adquiridos em tempos de cólera. O velho liberalismo o considerou como um mau governo, pois, quanto mais poderoso esse governo, pior ele era, da mesma forma que julgou a liberdade individual como justiça natural. A escuridão e o sigilo eram, de fato, os refúgios naturais da liberdade quando cada governo se aproximava da tirania, e os ingleses ou estadunidenses encaravam os documentos de um russo ou de um alemão como se encaram as correntes de um escravo. Imagine o pai do velho liberalismo, Rousseau, livrando-se dos próprios filhos às portas do Foundling Hospital[146], e você entenderá como teria lhe parecido o crime do Estado contra a virtude natural. Mas suponhamos que o governo não seja necessariamente mau, e o indivíduo, necessariamente bom – a hipótese sobre a qual nos debruçamos praticamente abole ambas as alternativas. Nessa situação, alteraríamos o caso todo de uma vez. As intenções do governo de uma utopia moderna não seriam nenhuma perfeição se o mundo fosse governado de maneira ignorante. [No Estado moderno típico do nosso

---

[146] Foundling Hospital foi um local dedicado aos cuidados das crianças adoentadas e abandonadas, fundado em 1739 por Thomas Coram. (N.T.)

mundo, com sua população de muitos milhões e a extrema facilidade de locomoção, homens indistintos que adotarem um pseudônimo poderiam se tornar ilocalizáveis tranquilamente. A tentação das oportunidades oferecidas desenvolveu um novo tipo de criminalidade, o tipo *Deeming* ou *Crossman*, ou seja, homens que sobrevivem e alimentam suas imaginações pesadas por meio do galanteio, da traição, do mau tratamento e talvez por meio do assassinato de mulheres indistintas. Essa é uma classe vasta, crescente e, o que é mais grave, prolífica, fomentada pelo anonimato prático do homem comum. Apenas os assassinos atraem muita atenção pública, mas a demanda de prostitutas de baixa classe também cresce devido às aventuras dos homens livres que constituem a base da sociedade. Esse é um dos subprodutos do Estado liberal, e no presente tem, muito provavelmente, superado a raça na direção contrária do desenvolvimento da organização da polícia.]

Esses são os olhos do Estado, os quais estão lentamente começando a nos considerar como dois seres estranhos e inexplicáveis perturbando a bela ordem de seu campo de visão. Tais olhos, fixos em nossas duas figuras, parecem cada vez mais estupefatos e descrentes.

– Por Galton e Bertillon[147], quem são vocês?

Tentarei cessar-lhe o sentimento de estranheza.

Devo parecer realmente estranho. Tentarei transparecer certa maleabilidade, sem dúvida.

– O fato é que... Deixe-me começar.

SEÇÃO 7

E agora, veja como uma hipótese inicial pode perseguir e superar seu criador. Nossas digitais foram colhidas, eles viajaram de trem pneumático

---

[147] Francis Galton foi um médico, matemático, meteorologista e antropólogo inglês; Alphonse Bertillon foi um criminologista de origem francesa. (N.T.)

até o escritório central da municipalidade, nas proximidades de Lucerna, e então se dirigiram, por meio do mesmo trem, até a matriz de indexação de Paris. Lá, após classificações preliminares complicadas, imagino as imagens fotografadas em vidro e lançadas por meio de uma lanterna em uma tela com imagens colossais, todas bastante precisas, e os especialistas cuidadosos mascando e medindo as diversas convolações. De repente, um funcionário passa apressado em direção às amplas galerias do prédio de indexação.

Informei-lhes que não encontrariam nenhum sinal nosso, mas ainda assim é possível vê-lo de galeria em galeria, de compartimento em compartimento, de gaveta em gaveta, de cartão em cartão. "Aqui está ele!", murmura consigo mesmo, retira um cartão e lê.

– Mas isso é impossível! – reclama.

Imagine nós dois voltando de um dia e pouco repleto de experiências utópicas até o escritório central em Lucerna, exatamente como nos haviam solicitado.

Dirijo-me à mesa do homem com o qual lidamos pouco antes.

– E então? – pergunto com certa positividade. – Você ouviu?

Sua expressão me desanima um pouco.

– Sim – respondeu, e em seguida completou: – É uma situação bastante peculiar.

– Eu disse que não encontrariam nada sobre nós – comentei com ar de vitória.

– Mas nós encontramos, senhor, e isso torna a sua explicação bastante excêntrica.

– E no entanto vocês me ouviram! Vocês sabem quem somos? Então, conte-nos! Tínhamos uma ideia, mas estamos começando a duvidar.

– Você – diz o oficial, referindo-se ao botânico – é...

E diz o nome dele. Depois, vira-se em minha direção e diz o meu.

Por um momento fico embasbacado. Depois, começo a pensar nos registros que fizemos na pousada em Urserenthal, e em seguida obtenho a verdade. Bato na mesa com as pontas dos dedos e aponto o indicador ao rosto do meu amigo.

– Por Deus! – digo em inglês. – Fomos duplicados também.

O botânico estala os dedos.

– Mas é claro! Eu não tinha pensado nisso.

– Você se importa – pergunto ao oficial – de nos contar um pouco mais sobre nós mesmos?

– Não entendo por que continuam atuando – ele comenta, e depois, com um ar cansado, começa a me contar um pouco mais sobre o meu eu utópico. Os dados são um pouco difíceis de entender. Ele me diz que eu sou um samurai, que soa como uma palavra em japonês. Mas isso seria uma desonra, ele comenta com um certo ar de desespero. E descreve a minha posição nesse mundo como algo pífio. – O que é estranho é que você esteve na Noruega três dias atrás.

– Ainda estou lá. Pelo menos... Desculpem todo o desconforto que estamos causando a vocês, mas se importa em verificar essa última pista e investigar se a pessoa a quem a digital pertence ainda estaria na Noruega?

A ideia necessitou de uma explicação um pouco melhor. Ele diz algo incompreensível sobre um peregrino.

– Cedo ou tarde – afirmo – você terá de crer que existem dois de nós aqui, com as mesmas digitais. Não vou lhes importunar com nenhuma história miraculosa sobre outros planetas e coisas do tipo. Cá estou. Se estivesse na Noruega alguns dias atrás, você deveria conseguir rastrear o meu trajeto até aqui. E quanto ao meu amigo?

– Ele estava na Índia! – O oficial começa a deixar transparecer sua perplexidade.

– Parece-me que as dificuldades neste caso só estão no início – comento. – Como saí da Noruega e cheguei até aqui? Meu colega parece ter vindo da Índia até São Gotardo em uma única parada? A situação é um pouco mais complicada do que...

– Mas vocês dois estão aqui! – exclama o oficial, e então abana o que parecem ser as cópias fotográficas dos nossos cartões de identificação.

– Acontece que nós não somos esses indivíduos!

– Vocês são, *sim*, esses indivíduos!

– Vocês verão! – exclamo.

O oficial dá um peteleco com o dedo indicador sobre as digitais e diz:
– Agora entendo.
– Há um erro – afirmo, mantenho a minha opinião. – Um erro sem precedentes. Essa é a dificuldade. Se passar a questionar as pessoas, quem sabe, começará a desvendá-lo. Por que continuaríamos aqui como trabalhadores casuais quando você alega que somos homens do mundo, se não há nada de errado? Aceitaremos o trabalho de entalhamento que nos encontrou aqui e, enquanto isso, creio que terá tempo de continuar a investigação. Isso é o que me parece mais correto.
– Seu caso certamente terá de ser avaliado em maiores detalhes – ele diz, em um tom de ameaça. – Mas, ao mesmo tempo... – Recolheu as cópias do arquivo de indexação novamente. – É isso, você sabe!

SEÇÃO 8

Assim que eu e o meu botânico esgotamos cada possibilidade a respeito de nossa situação naquele momento, passamos a perguntas mais gerais.

Então, contei-lhe sobre algo que se tornava cada vez mais evidente em minha mente. Esse, devo dizer, é um mundo evidentemente muito organizado. Se o compararmos com o nosso mundo, é como um motor devidamente lubrificado ao lado de uma pilha de bugigangas inúteis. Esse mundo tem inclusive um maldito órgão visual rodando da maneira mais alerta e vívida possível. A propósito, você só precisa olhar para todas as casas abaixo. (Estaríamos sentados em um banco no Gütsch[148], olhando para baixo na direção da versão utópica de Lucerna, uma Lucerna que seria bastante arbitrária, mas sem retirar Wasserthurm e Kapellbrucke[149].) Você só precisa observar a beleza, a limpeza simples e o equilíbrio desse mundo, você só precisa ver o ir e vir livre, a graciosidade intacta até mesmo das

---
[148] Referência ao Château Gütsch, em Lucerna, na Suíça. (N.T.)
[149] Respectivamente, "Torre da Água" e "Ponte da Capela", ambas localizadas em Lucerna, na Suíça. (N.T.)

pessoas mais comuns, para compreender quão sublimes e completos são os arranjos desse novo mundo. Como isso tudo é possível? Nós, cidadãos do século XX, não aceitaremos a mesma gororoba suja do rousseauísmo[150] que satisfez nossos tataravós no século XVIII. Nós sabemos que ordem e justiça não são leis da natureza se os policiais deixassem de existir, por exemplo. Essas coisas que possuem intenção e desejo foram elevadas a uma escala que a nossa pobre, hesitante, fria e quente Terra nunca conheceu. O que vejo com mais e mais clareza é o desejo por trás dessa utopia aparente. Casas convenientes, engenharia admirável que não se sobrepõe às belezas naturais, corpos bonitos e um ir e vir universalmente gracioso, esses são apenas os sinais externos e visíveis de uma graça interna e espiritual. Essa ordem significa disciplina. Significa o triunfo sobre a mesquinhez e as vaidades que separam os homens sobre a Terra; significa devoção e uma esperança mais nobre, pois ela não poderia existir em meio a um processo de suspeita, julgamentos, premeditação e paciência em uma atmosfera de confiança imediata e concessão. Um mundo como Utopia não pode ser construído por intermédio de cooperações ao acaso de homens autoindulgentes, por governantes autocráticos ou pela sabedoria histórica de líderes democráticos. Estamos aquém em relação a todos esses aspectos, em relação à competição refreada por ganhos, ao egoísmo convicto...

Comparei o sistema de indexação de toda a humanidade a um olho – um olho tão sensível e alerta que dois estranhos não poderiam aparecer em um determinado lugar do mundo sem serem descobertos. Mas um olho não pode ver se não houver um cérebro; um olho não pode virar-se e olhar em uma determinada direção sem um desejo e um propósito. Uma utopia que lida apenas com aparelhos e coisas é um sonho de superficialidades; o problema central aqui, o corpo nu é um problema de ordem moral e intelectual. Por trás de toda essa ordem material, essas comunicações perfeitas, esses serviços e essa economia perfeitos, deve haver homens e mulheres dispostos a essas coisas. Deve haver uma quantidade

---

[150] Corrente filosófica que tem como norte os pensamentos do filósofo iluminista Jean-Jacques Rousseau. (N.T.)

considerável de homens e mulheres com esse tipo de disposição, e assim sucessivamente. Nenhum indivíduo, nenhum grupo transitório de pessoas, poderia ordenar e manter uma complexidade tão vasta. Eles devem ter um foco coletivo, se não comum, e envolver uma literatura oral ou escrita, uma literatura viva que sustente a harmonia de sua atividade geral. De alguma forma, eles devem ter posto os objetos de desejo mais imediatos em um local secundário, e isso significa renúncia. Eles devem ser efetivos em relação à ação e persistentes no tocante à força de vontade, e isso significa disciplina. Mas no mundo moderno, em que o progresso avança sem restrições, será evidente que toda crença comum ou toda fórmula deva ser bastante simples, que toda organização deva ser móvel e flexível como um organismo vivo. Tudo isso deriva inevitavelmente das proposições gerais de nosso sonho utópico. Quando as propusemos, nos conectamos implacavelmente a isso.

O botânico concordou com um gesto distraído.

Eu deveria parar de falar. Deveria direcionar minha mente à massa confusa de memórias que os três dias em Utopia nos forneceram. Além das personalidades com as quais nos deparamos – nossos anfitriões, nosso júri, os funcionários, o homem loiro, os servidores públicos etc. –, há uma infinidade de outras impressões. Há retratos de crianças, por exemplo, de meninas, mulheres e homens, vistos em lojas, escritórios, nas ruas, no cais, nas janelas e nas calçadas, há pessoas cavalgando para um lado e para o outro e caminhando para cima e para baixo. Pareceu-me uma verdadeira multidão. Mas, dentre essa multidão, é possível que haja alguém mais ávido do que os outros, que pareça mais desprendido do que o resto em razão de um propósito não aparente?

De repente, lembro-me daquele homem perfeitamente barbeado com o qual conversamos no departamento público em Wassen, o homem que me lembrou da minha concepção infantil dos templários, e com ele vieram impressões momentâneas de outras pessoas ágeis e sóbrias, vestidas de maneira semelhante, com palavras e frases que lemos naqueles momentos de leitura utópica, e expressões que saíram da boca solta do homem das madeixas loiras...

6

AS MULHERES EM UTOPIA MODERNA

SEÇÃO 1

Apesar de ter chegado a um ponto em que o problema de uma utopia se resolveu de maneira simples em relação a governo e direcionamento, decidi não levar o botânico para a discussão seguinte. Francamente, ele não conseguiria dar prosseguimento sem distrações. Eu sou o tipo de pessoa que sente para depois pensar, e ele é o tipo que pensa para depois sentir. Dessa forma, eu e minha gente somos mais abrangentes, conseguimos lidar com os assuntos tanto de maneira pessoal quanto impessoal. Nós conseguimos fugir de nós mesmos. Em termos gerais, pelo menos, eu o entendo, mas ele não me entende: me considera um bruto incompreensível devido ao fato de que sua obsessão é meramente um dos meus interesses incidentais, e, quando o meu raciocínio falha em ser explícito e firme – uma elipse suave, uma digressão transitória –, ele me invade com suas próprias questões. Até pode gostar de mim como pessoa, embora eu duvide, mas me odeia com grande distinção devido a essa inclinação que não é capaz de compreender. Abomina a minha insistência filosófica de que as coisas devem ser sensatas e congruentes, de que o que pode ser explicado deve ser explicado, de que o que pode ser feito por meio do cálculo e de métodos específicos não deve ser usado ao acaso. Ele só quer se aventurar pelos sentimentos. Quer sentir o pôr do sol e crê que, em geral, poderia ter uma experiência melhor se não lhe tivessem ensinado que o sol está a cerca de cento e cinquenta milhões de quilômetros de distância de nós. Quer apenas *sentir-se* livre e forte, e não sê-lo de fato. Não quer alcançar grandes coisas, mas prefere que coisas extraordinárias lhe ocorram. Não sabe que também há sentimentos na atmosfera das nossas montanhas filosóficas, na grande escalada do empenho e do planejamento. Não sabe que o pensamento por si só é apenas um tipo mais refinado de sentimento – um bom vinho do Reno misturado com gim, uma boa cerveja *porter* e um pouco de melaço de emoções, uma percepção de semelhanças e oposições que chega a dar arrepio. E, naturalmente, ele rumina a fonte de todos os seus sentimentos e emoções mais copiosos – as mulheres –, e especificamente remói sobre a mulher que mais lhe trouxe esses sentimentos e emoções. O grande problema é que ele me força a fazer o mesmo.

Nossa situação é uma desgraça aos meus olhos. Nosso retorno ao equivalente utópico de Lucerna ressuscita nele toda a melancolia proveniente da angústia que tanto o preocupava quando chegamos a esse planeta melhorado. Um dia, enquanto esperávamos que o departamento público decidisse o que seria de nós, ele abordou a questão novamente. Já era fim da tarde e estávamos caminhando às margens de uma lagoa após um jantar simples.

– Sobre estarmos neste lugar... – começou – O cais se estenderia por aqui, e todos os grandes hotéis estariam ao redor, observando a lagoa. É tão estranho tê-los visto recentemente e agora não vê-los mais... Para onde terão ido?

– Sumiram, suponho.
– O quê?
– Eles ainda estão lá. Nós é que estamos em outro lugar.
– Claro. Eu me esqueci por um instante. Mesmo assim, havia uma grande alameda de pequenas árvores pelo cais, com bancos, e ela se sentou lá e olhava na direção da lagoa. Não nos víamos há dez anos. – Então olha ao redor, ainda perplexo. – Agora estamos aqui. Parece até que o nosso encontro e a nossa conversa foram um sonho.
Parece entrar em um estado de contemplação.
E então diz:
– Eu a conheci certa vez. Eu a via de perfil, mas nunca tive coragem de conversar com ela diretamente. Eu passava por onde ela estava sentada e continuava caminhando pelo cais, tentando me controlar. De repente, virei e sentei-me ao lado dela, discretamente. Ela olhou para mim. Nesse instante, tudo voltou, tudo! Por alguns instantes pensei que não conseguiria conter as lágrimas.
Aquilo parecia conferir-lhe uma certa satisfação, mesmo que só em memória.
– Conversamos por algum tempo apenas como conhecidos. Falamos sobre a vista, o clima e coisas desse tipo. – Entra em um estado de contemplação novamente.
– Em Utopia, tudo terá sido diferente – comento.
– Concordo.
Ele continua a falar até que eu tenha algo mais a dizer.
– De repente, houve uma pausa. Tive um tipo de intuição de que o momento viria. Creio que ela também teve. Você pode zombar dessas intuições, é claro...
Na verdade, não. Em lugar da zombaria, ofendo-o mentalmente enquanto permaneço calado. Esse homem sempre passa a falsa aparência de distinção e de processos mentais elaborados, enquanto eu, em minha própria compostura, me passo pelo diapasão de tolo emotivo? A supressão

dessas notas é meu grande empenho, meu desespero constante. Eu é que devo ser acusado de pobre de espírito?

Voltando à história dele:

– Ela falou abruptamente que não era feliz, e eu lhe disse que soube disso no instante em que a vi. Depois, começou a conversar comigo em um tom de voz bastante baixo, mas muito franco, sobre tudo o que lhe ocorria. Só fui entender mais tarde o que aquela conversa significava.

Não posso mais ouvir isso!

– Você não compreende – eu grito – que estamos em Utopia? Ela pode estar infeliz na Terra, e você, aqui. Neste mundo, as coisas serão diferentes. Aqui as leis que controlam todas essas coisas serão humanas e justas. Tudo aquilo que você disse e fez lá na Terra não significam nada aqui, nada!

Ele olha para a minha cara, e então, de modo desatento, observa aquele admirável mundo novo.

– Sim – fala desinteressado, como se fosse um senhor distraído conversando com uma criança. – Ouso dizer que tudo será muito diferente aqui. – Volta ao seu estado de contemplação, contrariado com as próprias confidências.

Há algo quase digno nessa retirada dele mesmo. Por um momento, cultivo a ilusão de que não sou bom o bastante para ouvir uma pilha de inconclusividades impalpáveis do que ele disse à tal moça e do que ela disse a ele.

Confesso, sou um ser desprezível. Inclusive me surpreendo com o meu nível de desprezo. Mal respiro com tanta indignação. Caminhamos lado a lado, mas absolutamente distantes um do outro.

Observo a fachada dos escritórios públicos de Lucerna – eu quis lhe chamar a atenção para as características arquitetônicas delas – com um novo olhar, sem nenhum ânimo. Eu não devia ter permitido que essa carcaça introspectiva, esse louco mal agradecido, viesse comigo.

Volto-me à submissão fatalista. Creio que eu não tinha poder suficiente para deixá-lo para trás. Remoo. Os velhos utopistas nunca se permitiram importunar a si mesmos com uma companhia desse tipo.

SEÇÃO 2

Como as coisas seriam "diferentes" em Utopia Moderna? Afinal, já deveríamos ter encarado os problemas do casamento e da maternidade...

Utopia Moderna não será apenas um Estado-Mundo são e feliz, mas será progressivamente melhor. Entretanto, conforme Malthus[151] demonstrou, um Estado cuja população continua a crescer, obedecendo a instintos irrefreáveis, só terá condições de progredir de mal a pior. Da visão de conforto e felicidade humanos, o aumento da população que ocorre relativamente à segurança é o maior mal do mundo. A natureza é permissiva no sentido de possibilitar o aumento da espécie ao seu número máximo possível, e em seguida, por meio da pressão desse máximo populacional, aprimora as condições limitantes através da aniquilação e da morte dos sujeitos mais frágeis. Até então, o *modus operandi* da natureza tem sido coincidentemente o *modus operandi* da humanidade, e, exceto quando um alívio é obtido por meio da expansão do armazenamento geral de alimentos, possibilitado com uma nova invenção ou descoberta, a quantidade de fome e miséria física em razão da privação do mundo deverá variar quase exatamente na medida do excedente da taxa de nascimento sobre aquela taxa necessária para alimentar a população de maneira compatível com o contentamento universal. Portanto, a natureza não evoluiu, e o homem não operacionalizou nenhum dispositivo pelo qual o preço pago em troca do progresso – a miséria de uma multidão de vidas famintas e malsucedidas – pudesse ser evadido. Uma restrição indiscriminada na taxa de nascimentos, um fim quase alcançado por meio do infanticídio feminino na civilização doméstica e antiquada da China[152], envolve não apenas um ponto final à estagnação, mas um bem menor em relação ao

---
[151] *Essay on the principles of population*, por Thomas Robert Malthus. (N.T.)
[152] A prática do infanticídio feminino na China estava arraigada a essa cultura desde os primórdios, uma vez que as famílias chinesas costumavam ser bem grandes. A pobreza e o controle populacional levaram à volta da prática – que havia diminuído – em 1970, com a política de um único filho para cada casal. Essa política foi extinta em 2015. (N.T.) (N.E.)

conforto e à estabilidade social obtidos mediante um sacrifício muito alto. O progresso depende essencialmente de uma seleção competitiva, e disso nós não podemos escapar.

Mas é concebível e possível que essa margem de esforço inútil, de dor, de desconforto e de morte seja reduzida a quase nada sem restringir a evolução física e mental (com uma aceleração da evolução de ambas) através da prevenção de nascimentos daqueles que, na interação irrestrita de forças da natureza, estariam fadados ao sofrimento e ao fracasso. O método da natureza "manchada de sangue" é degradar, impedir, torturar e matar os membros mais fracos e menos adaptados de cada espécie existente em cada uma de suas gerações, e então manter a média específica crescente; o ideal de uma civilização científica é prevenir o nascimento dos mais fracos. Não podemos fugir da punição da natureza de nenhum outro modo. O empenho pela sobrevivência entre os animais e os homens não civilizados significa miséria e morte aos sujeitos inferiores; miséria e morte para que não cresçam nem se multipliquem. No Estado civilizado, é nitidamente possível tornar as condições de vida toleráveis para cada criatura existente, desde que as criaturas inferiores sejam impedidas de crescer e de se multiplicar. No entanto, essa última condição deve ser respeitada. Em vez de competir para fugir da morte e da desgraça, podemos competir pelo nascimento e, então, ganharemos um prêmio de consolo em detrimento dos perdedores. O Estado moderno tende a qualificar a herança, insistir em educação e no cuidado das crianças, em intervir mais e mais nos interesses futuros entre pais e filhos. Sendo assim, torna-se cada vez mais razoável que o Estado domine a responsabilidade do bem-estar geral e, então, decida quais crianças abrigará.

Mas em que medida essas condições seriam possíveis? Até onde funcionariam em Utopia Moderna?

Coloquemos de lado, de uma vez por todas, o absurdo ouvido em certos cantos sobre a fazenda de reprodução humana. [Consulte *Humanidade em construção*, capítulo II.] A reprodução estatal da população foi uma proposta razoável de Platão, em vista do conhecimento biológico de seu tempo e da natureza puramente tentadora de sua metafísica; mas é ilógica depois de Darwin. Mesmo assim, ela nos foi apresentada como uma das descobertas mais brilhantes por uma certa escola sociológica de escritores, os quais parecem ser totalmente incapazes de notar a diferença de significado que as palavras "espécie" e "indivíduo" sofreram nos últimos cinquenta anos. Eles não parecem capazes de enxergar que a fronteira da espécie desapareceu e que a individualidade carrega a singularidade! Para eles, os indivíduos ainda são cópias falhas de um ideal platônico da espécie, e o propósito da reprodução não passa de uma aproximação da perfeição. Para eles, ainda, a individualidade é de fato uma diferença insignificante, uma impertinência, e o fluxo de ideias biológicas modernas cobriu-os de vaidade.

No entanto, para o pensador moderno, a individualidade é o fato significativo da vida, e a ideia do Estado – ao qual necessariamente concernem o mediano e o genérico – de selecionar individualidades para emparelhá-las e aprimorar a raça é um verdadeiro absurdo. É como usar um guindaste para erguer uma montanha. Na iniciativa do indivíduo acima da média mora a realidade do futuro, a qual o Estado, que verdadeiramente determina a média, poderá auxiliar, mas não controlar, em absoluto. No centro natural da vida emotiva, o desejo norteador, a expressão suprema e significativa da individualidade, deve residir na seleção de um parceiro para a procriação.

Contudo, o pareamento compulsório é uma coisa, e a manutenção das condições gerais limitantes é outra, e está de fato dentro do escopo da atividade do Estado. O Estado se justifica ao dizer (antes que você queira adicionar filhos à comunidade para que ela os eduque e sustente) que você deverá atingir determinado mínimo de eficiência pessoal e que isso deverá ser demonstrado com a capacidade de deter uma posição de solvência e independência no mundo; com o fato de que você deve estar acima de uma determinada idade e que deve ter alcançado uma média mínima de desenvolvimento físico em que esteja livre de todo tipo de doença transmissível. Você não poderá ser um criminoso, a menos que tenha pagado por suas infrações. Na deficiência dessas simples qualificações, se você e outra pessoa conspirarem e colocarem filhos nas mãos do Estado, pelo bem da humanidade, nós tomaremos posse da vítima inocente de suas paixões e insistiremos que você estará automaticamente em débito perante o Estado. E esse débito deverá ser pago mesmo que seja necessário impor restrições para obter seu pagamento. Tal pagamento tem como último recurso e como garantia a sua própria liberdade, e sobretudo, se a infração for cometida uma segunda vez, ou se você tiver multiplicado algum tipo de doença ou imbecilidade, tomaremos medidas mais drásticas que assegurem que nem você, nem seu parceiro ou parceira, cometam a mesma infração novamente.

– Caramba – você diz –, pobre humanidade!

Você também tem a alternativa de examinar as favelas e os manicômios. Pode-se alegar que a permissão conspícua de que pessoas inferiores tenham um ou mais filhos arruíne, dessa maneira, o alcance do objetivo final do Estado, mas isso não é verdade. Uma permissão devidamente qualificada, como todo bom estadista sabe, pode produzir os efeitos sociais sem exercer a opressão de uma proibição absoluta. Em meio a circunstâncias claras e confortáveis, e mediante uma alternativa fácil e praticável, as pessoas agirão com prudência e autocontrole para evitar adversidades e desconforto; e assim, a vida livre em Utopia compensará os percalços até mesmo para a população inferior. O conforto crescente, o amor próprio e a inteligência dos ingleses se refletem, por exemplo, na queda na proporção de nascimentos ilegítimos: de 2,2 por 1.000 habitantes, de 1846 a 1850, para 1,2 por 1.000 habitantes, de 1890 a 1900, e isso ocorreu sem nenhuma lei preventiva. Esse resultado tão desejável certamente não é a consequência de alguma grande elevação de nossa moral, mas simplesmente de um padrão crescente de conforto e de um senso mais vívido acerca das consequências e das responsabilidades de colocar uma criança no mundo. Se uma mudança tão evidente é possível em resposta a tal progresso alcançado na Inglaterra nos últimos cinquenta anos, e se uma restrição discreta pode resultar tão efetiva quanto essa, parece-me razoável supor que, em uma atmosfera mais limpa e franca como a do nosso planeta utópico, o nascimento de uma criança de pais inferiores ou doentes, e contrários às sanções do Estado, será o menor dos desastres.

E o evento trágico da morte de uma criança será praticamente raro em Utopia. As crianças não foram feitas para morrer em tão tenra idade. Mas, no nosso mundo, no presente, em razão de uma ciência médica e tratamentos falhos, em razão das imperfeições em nossa organização, em razão da pobreza e da falta de cuidados, e devido ao nascimento de crianças que nunca deveriam ter nascido, uma em cada cinco crianças morre dentro dos primeiros cinco anos de vida[153]. O leitor pode ter inclusive presenciado esta tragédia humana que é a mais penosa de todas as outras existentes. É uma medida para evitar o sofrimento desnecessário. Não há razão para que noventa e nove de cem crianças não vivam até a idade adulta. Portanto, em Utopia Moderna, insisto que viverão!

SEÇÃO 3

Todas as utopias anteriores, de acordo com os padrões modernos, flertaram com questões regulatórias nesse território. A quantidade de interferência do Estado em relação ao casamento e ao nascimento de cidadãos de Utopia Moderna será muito menor do que em qualquer Estado na Terra. Aqui, assim como no tocante à propriedade e ao comércio, a lei regulará apenas para garantir as máximas liberdade e iniciativa.

Até o início deste capítulo, nossas especulações utópicas, assim como muitas leis parlamentares, ignoraram a diferença entre os sexos. "Ele" deve ser lido como "ele e ela". Mas podemos abordar os aspectos sexuais do ideal moderno na constituição de uma sociedade em que, para todos

---
[153] Estatística à época em que a obra foi publicada. (N.T.)

os fins individuais, as mulheres serão tão livres quanto os homens. Isso certamente existirá como realidade em Utopia Moderna – se puder ser realizado –, não apenas para o bem das mulheres, mas dos homens também.

Entretanto, as mulheres são livres em teoria, e não na prática, e, enquanto sofrerem devido à inferioridade econômica, à inabilidade de produzir valor tanto quanto o homem em troca da mesma quantidade de trabalho – e não há dúvida em relação a essa inferioridade[154] –, sua igualdade técnica e jurídica continuará uma piada. É um fato que quase todo ponto em que a mulher difere do homem representa uma desvantagem econômica para ela, sua incapacidade de lidar com grandes volumes de estresse, sua tendência frequente às pequenas enfermidades, sua baixa inventividade e desenvoltura, sua relativa incapacidade de organização e combinação e as possíveis complicações emocionais sempre que depende financeiramente do homem. Sempre que comparadas no âmbito econômico com homens ou meninos, elas serão inferiores proporcionalmente a todos os aspectos em que diferem dos homens. Exceto em um aspecto em que são pioneiras: na atração e ludibriação de homens com os quais possam casar; na venda de si mesmas como barganha e depois no gasto desenfreado de suas fortunas "por bem ou por mal".

Mas não deixe que a crueldade da proposição o assuste. Imagine que em Utopia Moderna as coisas estão equalizadas entre os sexos da única maneira possível: ao insistir que a maternidade é um serviço do Estado e uma reivindicação legítima de sobrevivência e que, desde que o Estado exerça o seu direito de proibir ou sancionar a maternidade, uma mulher que é mãe ou está prestes a tornar-se mãe tem tanto direito de receber um salário acima da margem mínima para sustentar-se e ser livre quanto um policial, um procurador-geral, um rei, um bispo católico, um professor,

---

[154] Na época em que o livro foi publicado, a mulher ainda era equivocadamente considerada inferior ao homem, e isso se reflete na linguagem usada pelo autor para se referir ao gênero. Além disso, a mulher era frequentemente demonizada, como podemos ver neste e em outros trechos deste clássico. (N.T.)

ou qualquer funcionário do Estado. Imagine que o Estado assegure que cada mulher que é mãe ou que possa tornar-se mãe, sob sanções legítimas (ou seja, devidamente casada), receba uma renda determinada do marido que a proteja de eventuais necessidades de esforço físico e estresse. Agora suponha que ela receba certa gratificação mediante o nascimento de um filho e continue a receber quantias suficientes a intervalos regulares não só para que ela e o filho sejam livres, mas para que a criança receba o mínimo padrão de saúde para um bom desenvolvimento físico e mental. Suponha que haja um aumento nesse valor caso a criança cresça notoriamente acima das qualificações mínimas exigidas, nos aspectos físico e mental, e que a mãe faça o seu trabalho de maneira tão eficiente ao ponto de tornar a maternidade uma profissão que valha a pena. E imagine que, de maneira correlata, isso impeça o emprego industrial das mulheres casadas e das mães que têm filhos dependentes de cuidados (a menos que estejam em uma posição em que precisem empregar substitutas qualificadas e eficientes para cuidar de seus filhos). Quais serão as diferenças entre essas condições e as condições na Terra?

Essa intervenção abolirá pelo menos algumas adversidades e alguns demônios provenientes da vida civilizada. Abolirá a adversidade na vida da maioria das viúvas, as quais vivem existências miseráveis e estão sujeitas a volumes de trabalho proporcionais aos serviços distintivos de outra mulher qualquer, e são miseráveis na mesma proporção do seu padrão de vida e educação. Abolirá as adversidades daquelas que não podem casar por estarem em situações de pobreza ou que não ousam ter filhos. O medo que frequentemente transforma um casamento lindo em uma relação mercenária desaparecerá. Em Utopia, uma carreira de maternidade integral seria, sob tais condições como as sugeri, uma vocação normal e remunerada para uma mulher, e a mulher capaz de gerar, criar e educar oito ou nove filhos e filhas saudáveis fisicamente, inteligentes e bem-sucedidos seria o ideal de prosperidade, independentemente das finanças do homem com o qual se casou. Ela precisaria ser uma mulher excepcional e ter escolhido um homem pelo menos um pouco acima da média como seu parceiro de vida. No entanto, a morte dele, seu mau comportamento ou demais infortúnios da vida não a afetariam.

Essa solução é meramente uma indução completa das proposições iniciais que tornam algumas medidas de educação livres e compulsórias para cada criança do Estado. Se você impede que as pessoas lucrem com seus filhos – bem como cada Estado civilizado (até mesmo o individualismo antiquado dos Estados Unidos da América, por exemplo, os quais estão inclinados a admitir a necessidade de tal proibição) –, e se provê aos idosos em vez de deixá-los a cargo do senso de responsabilidade dos filhos, as induções práticas ao parentesco, exceto entre pessoas muito ricas, são notoriamente reduzidas. O fator sentimental nesse caso raramente leva a mais de uma ou duas crianças solitárias, provenientes de um casamento, e, com um padrão alto e crescente de conforto e circunspecção, é improvável que a taxa de nascimentos sofra uma nova e grande escalada. Os utópicos certamente assegurarão que as crianças sejam mantidas longe de todo emprego razoável para seu próprio bem futuro, mas, se desejarem que apenas a população extremamente rica, segura, obediente, solidária ou desnaturada crie uma criança livremente, deverão estar preparados para lançar mão dos custos necessários de manutenção de uma criança à comunidade em geral.

Resumidamente, Utopia deverá assegurar que o serviço de criação e educação de crianças seja devidamente realizado não por uma pessoa específica, mas pela comunidade como um todo, e todos os seus arranjos legais de maternidade serão baseados nessa concepção.

SEÇÃO 4

Após essas questões preliminares, devemos perguntar, primeiramente, quais serão as leis matrimoniais e que tipos de costumes e de opiniões devem ser superadicionados a essa lei.

Uma utopia moderna

A inclinação de nosso pensamento nos trouxe à conclusão de que o Estado utópico se sentirá justificado ao intervir entre os homens e as mulheres em dois assuntos: em primeiro lugar, no tocante à paternidade e, em segundo lugar, no choque de liberdades que possam surgir de outra maneira. O Estado utópico deverá interferir efetivamente e prescrever condições para todos os tipos contratuais, e, para este tipo de contrato especificamente, estará de acordo com quase todos os Estados que conhecemos na Terra, no sentido de que definirá da maneira mais completa possível a qual tipo de coisas um homem ou uma mulher podem ou não estar vinculados. Da perspectiva de um estadista, o casamento é a união de um homem e uma mulher de maneira tão íntima ao ponto de envolver a probabilidade da procriação, e é de extrema importância ao Estado – primeiramente com o intuito de assegurar bons nascimentos e, em segundo lugar, boas condições domésticas – que essas uniões não sejam livres, promíscuas nem universais entre a população adulta.

O casamento prolífico deve ser um privilégio rentável. Ocorrerá apenas sob certas condições óbvias: as partes contratantes devem ter saúde e boas condições, devem estar livres de doenças específicas transmissíveis, devem ter uma idade mínima e devem ser suficientemente inteligentes e ativas a ponto de terem adquirido um nível mínimo de educação. O homem deve receber uma renda líquida pelo menos acima do salário-mínimo, mas apenas poderá se casar depois que quaisquer dívidas contraídas tiverem sido liquidadas. Haja vista tudo isso, é razoável insistir que o Estado, portanto, se torne responsável pelos futuros filhos provenientes de tal união. A idade em que os homens e as mulheres poderão firmar tal contrato é de difícil determinação. Mas, se vamos colocar, dentro do possível, as mulheres em uma posição de igualdade com os homens; se vamos insistir acerca de uma população universalmente educada, se vamos buscar reduzir a zero o nível de mortandade entre as crianças, então os indivíduos devem ser muito mais maduros do que em qualquer Estado que conhecemos na Terra. As mulheres deverão, portanto, ter pelo menos vinte e um anos de idade e, os homens, vinte e seis ou vinte e sete.

Pode-se imaginar que cada parte de um casamento arranjado deva, em primeiro lugar, obter licenças que servirão para certificar o cumprimento de tais condições supracitadas. Do ponto de vista do Estado-Mundo teórico, essas licenças são um recurso primordial. Em segundo lugar, viria, sem dúvida, o registro universal de Paris. Por questões de justiça, não poderá haver fraudes entre duas pessoas, e o Estado garantirá isso em essência. Ambos deverão comunicar sua intenção conjunta a um escritório público após suas licenças terem sido emitidas, e cada uma das partes receberá uma cópia do cartão de indexação do futuro parceiro ou parceira, onde haverá informações como idade (dele ou dela), casamentos anteriores, doenças juridicamente relevantes, filhos, domicílios, ocupações públicas, condenações criminais, registros de propriedades, e assim por diante. Pode ser recomendável realizar uma pequena cerimônia para cada uma das partes, na ausência da outra, em que esse registro será lido na presença de testemunhas. Além disso, um formulário deverá ser entregue com o endereço do consultor jurídico para tais questões. Haverá, então, um intervalo razoável para consideração ou desistência de cada uma das partes. No caso de que ambas mantenham suas opiniões, a escolha será comunicada a um funcionário local, e uma notificação será enviada aos registros gerais após o intervalo mínimo. Essas formalidades seriam absolutamente independentes de qualquer cerimônia religiosa escolhida pelas partes, pois o Estado estará desvinculado de quaisquer crenças religiosas e procedimentos dessa natureza.

Essas são as condições matrimoniais preliminares. No entanto, a menos que gerem filhos ilegítimos, o Estado não intervirá se homens e mulheres ignorarem essas condições e unirem-se como bem entenderem. Nesse caso, como já sugerimos, seria no mínimo razoável punir os pais por meio das obrigações referentes à subsistência, educação, e assim por diante, as quais normalmente recairiam sobre o Estado. Seria necessário impor o pagamento de um seguro de vida sobre esses pais e exigir garantias efetivas contra alguma evasão possível da responsabilidade incorrida. Mas o controle da moralidade privada, além da proteção de uma criança da corrupção e do mau exemplo, não será um problema do Estado. Quando chega uma nova criança, o futuro da espécie chega com ela, e o Estado intervém como guardião dos interesses mais amplos do que os interesses individuais; mas a vida privada do adulto é a vida inteiramente privada em que o Estado não poderá interferir.

Mas qual será a natureza do contrato matrimonial utópico?

Quanto ao primeiro dos dois pontos de vista citados acima, referente à paternidade, é evidente que uma condição indispensável será a castidade da esposa. Ao demonstrar sua infidelidade, o matrimônio poderá ser revogado, e ambos, o Estado e seu marido, serão dispensados de toda responsabilidade pela criação do filho ilegítimo. Isso, de toda forma, está além de qualquer controvérsia; um contrato matrimonial que não envolva isso é um triunfo da metafísica sobre o senso comum. É evidente que, sob as condições de Utopia, o Estado é que será lesado pela má conduta da esposa, e o homem que tolerar algo do tipo será considerado réu por tal infração. Uma mulher divorciada, por esse motivo, será considerada uma infratora pública, não alguém que tenha apenas cometido um erro privado ou pessoal. Essas também serão implicações matrimoniais primárias.

Além desses, quais outros aspectos um contrato matrimonial utópico envolveria?

Uma limitação recíproca ao marido claramente não teria nenhuma importância, desde que a comunidade seja protegida dos nascimentos inferiores. Não seria um erro aos olhos do Estado. No entanto, o ato carrega consigo uma porção variável de carga emocional à esposa; seu orgulho pode ser manchado e lhe causar um ciúme perturbador ou um comportamento negligente, solitário, infeliz e fisicamente danoso. Deverá haver algum tipo de consequência para que isso não ocorra. Uma esposa que tenha se unido a um homem pelo bem do Estado terá o direito razoável de recorrer a ele para obter algum alívio se não conseguir de outra maneira. A medida da infração será compatível com o dano que lhe for causado; se ela não se importar, ninguém se importará, e, se sua autoestima não for abalada, nada ocorrerá; portanto, caberá a ela determinar a gravidade da má conduta e, se julgar por bem, colocar um fim no casamento.

Uma falha de qualquer uma das partes em cumprir os deveres elementares de companheirismo (abandono, por exemplo) deveria obviamente constituir um direito à outra parte de buscar alívio. Além disso, o desenvolvimento de qualquer hábito desqualificador (como embriaguez, vícios, crimes ou atos de violência) deveria culminar em uma liberação definitiva. Além disso, o Estado utópico intervirá entre os sexos apenas para proteger a geração seguinte; sendo assim, manter as restrições acerca da conduta em um casamento continuamente sem frutos é obviamente cair em uma intervenção puramente moral. Parece-me razoável, portanto, estabelecer um prazo para um casamento do qual não emerjam frutos, deixá-lo expirar ao final de três, quatro ou cinco anos infrutíferos sem restrições acerca do direito do marido e da esposa de casarem-se novamente.

Essas foram as questões primordiais e consideravelmente mais simples. Agora, partamos para as mais difíceis. A primeira delas é a condição econômica do marido e da esposa, com relação ao fato de que mesmo as mulheres de Utopia, até que se tornem mães, pelo menos, são em média mais desprivilegiadas do que os homens. Mas as questões naturalmente se entrelaçam e serão abordadas juntamente em uma seção comum, porém também se ramificam da maneira mais complicada possível em consideração à moral da comunidade como um todo.

SEÇÃO 5

O casamento é o mais complexo de todos os problemas de Utopia. Mas, felizmente, não é a demanda mais urgente a ser resolvida. A grande urgência e a necessidade de resolução se referem aos governantes. Com governantes devidamente forçados e uma lei matrimonial provisória e falha, uma utopia pode ser considerada existente e em aprimoramento.

Uma utopia moderna

No entanto, sem governantes, uma utopia se torna impossível, embora a teoria matrimonial esteja completa. E a dificuldade dessa questão não é simplesmente a dificuldade de um jogo de xadrez, por exemplo, em que o emaranhado de considerações pelo menos reside em uma planície, mas uma série de problemas de níveis diferentes e fatores incomensuráveis.

É muito fácil repetir as nossas proposições iniciais, lembrarmos que estamos em outro planeta e que todos os costumes e tradições da Terra foram colocados de lado, mas a tentativa mais débil de imaginação demanda certo *insight* psicológico. Todos nós crescemos dentro de um molde invisível de sugestões sobre as questões sexuais; aprovamos certas coisas e reprovamos outras, e depois voltamos a considerar algo com contentamento amplamente porque as coisas nos foram impostas sob determinados ângulos. Quanto mais emancipados nos consideramos, mais sutis são nossos vínculos. O desembaraço das sugestões impostas *versus* aquelas que adquirimos por conta própria é um empreendimento extraordinariamente complexo. Provavelmente todos os homens e todas as mulheres tenham uma predisposição maior ou menor ao ciúme, mas o objeto causador de ciúme e o sofrimento que esse sentimento causará parecem ser parte de um fator sobreposto. Provavelmente todos os homens e mulheres são capazes de sentir emoções e desejos, além dos desejos físicos, mas a forma de tais desejos é quase inteiramente uma reação às imagens externas. E não podemos rasgar o meio externo; você não pode causar ciúme em um homem rústico e natural, não pode causar ciúme em relação a algo em particular, tampouco pode conferir-lhe imaginação ou orgulho sem que ele os tenha. Disposições emocionais não podem mais existir sem forma, tal e qual um homem não existiria sem ar. Apenas um homem muito observador que tenha vivido ao redor de todo o planeta Terra, em todos os estratos sociais, em convivência com todas as raças e idiomas e com grande dom imaginativo poderia esperar compreender as possibilidades e as limitações da plasticidade humana nesse âmbito e dizer o que todo homem ou toda mulher poderia ser induzido a fazer de bom grado, e exatamente o que nenhum homem ou mulher toleraria, desde que tivesse o treinamento necessário para tal observação. Embora jovens rapazes lhe digam o suficiente sem titubear, os procedimentos de outras raças e idades não parecem convincentes. O que os nossos antepassados fizeram ou o que os gregos e os egípcios fizeram, embora sejam a causa física exata do jovem rapaz ou da moça, é capaz de forçar certas consequências meramente como um arranjo de procedimentos singulares, cômicos e repulsivos.

No entanto, ao questionador moderno emergem certos ideais e desejos que pelo menos vão ao encontro da completude e da expansão das questões primordiais cruéis da lei matrimonial utópica estabelecida no parágrafo 4.

Se o nascimento saudável for assegurado, há alguma razão válida para a persistência da união matrimonial utópica?

Há duas linhas de raciocínio para estabelecer uma duração matrimonial mais longa. A primeira reside na necessidade geral de uma casa e atenção individual na presença de filhos. As crianças são o resultado de uma escolha entre indivíduos. Elas crescem bem e, via de regra, nenhum método abrangente que ignore o caráter de lidar com elas demonstrou qualquer sucesso em relação ao lar individualizado. Nem Platão nem Sócrates, os quais repudiavam "o lar", tiveram de lidar com crianças. A procriação é apenas o começo da paternidade, e até mesmo quando a mãe não é a cuidadora direta e a professora de seu filho, mesmo quando escolhe delegar essas atividades, sua supervisão é, normalmente, essencial para o seu bem-estar. Além disso, embora o Estado utópico pague às mães pelo cumprimento de suas funções, e apenas às mães pela criação e o bem-estar de seus filhos legítimos, haverá uma clara vantagem em fomentar a disposição natural do pai para associar o bem-estar do filho com seu egoísmo individual e dispensar alguma energia e custos na complementação da provisão comum do Estado. É um absurdo desvincular de uma economia natural e manter descultivada a filoprogenitividade inata de cada sexo. A menos que os pais mantenham um relacionamento próximo, se cada um passou por uma série de casamentos, os perigos de um conflito de direitos e da banalização das emoções tornam-se graves. A família perderá homogeneidade, e os indivíduos cultivarão associações emocionais variadas e talvez incompatíveis. A balança da vantagem social pesa certamente para o lado das uniões mais permanentes, para o lado do acordo que, sujeito às amplas provisões para um divórcio formal sem nenhuma desgraça em casos de incompatibilidade, vincularia ou pelo menos reforçaria ideais que tenderiam ao vínculo de um homem e uma mulher por toda a duração da atividade materna até que o último filho nascido não mais necessitasse de seus cuidados.

O segundo sistema de considerações surge da artificialidade da posição da mulher. É uma série menos conclusiva do que a primeira e abre um leque de possibilidades interessantes.

Uma grande quantidade de absurdos é vomitada a respeito da igualdade ou da inferioridade das mulheres em relação aos homens. Porém, é apenas a mesma questão que pode ser medida em graus e expandida em séries ascendentes e descendentes – as coisas que são femininas na essência são qualitativamente diferentes e incomensuráveis em relação às coisas notoriamente masculinas. O relacionamento está no território dos ideais e das convenções, e o Estado é livre para determinar que os homens e as mulheres deverão se relacionar nas bases da igualdade convencional ou com o homem ou a mulher tratado como o indivíduo predominante. A crítica de Aristóteles a Platão nesse aspecto, sua insistência sobre a inferioridade natural dos escravos e das mulheres, é a exata confusão entre as questões inerentes e impostas que eram sua fraqueza mais característica. O espírito dos europeus, de quase todos os ascendentes, está na direção de uma convenção igualitária; o espírito do mundo islâmico corre na direção da intensificação de uma convenção de que o homem sozinho é um cidadão e de que a mulher é sua propriedade. Não há dúvida de que a última das duas ficções convenientes é uma maneira mais primitiva de considerar esse relacionamento. É assaz infrutífero argumentar entre esses ideais como se houvesse uma conclusão demonstrável. A adoção de qualquer uma é um ato arbitrário, e devemos simplesmente seguir a nossa idade e o nosso tempo se temos uma inclinação à segunda proposição.

H. G. Wells

Se observarmos detalhadamente as diversas expansões práticas dessas ideias, descobriremos que sua falsidade inerente se resolve de maneira bastante natural até que adentremos o terreno da realidade. Aqueles que insistem em uma igualdade trabalham por assimilação, por um tratamento semelhante dos sexos. As mulheres da classe governante de Platão, por exemplo, praticavam ginástica como os homens, tinham armas, guerreavam e exerciam a maioria das profissões masculinas de sua classe. Tinham o mesmo nível de educação e eram iguais aos homens em todos os aspectos. A atitude aristotélica, em contrapartida, insiste na especialização. Os homens devem governar, lutar e realizar os trabalhos braçais; as mulheres se dedicariam à maternidade em um estado natural de inferioridade. A tendência das forças evolutivas ao longo de séculos de desenvolvimento humano se concentrou totalmente na segunda direção, na diferenciação. [Consulte *Homem e mulher*, de Havelock Ellis[155].] Uma mulher branca e adulta difere mais de um homem branco do que uma negra ou pigmeia difere do sexo masculino equivalente. A educação e a disposição mental de uma mulher branca ou asiática fedem a sexo; sua modéstia, seu decoro é não ignorar o sexo, mas refiná-lo e colocar um ponto nele; suas vestimentas são clamorosas com os elementos distintivos de sua forma. A mulher branca da nação materialmente próspera é muito mais uma especialista em sexo do que sua irmã de uma classe pobre e austera do que as camponesas. A mulher contemporânea da moda, a qual dá o tom das relações sexuais no Ocidente, é muito mais uma estimuladora do que uma companheira para o homem. Ela é comumente uma estimuladora nociva, a qual transforma um homem sábio em um homem de aparências, muda o foco da beleza para os prazeres, da forma à cor, das crenças persistentes e dos triunfos emocionantes. Paramentada no que ela chama de "vestido", perfumada, adornada, exibida, ela obtém por meio de artifícios uma diferenciação sexual mais profunda do que de qualquer outro animal vertebrado. Brilha

---

[155] *Man and woman*, publicado em 1894, foi um dos muitos livros do médico e psicólogo britânico Havelock Ellis, que estudou as questões de gênero e sexualidade humana, derrubou tabus vitorianos e colocou a questão sexual em debate público. (N.T.) (N.E.)

mais do que um pavão em relação ao seu parceiro – seria útil inclusive investigar os segredos dos insetos e crustáceos para encontrar um animal paralelo existente. Além disso, é uma questão sem dúvida fácil e de grande importância determinar até que ponto as diferenças estendidas entre os sexos humanos são inerentes e inevitáveis e até que ponto são acidentes do desenvolvimento, as quais poderiam ser convertidas e reduzidas sob um regime social distinto. Reconheceremos e acentuaremos essas diferenças de modo que estejam vigentes em Utopia? Teremos duas classes primárias harmonizadas de seres humanos que reagem, mas seguem vidas essencialmente diferentes? Ou minimizaremos essas diferenças tanto quanto possível?

A primeira alternativa leva a uma organização romantizada da sociedade, em que os homens viverão, lutarão e morrerão por criaturas maravilhosas, belas e exageradas, ou então darão lugar a um harém. Provavelmente uma fase leve à outra. As mulheres seriam enigmas misteriosos, entidades maternas das quais nos aproximaríamos em meio a uma exaltação emocional e as quais afastaríamos dos trabalhos manuais. Uma garota floresceria da insignificância ao ideal misticamente desejável na adolescência, e os garotos seriam tirados da criação de suas mães na idade mais tenra possível. Sempre que os homens e as mulheres se encontrassem, os homens entrariam em um estado competitivo entre si, assim como as mulheres, e o entrelaçamento de ideias geraria uma grande expectativa. Na última alternativa, a relação sexual seria subordinada à amizade e ao companheirismo; os meninos e as meninas seriam coeducados – eles, amplamente sob os cuidados maternos, e elas, desarmadas de seus adornos bárbaros, penas, pedras, laços e vestidos curvados, que acentuam o clamor por uma atenção pessoal mais direta – e se misturariam, de acordo com sua qualidade, ao desenvolvimento intelectual dos homens. Essas mulheres estariam aptas a educar meninos até a adolescência. É evidente que uma lei matrimonial que incorpore uma decisão entre esses dois conjuntos de ideias seria muito diferente, de acordo com a alternativa adotada. No primeiro caso, um homem ganharia e manteria (de maneira adequada) o doce deleite que o favorecera. Ele contaria mentiras lindas a ela sobre o belo efeito moral exercido por ela e a afastaria diligentemente de todas as responsabilidades e conhecimentos. E, uma vez que há um apelo imaginativo inegavelmente maior aos homens no primeiro florescer da juventude feminina, ela reivindicaria as energias dele para o resto da vida. No segundo caso, o homem não pagaria e sustentaria mais a esposa do que vice-versa. Eles seriam dois amigos, de tipos e diferenças recíprocas, unidos em um relacionamento matrimonial. Nosso casamento utópico, até esse ponto da discussão, permanece indefinido entre essas alternativas.

Nós estabelecemos como princípio geral que a moral privada de um cidadão adulto não seria uma preocupação para o Estado. Mas isso envolve uma decisão, a de desconsiderar certos tipos de barganha. Um Estado planejado nas bases da sensatez recusará barganhas quando não houver uma troca justa e plausível, e, se uma moralidade privada realmente estiver fora do escopo do Estado, então as afeições e os carinhos não deverão ser negociáveis como *commodities*. Portanto, o Estado deverá ignorar de maneira absoluta a distribuição desses favores, a menos que os filhos, ou a possibilidade de ter filhos, estejam envolvidos. O Estado recusará o reconhecimento de débitos e transferências de propriedade que forem baseadas nessas considerações. Será congruente recusar o reconhecimento do contrato matrimonial para qualquer obrigação financeira entre marido e mulher ou quaisquer liquidações contidas em tal contrato, exceto quando tiverem caráter de disposição acessória para os futuros filhos. [Presentes desqualificados dados por amor por pessoas solventes serão possíveis e permitidos, assim como serviços assalariados e derivados, desde que o padrão de vida seja mantido e a renda conjunta do casal, entre os quais o serviço prestado, não seja duas vezes menor do que o salário-mínimo.] Por enquanto, o Estado utópico apoiará aqueles que defendem a independência das mulheres e sua igualdade em relação aos homens.

No entanto, o Estado-Mundo de Utopia não se comprometerá com qualquer outra definição de casamento. A grande maioria dos relacionamentos possíveis, dentro ou fora do código matrimonial, é um assunto inteiramente de escolha e imaginação individuais. Se um homem trata sua esposa como deusa, como "mistério", como uma agradável assistente, como uma amiga íntima particular ou como a mãe de seus filhos, esta é uma questão inteiramente privada: se ele a manterá em um ócio oriental ou como uma cooperadora ativa ou se deixará que ela viva uma vida independente, esta é uma escolha do casal, bem como todas as amizades e intimidades fora do casamento também estarão muito além do escopo do Estado moderno. Os ensinamentos religiosos e literários poderão ter efeito sobre essas escolhas; costumes podem surgir, e certos tipos de relacionamento podem envolver isolamento social; a justiça dos estadistas será cega a tudo isso. Pode-se argumentar que, de acordo com a análise esclarecedora de Atkinson[156], o controle do sexo jazia na origem da comunidade humana. Em Utopia, contudo, o sexo não é uma preocupação do Estado, além dos limites da proteção à criança[157]. A mudança de função é um dos fatores governantes na vida, a bolsa presente nos nossos ancestrais mais remotos, um tipo de bexiga nadadora se tornou o nosso pulmão, e o Estado que foi talvez o desejo mais tirano e invejoso do macho mais forte do rebanho se tornará um instrumento de justiça e igualdade. O Estado intervirá quando houver um desejo de harmonia entre os indivíduos – indivíduos que existem ou que podem existir futuramente.

SEÇÃO 6

Reiteremos o fato de que o nosso raciocínio mantém o casamento utópico como uma instituição com grandes possibilidades de variação.

---

[156] *Social Origins and Primal Law*, referência aos autores Andrew Lang e J. J. Atkinson. (N.T.)
[157] Não foi esclarecido muito bem que, embora o controle da moralidade esteja fora da lei, o Estado deve manter um decoro geral, uma supressão sistemática de exemplos poderosos e comoventes, e de incitações e tentações dos jovens e inexperientes, e nessa medida, de certo modo, irá exercer um controle sobre os morais. Porém, isso fará parte de uma lei mais abrangente que salvaguardará as mentes mais frágeis. Por exemplo, publicidades enganosas e outras com esse propósito, quando endereçarem os interesses dos adolescentes, encontrarão uma disposição contrária na lei a respeito do uso da desonestidade em geral.

Tentamos dar efeito ao ideal de uma igualdade virtual, uma igualdade de espírito entre homens e mulheres, e, ao fazê-lo, desprezamos a opinião aceita da vasta maioria da humanidade. Provavelmente o primeiro escritor a chegar perto disso foi Platão. O argumento dele em apoio a essa inovação sobre o sentimento humano natural era bastante débil – uma mera analogia para ilustrar o espírito de suas proposições; foi seu instinto criativo que o determinou. Na atmosfera de tais especulações, Platão paira amplamente, e, em vista do que devemos a ele, parece razoável que hesitemos antes de desconsiderar como algo proibitivo, ou do mal, um tipo de casamento que ele colocou quase como ponto central na organização da classe governante do seu ideal de Estado. O filósofo foi persuadido de que a família estritamente monogâmica é apta a tornar-se intolerante e antissocial, a retirar a imaginação e as energias do cidadão dos serviços da comunidade como um todo, e, séculos depois, a Igreja Católica Romana endossa e substancia essa opinião, e acaba por proibir as relações familiares a padres e funcionários. Platão atribuía uma devoção poética à ideia pública, uma devoção da qual a mente de Aristóteles, como as críticas de Platão demonstram, era incapaz, como substituta das emoções suaves e calorosas, mas iliberais a respeito do lar. Mas, enquanto a Igreja tornou o laço familiar em um celibato e a participação em uma organização, Platão estava em maior acordo com as ideias modernas ao notar a desvantagem que resultaria da exclusão de filhos com personalidades mais nobres. Ele pensou em uma maneira de alcançar a progênie, portanto sem a concentração estreita de piedades em casa, e a encontrou em um casamento múltiplo, em que cada membro da classe governante seria considerado casado com todos os outros. Mas a operacionalização detalhada desse sistema foi colocada de maneira descompromissada e muito obscura. Suas sugestões têm a inconsistência experimental de um homem questionador. Ele deixou muitos assuntos em aberto, e seria injusto que adotasse o método investigativo de Aristóteles e lidasse com a discussão como se fosse um projeto finalizado. Fica claro que Platão planejou que cada membro de sua classe governante fosse "trocado ao nascer" para que a paternidade nunca fosse descoberta; as mães tampouco conheceriam seus filhos, e os filhos não conheceriam seus pais, mas não há nada que proíba a suposição de que ele pretendia que essas pessoas fossem selecionadas e se unissem a parceiros compatíveis dentro da grande família. A afirmação de Aristóteles, de que a república de Platão não deixou nenhum espaço para a virtude da continência, demonstra que ele tirou as mesmas conclusões precipitadas que se espera de um garoto londrino contemporâneo, o qual busca os escritos de Jowett[158] em uma biblioteca pública.

Aristóteles obscurece as intenções de Platão, talvez acidentalmente, ao falar de sua instituição matrimonial como uma comunidade de esposas. Ao ler Platão, ele não poderia nem conseguiria escapar à leitura, em sua concepção, da ascendência natural do homem, da sua ideia de propriedade que englobava as mulheres e as crianças. Mas, conforme Platão intencionava que as mulheres fossem iguais aos homens, essa frase o inclui; uma comunidade de maridos e mulheres seria mais verossímil à sua proposta. Aristóteles condena Platão tão absolutamente quanto qualquer empreendimento comercial o condenaria nos dias de hoje, e quase com o mesmo espírito; afirma, mas não prova, que esse tipo de agrupamento vai contra a natureza do homem. Ele desejava ter as mulheres como propriedades da mesma maneira como desejava ter escravos; não se preocupou em questionar tal desejo, e isso perturbava extremamente sua concepção de conveniência ao tentar imaginar outro tipo de arranjo. É sem dúvida verdade o fato de que o instinto natural de ambos os sexos é exclusivo de seus participantes íntimos durante um período de intimidade, mas foi provavelmente Aristóteles quem deu a Platão uma interpretação ofensiva acerca dessa questão. Ninguém se sujeitaria livremente à aceitação do casamento múltiplo, no âmago da interpretação aristotélica, a uma completa obscenidade, mas essa é a exata razão pela qual Utopia Moderna não deverá recusar casamentos grupais de três ou mais pessoas desde que haja a anuência delas. Não há sentido em proibir instituições que ninguém em

---

[158] Benjamin Jowett, teólogo, clérigo e reformador administrativo da Universidade de Oxford, nasceu em Londres e foi tradutor de Platão. (N.T.)

sanidade mental adotaria. Argumenta-se que, embora os fatos absolutos sejam difíceis de precisar, um casamento grupal de mais de duzentas pessoas foi de fato organizado com êxito por John Humphrey Noyes em Oneida Creek, estado de Nova York[159]. Os fatos nus e crus deste, bem como de outros experimentos estadunidenses, são fornecidos, ao lado de explicações mais recentes, por Morris Hillquirt[160], em *A história do socialismo nos Estados Unidos*[161]. É razoavelmente justo dizer que, no último caso, não havia "promiscuidade" e que os membros se uniam por períodos variáveis, e às vezes para sempre, dentro do grupo. Os documentos são consideravelmente claros nesse assunto. A Comunidade Oneida foi, de fato, uma liga de duzentas pessoas que chamavam seus filhos de "comuns". As escolhas e preferências não foram abolidas da comunidade, embora em alguns casos tivessem sido deixadas de lado, assim como foram em muitas uniões sob as condições atuais. Parece ter havido uma tentativa prematura de "estirpicultura"[162] no que o senhor Francis Galton chama de "eugenia", no cruzamento de membros; também existia uma limitação no número de filhos. Além dessas questões, os segredos íntimos da comunidade não parecem muito profundos; a atmosfera era quase comum, constituída por pessoas comuns. Não restam dúvidas de que foi muito bem-sucedida durante o curso de vida de seu fundador, e foi dissolvida com o advento da nova geração, com o início das diferenças teológicas e com a perda da inteligência norteadora. O espírito anglo-saxão, nas palavras de uma das crianças mais aptas do experimento, é individualista demais para o comunismo. É possível notar o sucesso temporário dessa família tão complexa como um acidente estranho, como a maravilhosa exploração do que foi certamente um homem excepcional. Sua desintegração final em casais verdadeiramente monogâmicos – um vínculo comercial bastante próspero ainda hoje – pode ser tomado como uma verificação experimental

---

[159] *History of American Socialisms*. (N.T.)
[160] Líder e fundador do Partido Socialista Norte-Americano. (N.T.)
[161] *The History of Socialism in the United States*. (N.T.)
[162] Estudos sobre a reprodução humana. (N.T.)

da psicologia do senso comum de Aristóteles e foi provavelmente o mero reconhecimento público das condições já praticamente estabelecidas.

Quanto a Platão, não podemos ignorar a possibilidade de casamentos múltiplos em nossa teorização utópica, mas, mesmo se deixarmos essa possibilidade em aberto, também tenderemos a considerá-la como algo provavelmente raro sob nossa observação direta da jornada utópica. Porém, por um lado, ao considerarmos o fato de que o Estado deve garantir apoio e cuidados a todas as crianças devidamente nascidas, nossa utopia deve ser integralmente vista como um grupo matrimonial abrangente. [Thelema de Rabelais[163], com seu princípio "Faça o que quiser", dentro dos limites da ordem, provavelmente busca sugerir um casamento platônico complexo segundo as nossas interpretações.]

Deve ser lembrado que uma utopia moderna difere das utopias porque abrange o mundo todo; portanto, elas não apresentam o desenvolvimento de uma raça ou de uma cultura especial, assim como Platão desenvolveu a mistura ateno-espartana, ou More, com a Inglaterra dos Tudors. Utopia Moderna deve ser, antes de mais nada, uma síntese. Politicamente, socialmente, linguisticamente, devemos supor uma síntese. Politicamente deve ser a síntese entre diferentes tipos de governo; no âmbito social e moral, deve ser uma síntese entre uma grande variedade de tradições domésticas e comportamentos éticos. Em Utopia Moderna, as tendências e origens mentais que tornam o nosso mundo a poligamia de Zulus e Utah devem estar em curso, bem como a poliandria do Tibete, as latitudes experimentais permitidas nos Estados Unidos, e o matrimônio sem possibilidade de divórcio de Comte. A tendência de todos os processos de síntese nas questões matrimoniais e comportamentais é reduzir e simplificar o cânone compulsório, admitir alternativas e liberdades. As leis do passado se transformam em tradições de sentimentos e estilos de vida, e isso não poderá ser mais evidente do que em questões que envolvam as relações entre os sexos.

---

[163] Referência à lei Thelema, a qual dispõe sobre o amor acima de tudo e o livre-arbítrio. Sua origem remonta ao franciscano François Rabelais, mas seu desenvolvimento é atribuído a Aleister Crowley. (N.T.)

7

ALGUMAS IMPRESSÕES UTÓPICAS

SEÇÃO 1

No presente, todavia, estamos em uma posição melhor para descrever as casas e os modos nas cidades utópicas ao redor do lago Lucerna e observar um pouco mais de perto as pessoas que passam diante de nós. Imagine que estejamos curiosamente adaptados a Utopia, trabalhando por um salário baixo com entalhamento de madeira até que as autoridades dos registros centrais de Paris possam resolver o problema que apresentamos a eles. Estamos em uma pousada, de frente para o lago, trabalhamos cinco horas por dia, indo e vindo, com uma sensação curiosa de ter nascido dentro do sistema de Utopia. O resto do tempo é todo nosso.

Nossa pousada é um daqueles alojamentos que cobram uma tarifa mínima, os quais são parcialmente regulamentados, e, à revelia dos empreendimentos privados, é mantida e controlada pelo Estado-Mundo ao redor do globo. É um dos diversos estabelecimentos em Lucerna. Possui milhares de pequenos quartos para auto-higienização, é equipada da mesma maneira que os quartos que havíamos ocupado em uma pousada semelhante, de Hospenthal, porém menor e com uma pequena diferença em relação à decoração. Há um mesmo tipo de vestiário com banheira, proporcional à simplicidade dos móveis. Essa pousada específica é quadrangular e remete ao estilo da faculdade de Oxford; tem pouco mais de dez metros de altura e cinco andares de quartos acima dos apartamentos mais baixos. Há janelas viradas para dentro e outras para fora da construção, e as portas levam a passagens iluminadas artificialmente com lances de escada acima e abaixo. Essas passagens são cobertas por tapetes de uma espécie de cortiça, mas desmobiliadas. O andar mais baixo é ocupado por algo equivalente a um clube londrino, com cozinhas e outros escritórios, salas de jantar, salas de escrever, salas para fumantes, salas de reunião, barbeiro e biblioteca. Há uma colunata com assentos ao longo do recinto e, no meio, um gramado. No centro disso tudo há uma figura de bronze de uma criança dormindo, acima de uma pia e junto de uma fonte, onde lírios aquáticos parecem crescer. O local foi projetado por um arquiteto felizmente livre das tradições das construções gregas e dos palácios romanos e italianos; é simples, impassível e gracioso. O material é feito de um tipo de pedra artificial com superfície opaca e tinta amarelo-marfim; a cor é um pouco irregular, e as vigas e pilares quebram o efeito de cores suaves com linhas e formas cinza-esverdeadas que se misturam aos tons das calhas de chumbo e dos canos que saem do telhado vermelho-claro. Em um ponto, parece haver um empenho artístico explícito, o qual também aparece na entrada, de frente para a minha janela. Duas ou três rosas amarelas escalam a fachada do prédio e, quando olho nessa direção pela manhã – pois o dia de trabalho em Utopia começa uma hora após o nascer do sol –, vejo o monte Pilatus[164] no horizonte, rosado em meio ao céu da manhã.

Esse formato de prédio é o elemento prevalente na Lucerna utópica, e é possível percorrê-la pelos corredores e colunatas cobertas sem ter de

---

[164] Uma das montanhas suíças, localizada na região central do país. (N.T.)

recorrer às rodovias. Pequenas lojas são encontradas nessas colunatas, mas as lojas maiores geralmente ficam dentro de prédios, adaptados às necessidades delas. A maioria dos edifícios residenciais é muito mais refinada e mais robusta do que nossos modestos abrigos, embora notemos ao acaso que o ideal de economia de trabalho perpassa cada classe deste mundo sem servos; e o que consideramos uma casa completa na Inglaterra é raro aqui.

A autonomia doméstica foi reduzida muito abaixo das condições terrestres por hotéis e clubes e todos os tipos de meios cooperativos. As pessoas que não moram em hotéis parecem viver em clubes. O habitante razoavelmente próspero pertence, na maioria dos casos, a um ou dois clubes residenciais de homens e mulheres amigáveis. Esses clubes, em geral, têm, além de quartos mobiliados, suítes mais ou menos sofisticadas, e, se alguém preferir, um desses últimos pode ser requerido e mobiliado de acordo com seu gosto pessoal. Um *boudoir*[165] agradável, uma biblioteca privada, uma área de estudos e um pequeno jardim particular estão entre os luxos mais comuns. De dispositivos para proteger os telhados de jardins, sacadas, varandas e locais privados a céu aberto aos apartamentos suntuosos, todos conferem interesse e variedade à arquitetura de Utopia. Em alguns desses alojamentos, há pequenas ilhas para cozinhar, como provavelmente os chamariam na Terra. No entanto, o habitante normal de Utopia não iria preferir uma cozinha particular para seus jantares especiais a moinhos de farinha ou fazendas de laticínios. Certos negócios, trabalhos e atividades remuneradas às vezes ocorrem nos apartamentos, mas geralmente em escritórios especiais no labirinto do quarteirão corporativo. Um jardim comum, uma escola infantil, quartos e um jardim de diversão para crianças são características universais dos clubes quadrangulares.

Duas ou três rodovias principais com trilhos de bonde, pistas de ciclismo e pistas expressas convergirão para o centro urbano, onde os escritórios públicos estarão agrupados e próximos de dois ou três teatros

---
[165] Palavra francesa que significa "quarto belamente decorado". (N.T.)

e grandes lojas. Mais afastada, no caso de Lucerna, estará a ferrovia por onde correrão os trens para Paris, Inglaterra, Escócia e Alemanha. E, assim que caminharmos para fora do centro da cidade, encontraremos emaranhados de propriedades e pastos que serão a condição comum de todas as partes habitáveis do globo.

Por certo haverá propriedades solitárias aqui e ali, propriedades que serão acesas e acalentadas pelos cabos da estação de energia central, que compartilharão o fornecimento comum de água e que terão suas conexões telefônicas aperfeiçoadas ao redor de todo o mundo, com médicos, lojas, e assim por diante. Podem inclusive ter sistemas de transporte por meio de tubos pneumáticos para livros e pequenas encomendas próximas dos correios. Mas as propriedades solitárias, como lares permanentes, serão algo luxuoso, o recurso dos abastados amantes de jardins; e muitas pessoas com uma tendência ao descanso provavelmente terão tanta privacidade residencial quanto desejarem ao alugar um chalé na floresta, próximo a lagoas afastadas ou no topo de montanhas.

Casas solitárias podem ser bastante raras em Utopia. As mesmas forças, a mesma facilidade de comunicação que se dispersará pelas cidades levará às pequenas concentrações da população rural no interior. Os trabalhadores do campo provavelmente levarão sua refeição consigo durante o dia, e após o expediente, para a conveniência de um jantar interessante e relações civilizadas, eles provavelmente viverão em agremiações quadrangulares com alojamento e clube em comum. Não creio que haverá trabalhadores rurais assalariados em Utopia. Tenho a tendência a imaginar que a agricultura será realizada por associações de arrendatários, por empresas pequenas e democráticas de responsabilidade ilimitada com administradores eleitos, e não pagarão um aluguel fixo, mas destinarão uma parte de sua produção para o Estado. Essas empresas poderiam ser reconstruídas anualmente para se desfazer dos membros indolentes[166].

---

[166] Theodor Hertzka, jornalista, sociólogo e economista nascido em Budapeste, passou parte de sua vida em Viena, onde abraçou o socialismo utópico. Entre seus livros encontra-se *Freiland*, no qual defende o comércio livre e a posse coletiva da terra como soluções para os problemas sociais do mundo.

Um padrão mínimo de eficiência em agricultura seria assegurado na fixação de um benefício mínimo que o aluguel não poderá derrubar, talvez por inspeção. As leis gerais a respeito do padrão de vida se aplicariam, evidentemente, a essas associações. Esse tipo de cooperação se apresenta como o melhor arranjo para a agricultura produtiva e a horticultura, mas empresas como as de criação de gado, de plantação de sementes, de armazenamento e empréstimo de suplementos agrícolas, assim como empresas de pesquisa agrícola e experimentos, são provavelmente mais bem geridas diretamente por grandes empresas, pelas municipalidades ou pelo próprio Estado.

Mas eu não deveria me empenhar muito para investigar essa questão; ela é apresentada como uma impressão incidental. Imagine que a maior parte de nossas caminhadas e observações se limitará à região urbanizada de Lucerna. Dos inúmeros letreiros lindos nas esquinas das ruas, adornados com caricaturas de pungência considerável, descobrimos que uma pequena e estranha eleição está em andamento. É a seleção que ocorre no prédio mais feio possível da cidade, mediante regras estritamente democráticas, com um sufrágio que inclui cada residente permanente, acima de quinze anos, no distrito eleitoral de Lucerna. Os pequenos e velhos órgãos governamentais da região foram, há muito tempo, substituídos por grandes municipalidades provinciais para os propósitos administrativos mais sérios, mas sobrevivem para realizar diversas funções secundárias curiosas – e nenhum deles recorre ao ostracismo estético. A cada ano, cada órgão local secundário derruba um prédio selecionado por plebiscito, e o grande governo paga uma pequena recompensa ao proprietário e assume a posse da terra que a propriedade ocupava. A ideia nos surpreenderia, em primeiro lugar, como algo simplesmente extravagante, mas na prática parece ser mais barata e prática para a educação estética de construtores, engenheiros, empresários, pessoas opulentas e o órgão público geral. Mas, ao considerar sua aplicação em nosso mundo, devemos notar que foi a coisa mais utópica que já encontramos.

SEÇÃO 2

A fábrica que nos emprega é muito diferente do modelo que conhecemos na Terra. Nosso trabalho envolve o acabamento final de pequenos brinquedos de madeira, como ursos e vaqueiros, entre outros, para crianças. Os artefatos são feitos de maneira rústica, por máquinas, e acabadas à mão, pois o trabalho de homens pouco habilidosos, mas interessados – e de fato é uma atividade bastante divertida –, confere personalidade e interesse a esses objetos que máquina nenhuma seria capaz de moldar.

Nós, entalhadores – ou melhor, a gentalha de Utopia –, trabalhamos todos juntos em um grande galpão, teoricamente por turnos; devemos permanecer no trabalho por um turno, mas espera-se de nós que produzamos um determinado número de brinquedos a cada jornada. As regras do jogo entre empregador e empregado neste setor específico estão penduradas na parede atrás de nós; elas são concebidas por meio de conferência do Conselho Comum dos Salários dos Trabalhadores junto dos empregadores, um conselho comum que resultou, em Utopia, de uma síntese das Centrais Sindicais, e tornou-se um poder constitucional. No entanto, todos os homens de habilidade ou disposição podem tentar barganhar um valor mais ou menos acima da média com o nosso empregador.

O nosso empregador é um homem calado, de olhos azuis e com um sorriso bem-humorado. Ele se veste de azul índigo dos pés à cabeça, algo que depois passamos a considerar como um tipo de uniforme voluntário dos artistas de Utopia. Enquanto caminha pela oficina, pausando para rir ou para elogiar a produção, lembramo-nos inevitavelmente das escolas de arte que conhecemos. Vez ou outra ele mesmo entalha algum objeto, faz um desenho ou vai até as máquinas e pede alguma alteração nas formas que estão saindo. Nosso trabalho é estritamente no setor dos animais. Após algum tempo, fui convidado a me especializar em um pônei cômico de nariz aquilino; mas diversos entalhadores que recebem salários melhores do que eu trabalham em caricaturas dos habitantes ilustres de Utopia.

Nosso empregador parece mais inclinado a arbitrar em relação a essa vertente e frequentemente pede que os brinquedos sejam aperfeiçoados.

Estamos no auge do verão, e nosso galpão está aberto dos dois lados. De um lado, vemos uma montanha bastante alta, por onde corre uma calha d'água que irriga a floresta arroxeada acima de nossas cabeças. Vejo a mesma calha servir de ponte sobre um abismo e, mais estreita, percorrer os prados e se esconder entre os galhos verdes. Acima de nós, mas praticamente camuflada, a máquina zumbe, e observamos um dos cantos do tanque em que os pinheiros, matéria-prima dos brinquedos, caem com um ruído esplêndido. Aqui e acolá, trazendo consigo uma rajada de vento com notas aromáticas de resina, passa um operador vestido de branco carregando um cesto repleto de pequenas figuras cruas e o despeja sobre a mesa para que os entalhadores as manipulem.

(Sempre que penso em Utopia, aquele cheiro vago e flutuante de resina volta à minha mente, e, sempre que sinto cheiro de resina, a memória do galpão aberto diante do lago azul-esverdeado me assalta de imediato, bem como dos barcos espelhados na água e mais adiante, no alto, a atmosfera do reino encantado das montanhas de Glarus[167], a mais de trinta quilômetros de distância.)

O fim do segundo turno de trabalho acontece aproximadamente ao meio-dia, e depois caminhamos para casa em meio à complexidade linda da cidade, em direção a um hotel barato nas proximidades do lago.

Caminhamos tomados por um contentamento curioso, pois recebemos uma contraprestação superior ao salário-mínimo pelos serviços prestados. Sentimos, certamente, algum desconforto em relação às decisões finais daquele olho universal que agora nos observa. Memorizamos números falsos em nossas consciências, mas a inquietude geral, aquele estresse taciturno que persegue o trabalhador semanalmente na Terra, aquela ansiedade que o leva aos jogos de azar, à bebedeira e às infrações e crimes, todos terão desaparecido da experiência dos mortais em Utopia.

---

[167] Localizada na região central da Suíça. (N.T.)

SEÇÃO 3

Eu deveria contrastar a minha posição com os meus preconceitos em relação à visita a Utopia. Sempre me imaginei fora do controle geral do Estado, no saguão de visitantes distintos, e colocando o novo mundo em uma série de perspectivas abrangentes. Mas Utopia está me engolindo em razão de todas as generalizações que tento tecer. Divago sobre o trabalho e o quarto em que durmo e o lugar onde janto com o mesmo vaivém do mundo real, onde caí quarenta e cinco anos atrás. Ao meu redor, há montanhas e horizontes que limitam minha visão, instituições que desapareceram sem nenhuma justificativa, além do limite da visão, e uma grande complexidade de coisas que eu não compreendo e acerca das quais, para falar a verdade, não posso formular teorias muito interessantes. Pessoas pouco representativas e outras comuns no mundo real se relacionam de maneira pessoal conosco, e o pequeno fio de interesse particular e imediato rapidamente se transforma em um véu grosso que turva a visão geral. Perco a razão pela qual cheguei aqui; passo a me interessar pela serragem da madeira com a qual trabalho, pelos pássaros entre os galhos de árvores, por coisas irrelevantes, e raras vezes retomo o velho ânimo que tende a considerar Utopia de maneira superficial.

Concentramos toda a quantia excedente de dinheiro utópico na reorganização dos nossos guarda-roupas, em conformidade com os modos de Utopia; fizemos amizade com diversos colegas de trabalho e com aqueles que compartilhavam refeições conosco na pousada. Alguns conhecidos se tornaram amigos. O Mundo de Utopia parece engolir-me. O pensamento sobre os detalhes paira fortemente sobre mim. A questão do governo, das ideias que o fundamentam, de raça, de um futuro mais amplo... estão todas penduradas como o céu acima desses incidentes cotidianos, ou seja, grande, mas infinitamente remoto. As pessoas que me circundam são comuns, não tão distantes do salário-mínimo, e, assim como as pessoas comuns da Terra, acostumadas a encarar o mundo como o veem. Esses questionamentos são obviamente uma chatice para elas, pois ultrapassam os limites absolutos da mesma maneira como a especulação utópica na Terra extrapola os limites da mente de um estivador, de um membro do Parlamento ou de um encanador. Até mesmo as coisas pequenas do cotidiano lhes interessam de modo distinto. Portanto, continuo com os meus fatos e meu raciocínio, mas lentamente. Busco, em meio ao emaranhado de agradáveis ruas, alguém amigável com quem eu possa iniciar uma conversa.

Minha solidão aumenta durante esse intervalo ao observar a sociabilidade do botânico. No momento, ele está conversando com duas mulheres que costumam sentar-se à mesa ao lado da nossa. Elas vestem roupões largos e coloridos de material leve que são a vestimenta comum da típica mulher adulta de Utopia; eles são amarelados e escuros, com tons de âmbar e carmesim. Ambas não parecem muito inteligentes, e há certo flerte no ar, típico da meia-idade, o qual não aprecio. No entanto, na Terra, nós as consideraríamos mulheres de excepcional refinamento. Mas o botânico, é evidente, encontra espaço para os sentimentos que definharam devido à minha desatenção e então as aborda com uma palavra de considerável civilidade, com questionamentos vagos e comparações que levam a associações e confidências superficiais, mas satisfatórias para ele.

Esse é o gatilho para recolher-me às minhas próprias observações.

O efeito geral de uma população utópica é o vigor. Todos parecem ter saúde e boa forma; raramente encontramos pessoas obesas, carecas, corcundas ou pálidas. As pessoas que detêm essas características na Terra foram reparadas aqui em Utopia e, como consequência, a população é mais vívida e revigorada do que na Terra. As vestimentas são variadas e graciosas: das mulheres parecem um vestido italiano do século XV, com uma leve protuberância, bem como enchimentos lindos e coloridos, e as roupas, até mesmo dos mais pobres, servem perfeitamente. Os cabelos são simples, mas bem cuidados e arrumados e, exceto nos dias de muito calor, não se usam chapéus ou bonés. Há uma pequena diferença na conduta entre uma classe e outra; todos são graciosos e se portam com dignidade. Em um dos grupos, vejo uma mulher europeia de estilo com um laço e penas, chapéu e acessórios de metal, que provocam uma grande quantidade de sons metálicos. Ela até parecia uma integrante das tribos bárbaras, enfeitada com uma miscelânea de acessórios saqueados de um museu. As garotas e os garotos vestem-se mais ou menos da mesma maneira: sapatos marrons de couro, calças agarradas, como se fossem meias-calças, desde o dedão do pé até a cintura, e, sobre isso, uma jaqueta sem cinto rente ao corpo ou então uma túnica acinturada. Muitas mulheres esbeltas usam o mesmo tipo de vestimenta. Vimos muitas delas em Lucerna, retornando de expedições às montanhas. Os homens mais velhos geralmente usam roupões longos, mas a grande maioria utiliza peças muito semelhantes às das crianças. Há certamente capas com capuz e guarda-chuvas para os dias chuvosos, botas de cano alto para caminhar na lama ou sobre a neve e outros casacos e jalecos mais peludos para os dias de inverno. Há, sem dúvida, o uso livre das cores em comparação à Europa contemporânea, mas as vestimentas das mulheres pelo menos seriam mais sóbrias e práticas, em conformidade com a nossa discussão no capítulo anterior, e não tão dessemelhantes às vestimentas masculinas.

Mas essas são generalizações, evidentemente. Essas são meras traduções de fatos sociais que hipotetizamos na língua dos trajes. Haverá uma grande variedade de roupas, mas sem compulsões. Os sósias das pessoas narcisistas na Terra serão igualmente narcisistas em Utopia, e pessoas que não têm bom gosto natural na Terra terão equivalentes igualmente antiestéticos em Utopia. Contudo, nem todos serão discretos, harmônicos ou bonitos. Ocasionalmente, ao caminhar pelas ruas até o trabalho, vejo alguns robes listrados com bordados dourados passar por mim, assim como mangas retalhadas de maneira excêntrica, ou em desacordo com o restante ou amassadas. Mas esses são alguns casos passageiros em um fluxo geral de graça e harmonia; as vestimentas raramente representam um conflito desordenado de autoafirmação em decorrência do medo do ridículo que geralmente acomete as civilizações cruelmente competitivas da Terra.

Devo manter uma atitude investigativa durante os poucos dias em Lucerna. Eu me tornarei um escrutinizador de rostos. Busco alguém. Vejo rostos pesados, desinteressantes, animados, mas pouco simpáticos, alheios e, entre eles, alguns imediatamente interessantes. Vejo homens agradáveis se aproximando de mim e penso: "Eu deveria falar com *você*?" Muitos deles, devo dizer, usam roupas semelhantes às do homem que nos abordou em Wassen... creio que seja um tipo de uniforme.

Vejo garotas sérias, garotas naquela idade em que estão prestes a florescer e tornar-se sábias enganadoras – e de repente o velho engano da minha juventude atravessa minha mente: "Poderíamos conversar?", lembro-me. As mulheres passam por mim com rostos convidativos e hospitaleiros, mas não me atraem, embora sejam bonitas e tenham um toque de preocupação reclusa que proíbe a tentativa de aproximação. Elas são discretas e misteriosas, e eu não consigo imaginar quais são seus pensamentos...

Sempre que posso, sento-me no final da Kapelbrucke e observo as pessoas passarem.

Mas certamente encontrarei algum desconforto ao final desses dias. Encaro esse período cada vez mais como uma pausa, como um intervalo em espera, e a ideia de um encontro com o meu sósia, que a princípio me pareceu uma piada algo surpreendente, começa a ganhar força. A ideia se torna mais robusta em minha mente acerca do fato de que, depois de tudo o que vivi aqui, este é o verdadeiro "alguém" que venho buscando: a minha versão utópica. Primeiro, pensei que o encontro seria grotesco, como uma cena acontecendo dentro de uma ampulheta, mas está cada vez mais claro que o meu eu utópico deve ser alguém muito diferente de mim. Sua educação terá sido distinta, bem como o é seu conteúdo mental. Mas, entre nós, haverá uma ligação estranha em essência, uma empatia, um entendimento. Minha mente é tomada por esses pensamentos. Perco o interesse nos detalhes ao ponto de eles desaparecerem. Agora, o que menos me importa é estar em Utopia, pois o que verdadeiramente busco é encontrar-me neste mundo.

Passo horas tentando imaginar como será o encontro, começo a inventar diálogos. Vou ao escritório de indexação sozinho para obter mais informações do Grande Escritório de Indexação de Paris, mas me pedem para esperar outras vinte e quatro horas. Perco o interesse em qualquer outra coisa, exceto na relação com esse ser tão estranhamente alheio, mas ao mesmo tempo tão derivado de mim mesmo.

SEÇÃO 4

Envolvido nessas preocupações, será certamente o botânico que notará a ausência comparativa de animais entre nós.

Ele fará a observação em forma de objeção moderada ao planeta utópico.

É um amante confesso dos cães, mas não há cães em Utopia. Não vimos cavalos, mas apenas uma ou duas mulas no dia em que chegamos, e os gatos parecem inexistentes. Começo a refletir sobre sua sugestão e acabo por concordar com ele.

– Faz sentido – comento.

Permito-me, de maneira relutante, a ser retirado dos meus pensamentos secretos para mergulhar em uma discussão sobre os animais domésticos em Utopia.

Tento explicar que uma fase no desenvolvimento do mundo é inevitável quando uma tentativa sistemática e global é construída para destruir para sempre um grande número de doenças contagiosas e infecciosas e que isso envolverá, por um período e de qualquer modo, uma supressão limitada do movimento livre dos animais que nos são familiares. As casas utópicas, as ruas, os ralos serão planejados e construídos para impossibilitar a disseminação de ratos, camundongos e parasitas derivados; os cães e os gatos – desde que seja possível evitar com segurança novos surtos de pragas, gripes, coriza, entre outros – não terão liberdade por algum tempo, e a sujeira dos cavalos e os outros animais xucros das estradas desaparecerão da Terra. Essas coisas parecem uma velha história aos meus ouvidos, e talvez tamanho deslinde sofra um pouco com a minha brevidade.

O botânico não compreende o que o desaparecimento das doenças significa. Sua mente não possui uma porção imaginativa que aponte para essa direção. Enquanto falo, seu pensamento repousa em uma imagem fixa. É provavelmente a imagem do que ele mesmo chamaria de "doce e velho cão" – que provavelmente tentaria me convencer de que não possui nenhum odor fétido –, um daqueles cães fiéis de olhos castanhos e que compreendem tudo o que você diz. O botânico tentaria me convencer de que o animal é capaz de nos entender de maneira mística, e imagino sua grande mão branca – que me parece, nos meus momentos de amargor, existir apenas para coletar coisas e segurar uma lupa – acariciando a cabeça do cão enquanto este parece conversar com o olhar...

O botânico balança a cabeça após a minha explicação e diz em voz baixa:

– Não gosto da sua Utopia se não houver cães.

Talvez isso me torne um pouco cruel. Eu não odeio os cães, mas me importo dez mil vezes mais com um homem do que com todos os animais da Terra, e compreendo, ao contrário do botânico, que uma vida gasta na atmosfera deliciosa dos animais pode render um preço bastante alto...

Encontro-me novamente tecendo comparações entre mim e o botânico. Há uma gigantesca diferença entre nossas imaginações e questiono se é algo inato, adquirido, ou se ele é realmente humano. Ainda me resta um pouco de imaginação, mas a imaginação que tenho teima em concentrar-se em cada fato do universo. Ela tem o poder de formular hipóteses de maneira audaciosa, mas, em contrapartida, não tende à ilusão. Todavia, a imaginação do botânico está sempre ocupada com ilusões impossíveis. Isso é o que ocorre com todas as crianças que conhecemos. Mas algum dia elas deveriam superar essa fase. Não é como se o mundo fosse um grande berçário desordenado; pelo contrário, é um lugar de esplendores indescritíveis para todos aqueles que o desvelarem. Ele pode até ser apenas diferente de mim em sua essência, contudo estou mais inclinado a pensar que é simplesmente mais infantil. Só fala de suas ilusões. Pensa que cavalos são criaturas lindas, por exemplo, que os cães são criaturas adoráveis, que algumas mulheres são inexplicavelmente amáveis e nunca desconfia dessas premissas. Nunca tem nenhuma crítica em relação a cavalos, cachorros e mulheres! Nunca tem nenhuma crítica em relação aos amigos impecáveis! Sem falar da botânica! Ele crê que todo o reino vegetal é misticamente perfeito e exemplar; que todas as flores exalam odores maravilhosos e são extraordinariamente belas; que a *Drosera*[168] não tortura as moscas e que as cebolas são inodoras! Boa parte do universo não interessa a esse amante da natureza. Mas eu sei, da maneira mais rabugenta possível, que sou incapaz de entender por que ninguém sabe que um cavalo é bonito de um lado e feio de outro, que tudo no mundo carrega ambiguidades. Quando as pessoas falam que cavalos são feios, penso em seus momentos de esplendor, mas, quando as ouço elogiá-los indiscriminadamente, penso na visão traseira de uma carroça, na cauda em formato de violino, naquele movimento angustiante do pescoço, no espaço desengonçado entre as orelhas e nas horrorosas bochechas. De fato, não há nenhuma beleza, exceto pela transitoriedade das idas e vindas; toda beleza é realmente a beleza da expressão, é cinética e momentânea. Isso se aplica até mesmo aos triunfos de empenho estático alcançados na Grécia. O templo grego, por exemplo, é um celeiro com um rosto que, em certo ângulo de visão e sob certa incidência de luz, transmite grande tranquilidade.

Mas para onde estamos indo? Todas essas coisas estão mais ou menos relacionadas a um determinado instante e aspecto, mesmo as coisas que mais estimo. Não há perfeição, não há joias permanentes. A afeição por esse lindo cão, ou qualquer outro deleite imaginativo e atraente, é bom, mas pode ser colocado de lado se for incompatível com outro bem ainda maior. A verdade é que não podemos concentrar-nos em todos os bens do mundo de uma única vez.

Todas as ações corretas e sábias são julgamentos sensatos e abandonos corajosos em questão de tais incompatibilidades. Se não posso crer na existência de pensamentos e sentimentos no cérebro de um cachorro, pelo

---

[168] Planta carnívora do gênero *droseraceae*. (N.T.)

menos posso imaginar coisas no futuro do homem que poderão existir se tivermos a vontade de realizá-las.

– Eu não gosto dessa Utopia – repetiu o botânico. – Você não entende nada sobre cachorros. Para mim eles são mais do que os seres humanos! Na casa de uma tia em Frognal, havia um cão velho e feliz quando eu era um garoto...

Nem sequer presto atenção à história. Algo da natureza da consciência passou pela minha mente de maneira repentina e com um dedo acusatório: a cerveja que tomei em Hospenthal.

Confesso que nunca tive um animal, apesar de ter sido consideravelmente popular com os gatos e os afagos que lhes dava. Mas quanto aos meus próprios afagos...

Talvez eu tenha me precipitado em relação àquela cerveja. Não tive animais, mas entendo que, se Utopia Moderna demandará o sacrifício do amor aos animais, que é, à sua maneira, algo realmente nobre, ainda mais prontamente demandará o sacrifício de muitas outras indulgências, algumas das quais nem sequer são minimamente refinadas.

É curiosa essa insistência na direção dos sacrifícios e da disciplina!

A ideia dominante de que as pessoas, cujos desejos se materializam em Utopia, devem ser negligentes quantos aos pequenos prazeres torna-se mais e mais dominante. Não podemos focar em todas as coisas boas ao mesmo tempo: essa foi a minha maior descoberta após as meditações em Lucerna. O resto de Utopia eu havia previsto de alguma maneira, mas isso, não. Pergunto em silêncio se meu encontro com o meu eu utópico será longo e se poderemos conversar livremente...

Deitamos na grama forrada de pétalas sob algumas árvores-de-judas na orla do lago ao divagar acerca desses pensamentos. E cada um de nós, independentemente de nossas companhias mútuas, tecemos as nossas próprias associações.

– Notável – comento, mediante a descoberta de que o botânico terminou sua história sobre o cachorro de Frognal.

– Você certamente perguntaria como ele poderia saber tudo aquilo – supõe o botânico.

– Poderia saber.

Decido mascar uma folha verde.

– Você já pensou que dentro de uma semana encontraremos os nossos "eus" e encararemos quem poderíamos ter sido? – pergunto-lhe.

A feição do botânico parece carregada. Ele gira para um dos lados, senta-se abruptamente e coloca as mãos sobre os joelhos.

– Não gosto de pensar sobre isso. Qual é a vantagem em pensar sobre o que poderíamos ter sido?

SEÇÃO 5

É prazeroso pensar na confusão mental que a sabedoria organizada de um planeta tão superior como Utopia pode causar, pensar no monstro do Estado moralista que meu raciocínio "frankensteiniano" criou e quão longe chegamos. Quando estamos ao lado do oficial de Lucerna, ele parece ter a postura de um homem que encara uma mistificação acima dos próprios poderes, um incrível desarranjo na ordem da natureza. Aqui, pela primeira vez nos registros da ciência utópica, há dois casos – não apenas um, mas dois, os quais caminham juntos – de digitais duplicadas. Isso ao lado de uma história sem sentido de uma transmutação instantânea de um planeta desconhecido na astronomia utópica. Levando-se em conta sua mente obviamente pouco reflexiva, a probabilidade é quase escassa de que ele e todo o seu mundo existam apenas mediante a hipótese esclarecedora de cada uma das dificuldades absolutas.

Os olhos do oficial são mais eloquentes do que seus lábios e parecem urgir:

– O que, em meio a esse universo infinitamente grande, você fez com suas próprias digitais? E por quê?

No entanto, ele é apenas um tipo inferior de oficial, um mero funcionário dos correios e tem o direito de ser um alguém completamente inautêntico.

– Vocês não são as duas pessoas que imaginávamos – ele disse, com o tom de alguém resignado à comunhão injustificada. – Pois vocês – e aponta em minha direção – estão evidentemente em suas residências em Londres. – Eu sorrio. – Aquele senhor – e aponta a caneta na direção do botânico, com a intenção de desfazer o sorriso no meu rosto – estará em Londres na próxima semana. Ele retorna na sexta-feira de uma missão especial para investigar os parasitas fúngicos que têm atacado as cinchonas em Ceylon.

O botânico respira aliviado.

– Consequentemente – o oficial bufa diante de tamanho absurdo – vocês terão de se encontrar com as pessoas que deveriam ser.

Tento controlar uma pequena euforia.

– Ao final, vocês terão de acreditar em nosso planeta – retruco.

Ele balança a cabeça em um gesto de negação. Está numa posição de grande responsabilidade para fazer algum gracejo, e nós dois, às nossas maneiras, apreciamos, dentro de toda a nossa mesquinhez humana, encontrar-nos com pessoas intelectualmente inferiores.

– O Comitê Permanente de Identificação – ele acrescenta enquanto lê um memorando – enviou o caso de vocês ao Professor Pesquisador de Antropologia da Universidade de Londres, e eles solicitaram que ambos compareçam para conversar com ele.

– O que mais podemos fazer? – reclamou o botânico.

– Não é uma obrigação – o oficial observa –, mas o trabalho de ambos aqui provavelmente cessará. – Empurrou uma folha de papel em nossa direção. – Aqui estão as passagens para Londres e uma quantia pequena, mas suficiente para um ou dois dias lá. – Mostra duas pilhas de moedas e papéis em cada uma das mãos. Então prossegue de maneira ríspida e nos informa que podemos visitar nossas duplicatas o quanto antes, bem como o professor responsável pelo caso.

– E depois?

Ele esboça um sorriso depreciativo com os cantos da boca virados para baixo, olha em nossa direção com as sobrancelhas franzidas, dá de ombros e mostra as palmas de suas mãos com certo menosprezo.

Na Terra, esse teria sido o gesto de um francês. Um tipo inferior de francês, cuja única felicidade jaz no seu trabalho como segurança do governo.

SEÇÃO 6

Londres será a primeira cidade central que veremos.

Certamente nos surpreenderemos. Será nossa primeira experiência em uma viagem longa dentro de Utopia, e tenho uma impressão, não sei por qual motivo, de que deveríamos ir durante a noite. Talvez porque o ideal de uma viagem longa remeta a um momento tranquilo e menos adequado para as horas de maior atividade.

Jantamos, conversamos e tomamos café nas mesas pequenas e graciosas sob as árvores iluminadas, passamos pelo teatro até que decidimos subir no trem e ir à estação. Lá, encontramos alojamentos agradáveis com bancos e livros – toda a bagagem é mantida em outro lugar –, e as portas que imaginamos se abrem diante da plataforma. Nossas capas e chapéus e todos os outros acessórios são levados ao saguão e etiquetados de maneira limpa e organizada para recolhermos ao chegar a Londres. Em seguida, nos fornecem chinelos, e então sentamos nos bancos como dois homens em um clube. Um pequeno sino intrometido nos chama a atenção para o destino "Londres", logo na entrada, corroborada instantes mais tarde por um anúncio de nobre civilidade. As portas se abrem e entramos em uma galeria igualmente confortável.

– Onde está o trem para Londres? – perguntamos a um habitante de Utopia.

– Este é o trem para Londres – ele diz.

As portas são trancadas, e o botânico e eu, ambos tentando não agir como duas crianças, exploramos o interior do trem.

A semelhança com os clubes nos atordoa.

– Um *bom* clube – o botânico me corrige.

Quando alguém viaja acima de uma determinada velocidade, não há nada além de uma grande fadiga ao olhar pela janela, mas nesse corredor, duas vezes mais amplo do que seu irmão terráqueo, não terá necessidades de distração. A simples retirada de algumas janelas, em especial aquelas mais altas, conferiu mais espaço às paredes, que ganharam longos corredores de estantes de livros; a parte central é de fato uma biblioteca confortável com diversas poltronas e sofás, cada um com um tom esverdeado e tapetes à prova de ruídos sobre o chão. Mais adiante, há uma sala de recados, onde um estenógrafo silencioso, em um dos cantos, imprime mensagens pelos cabos elétricos que percorrem o caminho. Mais adiante ainda, salas para socialização e fumantes, uma sala de bilhar e outra sala de jantar. Na parte de trás, encontramos os quartos, os banheiros, um salão de cabeleireiro, e assim por diante.

– Quando começamos? – pergunto enquanto fazemos o caminho de volta à biblioteca, sentindo-nos dois caipiras envergonhados.

Então, um cavalheiro que está lendo *As mil e uma noites*[169] sentado em uma poltrona, a um canto, retira a vista do livro e olha em minha direção com uma súbita curiosidade.

O botânico toca o meu braço e acena com a cabeça para uma pequena janela de vidros quadriculados através da qual vemos uma vila silenciosa passar diante de nossos olhos sob o luar nublado; depois, observamos um lago iluminado pela luz da lua e, por último, um fio oscilante de luzes que desapareceu como se pelo fechamento da lente de uma câmera.

Trezentos e vinte quilômetros por hora!

Chamamos um comissário chinês e reservamos as nossas cabines. É uma característica típica de nós, terráqueos, não pensar em ler a literatura utópica que está bem no meio do trem. Encontro uma cama simples e deito-me por um tempo enquanto penso tranquilamente sobre essa aventura maravilhosa.

---

[169] *As mil e uma noites* é uma obra clássica de escritos do oriente compilada através de séculos. A obra veio a se tornar conhecida no Ocidente após a tradução para o francês de Antoine Galland, em 1702. (N.T.)

Pergunto a mim mesmo como é possível que, ao nos deitar em nossas camas, no escuro, parecemos estar sempre no mesmo lugar, onde quer que estejamos. Quando dormimos, não nos resta espaço nenhum. Estou sonolento e incoerente e metafísico demais.,.

O zumbido vago e flutuante das rodas abaixo do vagão ecoam ao passarem pelos trilhos. O som está mais perceptível agora, mas não desagradavelmente alto; é apenas um ruído baixo...

Nenhum mar adiante é capaz de frear a nossa viagem; não há nada que impeça a construção de um túnel como esses naquele outro planeta... Ao acordar, estamos em Londres.

O trem já havia chegado a Londres há algum tempo quando acordei, pois os habitantes de Utopia descobriram que não é necessário enxotar os passageiros de um trem nas primeiras horas da manhã simplesmente porque chegaram ao destino. No fim das contas, um trem utópico é um tipo de hotel em forma de corredor que voa enquanto você dorme.

SEÇÃO 7

Como é que uma cidade grande de Utopia há de nos estupefazer?

Para responder adequadamente a essa questão, é preciso ser um artista ou um engenheiro, e eu não sou nem um nem outro. Além disso, é necessário empregar certas palavras e frases que não existem, pois esse mundo não sonha com as coisas que podem ser feitas com apenas um pouco de aço e raciocínio, quando o engenheiro é suficientemente educado para ser um artista, e a inteligência artística foi acelerada para formar um engenheiro. Como alguém pode escrever essas coisas para uma geração que admira aquela desordem inconveniente e destrambelhada de ferragens e arquitetura flamenga como a Tower Bridge[170] de Londres? Quando, antes

---

[170] Uma das pontes mais emblemáticas de Londres, inaugurada em 1894. (N.T.)

disso, pessoas previram a construção desses prédios que seriam levantados, o ilustrador provavelmente confundiu as balbúrdias ineficazes ditas pelo autor da obra, uma sugestão poderosa que resultou simplesmente em algo bulboso, corado e gracioso parecido com uma cebola, ou melhor, com *art noveau*[171]. Mas talvez aqui o ilustrador não intervenha.

Aqui, a arte mal começou.

Houve alguns precursores e só. Leonardo, Michelangelo[172]... Como teriam se jubilado com tamanha liberdade para trabalhar o aço! Não há documentos mais patéticos do que os arquivos artísticos de Leonardo. Nos documentos daqui, é apenas possível ver mãos ávidas que buscam novas possibilidades de engenharia. E Dürer[173] também foi um moderno, com a mesma reviravolta na direção da invenção criativa. Nos nossos tempos, esses homens provavelmente teriam desejado construir viadutos para ligar lugares inóspitos e selvagens, para cortar e montar trilhos até as montanhas. Você pode ver, geração atrás de geração, no trabalho de Dürer, tal e qual pode ver na paisagem arquitetônica imaginária das paredes de Pompeia, o sonho das estruturas mais leves e audaciosas do que aquelas de pedra ou tijolo jamais poderão produzir. Essas construções urbanas de Utopia serão a realização de tais sonhos.

Esse será um dos grandes pontos de encontro da humanidade. Londres de Utopia será não somente um centro tradicional de uma das maiores raças do comunalismo do Estado-Mundo, mas uma região de compartilhamento intelectual e social. Haverá uma grande universidade com milhares de professores e o dobro de alunos em nível avançado. Aqui também haverá jornais científicos e especulativos, livros esplêndidos e maduros de Filosofia e uma estrutura literária gloriosa, tecida e modelada, alimentada em abundância e paulatinamente. Haverá bibliotecas estupendas e uma organização majestosa de museus. Nesses centros

---

[171] Escola artística predominante dos anos 1890 a 1920 que, grosso modo, trabalha com linhas ondulantes que proporcionam a impressão de movimento, entre muitas outras características. (N.T.)
[172] Referência a Leonardo da Vinci e Michelangelo di Lodovico Buonarroti Simoni, ambos artistas do Renascimento italiano. (N.T.)
[173] Referência a Albrecht Dürer, artista do Renascentismo nórdico. (N.T.)

haverá multidões de pessoas e outros centros próximos entre si, pois eu, na qualidade de inglês, preciso estipular que Westminster[174] ainda será o trono do império mundial, um de muitos, por assim dizer, onde o conselho governante mundial se reunirá. As artes também serão profusas ao redor da cidade, assim como o ouro se aproxima da sabedoria. Aqui, os ingleses tecerão magníficas prosas, belos ritmos e formatos sutilmente atmosféricos: dádiva da complexa, austera e corajosa imaginação de nossa raça.

As pessoas pisarão neste lugar como pisam em uma nobre mansão. Elas terão passado por grandes abóbadas e domas de vidro na parte mais ampla da cidade, a beleza esbelta do trabalho perfeito em metal extremamente alto será abrandado a uma insubstancialidade fantasiosa em razão da atmosfera londrina. Será o ar londrino que conhecemos, livre de quaisquer impurezas e sujeiras, o mesmo ar que faz os nossos dias de outubro incrivelmente límpidos e confere uma beleza misteriosa a cada um dos crepúsculos da cidade. Caminharemos por avenidas arquitetônicas emancipadas das últimas memórias dos templos gregos, das curvaturas vigorosas de Roma; e o estilo gótico que nos é inerente terá recorrido ao aço e aos incontáveis materiais novos com a mesma gentileza com que recorreu à pedra no passado. As ligeiras plataformas móveis que dão acesso às passagens públicas se movimentarão para os dois lados, e, junto de grupos esporádicos de pessoas, rapidamente nos encontraremos em um lugar central, repleto de palmeiras, arbustos floridos e estátuas. Veremos uma avenida arborizada aos pés de um desfiladeiro amplo entre as colinas forradas de hotéis. Os hotéis reluzem internamente, na direção dos quais o rio brilhante da manhã corre para, mais tarde, encontrar o mar sob a luz do amanhecer.

Multidões de pessoas passarão de um lado para outro nesse espaço central, moças lindas e jovens que frequentam as aulas da universidade, dentro dos palácios imponentes que nos circundam, homens e mulheres sérios e capacitados abrindo seus negócios, crianças indo às escolas,

---

[174] Bairro onde se encontra o parlamento britânico, em Londres. (N.T.)

turistas, amantes perseguindo seus objetivos; e aqui deveremos buscar as duas pessoas que particularmente nos interessam. Um gracioso e diminuto quiosque telefônico nos levará a eles dois, e, em meio a um estranho senso ilusório, finalmente me encontrarei com o meu gêmeo utópico. Ele já ouviu falar de mim, deseja encontrar-me e me fornece as direções para que eu chegue até ele.

Reflito se minha voz de fato soa como aquela ao telefone.

– Sim, irei assim que deixarmos as nossas malas no hotel.

Não nos entregamos à eloquência diante de ocasião tão marcante. No entanto, sinto minhas emoções alvoroçadas. Tremo nitidamente, e o bocal do telefone chacoalha à medida que o coloco de volta ao gancho.

Eu e o botânico caminhamos até nossos apartamentos, os quais nos haviam sido reservados. Lá, colocamos nossas pequenas trouxas de coisas acumuladas durante o tempo em Utopia, bem como nossos trajes terráqueos, e uma muda de linho nos foi entregue. Ao sairmos, tenho uma ou duas palavras a dizer ao meu colega, pois ainda estou estupefato com a escassez de palavras dirigidas a mim.

– Mal posso crer – digo a ele – que vou me encontrar comigo mesmo, com a versão do que eu poderia ter sido.

– Não – ele responde e volta aos próprios pensamentos.

Por um instante, o meu assombro diante do que ele deveria estar pensando me causa um esquecimento duplo.

Noto que estamos na entrada de nosso hotel antes que eu possa tecer alguma observação.

– Este é o lugar – declaro.

8

MEU EU UTÓPICO

SEÇÃO 1

Poucos de nós têm a chance de entrevistar a nós mesmos. O meu eu utópico é, evidentemente, minha versão melhorada. Vou me empenhar nesse sentido e devo confessar que tenho consciência das dificuldades impostas pela situação. Quando cheguei a Utopia, jamais imaginei que passaria por uma autoanálise tão íntima.

Toda a tessitura daquele outro mundo oscila por alguns instantes à medida que entro no alojamento limpo e ordenado. Estou tremendo. Consigo notar que ele é mais alto do que eu, mas está contra a luz.

Então, ele caminha em minha direção e, à medida que caminho em sua direção, tropeço em uma cadeira. Em seguida, sem proferirmos uma palavra sequer, damos um aperto de mãos.

Permaneço em uma posição em que a luz incide sobre ele e então posso examinar melhor o seu rosto. Além de mais alto do que eu, ele parece mais jovem e de aparência mais saudável. Não parece ter sofrido nenhuma doença e não tem a cicatriz que eu carrego, acima do olho. Sua educação foi sutilmente mais refinada do que a minha; seu rosto é mais belo do que o meu. Eu devia ter previsto essas coisas. Percebo que ele recua ao notar empaticamente a minha evidente inferioridade. De fato, minha mente está turva devido à minha confusão e fraqueza. Carrego comigo todos os defeitos do meu mundo. Ele veste aquela túnica branca com uma faixa roxa que eu já havia atribuído aos homens mais sóbrios, e sua barba está impecavelmente feita. Esquecemos de falar em razão da intensidade de nossas inspeções mútuas. Quando consigo acionar a minha voz, digo algo diferente das aberturas refinadas e relevantes dos meus diálogos premeditados.

– Seu quarto é bastante agradável – comento, e olho ao meu redor com certo desconforto, pois não há lareira ou tapete para esquentar minhas costas ou meus pés. Ele puxa uma cadeira para que eu me sente, sobre a qual deixo meu peso cair, e pairamos sobre uma imensidão de assuntos.

Disparo.

– Não, agora que pude vê-lo.

– Sou tão parecido com você?

– Comigo e com a sua história, exatamente.

– Não lhe restam dúvidas? – pergunto.

– Nenhuma dúvida, desde que o vi entrar. Você vem do mundo além de Sirius, gêmeo deste. Certo?

– E você não gostaria de saber como cheguei aqui?

– Parei de pensar até como eu mesmo cheguei aqui – ele responde, com um riso que soa como o meu.

Ele se recosta em sua cadeira e eu na minha, e a paródia absurda de nossas atitudes nos surpreende.

– Bem – dizemos ao mesmo tempo, e depois rimos.

Confesso que esse encontro está mais difícil do que imaginei.

SEÇÃO 2

Nossa conversa, naquele primeiro encontro, não se desenvolveu muito ao ponto de eu compreender melhor Utopia Moderna. Inevitavelmente, foi uma conversa pessoal e carregada de emoções. Ele me falou sobre como vive nesse mundo, e eu lhe contei sobre o meu. Tive de contar-lhe certas coisas e explicar tantas outras.

Não, essa conversa não contribuiria em nada para uma utopia moderna. Então, deixo para lá.

SEÇÃO 3

Eu deveria voltar ao botânico em um estado emocional de relaxamento. A princípio, não me atento para o fato de que ele também estava mexido.

– Eu o vi – digo, de maneira desnecessária, à beira de contar-lhe o incontável. Depois, me recomponho: – Foi a experiência mais estranha da minha vida.

Ele me interrompe com suas próprias atribulações:

– Você sabe – ele comenta –, eu vi alguém.

Eu pauso e olho em seu rosto.

– Ela está nesse mundo – ele acrescenta.

– Quem está nesse mundo?

– Mary!

Eu não sabia que seu nome era Mary, mas compreendi de quem ele falava.

– Eu a vi – ele explica.

– Você a viu?

– Tenho certeza de que era ela. Certeza. Estava bem longe, do outro lado dos jardins, perto daqui. E, antes que eu me recuperasse da minha incredulidade, ela desapareceu. Mas era Mary! – O botânico coloca a mão em meu braço. – Você sabia que eu não havia compreendido. Quando você disse que estávamos em Utopia, você quis dizer que eu a encontraria, e ela estaria feliz.

– Mas eu não quis dizer isso.

– Mas é isso.

– Você ainda não a encontrou.

– Encontrarei, o que é algo bem diferente. Para falar a verdade, cheguei a odiar essa sua utopia. Não me leve a mal, mas parece racional demais, como Grandgrind[175].

Eu provavelmente o xingaria diante de tal analogia.

– O quê? – ele pergunta.

– Nada.

– Você disse algo?

– Só ronronei. Sou um Grandgrind, precisamente, mas não se esqueça de acrescentar no pacote Herbert Spencer[176], os vivissecadores, a ciência materialista e os ateístas. Todos podem ser atribuídos a mim sem correções. E não me venha com Harold Begbie[177]! Quer dizer que agora você tem uma opinião mais favorável sobre Utopia? A moça parecia bem?

– Aquela era a verdadeira Mary, não a mulher desvalida que encontrei no mundo real.

– E como se estivesse sentindo a sua falta.

Ele me olha, confuso.

– Olhe lá – falo.

Ele olha.

Estamos bem acima do solo, na sacada em que nossos apartamentos desembocam. Aponto na névoa dos jardins públicos para uma concentração esbranquiçada de prédios da universidade que se erguem de maneira livre e imponente, saudando pináculos sob o céu claro do entardecer.

---

[175] Um dos personagens de Charles Dickens em *Hard times*. A analogia é geralmente feita com as pessoas que são mais frias e racionais. (N.T.)

[176] Herbert Spencer foi um biólogo e filósofo inglês. (N.T.)

[177] Referência a Edward Harold Begbie, jornalista, poeta e escritor inglês bastante prolífico. (N.T.)

– Você não acha isso mais bonito do que, digamos, a National Gallery[178] da Londres que conhecemos?

Ele olha na direção dos prédios, em desacordo.

– Tem muito metal – argumenta. – O quê?

Bufo.

– Mas, de toda maneira, independentemente do que você não consiga ver neles, imagino que possa notar que é muito diferente de qualquer coisa no nosso mundo. Ele não tem o toque de humanidade dos tijolos vermelhos da casa de veraneio da rainha Anne, com empenas, protuberâncias, janelas arredondadas, claraboias de vidros coloridos, etc. Falta a insensatez autocomplacente do classicismo do prédio que abriga o Metropolitan Board of Works[179] de Londres. Há algo em suas proporções, como se alguém muito inteligente tivesse sido extremamente cauteloso em seu projeto, alguém que não sabia apenas sobre as propriedades do metal, mas como uma universidade como um todo deve ser, alguém que encontrou o espírito gótico petrificado e resolveu libertá-lo.

– Mas o que isso tem a ver com Mary?

– Muito – respondo. – Este não é o mesmo mundo. Se ela estiver aqui, será mais jovem de espírito, mais sábia e muito mais sofisticada.

– Ninguém... – ele começa a falar com um tom de indignação.

– Não, não! Não podia ser ela. Eu estava errado. Mas ela será diferente. Essa é uma certeza. Quando se aproximar dela, ela pode não se lembrar de nada, e você pode se lembrar de muitas coisas. O que ocorreu em Frognal, caminhadas românticas nas tardes de verão, praticamente só vocês dois, com seu chapéu de seda e luvas de cavalheiro. Talvez isso não tenha ocorrido aqui! E ela pode ter outras memórias de coisas que lá no fundo não ocorreram. Você reparou em suas roupas? Ela não poderia ser um samurai?

---

[178] Museu localizado na Trafalgar Square, em Londres, fundado em 1824. (N.T.)
[179] Grupo ligado ao governo de Londres, criado em dezembro de 1855 para organizar a infraestrutura diante do crescimento rápido da cidade. Bem-sucedido nessa tarefa, funcionou até março de 1889, quando foi substituído pelo Conselho do Condado de Londres.

Ele responde com um tom de satisfação:
– Não, ela usava um vestido esverdeado.
– Provavelmente faz parte da Ordem Inferior.
– Eu não sei o que você quer dizer sobre Ordem Inferior. De todo modo, ela não estava vestida como um samurai.
– E, afinal de contas, você sabe... Eu sempre tento lembrá-lo, e você perde a noção de que este mundo abriga a sua versão utópica.
Ele empalidece e parece perturbado. Finalmente consegui sensibilizá-lo!
– Este mundo contém a sua versão utópica. Porém, é possível que tudo seja diferente aqui. Todo o seu romance pode ter seguido por outro caminho. Foi como foi no nosso mundo, pelo acaso dos costumes e da proximidade. A adolescência é um período plástico e desprotegido. Você é um homem de grandes afeições e nobre. Certamente já terá encontrado outro alguém naquela estação e se enroscado da mesma maneira.
Durante um tempo ele permanece perplexo e confuso com a sugestão.
– Não – retruca sem confiança. – Era ela. – E em seguida: – Não pode ser!

SEÇÃO 4

Durante um tempo não dissemos mais nada, e me encontro em estado de contemplação após o meu encontro com o meu "gêmeo" utópico. Penso sobre as confissões que fiz a ele, sobre as coisas que admiti a ele e a mim mesmo. Remoí as estagnações da minha própria vida emocional, o orgulho que adormeceu, as esperanças e as decepções que não me incomodavam há anos. Há coisas que aconteceram comigo em minha adolescência que nenhum tipo de disciplina da razão jamais me confortará de maneira justa: as primeiras humilhações que sofri, o desperdício de todas as doces lealdades e paixões da juventude. E, sobre a enfadonha casta da minha pequena tragicomédia pessoal, eu a perdoei ostensivamente, perdoei grande parte dela e, mesmo assim, quando me lembro dela, continuo desprezando cada ator. Sempre que paira em minha mente, envido meus melhores esforços para evitá-la. Mas lá estão ela e todas essas pessoas detestáveis que obscurecem o brilho das estrelas.

Contei a história integralmente ao meu "gêmeo" utópico, e ele prestou atenção com ouvidos e olhos compreensivos. Mas, durante um tempo, não pude afogar aquelas memórias sórdidas de volta para onde elas estavam há tanto tempo.

Estamos apoiados, lado a lado, sobre o parapeito da sacada, absortos em nossos pensamentos egoístas, completamente distraídos acerca do grande palácio de sonhos nobres ao qual nosso empreendimento inicial nos trouxe.

SEÇÃO 5

Pude compreender o botânico nessa tarde; pela primeira vez nos igualamos. Meu próprio ânimo foi embora e compreendi o que é ser destemperado. Este não é apenas um mundo, mas um mundo glorioso, e o controle sobre ele está em minhas mãos, assim como moldá-lo, aqui e agora, e contemplá-lo! Só consigo pensar que estou queimado e ferido, e lá jaz aquela empreitada deplorável, o triunfo imaginativo e vil do meu antagonista.

Reflito sobre quantos homens possuem mentes realmente livres, que são de fato desimpedidos de quaisquer associações, aos quais tudo (às vezes, se não sempre) o que é majestoso e nobre na vida parece secundário para obscurecer rivalidades e considerações ao ódio mesquinho que age como verme no próprio sangue, aos desejos de autoafirmação, ao orgulho pífio, às afeições que prometeram antes mesmo de se tornarem homens.

Ao meu lado e de olhos abertos, o botânico sonha com aquela mulher.

Todo esse mundo diante de nós, bem como sua ordem e liberdade, não passa de uma cena pintada em que ele a encontrará finalmente, longe daquele "canalha".

Ele espera que o "canalha" esteja aqui e, assim como na Terra, que sofra terrivelmente.

Pergunto-me se seu adversário de fato era um canalha. Errou tremendamente na Terra, sem dúvida, teve comportamentos falhos e degradantes, mas o que fez de errado? Suas falhas eram inerentes ou foi amarrado em uma teia de propósitos cruzados? Suponhamos que ele não seja um canalha em Utopia!

Temo que essa hipótese jamais tenha cruzado a mente do botânico.

Apesar dos meus lembretes cruéis, ele e sua mente distraída fazem vista grossa a tudo que possa turvar suas expectativas vazias. No entanto, por mais que eu sugerisse tal ideia, ele a desconsideraria. Tem um poder incrível de resistência a ideias incompatíveis com as dele, especialmente as minhas. Despreza a ideia de encontrar sua versão utópica e, consequentemente, assim que eu parar de falar sobre o assunto, sem nenhum esforço ouvinte da parte dele, o assunto desaparecerá no limbo de sua mente mais uma vez.

Lá embaixo, nos jardins, duas crianças brincam de pega-pega, e uma delas (a ponto de perder a brincadeira) grita do fundo dos pulmões e me força a deixar meus devaneios para outro momento.

Observo as pequenas crianças correndo e batendo os braços como borboletas até que elas desaparecem em meio aos arbustos de rododendros floridos, e em seguida meus olhos fitam os prédios da universidade.

Mas agora não tenho ânimo para analisar arquitetura nenhuma.

Por que uma utopia moderna deveria insistir em escorregar das mãos de seu criador e tornar-se o pano de fundo para um drama pessoal, "draminha infame", por assim dizer?

O botânico não é capaz de enxergar Utopia de outra maneira. Ele deixa transparecer sua desafeição por meio de uma reatividade às pessoas e coisas que conhece. Ele não gosta de Utopia porque suspeita que "o bom e velho cão" de sua tia será aniquilado nesse mundo. No entanto, passou a aceitar a ideia, pois encontrou "Mary, ó, Mary" por essas bandas – a qual parece mais jovem e em melhor estado do que na Terra. E cá estou eu, quase me rendendo aos mesmos subterfúgios dele!

Nós concordamos em purificar esse Estado e todas as pessoas em relação a tradições, associações, tendências, leis e arranjos artificiais para, finalmente, recomeçar do zero. Mas não temos o poder de nos libertar. Nosso passado, sobretudo os acidentes de percurso, e nós mesmos, somos uma única carne.

9

OS SAMURAIS

SEÇÃO 1

Nem meu eu utópico nem eu apreciamos tanto as emoções ao ponto de cultivá-las, e meus sentimentos estão em um estado de subordinação decorosa desde que nos encontramos novamente. Nesse momento, ele está em posse de ideias mais claras e abrangentes sobre o meu mundo e, então, posso discorrer sobre os assuntos que vêm crescendo e se acumulando desde a minha chegada a este planeta dos sonhos. Ambos interessamo-nos por um Estado humanizado; apesar das nossas diferenças em educação e hábitos, temos interesses comuns que nos tornam ainda mais parecidos.

Exponho a ele que vim a Utopia munido de ideias assaz vagas sobre o método de governo daqui, além de deter uma visão tendenciosa a favor de certos dispositivos eleitorais, mas indeterminada em relação a todo o resto, e que vim imbuído de compreender com maior clareza que a grande complexidade da organização utópica demanda mais métodos poderosos e eficientes de controle do que os métodos eleitorais podem conferir. Vim para distinguir as vestimentas variadas e os inúmeros tipos de personalidade que Utopia apresenta – certos homens e mulheres que usam roupas diferenciadas e comportadas –, e agora sei que essas pessoas constituem a ordem, os samurais, a "nobreza voluntária" que é essencial no esquema do Estado utópico. Sei que essa Ordem está aberta a todo adulto física e mentalmente saudável no Estado utópico, os quais cumprirão as regras austeras de convivência; que boa parte da responsabilidade do trabalho do Estado é reservada a tal Ordem e que estou primordialmente inclinado a considerá-la muito mais significativa do que é, na verdade, no esquema utópico, em relação a si mesma e ao esquema utópico em absoluto. Minha curiosidade predominante refere-se à organização dessa Ordem, à maneira como se desenvolveu em minha mente. Ela me remeteu inevitavelmente àquela estranha classe de guardiões que constitui a substância essencial da *República* de Platão, e é com essa referência implícita às profundas intuições platônicas que eu e meu eu utópico debatemos a questão.

Para esclarecer nossas comparações, ele me fala algo sobre a história de Utopia e incidentalmente torna-se necessário fazer uma correção nas suposições sobre as quais fundamentei minha tese. Estamos supondo um mundo idêntico em relação à Terra em todos os aspectos, exceto as profundas diferenças no conteúdo mental da vida. Isso implica uma Literatura diferente, uma Filosofia diferente, uma História diferente e, assim que volto a conversar com ele, torna-se inevitável estabelecer uma correspondência entre as duas populações, homem a homem – a menos que encarássemos complicações impensáveis. Devemos supor também que muitas pessoas de caráter extraordinário e dom mental, as quais na Terra morreram ainda em tenra idade ou no nascimento, ou que nunca aprenderam a ler, ou que viveram e morreram em ambientes inóspitos e brutais, nos quais não tiveram espaço para desenvolver seus dons, encontraram em Utopia vidas mais felizes, se desenvolveram e aplicaram a teoria social, desde a época dos primeiros utopistas, em um progresso constante e estável até os dias de hoje. [Há quem creia em uma alternativa para isso diante do fato de que oitenta por cento da literatura grega se perdeu no mundo (deteriorada, negligenciada); talvez algum livro de significância elementar, um *Novum organum*[180] anterior, que em Utopia tenha sobrevivido para provocar consequências profundas]. As diferenças de condições, portanto, ampliaram-se a cada ano que se seguiu. Jesus Cristo teria nascido em um Império Romano liberal e progressista que teria se expandido do Oceano Ártico até a baía de Benin. Além disso, esse mesmo império não teria experimentado nenhum declínio ou queda, e o profeta Mohammed, em vez de personificar os preconceitos arraigados da ignorância árabe, abriu os olhos para um horizonte intelectual tão grande quanto o mundo.

E, por meio desse império, o fluxo de pensamentos, o fluxo de intenções, verteu de maneira ainda mais abundante. Houve guerras, mas foram conclusivas e estabeleceram relações novas e permanentes, as quais varreram quaisquer tipos de obstruções e aboliram os centros apodrecidos. Os preconceitos se tornaram críticas moderadas, e os ódios se transformaram em reações tolerantes. Há milhares de anos, a grande organização dos samurais surgiu. E foram as atividades amplamente sustentadas por essa organização que deram forma e estabeleceram o Estado-Mundo em Utopia.

Essa organização dos samurais foi uma invenção criada cautelosamente. Surgiu em meio a um contexto de crises e complicações sociais e políticas, análoga àquelas do nosso próprio tempo na Terra. Foi, de fato, a última de uma série de experimentos políticos e religiosos que remetem ao surgimento da diplomacia filosófica na Grécia. Aquele desespero precipitado de especialização por parte do governo que conferiu ao nosso pobre mundo individualismo, liberalismo democrático, anarquia e aquele desprezo curioso pelo entusiasmo e autossacrifício humano, que são as fontes da fraqueza fundamental da economia ao redor do globo, sequer deu as caras na história do pensamento utópico. Toda aquela história é

---

[180] Obra científica e filosófica de Francis Bacon. (N.T.)

permeada pelo reconhecimento do fato de que o egoísmo não faz parte da vida mais do que a própria saciedade da fome; que é algo essencial e inerente à existência humana e que, sob condições estressantes causadas por circunstâncias vis, tal egoísmo pode tomar conta dos homens, tal como a comida durante a fome, mas tal vida pode alcançar um mundo ilimitado de emoções e esforços. Toda pessoa em boas condições mentais é o resultado das possibilidades além das necessidades inevitáveis, é capaz de sentir desinteresse, mesmo que se resuma apenas a um esporte, a um emprego bem feito, a uma arte, um local ou uma aula. No nosso mundo atual, assim como no passado utópico, essa energia impessoal de um homem se transforma em comoção religiosa e trabalho, em esforço patriótico, em entusiasmo artístico, em jogos e atividades amadoras, e uma proporção enorme do empenho mundial é desperdiçada em desentendimentos religiosos e políticos, em conflitos e diversões insatisfeitas e ocupações improdutivas. Em Utopia Moderna não há perfeição; há fricção, conflitos e desperdícios, mas muito menos do que na Terra. E a coordenação de atividades que esse desperdício relativamente menor somará será o propósito alcançado pelo qual a ordem dos samurais foi criada.

Essa Ordem terá inevitavelmente surgido de um choque de forças sociais e sistemas políticos como uma organização revolucionária. Deverá ter estabelecido diante de si o alcance de um ideal utópico, assim como Utopia Moderna o fez, no cerne da imperfeição mortal. A princípio, poderá ter endereçado as pesquisas e discussões para a elaboração do seu ideal, a discussão de um plano de campanha, mas em algum estágio determinado terá assumido um caráter mais militante. Além disso, terá prevalecido e assimilado as organizações políticas preexistentes, e, diante de todas as intenções e propósitos, terá se tornado a síntese do presente Estado-Mundo.

Vestígios de tal militância, portanto, ainda estão impregnadas a ela, e as campanhas – não mais contra desordens específicas, mas contra as fraquezas humanas universais e as forças inanimadas que perturbam os homens – ainda permanecem em sua essência.

– Algo desse tipo – digo ao meu sósia utópico – surgiu em nosso pensamento pouco antes de iniciar minha exploração. – Jogo a cabeça para trás a fim de indicar um planeta infinitamente distante. – A ideia havia me tomado por completo, por exemplo, algo que poderia ser chamado de Nova República, que seria, na realidade uma organização revolucionária, algo como os seus samurais (como eu os compreendo), mas grande parte da organização e das regras de convivência ainda não teria sido inventada. Todos os tipos de pessoas pensavam em algo desse tipo na época em que cheguei aqui. A ideia, da forma como me assaltou, era crua em vários aspectos. Ignorava a grande possibilidade de uma síntese de línguas no futuro; veio de um literato que escrevia apenas em inglês e, ao ler sua obra, que abrangia algumas propostas um pouco vazias, notei que seria um movimento em que apenas o inglês seria falado. Suas ideias foram muito influenciadas pelo oportunismo peculiar de sua época; ele parecia ter um interesse especial em príncipes e milionários e buscava apoio aqui e acolá para estruturar um partido. Ainda assim, a ideia de um movimento abrangente de homens desiludidos e iluminados escondidos atrás de mentiras e patriotismo, de maldades e personalidades de um mundo ostensivo, estaria lá.

Acrescentei alguns detalhes.

– Nosso movimento tinha um pouco desse espírito inicialmente – disse meu eu utópico. – Mas, enquanto seus homens parecem estar pensando de maneira desconectada e sobre uma base fragmentada de conclusões acumuladas, os nossos homens desenvolveram uma ciência consideravelmente abrangente de associação humana e uma análise cuidadosa de falhas desde o início. Afinal, o seu mundo deve ser tão repleto de escombros e deterioração provenientes de tentativas prévias quanto o nosso; igrejas, aristocracias, ordens, cultos...

– Apenas no presente parecemos ter perdido a coragem por completo, e não há novas religiões, novas ordens, novos cultos, nenhuma tentativa.

– Mas este, talvez, seja apenas um descanso. Você dizia...

– Oh, esqueça um pouco esse planeta angustiante! Conte-me sobre como tem se virado aqui em Utopia.

SEÇÃO 2

Os teóricos sociais de Utopia, conforme explicou meu eu utópico, não fundamentaram seus esquemas sobre a classificação dos homens em relação ao trabalho e ao capital, ou aos juros sobre terras, ao comércio de bebidas ou coisas do tipo. Eles atribuíam essas coisas a categorias incidentais, indefinidamente favoráveis à política, e buscavam uma classificação mais prática e real para alicerçar a organização. [Nisso, eles parecem ter lucrado por meio de uma crítica mais penetrante acerca das especulações políticas e sociais anteriores do que a nossa Terra jamais se prestou. A especulação social dos gregos, por exemplo, teve exatamente o mesmo defeito primário das especulações econômicas do século XVIII: começaram com a presunção de que as condições gerais prevalentes eram estáticas.] Mas, em contrapartida, a presunção de que os homens são inclassificáveis, pois praticamente homogêneos – o que fundamenta métodos moderno-democráticos e todas as falácias de nossa justiça igualitária –, é ainda mais alheia à mente utópica. Em Utopia não há, evidentemente, nenhuma classificação que não seja provisional, uma vez que todos os seres humanos são considerados únicos, mas para propósitos políticos e sociais havia uma classificação de temperamentos, algo que trata principalmente das diferenças na abrangência, na qualidade e no caráter da imaginação individual.

Essa classificação era mais rústica, mas serviu ao propósito de determinar as linhas de abrangência da organização política; não havia cunho científico que predissesse que tantos indivíduos deveriam se encaixar entre categorias ou dentro de duas ou mais delas. No entanto, isso foi alcançado quando do fornecimento à organização correlata de um afrouxamento compensatório para jogar. Havia quatro classes principais de mentes, chamadas, quanto a seus indivíduos, respectivamente de Poéticos, Cinéticos, Tapados e Escória. As duas primeiras devem constituir a tessitura viva do Estado; as últimas duas são seu suporte e resistência, como os ossos e os tecidos externos de um corpo. Elas não são classes hereditárias e não há nenhuma tentativa de desenvolver alguma delas por métodos especiais de reprodução simplesmente porque a relação complexa de hereditariedade é impossível de ser rastreada ou calculada. As pessoas transitam entre elas de maneira voluntária. A educação é uniforme até que haja uma diferenciação inequívoca, e cada homem (e mulher) deve estabelecer sua posição com relação às margens dessa classificação abstrata de acordo com suas próprias qualidades, escolhas e desenvolvimento...

A classe de individualidade mental chamada de Poética ou Criativa abarca amplas vertentes, mas todas elas têm imaginação em comum que estão acima dos padrões conhecidos e aceitos, e isso envolve o desejo de trazer as descobertas feitas em uma excursão pelo conhecimento e o reconhecimento. O escopo e a direção de sua excursão imaginativa podem variar amplamente. Podem inventar algo novo ou ainda não descoberto. Quando a invenção ou a descoberta primordialmente objetiva a beleza, então temos uma mente poética do tipo artístico; quando não, temos um homem verdadeiramente científico. A amplitude da descoberta pode ser afunilada assim como na arte de Whistler[181] ou na ciência de um citologista, ou então pode abraçar ainda uma grande extensão, de modo que, finalmente, o artista ou o cientista fundem-se em uma referência universal do verdadeiro filósofo. Nas atividades do gênero poético, as quais reagem conforme as circunstâncias, estão quase todas as formas presumidas pelo pensamento e o sentimento humanos. Todas as ideias religiosas, todas as ideias do que é bom e belo entram na vida por meio das inspirações poéticas de um homem. Com exceção dos processos degradantes, as formas do futuro também devem ser criadas por esses homens, e é primordial às nossas ideias modernas que essas atividades sejam livres e estimuladas, um progresso secular abundante.

A classe Cinética consiste em tipos variados, como é óbvio, e fundidos insensivelmente pelas fronteiras dos constituintes menos representativos da classe Poética, mas distintos devido à imaginação mais restrita que

---

[181] Referência a James Abbott McNeill Whistler, pintor norte-americano. (N.T.)

compartilham. Sua imaginação não ultrapassa os limites conhecidos, experimentados e aceitos, embora dentro desse limite eles possam imaginar tão vividamente quanto os membros do grupo anterior. Em geral, esses indivíduos são espertos e capazes, mas não fazem nem desejam fazer coisas novas. Os indivíduos mais vigorosos dessa classe são os que mais absorvem informações e geralmente são mais confiáveis do que os poéticos. Eles vivem de fato, enquanto os poéticos estão sempre experimentando a vida. As características de ambas as classes podem ser associadas a uma aparência física boa ou ruim, com energia excessiva ou falha, com avidez excepcional dos sentidos em alguma direção determinada ou "tendenciosa", e os cinéticos, assim como os poéticos, podem deter uma imaginação restritiva ou universalizada. No entanto, um cinético consideravelmente energético está, é bem possível, mais perto do ideal que os antropologistas da Terra têm sobre os seres humanos "normais". A exata definição da classe poética, em contrapartida, envolve certa anormalidade.

Os habitantes de Utopia distinguiram dois extremos nessa classe cinética, de acordo com a qualidade de suas preferências imaginárias, como os Dan e Beersheba[182], porém deste mundo. De um lado estão aqueles mais intelectuais, o tipo inautêntico de personalidade mais enérgica. São admiráveis juízes ou administradores ou matemáticos pouco inventivos, trabalhadores, estudantes ou cientistas comuns, enquanto, do outro lado, estão aqueles mais emotivos e inautênticos, o tipo que carece de energia pessoal e que, consequentemente, engloba o botânico. O segundo tipo inclui, em meio às suas formas energéticas, grandes atores, políticos populares e pastores. Entre esses extremos há uma grande extensão de variabilidades, em que muitos homens de respeito se encontraram, homens e mulheres de substância e confiáveis, os pilares da sociedade na Terra.

Abaixo dessas duas classes utópicas, mas fundindo-se insensivelmente a elas, está a classe dos Tapados. Os tapados são pessoas de imaginação inadequada, pessoas que nunca parecem aprender, ouvir nem pensar com

---

[182] Referência à bíblia hebraica. (N.T.)

clareza. (Creio que, se todos forem cuidadosamente educados, será uma minoria considerável, mas é bem possível que essa não seja a opinião do leitor. É, decerto, uma questão arbitrária.) Eles são a parcela estúpida da população, incompetentes, formais, imitativos, pessoas que em algum Estado devidamente organizado deveriam, como uma classe, gravitar pelo salário-mínimo, ou abaixo dele, compatível com o casamento. As leis de hereditariedade são muito mais misteriosas para sua prole, pois são excluídos de oportunidades melhores no mundo, mas não possuem emprego nem rumo dentro do Estado.

Finalmente, com grande desconsideração às regras classificatórias dos lógicos, os políticos que desenvolveram o Estado-Mundo estabeleceram uma teoria para a Escória. A Escória pode, de fato, ser poética, cinética ou tapada, embora a grande maioria se encaixe na última categoria, e sua definição não se refere exatamente à qualidade de sua imaginação, com certa tendência, o que para um estadista chama a atenção em especial. A Escória possui uma referência egoísta, mais persistente e limitada em relação à humanidade em geral. Costumam gabar-se, não são pessoas francas, possuem o dom relativo da dissimulação, bem como a capacidade, a aptidão e a inclinação à crueldade. De acordo com os dizeres da psicologia da Terra e sua desajeitada fuga da análise, não têm "senso moral". São considerados antagonistas da organização do Estado.

Obviamente, essa é a categoria mais vulgar de todas, e nenhum habitante de Utopia jamais supôs que essa fosse uma classificação de aplicação individual, uma classificação tão precisa ao ponto de poder-se dizer que um homem seja absolutamente "poético" e integrante da "escória". Na experiência prática, essas qualidades se misturam e variam de todas as formas possíveis. Não é uma classificação de uma verdade máxima, mas tem um propósito. Ao considerarmos a humanidade uma multidão de indivíduos únicos, é possível lidarmos com isso, para fins práticos, de maneira muito mais conveniente quando consideramos sua singularidade e alguns casos mistos, bem como quando supomos uma mistura entre as quatro categorias. Em muitos aspectos, é como se fosse isso mesmo. O

Estado, tratando como trata de assuntos não individualizados, não está apenas justificado em desconsiderar, mas está sujeito a desconsiderar uma distinção especial de um homem e fornecer subsídios a ele a depender de seu aspecto prevalente, seja ele poético, cinético ou o que for. Em um mundo de julgamentos precipitados e críticas ferrenhas, não se deve repetir com muita frequência que as ideias fundamentais de uma utopia moderna se aplicam a todo lugar e a tudo, pois há margens, elasticidades, certa flexibilidade universal compensatória de transição entre classes.

SEÇÃO 3

Entretanto, esses políticos utópicos que fundaram o Estado-Mundo enxergam o problema da organização social da seguinte maneira: criar um movimento revolucionário que absorva todos os governos existentes e os funde e que será rapidamente progressivo e adaptativo, mas ainda assim coerente, persistente, poderoso e eficiente.

O problema de combinar progresso com estabilidade política nunca havia sido alcançado em Utopia antes disso, tampouco na Terra. Assim como no nosso planeta, a história utópica foi de uma sucessão de poderes emergentes e declinantes em uma alternância de Estados eficientemente conservadores com Estados instáveis e liberais. Assim como na Terra, em Utopia o tipo cinético de homens havia demonstrado um antagonismo mais ou menos despretensioso aos poéticos. A história de vida geral de um Estado havia sido a mesma nos dois planetas. Primeiramente, por meio de atividades poéticas, a ideia de uma comunidade se desenvolveu, e o Estado se formou. Os poéticos foram os primeiros a crescer nesse departamento da vida nacional, e depois nos outros, e deram lugar aos cinéticos superiores – pois parece estar na natureza dos poéticos a característica de serem mutuamente repulsivos e de não conseguirem desenvolver-se consecutivamente. Então, um período de expansão e vigor se estabeleceu.

H. G. Wells

A atividade poética geral declinou com o desenvolvimento de uma organização eficiente e estabilizada social e politicamente. Os estadistas deram lugar aos políticos que incorporaram a sabedoria dos anteriores com a sua própria energia, os gênios originais das artes, da literatura, da ciência, e cada departamento dos homens cultos e estudados. Os homens cinéticos de maior abrangência, os quais assimilaram seus predecessores poéticos, foram exitosos mais prontamente do que os poéticos contemporâneos em quase toda atividade humana. Esses, por sua vez, são naturalmente indisciplinados e experimentais, e positivamente limitados pelos precedentes e pela boa ordem. Com essa substituição dos eficientes pelos criativos, o Estado deixou de crescer, primordialmente no que tange ao departamento de atividades e, em seguida, até que as condições permaneçam as mesmas, continuará ordenado e eficiente. No entanto, o Estado perdeu seu poder de iniciativa e mudança; seu poder de adaptação se foi, e com aquela mudança secular das condições, que rege a lei da vida, transtornos hão de emergir dentro e fora do sistema e hão de trazer finalmente, seja por meio da revolução, seja por meio do fracasso, a liberação do novo poder poético. O poder não é de todo simples; pode ser mascarado pelo fato de que um departamento de atividades pode estar em seu estágio poético enquanto outro se encontra em uma fase de tomada de consciência. Nos Estados Unidos da América, por exemplo, durante o século XIX, houve uma grande atividade poética na organização industrial e nenhuma, no entanto, na filosofia política. Mas uma análise cautelosa da história de qualquer período nos mostrará o ritmo quase invariavelmente presente. O problema inicial diante do filósofo utópico, portanto, era a alternância inevitável ou o progresso humano necessariamente representado por uma série de desenvolvimentos, de colapsos e de novos recomeços, ou após um intervalo de desordem, de agitação e de infelicidade geral, da possibilidade de manter um Estado seguro, feliz e progressista ao lado de um fluxo ininterrupto da atividade poética.

    Eles, é bastante nítido, decidiram pela segunda alternativa. Se, de fato, estou ouvindo o meu eu utópico bem, eles não apenas decidiram que o problema poderia ser resolvido, mas o resolveram.

Uma utopia moderna

Ele me conta como o problema foi resolvido.

Uma utopia moderna difere de todas as outras utopias no aspecto do reconhecimento da necessidade das atividades poéticas. É possível ver essa consideração tomar conta dos pensamentos pela primeira vez nas palavras de Comte e sua insistência de que o "espírito"[183] deve preceder a reconstrução política, e em sua admissão acerca da necessidade de livros recorrentes e poemas sobre Utopia. A princípio, esse reconhecimento parece admitir apenas uma complicação adicional de um problema já incontrolavelmente complexo. A separação de Comte das atividades de um Estado entre espirituais e materiais, até certa medida, prevê essa oposição do poético e cinético, mas a tessitura íntima de sua mente era lenta e difícil, a concepção escorregou dele novamente, e sua supressão das atividades literárias, bem como sua imposição de uma regra de vida baseada nos poéticos – os quais são menos capazes de sustentá-la –, enfatiza quão profundamente ele mergulhou. Ele, de maneira bem ampla, seguiu os velhos utopistas ao assumir que o problema filosófico e construtivo poderia ser realizado de uma vez por todas e trabalhou nos resultados sob um governo cinético e organizado. Mas o que parece ser apenas mera dificuldade a mais pode ser, no final, uma simplificação, assim como a introdução de um termo novo a uma expressão matemática irredutível pode conferir unicidade.

No entanto, filósofos dados ao meu padrão utópico, os quais atribuem individualidade ao significado primordial da vida, bem como inovação e coisas indefinidas, não apenas considerariam o elemento poético como o mais importante da sociedade humana, como perceberiam com clareza a impossibilidade dessa organização. Isso, de fato, é simplesmente a aplicação ao tecido moral e intelectual dos princípios já aplicados ao discutir o controle do Estado sobre a reprodução (no capítulo 6, seção 2). Mas, assim como no caso dos nascimentos, foi possível que o Estado delimitasse condições dentro das quais a individualidade brinca livremente em vez de faltar; portanto, os fundadores de Utopia acreditavam ser possível definir

---

[183] Em filosofia, grosso modo, "espírito" é o conjunto de faculdades intelectuais, portanto o termo não se refere a nenhuma crença religiosa. (N.T.)

condições sob as quais cada indivíduo nascido com um dom poético devesse ser capacitado e encorajado a ter desenvolvimento integral, fosse nas artes, fosse na filosofia, fosse no campo das invenções, fosse nas descobertas. Certas condições gerais se apresentaram de maneira obviamente razoável: fornecer a cada cidadão toda a educação que ele ou ela pudesse absorver, por exemplo, estabelecer que o processo educacional direcionado nunca ocuparia, em nenhum momento, o tempo absoluto de um aprendiz, mas forneceria em contrapartida, e dentro do limite da liberdade permitida pelo lazer, oportunidades de desenvolvimento de idiossincrasias. Além disso, garantiria, por meio do salário-mínimo compatível com uma carga específica de trabalho, que o lazer e as oportunidades não se esgotassem ao longo de sua vida.

Mas, além de realizar as atividades poéticas universalmente possíveis, os fundadores de Utopia Moderna buscavam fomentar incentivos, o que era uma pesquisa mais difícil por inteiro, um problema em sua natureza irresolutamente complexo e desprovido de uma solução sistemática. Mas meu eu utópico contou-me sobre uma grande variedade de dispositivos pelos quais os homens poéticos e as mulheres seriam condecorados e condecoradas com liberdades mais amplas desde que produzissem garantias de qualidade, e me explicou quão grande era a ambição que alimentavam.

Houve grandes sistemas laboratoriais ligados a cada estação de força municipal em que pesquisas podiam ser conduzidas sob as condições mais favoráveis, e cada mina, e quase todo estabelecimento industrial, carregava obrigações similares tanto para a habilidade poética como para pesquisas em ciência física. O Estado-Mundo testou as contribuições de cada cidadão para o desenvolvimento de invenções relevantes e valiosas e pagou ou cobrou direitos autorais por uso que eram dirigidos parcialmente ao inventor e parcialmente à instituição de pesquisa que havia permitido sua produção. No aspecto literário, filosófico e das ciências sociais, cada estabelecimento de educação superior mantinha bolsas de estudos, parcerias, palestras ocasionais; e para produzir um poema, um romance, uma tese especulativa pungente e de mérito era o mesmo que ser o objeto de uma competição generosa entre universidades rivais. Em Utopia, todo autor tem a opção de publicar seus trabalhos pela editora pública com a qualidade de tese privada, ou, se tiver reputação suficiente, de aceitar uma doação da universidade e conceder seus direitos autorais à imprensa universitária. Todos os tipos de concessões nas mãos dos comitês da constituição mais variada complementam esses recursos acadêmicos e asseguram que nenhum colaborador no fluxo da mente utópica cometa algum tipo de negligência. Com exceção daqueles que se dedicam principalmente à docência e à administração, meu eu utópico me informou que toda a Casa de Salomão [*Nova Atlantis*], portanto, sustentou mais de um milhão de homens. Em relação a toda a raridade das grandes fortunas, portanto, nenhum homem original com o desejo e a capacidade de conduzir experimentos materiais ou mentais foi tão longe sem recursos e sem o estímulo da atenção, da crítica e da rivalidade.

– Finalmente – disse meu eu utópico – nossas Leis garantem um entendimento considerável sobre a importância de as atividades poéticas estarem com a maioria dos samurais, nas mãos dos quais, em se tratando de classes, todo o poder real do mundo reside.

– Ah, agora chegamos ao assunto que mais me interessa – respondi. – Está muito claro, em minha mente, que os samurais formam o verdadeiro organismo estatal. Durante todo o tempo que tenho viajado por esse planeta, cresce dentro de mim a ideia de que os homens e as mulheres que vestem o mesmo uniforme que você e possuem feições firmes, disciplinadas e dedicadas são a realidade utópica; mas, para esses homens, toda a tessitura dessas aparências justas desmoronaria, perderia cor, tamanho e brilho até que finalmente eu estivesse mais uma vez em meio à imundície e à desordem da vida na Terra. Conte-me sobre os samurais, os quais remetem aos guardiões de Platão, que parecem os Cavaleiros Templários e possuem um nome que remonta aos espadachins do Japão, cujo uniforme você veste. Quem são eles? São uma casta hereditária, uma ordem especialmente educada, uma classe elitizada? Pois, certamente, esse mundo gira em torno deles como uma porta gira em torno de sua dobradiça.

SEÇÃO 4

– Eu sigo a Ordem Comum, como muitos homens – esclareceu meu eu utópico ao reagir à minha alusão ao seu uniforme quase de modo ressentido. – Porém, meu próprio trabalho é, em sua natureza, poético; há muita insatisfação com o isolamento de criminosos em ilhas, e estou analisando a psicologia dos funcionários das prisões e criminosos em geral a fim de projetar um esquema melhor. Tenho de ser criativo com os recursos nessa direção. Os samurais estão envolvidos com o trabalho administrativo. Praticamente todas as regras de responsabilidade do mundo estão nas mãos deles: de todos os nossos professores-diretores e diretores disciplinares das faculdades, dos nossos juízes, advogados, empregadores de serviços além de certo limite, de praticantes de medicina, legisladores. Todos eles fazem parte da Ordem dos Samurais, e todos os comitês executivos, e assim por diante, que têm um papel abrangente nos nossos assuntos são escolhidos exclusivamente de tal Ordem. A Ordem não é hereditária, sabemos o suficiente de biologia e das incertezas da hereditariedade para compreender a tolice que isso seria, e essa condição não exige uma consagração prévia ou noviciada, tampouco cerimônias e iniciações do tipo. Os samurais são, em sua essência, voluntários. Qualquer adulto inteligente em um estado razoavelmente saudável e eficiente pode, em qualquer idade após os vinte e cinco anos, tornar-se um samurai e contribuir com a administração universal.

– Desde que ele siga a Ordem, é evidente.

– Precisamente, desde que ele siga a Ordem.

– Ouvi você mencionar "nobreza voluntária". O que significa?

– Essa foi a ideia dos Fundadores. Eles criaram uma Ordem nobre e privilegiada aberta ao mundo. Ninguém podia reclamar de uma exclusão injusta, pois a única coisa que excluiria alguém dela seria a indisposição ou a inabilidade para segui-la.

– Mas a Ordem poderia ter sido criada exclusivamente para as linhagens e as raças especiais.

– Não foi a intenção deles. A Ordem foi planejada para excluir os tapados, para ser pouco atrativa para a escória, bem como para direcionar e coordenar todos os cidadãos sensatos e com boas intenções.

– E foi bem-sucedida?

– Tanto quanto qualquer coisa finita. A vida ainda é imperfeita, ainda é um feltro grosso de insatisfações e problemas assustadores, mas pelo menos foi identificado o motivo para todos esses problemas e não houve guerra, não houve pobreza, não houve uma grande quantidade de doenças, mas um aumento gigante da ordenação, da beleza e dos recursos desde que os samurais, os quais começaram como uma seita agressiva e privada, conseguiram ter a organização do mundo em suas mãos.

– Eu gostaria de entender essa história – comentei. – Imagino que tenha havido conflitos. – Vi que ele balançou a cabeça. – Mas em primeiro lugar me conte sobre a Ordem.

– A Ordem tem o objetivo de excluir os tapados e a escória, disciplinar os impulsos e as emoções, desenvolver o hábito moral e apoiar os homens em períodos de grande estresse, fadiga, tentação; produzir o máximo de cooperação entre todos os indivíduos de boa intenção e, de fato, manter todos os samurais em um bom estado de saúde e de eficiência moral e física. A Ordem faz o que pode, mas, obviamente, como todas as proposições, não atingiu a precisão almejada. No geral, é tão boa que a maioria dos homens que, assim como eu, fazem trabalhos poéticos e estariam igualmente bem sem obediência encontra satisfação na adesão. A princípio, nos dias de militância, isso era, de alguma forma, difícil e inflexível; tinha um forte apelo aos homens pedantes e pouco honrados, mas foi e é submetida a revisões e a desenvolvimentos, e a cada ano torna-se um pouco mais bem adaptada às necessidades de uma regra geral da vida que todos os homens podem tentar seguir. No presente, temos uma ampla literatura com muitas coisas finas, escritas sobre a Ordem.

Ele olhou para um pequeno livro sobre sua mesa, apanhou-o como se quisesse me mostrar e o colocou sobre a mesa novamente.

– A Ordem consiste em três partes, há uma lista de qualificações, uma lista de coisas que não podem ser feitas e outra lista de coisas que devem ser feitas. A qualificação exige certo empenho, como evidência de boa-fé, e é designada de modo a excluir as ervas daninhas, ou seja, os tapados e a escória. Nosso período de treinamento termina no momento em que catorze pessoas, e um pequeno número de garotos e garotas, mais ou menos três por cento, são excluídas por ser impassíveis de ensino, consideradas praticamente idiotas. O restante, então, vai a uma faculdade ou colégio superior.

– Isso acontece com toda a população?

– Com aquela exceção.

– Livres?

– Claro. Eles terminam a faculdade aos dezoito anos. Há diversos tipos de faculdade, mas um ou outro deve ser seguido, e um teste de satisfação deve ser preenchido ao final. Talvez dez por cento sejam reprovados, mas a Ordem requer que o candidato a samurai passe nesse teste.

– No entanto, um homem muito bom às vezes foi um garoto ocioso.

– Sabemos disso. Todos os que foram reprovados no teste podem, a qualquer momento, mais tarde, realizá-lo novamente até que consigam passar. Certas coisas especificadas com cautela justificam isso como um todo.

– Essa solução torna as coisas mais justas. Mas há pessoas que não conseguem passar nesses testes?

– Sim, os instáveis e ansiosos.

– Mas eles podem ser pessoas de dom poético grande, porém irregular.

– Exatamente. É bem possível. Mas não queremos esse tipo de pessoas entre os nossos samurais. Passar em um exame é uma prova de estabilidade de propósito, de autocontrole e de submissão.

– De certa "normalidade".

– É precisamente isso que é exigido.

– Claro, os demais podem escolher outras carreiras.

– Sim. Isso é o que queremos que façam. E, além dessas duas qualificações educacionais, há duas outras de tipo similar e valor discutível. Uma praticamente não está em vigor agora. Nossos fundadores dizem que um candidato a samurai deve ter o que eles chamavam de técnica e, como esteve vigente no início, ele teria de possuir a qualificação para médico, advogado, oficial militar, engenheiro, professor ou ter pintado quadros aceitáveis, escrito um livro ou algo do tipo. Ele teria, como as pessoas diziam, de ser "algo" ou ter "feito algo". Era uma regulamentação de intenções vagas até mesmo no início e tornou-se universal ao ponto da absurdidade. Tocar violino de maneira exímia foi aceito como algo suficiente para essa qualificação. Pode ter havido um motivo, no passado, para tal disposição; naquele tempo, havia muitas filhas de pais prósperos, e alguns filhos, que não faziam nada além de vagabundear despretensiosamente pelo mundo, e a organização pode ter sofrido por essas invasões. No entanto, esse motivo já não existe, e a exigência permanece como uma determinação meramente cerimoniosa. Mas, por outro lado, houve algum desenvolvimento. Nossos fundadores fizeram uma compilação de diversos volumes, os quais chamam, coletivamente, de *Livro do Samurai*, uma coleção de artigos e excertos, trechos de poemas e prosas, os quais tinham o objetivo de registrar as ideias da Ordem. Foi para fazer o papel de samurai que a Bíblia funcionou para os hebreus antigos. Para falar a verdade, tudo aconteceu por méritos desiguais; houve muita retórica de baixa qualidade, e alguns versos bastante fracos, versos bastante obscuros e prosas pouco sábias. Mas, apesar de todos esses defeitos, muitas partes do Livro, desde o início, eram esplêndidas e inspiradoras. Desde essa época até os dias de hoje, o *Livro do Samurai* está em constante revisão. Portanto, muitas coisas foram adicionadas, outras rejeitadas, e outras completamente reescritas. No presente, não há quase nada nele que não seja bonito e perfeito em forma. Todas as emoções nobres encontram expressão nele, bem como todas as ideias norteadoras do nosso Estado moderno. Recentemente, recebemos algumas críticas ríspidas acerca de seu conteúdo por um homem chamado Henley[184].

– O velho Henley!

---

[184] Referência a William Ernest Henley, escritor de origem britânica. (N.T.)

– Um homem que morreu algum tempo atrás.

– Eu conheci esse homem na Terra! E ele também esteve em Utopia! Ele tinha o rosto avermelhado, cabelos flamejantes, era um crítico intolerante e vociferante de seus inimigos, mas tinha um bom coração. Quer dizer que ele foi um samurai aqui em Utopia?

– Ele desafiou as regras.

– Era muito bom com o vinho. Falava sobre vinho, escrevia sobre vinho; o vinho tinto parecia reluzir por meio dele.

– Ele estava no comitê que revisou o nosso cânone, pois sua revisão e seu acolhimento são uma atribuição dos poéticos tanto quanto dos cinéticos. Você o conheceu no seu mundo?

– Gostaria de tê-lo conhecido, na verdade. Mas só o conheci de vista. Na Terra, ele escreveu uma coisa... do tipo:

Sob a noite que me encobre,
Negra como o piche, de poste em poste,
Agradeço a cada deus celeste,
Por minha alma indomada e rebelde.

– Temos isso aqui. Todas as coisas boas e terrenas estão em Utopia também. Colocamos isso no cânone assim que ele faleceu – explicou meu eu utópico.

SEÇÃO 5

– Temos um duplo cânone agora, o Primeiro Cânone extremamente refinado, e um Segundo Cânone de trabalho escrito por homens vivos, mas de qualidade inferior, e o conhecimento satisfatório de ambos constitui a quarta qualificação intelectual dos samurais.

– Ele deve manter alguma uniformidade em seu tom de pensamento.

– O cânone permeia todo o nosso mundo. Na verdade, muito disso é lido e aprendido nas escolas. Ao lado da qualificação intelectual vem a qualificação física. Um homem deve ter boa saúde, estar livre de doenças venéreas, evitáveis e desmoralizantes, e deve ter um bom treinamento. Nós rejeitamos os homens obesos ou muito magros e frágeis, ou de nervos instáveis; em geral, nós os enviamos de volta ao treinamento. E, finalmente, homens e mulheres devem ter alcançado a maioridade, devem ser adultos.

– Vinte e um anos? Você havia dito vinte e cinco!

– A idade sofreu uma variação. A princípio, a idade mínima era de vinte e cinco anos; depois, o mínimo tornou-se vinte e cinco para homens e vinte e um para mulheres. No momento, há rumores de que a maioridade será elevada. Não queremos tirar vantagem das meras emoções de garotos e garotas. Queremos homens que pensem como eu a todo custo. Queremos samurais cheios de experiência e maduros. Nossa higiene e nossos costumes estão rapidamente envelhecendo e morrendo, além de manterem nossos homens sãos e cordiais até os oitenta anos de idade ou mais. Não há necessidade de apressar os mais jovens. Deixe que experimentem o vinho, o amor e a música; deixe que sintam o desejo em seus corpos e conheçam os demônios com os quais terão de conviver.

– Mas há um tipo refinado de jovens que desejam coisas melhores aos dezenove anos.

– Eles podem manter a Ordem a qualquer momento, sem seus privilégios. No entanto, um homem que transige a Ordem após a adesão na fase adulta, aos vinte e cinco anos, nunca mais poderá voltar a ser um samurai. Antes dessa idade, ele pode decidir desobedecer às regras e arrepender-se.

– E agora, o que é proibido?

– Proibimos muitas coisas. Muitos prazeres pequenos não fazem mal, mas cremos ser melhor proibi-los, para que possamos excluir a autoindulgência. Pensamos que a resistência constante às pequenas tentações é uma qualidade. De todo modo, essa resistência demonstra que um homem está preparado para pagar por sua honra e por seus privilégios. Prescrevemos um regime que engloba a alimentação, o tabaco, o vinho, ou qualquer bebida alcoólica, todos os narcóticos...

– Carne também?

– Não há carne no mundo de Utopia. Havia no passado, mas hoje em dia não conseguimos tolerar a existência de açougues. E, em uma população absolutamente educada e com condicionamento físico semelhante, é quase impossível encontrar alguém que se aproveitaria de um boi ou de um porco morto. Nunca estabelecemos a questão higiênica em meio a hábitos carnívoros. Este outro aspecto contou bastante para nossa decisão. Ainda me lembro, quando era um garoto, da alegria diante do fechamento dos açougues.

– Vocês comem peixe.

– Não é uma questão de lógica. Em nosso passado bárbaro, carcaças de animais ensanguentados eram penduradas e colocadas à venda nas ruas. – Ele levantou os ombros, nitidamente enojado.

– Eles ainda fazem isso em Londres, no meu mundo – comentei.

Ele apenas olhou para o meu rosto indulgente e grosseiro, mas não verbalizou o que passou em sua mente.

– Originalmente, os samurais eram proibidos de praticar usuras. Isso significa que não podiam emprestar dinheiro a taxas de juros fixas. Eles ainda vivem sob a mesma interdição, mas, desde que o nosso código comercial passou a praticamente impedir a usura de uma vez por todas, e desde que nossas leis passaram a desconhecer contratos de juros por empréstimos privados de alojamentos para mutuários pouco prósperos, isso é raramente necessário. A ideia de que um homem torne-se rico por mera inação e à custa de um devedor pobre desagrada profundamente as ideias utópicas, e nosso Estado insiste com vigor em relação à participação do credor nos riscos do mutuário. Isso, no entanto, é apenas uma parte de uma série de limitações de semelhante caráter. Em geral, as pessoas sentem que comprar simplesmente para vender de novo traz diversas desvantagens sociais; faz um homem querer aumentar seus lucros e falsificar valores. E então os samurais são proibidos de comprar para posteriormente vender para si próprios ou para qualquer empregador, exceto o Estado, a menos que um processo de produção mude a natureza do artigo (uma alteração simples no atacado ou no varejo não é suficiente), além de estar proibidos de vender sua arte. Como consequência, não podem ser proprietário ou administradores de hotéis nem acionistas. Todos os médicos praticantes devem ser samurais, mas não podem vender medicamentos, exceto se forem funcionários públicos da municipalidade ou do Estado.

– Isso, obviamente, está em dissonância com todas as nossas ideias atuais na Terra – comentei. – Somos obcecados pelo poder do dinheiro. Essas regras funcionam como um voto de pobreza moderada, e, se seus samurais constituem uma ordem desprivilegiada...

– Eles não precisam ser desprivilegiados. Os samurais que inventaram, organizaram e desenvolveram novas indústrias tornaram-se ricos, e muitos homens que se tornaram ricos por meio do comércio brilhante e original foram nomeados samurais logo em seguida.

– Mas esses são casos excepcionais. A maior parte dos lucros comerciais deve ser direcionada aos homens que não são samurais. Você deve ter uma classe de estrangeiros ricos e poderosos...

– Devo? Ou melhor, devemos?"

– Não vejo evidências para isso.

– A bem da verdade, temos essas pessoas! São comerciantes ricos, homens que fizeram descobertas na economia da distribuição ou que chamaram a atenção pelos anúncios inteligentes e verdadeiros para as possibilidades dos artigos negligenciados, por exemplo.

– Mas eles não são o poder?

– Por que seriam?

– Riqueza é poder.

Tive de explicar essa frase. Ele discordou.

– A riqueza – disse – não é um tipo de poder de maneira alguma, a não ser que se queira transformá-la em poder. Se é assim no seu mundo, certamente é por inadvertência. A riqueza foi criada pelo Estado, foi uma convenção, o mais artificial dos poderes. Você pode, por meio da política, planejar o que ela será capaz de comprar e o que não será capaz de comprar. No seu mundo, parece que você é capaz de comprar lazer, movimento, qualquer tipo de liberdade e a vida em si. Como são tolos! Um homem pobre e trabalhador sente angústia e medo. Não é uma surpresa que seus ricos tenham poder. E tão ricos quanto temos aqui. No entanto, não há fortuna privada neste mundo que supere a riqueza do Estado. Os samurais controlam o Estado e sua riqueza, e, por meio de seus votos, não podem se render a nenhum dos prazeres que desejem comprar. Onde está, portanto, o poder dos seus homens ricos?

– Sendo assim, qual é o incentivo?

– Bem, um homem pode ter o que quiser com sua riqueza. Não há limites. No entanto, não pode obter poder sobre o próximo, a menos que seja excepcionalmente fraco ou autoindulgente.

Reflito.

– O que mais um samurai não pode fazer?

– Não pode atuar, cantar nem recitar poemas. Todas são atividades proibidas, embora possam palestrar com autoridade ou participar de debates. A imitação profissional não apenas indignifica um homem ou uma mulher, mas o enfraquece e corrompe sua alma; a mente se torna tola por depender de aplausos. São muito habilidosos com coisas indecorosas e ilusões momentâneas de excelência. De acordo com a nossa experiência, atores e atrizes são uma classe de gente que fala alto, além de serem ignóbeis e falsos. Se eles não tendem ao exibicionismo, então são tépidos e ineficazes. Os samurais também não podem realizar serviços pessoais, exceto no tocante à medicina ou à cirurgia; não podem ser barbeiros, por exemplo, nem garçons de pousadas, nem engraxates. Mas, nos dias de hoje, temos raríssimos barbeiros e engraxates; os homens fazem essas coisas por conta. Um indivíduo da Ordem também não pode ser subordinado nem obrigado a fazer o que lhe disserem. No entanto, ele também não pode subordinar ninguém; deve estar sempre de barba feita e vestir-se e servir-se sem a ajuda de ninguém; deve levar sua comida do bufê ao refeitório, bem como limpar seu quarto e mantê-lo organizado.

– Isso tudo é muito fácil em um mundo ordenado como o seu. Suponho que os samurais não possam participar de apostas.

– De maneira alguma. Sua vida e maturidade devem garantir recursos para seus filhos ou ser utilizadas para outros fins. Esse é o único modo de lidar com o acaso. Os samurais também são proibidos de participar de jogos em público ou assistir a eles. Certos esportes mais perigosos e que requerem resistência são recomendados a eles, mas não podem envolver competições entre homens. Essa lição é aprendida muito tempo antes de um indivíduo tornar-se um samurai. Senhores respeitosos, de acordo com os velhos padrões, cavalgavam, andavam de charrete, lutavam e praticavam jogos competitivos de habilidade, e milhares de tapados, de covardes e a escória vinham para admirar, urrar e apostar. Os homens respeitosos logo se tornavam prostitutos atléticos, com todos os defeitos, toda a vaidade, todos os truques e a autoafirmação de atores comuns, mas com ainda menos inteligência. Nossos fundadores não concordavam com essa organização de esportes públicos. Eles não se dedicavam aos homens e às mulheres e asseguravam liberdade, saúde e lazer, pois suas vidas se esvaíam em razão dessas besteiras.

– Temos esses abusos – comentei –, mas alguns dos nossos jogos têm um lado divertido. Há um jogo chamado críquete. É um bom jogo, muito prazeroso.

– Aqui, os nossos garotos e homens adultos também jogam. Mas dedicar muito tempo aos jogos é considerado algo pueril; os homens devem ter interesses mais sérios. Era considerado indigno e pouco prazeroso que os samurais jogassem conspicuamente mal, e era impossível que jogassem com tanta frequência ao ponto de manterem-se concentrados no treinamento contra os tolos e baratos para tornar-se especialistas. Você encontrará diversos clubes e uma classe de homens que praticam esses jogos em Utopia, mas não os samurais. Falo de jogos como o críquete, o tênis, o *fives*[185] e o bilhar. Mas devem jogar esses jogos por diversão,

---

[185] Esporte inglês em que há o uso de uma raquete. (N.T.)

não para exibições; o preço para jogar críquete em modo privado já seria exorbitante se analisarmos as taxas de entrada em uma quadra. Os negros normalmente são bons no críquete. Durante um tempo, a maioria dos samurais praticava esgrima, mas poucos fazem esse tipo de exercício no presente, e até cinquenta anos atrás eles participavam de treinamentos militares de quinze dias todos os anos, caminhavam longas distâncias, dormiam ao relento, carregavam suprimentos e treinavam luta sobre o chão pouco familiar, repleto de pontos com alvos que desapareciam. Havia uma curiosa falta de habilidade em perceber que a guerra realmente havia sido extinta definitivamente.

– E agora, não chegamos perto do final das suas proibições? – pergunto. – Vocês proibiram o álcool, as drogas, o fumo, as apostas, a usura, os jogos, o comércio, os funcionários. No entanto, você não comentou se há um voto de castidade.

– Essa é a Ordem na Terra?

– Sim, exceto, se é que me lembro, dos guardiões de Platão.

– Há uma regra de castidade aqui, mas não de celibato. Sabemos bem que a civilização é um arranjo artificial e que todos os instintos físicos e emocionais de um homem são fortes, salvo seu instinto natural de resignação, o qual é muito fraco para que possa viver tranquilamente no Estado civilizado. A civilização se desenvolveu muito mais rapidamente do que o homem. A nossa civilização se ergueu sob a perfeição antinatural da segurança, da liberdade e da abundância. O ser humano normal e não treinado está disposto aos excessos em quaisquer aspectos; tende a comer muito e de modo cada vez mais elaborado; beber demais, ter preguiça demais em relação ao trabalho; interessar-se demais pelas demonstrações e fazer amor com muita frequência e de maneira muito chamativa. Perde o interesse no treinamento e se concentra apenas em seus próprios erotismos e egoísmos sombrios. O passado de nossa raça é amplamente uma história de colapsos sociais por causa da desmoralização pelas indulgências, além da segurança e da abundância. Na época de nossos fundadores, os sinais de uma era universal de prosperidade e relaxamento foram torrenciais.

Uma utopia moderna

Ambos os sexos caminhavam na direção dos excessos sexuais; os homens em direção às extravagâncias sentimentais, devoções estúpidas e à complicação e ao refinamento das indulgências físicas; as mulheres, em direção às expansões e diferenciações de sentimento que se expressavam através da música, bem como de vestidos caros e diferenciados. Ambos os sexos se tornaram instáveis e promíscuos. O mundo inteiro parecia disposto a fazer exatamente a mesma coisa com o seu interesse sexual assim como havia feito com o seu apetite por comida e bebida. Ou seja, o melhor que podiam.

Ele fez uma pausa.

– A saciedade veio dar-lhe uma ajuda – acrescentei.

– A destruição veio antes da saciedade. Nossos fundadores foram fortemente incentivados, mas creio que a força preponderante que trouxe autocontrole aos homens foi o orgulho. O orgulho pode não ser a coisa mais nobre na alma, mas é o melhor rei que há. Eles recorriam ao orgulho para manter um homem limpo, saudável e são. Nesse sentido, como em todos os assuntos de desejo natural, acreditavam que nenhum apetite deveria ser excessivo, artificial ou afoito. Um homem deve sentar-se à mesa e sentir-se satisfeito, mas não empanturrado. E quanto ao amor, um desejo direto e claro pelas criaturas limpas e heterossexuais foi o ideal dos fundadores[186]. Eles impunham o casamento entre pessoas iguais como o dever à raça dos samurais, e orientavam de modo bastante preciso para impedir uma inseparabilidade uxórica, relação conjugal que reduziria algumas pessoas a nada. Esse cânone é muito longo. Um homem que age de acordo com a Ordem e ama uma mulher que não age sob as mesmas condições deve deixar de ser um samurai para casar-se com ela ou induzi-la a aceitar o que é chamado de Ordem das Mulheres. Tal regra se excetua das qualificações e disciplinas mais severas e traz harmonia para seu estilo de vida.

---

[186] À época em que a obra foi publicada, a sociedade como um todo cultivava uma visão deturpada e equívoca sobre os homossexuais. (N.T.)

– E se ela trair a Ordem mais tarde?

– Ele deverá deixá-la ou renunciar à Ordem.

– Há material para uma novela nisso.

– Ocorreu com centenas de pessoas.

– A Ordem das Mulheres é uma lei suntuária e um regime? Quero dizer... as mulheres podem se vestir como bem quiserem?

– Nem um pouco – disse meu eu utópico. – No passado, toda mulher que tivesse dinheiro o usava para fazer agressões rudes a outra mulher. À medida que os homens emergiram à civilização, as mulheres pareceram retroceder em selvageria, voltavam às origens, das pinturas às penas. Mas os samurais, tanto os homens quanto as mulheres, bem como as mulheres da Ordem Inferior, todas se vestiam de maneira peculiar. Nenhuma diferença havia entre as mulheres da Ordem Inferior e da Ordem Superior. Você viu como os homens se vestem... sempre da maneira como eu me visto. As mulheres podem se vestir da mesma forma, seja com o cabelo curto, seja em forma de um rabo de cavalo trançado. Também podem usar vestidos de cintura alta, feitos com um tipo de lã nobre e leve, com o cabelo enrolado para trás.

– Notei – confesso a ele. De fato, quase todas as mulheres pareciam usar variantes daquela fórmula simples. – É um vestido bonito. Não vejo muito outros tipos. Mas caem bem em garotas magras. – Um pensamento cruzou a minha mente, e então acrescentei: – Aqui elas também passam horas cuidando do cabelo?

Ele riu e respondeu:

– Sim, passam horas.

– E quanto à Ordem?

– A Ordem nunca as impede – ele respondeu com bom humor. – Não queremos que as mulheres deixem de cultivar a beleza de maneira consciente, se é que me entende – acrescentou. – Quanto mais bonitos forem seus rostos e corpos, mais bonito será o nosso mundo. No entanto, seus truques sensuais podem ser caros.

– Eu deveria ter imaginado. Uma classe de mulheres que ganha por sexo poderia ter emergido, mulheres que se interessassem e vissem vantagem em enfatizar suas belezas femininas. Mas não há regra que previna isso. Elas certamente agiriam em resposta à severidade das vestimentas estabelecidas pela Ordem.

– Existem mulheres assim. Exceto no tocante ao que a Ordem estabelece nas vestimentas diárias. Se uma mulher possui um gosto especial por trajes mais chamativos, pode satisfazer seu desejo em seu círculo íntimo de amizades ou em casos especiais, em que é atacada pelos olhares públicos. Seu ânimo diário e a disposição de boa parte das pessoas vai contra ter uma atitude conspícua em público. E devo dizer que há pequenas liberdades na Ordem Inferior, como o uso discreto de bordados e uma escolha mais ampla de tecidos, por exemplo.

– A moda é sempre essa?

– Sim. Os vestidos aqui são tão bonitos quanto os vestidos na Terra?

– Os vestidos não são nem um pouco bonitos na Terra – respondo, forçado a pensar sobre a filosofia misteriosa dos vestidos. Beleza? Essa não é uma preocupação por lá.

– E qual é a preocupação, afinal de contas?

– Homem do céu! O que é que realmente importa no meu mundo?

SEÇÃO 6

Eu ainda teria uma terceira conversa comigo mesmo, embebido de grande curiosidade a respeito da Ordem e das coisas que os samurais são obrigados a fazer.

Ele me norteia com precisão a respeito de temas como a saúde, as regras que regem esse aspecto e aquele exercício constante de intenções que tornam a vida boa. Exceto em circunstâncias excepcionais, os samurais devem tomar banho de água gelada, e os homens devem se barbear todos os dias; eles possuem orientações precisas nesses aspectos; o corpo deve estar em boa forma, e a pele, os músculos e os nervos devem estar em perfeito funcionamento. Caso contrário, os samurais devem se consultar com os médicos da Ordem e seguir de maneira obediente o regime que lhes for prescrito. Devem dormir sozinhos pelo menos em quatro de cinco noites; além disso, devem fazer refeições no clube mais próximo dos samurais e lá conversar com todas as pessoas da Ordem que necessitem de seu auxílio. Isso precisa ser feito pelo menos uma vez em três dias da semana, escolhidos por eles mesmos. A cada mês, devem comprar e ler pelo menos um livro que tenha sido publicado nos últimos cinco anos, e a única intervenção na escolha privada é a prescrição mínima de leitura de um ou mais livros mensalmente. Mas a Ordem, a qual é bastante minuciosa no que diz respeito a esses assuntos obrigatórios, é bastante volumosa e detalhada e envolve diversas alternativas. O objetivo é manter múltiplos deveres para os samurais, bem como a necessidade e alguns métodos principais de cuidados com o corpo e a mente em lugar de fornecer uma regra ampla demais, e garantir a manutenção de uma comunhão de sentimentos e interesses entre os samurais por meio do hábito, das relações e da literatura contemporânea em vigor. Essas obrigações menores não devem ultrapassar mais do que uma hora por dia. Mas servem para dirimir a falta de solidariedade, a letargia física e intelectual, bem como preocupações sociais de vários tipos.

As mulheres samurais casadas, segundo minha versão utópica me contou, devem ter filhos – se quiserem continuar casadas e associadas à Ordem – antes do fim do segundo casamento sem filhos. Esqueci de perguntar sobre os números exatos, mas creio que não restam dúvidas de que uma grande proporção da população futura de Utopia será derivada das mães samurais, tanto da Ordem Superior quanto da Inferior. As mulheres samurais possuem certa liberdade que foi negada aos homens samurais: casar-se fora da Ordem. Além disso, aquelas mulheres casadas com homens que não integram a Ordem também serão livres para tornar-se samurais. É evidente que há escopo para uma vida de romances e dramas.

Na prática, parece que apenas homens de grande distinção poética fora da Ordem, ou grandes líderes comerciais, têm esposas que são membros da Ordem. A tendência de tais uniões é submeter o marido à Ordem ou então libertar a esposa dessa condição. Não há nenhuma dúvida de que essas limitações matrimoniais tendem a transformar os samurais em uma classe de tradições hereditárias. Via de regra, seus filhos se tornarão samurais. Mas não são uma casta exclusiva sujeita às qualificações mais razoáveis, ou seja, toda pessoa que considere apropriado fazer parte dela poderá optar por isso e então, de modo diferente do que ocorre em outras castas vistas ao redor do mundo, aumentarão em número total e poderão finalmente englobar a população mundial.

SEÇÃO 7

Ele me contou muita coisa prontamente.

No entanto, agora ele mesmo estava no centro das explicações acerca das intenções e dos motivos que incentivavam que os homens e as mulheres fossem disciplinados, que renunciassem à riqueza e à luxúria, que dominassem as emoções e controlassem os impulsos, que mantivessem o empenho mesmo que estivessem cercados de abundância e desejos de satisfação. Essa explicação foi mais difícil.

Ele tentou esclarecer os preceitos de sua religião para mim.

O princípio norteador da religião utópica é o repúdio da doutrina do pecado original; os habitantes de Utopia creem que o indivíduo, como um todo, é um ser bom. Essa é a crença cardeal. Os homens têm orgulho e consciência. Creem que ambos podem ser aprimorados por meio do treinamento que leva à melhora da visão e da audição. O homem sente remorso e tristeza, os quais estão na base de todos os prazeres inconsequentes. Como alguém pode pensar que o homem é um ser mau? Ele possui uma religião tão natural, para ele, como a luxúria e a raiva, embora menos intensa, mas certamente acompanhada de grande inevitabilidade à medida que a paz se realiza após o caos e as turbulências. Em Utopia, a maioria dos homens, se não todos, compreende isso; os samurais pelo menos compreendem isso com clareza. Aceitam a religião como aceitam a sede, como algo inseparável nos ritmos misteriosos da vida. E, assim como a sede e o orgulho podem ser pervertidos em uma idade de oportunidades abundantes e os homens podem ser degradados e gastos pela intemperança da bebida, da exibição ou da ambição, o complexo mais nobre de desejos que constitui a religião pode ser demonizado pelos tapados, pela escória ou pelos despreocupados. A indulgência desalinhada das inclinações religiosas, uma falha em pensar de maneira correta e discriminada sobre os assuntos religiosos, é como ser um alienígena para os homens que integram a Ordem, tanto quanto beber profundamente em razão da sede ou comer em razão da fome ou evitar o banho em razão do frio ou fazer amor com qualquer garota de olhos claros que pareça bonita em meio ao crepúsculo. Utopia, a qual possui os mesmos tipos de caráter que a Terra, terá templos e padres, assim como terá atrizes e vinho, mas aos samurais será proibido participar dos cultos em altares cheios de velas, bem como do órgão e do incenso, tanto quanto lhes é permitido o amor de mulheres que se pintam ou o consolo em um copo de conhaque. E, para todas as coisas que são inferiores à religião e que buscam compreendê-la, da cosmogonia à filosofia, às crenças e às fórmulas, às catequeses e às explicações rasas, a atitude do samurai, de acordo com o *Livro do samurai*, será a desconfiança. Essas coisas, o samurai dirá, fazem parte das indulgências que deveriam vir antes que um homem se submeta à Ordem; são como as primeiras gratificações dos jovens, experiências para estabelecer a renúncia. Portanto, o samurai terá superado todas essas coisas.

A teologia dos governantes utópicos estará saturada com a mesma filosofia da singularidade, o repúdio a todas as coisas além das similaridades e dos paralelismos práticos que saturam todas as suas instituições. Eles terão analisado exaustivamente aquelas falácias e assunções que emergem entre a única e todas as outras, que perturbaram a filosofia desde que ela surgiu.

Assim como terão escapado àquela unificação enganosa de todas as espécies sob sua definição específica que dominou o raciocínio na Terra, terão igualmente escapado à simplificação enganosa de Deus, a qual corrompe toda a teologia terrestre. Eles hão de crer que Deus é complexo em uma variedade infindável de aspectos, que não pode ser traduzido por meio de nenhuma fórmula universal nem visto como algo uniforme. Da mesma maneira como a língua falada em Utopia será uma síntese, assim será Deus. A questão de Deus é diferente conforme a individualidade de cada homem, e portanto a religião deve existir na solidão humana apenas entre Deus e o homem. A religião, em sua quintessência, é uma relação entre Deus e o homem; é uma perversão tornar esta uma relação entre homens. Sendo assim, um homem não poderá alcançar Deus nem o amor de sua esposa por meio de um padre. Mas, assim como um homem apaixonado pode aprimorar a interpretação de seus sentimentos e extrair algum significado dos poemas e das músicas produzidos pelos indivíduos poéticos, um habitante de Utopia também pode, a seu critério, ler livros de devoção e ouvir músicas que estejam em harmonia com seus sentimentos mais íntimos. Muitos samurais, portanto, reservarão para si regimes privados que auxiliarão suas vidas religiosas secretas, rezarão como de costume, e lerão livros de devoção, mas nessas coisas a Ordem não deverá intervir.

Claramente, o Deus dos samurais é um Deus místico e transcendental. Mas, desde que os samurais tenham um propósito em comum na manutenção do Estado, da ordem, do progresso, da disciplina, da negação, do trabalho público e do empenho, eles louvarão a Deus em conjunto. No entanto, a fonte dos motivos jaz na vida individual, nas reflexões silenciosas e deliberadas, e nisso tudo repousa a regra mais notável de todas as metas dos samurais. Durante sete dias consecutivos no ano, pelo menos, cada homem ou mulher da Ordem deve deixar o cônjuge e dirigir-se a um local selvagem e solitário, não deve falar com ninguém, e deve se isolar da humanidade. Eles não podem carregar livros ou armas consigo, tampouco caneta, lápis ou dinheiro. Devem carregar suprimentos suficientes apenas para o período de recolhimento, bem como um tapete ou um saco de dormir, pois terão de dormir a céu aberto, mas sem recorrer a fogueiras. Podem estudar mapas com antecedência a fim de situar-se, mostrando as dificuldades e os perigos da jornada, mas não poderão carregar nenhum outro tipo de auxílio. Tampouco poderão escolher lugares ou casas habitadas, mas locais vazios e silenciosos, regiões separadas para essa atividade específica.

Essa disciplina, segundo meu eu utópico, foi inventada para manter a coragem de corpo e coração dos membros da Ordem, os quais poderiam tornar-se homens e mulheres temerosos ou fracos caso contrário. Muitas coisas foram sugeridas nesse sentido, como esgrima, testes que beiravam a tortura e a escalada de locais íngremes. Em parte, o objetivo era garantir um bom treinamento e a robustez da mente e do corpo, bem como orientar o pensamento para longe dos detalhes insistentes da vida, dos argumentos complexos, da inquietude do trabalho, das discussões e das afeições pessoais, e das relações mais acaloradas. Desse modo, eles devem partir limpos de quaisquer sugestões mundanas.

Certas áreas são separadas para esses peregrinos, anualmente, além da fronteira segura do Estado. Há milhares de quilômetros quadrados de deserto arenoso na África e na Ásia; boa parte do Ártico e da Antártida; vastas áreas de terreno montanhoso e pântanos congelados; reservas florestais remotas e inúmeros locais intocados sobre o mar. Alguns desses locais são perigosos e de difícil acesso; outros são apenas desoladores; e há algumas jornadas marítimas que eles podem escolher sem nenhuma preocupação. Sobre os mares, a jornada se dá em barcos sem convés, os quais podem ser remados em meio à calmaria; todas as outras jornadas devem ser feitas a pé, sem nenhum tipo de auxílio. Há, ao redor dessas regiões desertas e ao longo de muitas costas, pequenos escritórios em que os samurais se despedem do mundo dos homens e aos quais retornam após o tempo mínimo de reclusão. Durante esse período de recolhimento, eles devem estar sozinhos em meio à natureza, às necessidades e aos próprios pensamentos.

– É algo bom? – perguntei.

– É, sim. Nós, homens civilizados, temos a chance de voltar à mãe natureza, a qual muitos de nós nos esquecemos se não fosse por essa regra. E, lá, refletimos. Apenas duas semanas atrás fiz a minha viagem anual. Fui com os meus equipamentos para o mar Tromso[187] e depois percorri um trecho por terra até um ponto inicial, onde apanhei minha mochila e minha machadinha de gelo e disse adeus ao mundo. Cruzei quatro geleiras; escalei três montanhas e dormi sobre musgos em vales desertos. Não vi nenhum ser humano por sete dias. Depois, desci por florestas de pinheiros até uma estrada que perpassa a orla do mar Báltico. Foram treze dias antes que eu reportasse a minha volta e falasse com criaturas semelhantes a mim.

– As mulheres também se recolhem?

– As verdadeiras samurais se recolhem, assim como acontece com os homens. A menos que estejam grávidas.

Perguntei-lhe como lhe pareceu e sobre o que ele costumava refletir durante as viagens.

– Sempre há muito empenho envolvido no início da viagem, quando eu deixo o mundo. Hesito diversas vezes e observo o pequeno escritório enquanto subo pela encosta da montanha. No primeiro dia e na primeira noite, geralmente estou disposto a me esquivar do trabalho... todo ano é a mesma coisa... ligeiramente disposto, por exemplo, a jogar a corda por trás das costas, sentar-me e revisar o conteúdo da mala e todo o equipamento.

– Há chances de que alguém passe por você?

– Dois homens jamais podem começar o trajeto do mesmo escritório ou fazer a mesma rota sem que haja uma diferença mínima de seis horas um do outro. Se estiverem ao alcance um do outro, devem evitar o encontro e evitar todos os sinais, a menos que haja uma situação de perigo. Tudo é organizado com antecedência.

– Imagino. Conte-me mais sobre sua viagem.

– Tenho medo das noites. Tenho medo do desconforto e do mau tempo. Geralmente, só ganho coragem no segundo dia.

---

[187] Tromso é uma comuna pertencente ao território da Noruega, famosa pelo fenômeno da aurora boreal, onde há passagens marítimas entre as montanhas. (N.T.)

– Você não tem medo de se perder?

– Não. Há dolmens e sinais celestes por toda parte. Se não fosse por eles, teríamos de recorrer aos mapas o tempo todo. Mas só tenho certeza de que sou um homem após a segunda noite, quando me asseguro da minha força para continuar.

– E depois?

– Depois, você começa a apreciar a experiência de fato. Nos dois primeiros dias, você está vulnerável aos eventos de uma viagem, aos pequenos incidentes, aos pensamentos recorrentes sobre o trabalho e outros assuntos, pensamentos que vêm e vão, mas as perspectivas começam a melhorar com o tempo. Não durmo muito durante a noite nessas viagens; deito sob o céu estrelado e o admiro. Durmo apenas quando aparecem os primeiros raios do dia. As noites foram bem curtas da última vez, não passaram do crepúsculo, e pude ver o brilho do sol nascer no horizonte. Mas escolhi os dias de lua nova para que eu pudesse ver as estrelas. Anos atrás, fui do rio Nilo até o deserto da Líbia, a Leste. As estrelas nos últimos dias daquela viagem me fizeram chorar. Você se sente sozinho no terceiro dia, quando se encontra em um campo repleto de neve e nenhum sinal visível da humanidade em nenhum canto, exceto um ponto de referência, um triângulo de ferro avermelhado e estrito em um cume, contrastando com a sua visão do céu. Observo esse mundo atribulado que se desenvolveu tanto e de maneira tão maravilhosa, mas que é tão pequeno (é assim que o enxergamos) e distante. Você caminha durante todo o dia e de repente a noite se assenta, e aquele pode ser outro planeta. Então, em meio ao silêncio, nas horas em que o sono não vem, você pensa sobre si mesmo e sobre as coisas externas; sobre o espaço e a eternidade e, finalmente, sobre o significado de Deus.

Ele entrou em estado contemplativo.

– Você pensa sobre a morte?

– Não penso sobre a minha morte. Mas, quando viajo pela neve e por lugares remotos... e normalmente tendo a peregrinar pelas montanhas ou pelo norte... penso muito sobre a noite ao redor do mundo, momento em que o sol estará avermelhado e estático, e o ar e a água congelarão em um campo comum onde as florestas tropicais se encontram. Penso muito sobre isso e se de fato é o propósito de Deus que a nossa espécie chegue ao fim e as cidades que construímos, os livros que escrevemos e tudo o que criamos morra embaixo da neve.

– Você não acredita nisso?

– Não. Caminhei por desfiladeiros e precipícios com meu pobre cérebro sonhando sobre qual seria a alternativa, com a imaginação fraca e falha. Mesmo assim, em meio à atmosfera quase rarefeita e recolhido em minha própria solidão, um tipo de exaltação me acomete. Lembro-me de que, naquela noite, sentei-me e conversei honestamente com as estrelas brincalhonas sobre como elas nunca nos escapariam ao final de tudo.

Ele olhou em minha direção por um momento, como se duvidasse que eu tivesse compreendido o que queria dizer.

– Somos personificados lá no alto – continuou ele. – Tornamo-nos embaixadores da humanidade para o mundo lá fora.

– Há tempo para pensar sobre muitas coisas. É como colocar a si mesmo e as próprias ambições em uma nova escala... Mas há momentos em que somos apenas exploradores da natureza selvagem, como crianças. Em certos instantes, é possível enxergar a beira de um precipício longínquo, em meio à planície, bem como as casas e as estradas e, então, lembrar que o mundo turbulento dos homens ainda existe. Ao final, decidimos vigorosamente descer algum barranco ou desfiladeiro que nos aproxime da civilização. E, quando descemos, encontramos florestas de pinheiros e ouvimos a algazarra das renas. É possível que avistemos pastores ao longe, mas, como somos identificados com crachás de peregrinos, eles sequer fazem algum sinal em nossa direção.

– Sabe – continuou –, depois desses momentos de solidão profunda, quando volto ao mundo dos homens, sinto o mesmo afastamento estranho que senti ao deixá-lo. Penso nas estradas empoeiradas, nos vales abafados e lembro de ser observado por muitas pessoas. Penso sobre a dificuldade de trabalhar com os colegas e opositores. Na última viagem, prolonguei meu tempo, fui acampar em meio aos pinheirais por seis dias. Depois, meus pensamentos se voltaram novamente ao meu trabalho. Senti interesse em continuar a viagem e depois voltei para casa. Você volta fisicamente limpo também. Vou continuar nas montanhas até envelhecer e depois vou navegar pelos mares da Polinésia. Isso é o que muitos homens mais velhos fazem aqui. Apenas no ano passado, um dos grandes líderes dos samurais, um senhor de barba branca, o qual seguia a Ordem independentemente dos seus cento e onze anos, foi encontrado morto em seu barco, longe da terra firme, ao sul, deitado como uma criança adormecida.

– É melhor do que em uma cama de hospital – comentei –, com um estudante qualquer lhe aplicando injeções e pessoas aflitas em cima de você o tempo todo.

– Sim – concordou meu eu utópico. – Em Utopia, nós, samurais, morremos melhor dessa forma. É assim que os grandes homens do seu mundo morrem também?

Pareceu-me muito estranho que, mesmo sentados e conversando sobre áreas remotas, desertos fumegantes, florestas densas e todos os lugares altos e isolados do mundo, além da margem por onde passam os caminhos e as casas, homens e mulheres solitários velejaram ou marcharam ou escalaram sozinhos, em silêncio, exilados, em meio à adversidade imposta pelo gelo, aos precipícios de torrentes vociferantes, em meio a cavernas monstruosas ou conduzindo um barco no pequeno círculo do horizonte no mar agitado e incessante, todos à sua própria maneira, em comunhão com o vazio, com os espaços enigmáticos e com os silêncios, com os ventos, as águas e outras forças sem alma que vagam pelo mundo ordenado dos homens.

Enxerguei com ainda mais clareza algo que tinha visto de maneira enevoada, anteriormente, na postura e nos rostos desses habitantes gentis de Utopia, uma ponta fraca e persistente de desapego em relação ao burburinho, às pequenas graciosidades e deleites, às tensões e aos estímulos do mundo cotidiano. Satisfez-me estranhamente pensar sobre essa peregrinação anual imbuída de solidão, e quão perto os homens podem chegar de Deus, mesmo diante de sua inalcançabilidade.

SEÇÃO 8

Depois disso, me lembro de conversar sobre a disciplina da Ordem, das cortes que tentam advogar em meio às brechas e interpretar casos duvidosos – pois, embora um homem possa renunciar mediante avisos programados e estar livre após algum tempo para voltar à Ordem, uma violação deliberada pode excluí-lo para sempre do sistema de leis que cresceu desses julgamentos, e do conselho trienal que revisa e altera a Ordem. Depois desse assunto, passamos à discussão sobre a constituição geral deste Estado-Mundo. Praticamente todo o poder político é atribuído aos samurais. Eles não são apenas administradores, advogados, médicos praticantes e funcionários públicos de todos os tipos, mas são os únicos com direito a voto. Mesmo assim, com uma exceção curiosa, a assembleia suprema legislativa deve constituir um décimo e pode ter metade de seus membros fora da Ordem, pois alega-se que há um tipo de sabedoria que vem do pecado e da preguiça, a qual é necessária à vida. Meu eu utópico recitou um verso do Cânone a esse respeito, que minha infeliz memória verbal não foi capaz de reter, mas tinha a ver com uma oração para salvar o mundo de "homens não fermentados". Parece que a ideia de Aristóteles sobre um rodízio de governantes, uma ideia arraigada em *Oceana*, de Harrington[188], aquela primeira Utopia de "pessoas soberanas" (uma Utopia que, pela leitura em inglês de Danton, teve influência desastrosa na Revolução Francesa), obteve algum respeito em Utopia. A tendência é que exista um mandato praticamente permanente para os homens bons. Cada governante e oficial é submetido a um julgamento, a cada três anos, diante de um júri escolhido aleatoriamente de acordo com a abrangência de suas atividades, seja dos samurais da área municipal, seja do catálogo geral de samurais, mas o negócio desse júri é meramente decidir se um samurai deve continuar com seu ofício ou se uma nova eleição deve ser

---

[188] *The Commonwealth of Oceana* [A comunidade de Oceana], obra publicada por James Harrington em 1656. (N.T.)

realizada. Na maioria dos casos, o veredito julga pela sua permanência. Mesmo assim, o oficial ainda pode figurar como candidato diante do segundo júri isolado que ocupa o posto vago.

Meu eu utópico mencionou alguns detalhes esparsos sobre os métodos eleitorais, mas no momento pensei que teríamos outras conversas, pois minha curiosidade acerca do assunto não havia se esgotado. De fato, eu estava um pouco preocupado e desatento. A religião dos samurais condizia com os meus princípios, e havia me conquistado profundamente, mas naquele momento o questionei sobre as complicações que surgiriam em Utopia Moderna em relação às diferenças entre raças e então recobrei minha atenção. Mas dedicarei um capítulo ao cerne dessa discussão. Ao final, voltamos aos detalhes dessa lei da vida que todo homem que deseja ser um samurai deve seguir.

Lembro-me de como, após a nossa terceira conversa, voltei caminhando pelas ruas da Londres utópica para reencontrar o botânico no nosso hotel.

Meu eu utópico morava em um apartamento em um grande prédio – provavelmente na região onde a Tate Gallery[189] se encontra, em Londres. E, como o tempo estava favorável e eu não tinha razão para correr, não fiz o trajeto mecanicamente, mas caminhei com tranquilidade pelas calçadas amplas e cheias de árvores às margens de cada lado do rio[190].

Era uma tarde linda, com raios de sol doces, calorosos e gentis de Thames Valley[191], os quais iluminavam um mundo limpo e gracioso. Havia muitas pessoas nas ruas, caminhando lentamente de um lado para outro, não sem rumo, e eu os observava tão atentamente que, se você me perguntasse sobre os detalhes primordiais dos prédios e das calçadas de cada lado do rio, ou sobre os pináculos e as torres e os parapeitos que subiam para o céu, eu não poderia dizer-lhe. No entanto, sobre as pessoas, eu poderia lhe dizer muito.

---

[189] Umas das galerias de arte mais famosas de Londres, Inglaterra. Foi inaugurada em 1897. (N.T.)
[190] Referência ao Rio Tâmisa, o qual percorre Londres e outras cidades da Inglaterra. (N.T.)
[191] Região sudeste da Inglaterra. (N.T.)

Uma utopia moderna

Nenhum habitante de Utopia usava roupas escuras, e o tempo todo eu via passar samurais vestidos com seus uniformes, os quais produziam um efeito geral alegre e colorido. Você nunca vê ninguém maltrapilho ou sujo. A verdade é que pessoas esfarrapadas são incomuns aqui. A polícia, por sua vez, responde perguntas e mantém a ordem (além de ser bastante distinta da organização que caça criminosos na Terra). As pessoas que desejam guardar dinheiro para outros propósitos, ou que não se incomodam com as vestimentas, parecem usar roupas de tecido mais rústico, tingidas de marrom ou verde sobre uma camada de roupa de lã sofisticada, e então obtêm algum grau de conforto da maneira mais simples possível. Outros, fora da Ordem dos Samurais, englobam um espectro maior de cores e texturas; as cores obtidas pelos tintureiros utópicos parecem mais completas e puras do que na Terra; e uma dobra sutil dos materiais de lã é a testemunha de que a versão utópica de Bradford[192] não está muito aquém de sua irmã terráquea. A cor branca é extraordinariamente frequente; túnicas brancas de lã e roupões de cores brilhantes e profusas. Elas parecem simular o corte e o barrado roxo que distingue os samurais. Na Londres utópica, o ar é tão limpo e puro quanto no alto das montanhas; as estradas são feitas de superfícies contínuas, e não de terra friável; todo o aquecimento é produzido por eletricidade, e o carvão jamais é utilizado na cidade; não há cavalos nem cachorros; portanto, não há nenhuma suspeita de fumaça, e raramente se vê alguma sujeira que impeça a resplandescência da cor branca.

A influência irradiada pelo uniforme dos samurais foi uma tentativa de manter as vestimentas simples, e isso, talvez, enfatize o efeito geral de uma saúde vigorosa e de corpos saudáveis. Todos são corpulentos e bem-nutridos; todos parecem estar em boas condições, pois caminham bem e possuem olhos limpos, reflexo de um sangue igualmente limpo. Em Londres considero-me de tamanho e postura aceitáveis; mas aqui, sinto-me pequeno e surrado. Uma suspeição vaga de curvatura espinhal,

---

[192] Bradford, cidade e distrito de West Yorkshire. Bradford foi considerada a "meca" dos tecidos na Inglaterra. (N.T.)

pés tortos, pernas desiguais e ossos pouco desenvolvidos que assustam as pessoas em meio a uma multidão em Londres, a sincera imitação – dos rostos amarelados, rostos inchados, feições manchadas e irregulares, tiques, tosses e resfriados – dos maus hábitos e de uma profissão clínica incompetente ou ignorada não existem aqui. Noto a existência de poucos idosos, mas parece haver uma proporção ainda maior de homens e mulheres que têm vidas de qualidade ainda superior.

Penso a respeito disso. Cheguei a ver uma ou duas pessoas gordas aqui. Elas ficam em ainda maior evidência por serem raras. Mas e as rugas? Será que vi homens carecas em Utopia?

Os habitantes de Utopia trouxeram uma ciência filosófica ainda mais sã do que a nossa. As pessoas têm uma consciência maior sobre o que devem ou não fazer, como prever e prevenir problemas e como fugir e suprimir os venenos sutis que cegam o limiar das sensações. Elas adiam ao máximo o período de envelhecimento. Não perdem os dentes, mantêm suas dietas, previnem a gota, o reumatismo, a nevralgia e a gripe e todas as degradações cognatas que arcam e enrugam os homens e as mulheres na meia-idade de suas existências. Eles estenderam a média de vida para os setenta anos, e, quando a idade chega, vem rapidamente e com facilidade. A corrida enlouquecida na Terra, o declínio que começa antes que o crescimento tenha terminado, é substituída por uma maturidade fresca e prolongada. Utopia Moderna é um planeta maduro. O romance ruborizado, os erotismos dominantes, as incertezas aventureiras de um mundo em que a juventude prevalece dão lugar à cautela, às emoções sinceras e poderosas, a um manuseio mais amplo da vida.

Mas a juventude está, sim, aqui.

Entre os homens cujos rostos foram refinados pelo pensamento e a vida estável, entre as mulheres de olhares serenos, estão os jovens, os quais vestem cores vivazes, saudáveis e alegres, com rostos frescos e ávidos.

Todos em Utopia são suficientemente sãos para beneficiar-se, estudar e treinar até os vinte anos de idade; depois, vem o ano das viagens, e muitos ainda são estudantes até os vinte e quatro ou vinte e cinco anos. Muitos são, de certo modo, estudantes por toda a vida, mas pensa-se que, a menos que ações responsáveis sejam tomadas no início dos vinte anos, alguma atrofia pode lhes acometer. Mas o vapor total da vida adulta raramente é alcançado até os trinta anos de idade. Os homens se casam antes dos trinta e cinco, e as mulheres, ainda mais cedo, mas poucas são mães antes dos vinte e cinco anos. A maioria daqueles que se tornam samurais o fazem entre os vinte e sete e trinta e cinco. E, entre os dezessete e os trinta, os habitantes de Utopia têm suas experiências amorosas – o jogo e a agitação do amor são seu principal interesse. Muita liberdade de ação é concedida para que suas intenções possam crescer livremente. A maioria termina em pares, e o amor dá lugar a um interesse mais especial e duradouro, embora, de fato, haja amor entre homens mais velhos e moças mais novas, bem como entre jovens rapazes e mulheres maduras. Nesses anos mais graciosos e bonitos da vida é que as liberdades de vestimenta na atmosfera utópica são permitidas, e é nesse período que a imaginação e o desejo instintivo transparecem nas roupas em forma de ornamentos e cores.

Figuras assaltam minha visão, me dominam por um momento e depois vão-se, dando lugar a outras; lá vem uma judia de pele escura, lábios avermelhados, trajada de uma cor âmbar, com uma flor carmim escura em seu cabelo – não sei bem se é real ou não. Ela passa por mim com um ar de desdém inconsciente. Depois, olho para uma garota com olhos brilhantes e azuis, de estatura alta, de bochechas coradas e repletas de sardas, vestida como a heroína Rosalind[193] de Shakespeare, conversando alegremente com um jovem, um membro noviço da Ordem. Uma mulher, mãe de cabelos vermelhos associada à Ordem Inferior, passa por mim com um vestido verde, uma cinta verde-escura disposta transversalmente entre os seios, e seus dois filhos cabeludos, de pernas peladas e calçados leves, estão agarrados em cada uma de suas mãos. Em seguida, um homem sério vestindo um roupão longo e felpudo, um comerciante, parece debater um assunto sério com um funcionário vestindo uma túnica branca. E o rosto

---

[193] Personagem da peça *As you like it*. (N.T.)

do funcionário? Viro-me para fitar seu cabelo preto-azulado e liso. Penso que o homem só pode ser chinês...

Depois, passam dois rapazes de barba rala, vestidos com trajes desleixados de cor azul-escura, ambos convulsionando de rir – é evidente que não são membros da Ordem e provavelmente produzem algum tipo de arte. Depois, vejo um samurai, em uma espécie de discussão carinhosa com uma garotinha de vestimenta azul, de aproximadamente oito anos de idade.

– Mas você poderia ter voltado amanhã, Dadda – ela insiste.

Ele está visivelmente queimado pelo sol e, de repente, a figura de uma montanha nevada à noite cruza a minha mente junto de uma figura pequena e solitária sob o céu estrelado...

Quando saio do transe, meus olhos fitam um jovem negro carregando livros em suas mãos, um jovem de aparência próspera e respeitosa, vestindo um casaco de corte refinado prata e roxo-azulado.

Lembro-me do que meu eu utópico disse sobre as raças.

10

AS RAÇAS EM UTOPIA

SEÇÃO 1

Acima da esfera das necessidades e das vontades primárias, a alma de um homem está em perpétua oscilação entre dois impulsos conflitantes: o desejo de assegurar as diferenças individuais, o desejo da distinção e o terror do isolamento. Ele quer se destacar, mas não muito; pelo contrário, ele quer fundir-se a um grupo, a um organismo maior, mas não por completo. Ao lado de todos os eventos da vida corre esse compromisso torturante, os homens seguem a moda, mas rechaçam a uniformidade engessada em cada aspecto da vida. Essa disposição de formar e imaginar grupos faz parte da natureza incurável do homem, é uma das grandes forças naturais utilizadas pelos estadistas e contra as quais deve construir defesas efetivas. O estudo sobre os grupos e o ideal dos grupos que se entrelaçam com a empatia dos homens, bem como sobre os quais hão de fundamentar uma grande proporção de sua conduta e de sua postura pessoal, é a definição mais legítima de sociologia.

Mas o tipo de grupo ao qual os homens e as mulheres se ligarão é determinado parcialmente pela força e pela idiossincrasia da imaginação individual, e parcialmente pelo fedor de ideias que pairam pelo ar em determinada época. As disposições inatas e adquiridas dos homens e das mulheres podem variar grandemente em relação ao organismo a que pertencem, com o qual estabelecem uma ligação. A referência social "natural" de um homem está para uma tribo qualquer como um cachorro está para sua matilha. Mas, da mesma forma que a referência social de um cachorro pode ser adestrada até que sua matilha seja completamente substituída pelo seu dono, assim também o mais alto grau de instrução de um homem civilizado pode ser submetido a transformações notáveis. Mas o poder e o escopo de sua imaginação, bem como a necessidade de obter respostas, impõem limites a esse processo. Uma mente madura e altamente intelectualizada pode retomar esses dados de maneira consistente com as ideias de um ser maior, distante e indefinível como Deus, tão abrangente quanto a própria humanidade, tão inalcançável quanto o propósito das coisas. Digo que "pode", mas duvido que essa referência exaltada possa ser sustentada de modo permanente. Comte, em seu *Regime positivo*[194], expõe sua alma com grande liberdade, e os curiosos podem rastrear – enquanto ele profetiza e intenciona honestamente referir-se sempre à sua humanidade de "grandes seres" – como o autor delimita com constância sua "República Ocidental" de homens civilizados a um organismo insignificante de seguidores positivistas. E a história da Igreja católica, com seu desenvolvimento de dogmas e cultos, seitas e dissidentes, a história da sociedade moderna com seus grupos herméticos e conjuntos, bem como histórias políticas com suas sociedades secretas e câmaras íntimas, testemunham o esforço que se passa nas mentes dos homens para ajustar-se a um organismo maior do que eles mesmos, mas que ainda é incapaz de escapar de seu domínio imaginativo.

O estadista, tanto ele quanto os outros, deve reconhecer essa inadequação de domínio e a necessidade de grupos reais e imaginários de apoiarem

---

[194] Referência à obra *Positive Polity*. (N.T.)

os homens em seus serviços práticos da ordem do mundo. Ele deve ser um sociólogo; deve estudar a ciência absoluta dos grupos em relação ao Estado-Mundo, ao qual sua razão e seu pensamento mais maduros o direcionam. Também deve se prestar ao desenvolvimento de ideias agregadoras que favoreçam o processo civilizatório e deve fazer o melhor para promover a desintegração de grupos e a obliteração de ideias agregadoras que mantêm os homens rasos e irrazoavelmente preconceituosos uns contra os outros.

Tal estadista há de saber que alguns homens podem ser cruelmente consistentes nesses assuntos, que o mesmo homem tomado por um humor e em uma ocasião distinta é capaz de considerar-se de boa-fé não apenas com relação a quem lhe é diferente, mas a grupos contrários, e que a coisa mais importante sobre uma ideia agregadora por parte dos donos do Estado não é tanto o que ela envolve explicitamente, mas sobretudo o que ela repudia implicitamente. O homem natural não se sente agregador de maneira nenhuma, a menos que se agregue a outras pessoas com o intuito de rejeitar algo ou alguém. Ele se considera pertencente e é leal a uma tribo, e então teme ou afasta todos aqueles que são alheios a ela. A tribo age sempre com uma hostilidade defensiva, acima de qualquer coisa, em relação à humanidade. A anti-ideia é inseparável da ideia agregadora; é uma necessidade da mente humana. Quando pensamos que a classe A é desejável, pensamos automaticamente que as classes "não A" são indesejáveis. As duas coisas estão ligadas inevitavelmente, como os tendões de nossas mãos. Um exemplo disso é quando tentamos baixar apenas o dedo mínimo com a mão espalmada, inevitavelmente o dedo anelar tentará fazer o mesmo movimento. Todos os deuses reais e trabalhadores, todos os deuses que são louvados com emoção, são deuses tribais, e cada tentativa de universalizar a ideia da dualidade de Deus e do demônio é uma necessidade moral.

Quando perguntamos – desde que a condição não formada da sociologia terrestre permita – a respeito das ideias agregadoras que parecem satisfazer os homens, descobrimos uma complexidade notável e caótica nas mentes de quase todos os nossos contemporâneos civilizados. Por exemplo, todos os tipos de ideias agregadoras vêm e vão como camaleões na mente do botânico. Ele nutre grande sentimento pelos botânicos mais sistemáticos em contrapartida dos fisiologistas botânicos, os quais considera indecentes e maldosos, mas tem grande consideração por todos os botânicos e biólogos, ao contrário dos físicos e daqueles que se declaram cientistas exatos, todos os quais considera tapados, mecânicos e maldosos. No entanto, admira todos aqueles homens da ciência que são contra os psicólogos, os sociólogos, os filósofos, os literatos, considerados selvagens, tolos e imorais. Idolatra os homens educados, ao contrário dos homens trabalhadores, os quais julga como enganadores, mentirosos, bêbados, ladrões e sujos, mas, quando esses mesmos homens são ingleses, o que inclui os escoceses e os galeses, os julga superiores a todos os outros europeus...

Ninguém consegue notar todas essas ideias agregadoras e rearranjos das compaixões dos grandes vícios do pensamento humano em razão da sua obsessão por sugestões classificatórias. [Consulte o capítulo 1, seção 5, e o Apêndice.] A necessidade humana de criar classes trouxe consigo uma tendência ao contraste falso e excessivo. Além disso, nunca inventamos um termo, mas atribuímos a ele uma série de implicações acima de seu conteúdo legítimo. Não há nenhum feito irrelevante que as pessoas não realizem com facilidade nesse sentido; não há classe, por mais incidental que seja, à qual não atribuam qualidades profundamente distintas. Os sétimos filhos dos sétimos filhos[195] têm discernimento notável; pessoas com um tipo específico de audição tendem a cometer crimes violentos; pessoas ruivas têm almas de fogo; todos os democratas socialistas são confiáveis; todos os nascidos na Irlanda possuem imaginações vívidas; todos os ingleses são turrões; todos os hindus são mentirosos covardes; todas as pessoas de cabelos enrolados são boas; todos os corcundas são enérgicos e iníquos, e todos os franceses são sapos[196]. Essas generalizações estúpidas

---

[195] De acordo com as lendas europeias, o sétimo filho do sétimo filho é um ser com poderes especiais de cura. (N.T.)

[196] Uma das razões pelas quais os franceses eram pejorativamente chamados de sapos se devia ao fato de se alimentarem do animal. (N.T.)

são fomentadas com prontidão e praticadas por um grande número de pessoas sãs e respeitáveis. Mas, quando a classe rechaçada é a sua, quando o alvo é um dos grupos ao qual você pertence, então há uma tolerância maior entre as classes e a tendência irresistível de atribuir uma distinção desejável à própria classe.

É parte da formação de um filósofo considerar tais generalizações como suspeitas; é parte da formação dos utopistas e estadistas e de todos os bons utopistas estadistas misturar as coisas com animosidade. Pois classificações mais cruas e generalizações falsas são a maldição de toda a vida humana organizada.

SEÇÃO 2

Desconsiderando as classes, as "panelinhas", os grupos e as castas, bem como as aglutinações menores, geralmente preocupadas com detalhes e aspectos secundários da vida, é possível encontrar tipos abrangentes de ideias agregadoras entre homens civilizados. Há, primeiramente, as ideias nacionais, línguas em comum, religiões em comum, estilos de roupas, decorações e pensamentos e uma organização compacta que age em unicidade externa e completa. Assim como a catedral gótica, uma ideia nacional nunca é absoluta em relação a todas as suas partes; mas na Rússia – com sua insistência acerca da ortodoxia política e religiosa – há algo bastante semelhante, assim como nas províncias típicas e internas da China, onde até mesmo um tipo estranho de chapéu pode gerar hostilidade. Isso ocorreu vigorosamente na Inglaterra sob a dinastia dos primeiros Georges[197], na mente daqueles que apoiavam a Igreja. A ideia da natureza fundamental de nacionalidade é tão inculcada no pensamento, com todo o exagero habitual da implicação, que ninguém ousa falar sobre as

---

[197] Uma das dinastias que governaram a Grã-Bretanha por mais tempo. (N.T.)

pinturas suecas ou a literatura estadunidense. Confesso que meu próprio distanciamento dessas desilusões é tão imperfeito e descontínuo que em outro trecho cheguei a falar sobre a qualidade excepcionalmente nobre da imaginação inglesa. Sinto-me grato pelas inverdades aduladoras sobre a superioridade inglesa, as quais eu deveria rejeitar com indignação caso a aplicação fosse estritamente pessoal, e nunca estou pronto para crer no teatro inglês, na poesia inglesa, nem mesmo na decoração ou na música inglesas de maneira mística e inexpugnável. Esse hábito de intensificar todas as definições de classe e particularmente aquelas em que se tenha um interesse pessoal é próprio da constituição da mente humana. Faz parte do defeito desse instrumento. Podemos evitar e impedir que gere grandes injustiças ou que nos leve à loucura, mas erradicá-la é um assunto completamente diferente. Lá está e deve ser encarada, assim como o cóccix, o olho parietal e o apêndice vermicular. E um ataque consistente a ela pode levar a sua inversão, a uma atitude pró-estrangeira de maneira vingativa que é igualmente imprudente.

O segundo tipo de ideia agregadora, no limiar das ideias nacionais e em conflito com elas, são as ideias religiosas. Na Europa Ocidental, as ideias verdadeiramente nacionalistas apenas emergiram com o atual vigor após o choque da Reforma[198] liberar os homens da grande tradição de uma cristandade de língua latina, uma tradição que a Igreja católica romana sustentou como sua modificação do velho imperialismo latino sob o governo do pontífice máximo. Houve, e ainda há nos dias de hoje, uma desconsideração profunda do dialeto e da raça locais da tradição católica romana, o que tornou a Igreja uma influência persistentemente desagregadora na vida nacional. Igualmente espaçosa e independente das línguas e povos está a grande religião árabe de Mohammed. Tanto a cristandade quanto o Islã são realizações secularmente imperfeitas de um Estado-Mundo utópico. Mas o lado secular era o mais fraco dessas seitas; elas não produziram estadistas suficientemente bons para realizar suas

---

[198] Referência à Reforma anglicana na Inglaterra, século XVI. (N.T.)

forças espirituais, e não foi em Roma, sob um governante pontífice, nem em Münster[199], sob os anabatistas[200], mas, sim, em Thomas de Kempis[201] e em *A cidade de Deus*[202], de Santo Agostinho, que encontraremos as utopias cristãs.

Nos últimos cem anos, um novo desenvolvimento de forças materiais e especialmente de meios de comunicação evoluiu muito no sentido de quebrar o isolamento em que a nacionalidade aprimorava seus preconceitos, e então tornou possíveis a extensão e a consolidação de uma cultura mundial, como a cristandade medieval e o Islã prenunciaram. O início desses vastos desenvolvimentos se deu no mundo da mente por uma expansão de ideais políticos – a "República Ocidental" de Comte (1848) foi a primeira utopia que envolveu a síntese de numerosos Estados – por meio do desenvolvimento de "imperialismos" no lugar das políticas nacionais e pela busca de uma base para uniões políticas mais amplas em tradições raciais e afinidades linguísticas. O anglo-saxonismo[203], o pangermanismo[204] e derivados são ideias sintéticas. Até os anos 1880, a tendência geral de pensamento progressivo era da velha tradição cristã que ignorou o conceito de "raça". O objetivo do extenso movimento liberal, desde que tivesse uma meta clara, era de europeizar[205] o mundo e estender a empreitada aos negros, vestir calças nos polinésios e educar as massas fervilhantes de indianos para que pudessem apreciar a primorosa cadência de *A garota do lago*[206]. Sempre há um tipo de absurdidade amalgamada à majestade da raça humana, e não podemos descartar o fato de que os vitorianos médios incluíam os escoceses, os sufragistas e os pantaleões

---

[199] Cidade localizada na Alemanha. (N.T.)
[200] Grupo considerado o mais radical na Reforma protestante, em que seus membros eram batizados na idade adulta. (N.T.)
[201] Monge alemão, autor de *A imitação de Cristo*. (N.T.)
[202] *A cidade de Deus* [em latim, *De Civitate Dei*] é a obra mais famosa de Santo Agostinho, o qual viveu entre 354 d.C. e 430 d.C. O texto descreve o mundo dos homens e o mundo celestial. (N.T.)
[203] Referência aos povos anglo-saxões. (N.T.)
[204] Ideal que busca a circunscrição do povo germânico a um mesmo local. (N.T.)
[205] Neologismo que representa o ato de disseminar características europeias no mundo. (N.T.)
[206] *The lady of the lake*, associada às lendas do rei Arthur. (N.T.)

entre as bênçãos mais sublimes da vida, escondendo a real nobreza do sonho inglês no mundo...

Nós, dessa geração, vimos uma enchente de reações contra tal universalismo. Os grandes desenvolvimentos intelectuais que se baseiam no trabalho de Darwin exacerbaram a percepção de que a vida é um conflito entre tipos superiores e inferiores, enfatizaram a ideia de que taxas específicas de sobrevivência são de suprema significância no mundo do desenvolvimento, e uma multidão de inteligências inferiores aplicou aos problemas humanos versões elaboradas e exageradas de tais generalizações. Esses seguidores sociais e políticos de Darwin caíram em uma confusão óbvia entre questões de raça e nacionalidade e na armadilha natural da arrogância patriótica. A discordância da classe governante indiana e de suas colônias sobre as primeiras aplicações rudimentares de proposições liberais na Índia ganhou voz de penetração ímpar no senhor Kippling[207], cuja falta de deliberação intelectual apenas se iguala ao seu poder poético. A busca por uma base para uma síntese política em opiniões adaptáveis baseada em afinidades linguísticas foi fortemente influenciada pela presunção inexplicável de Max Müller[208] de que a língua indicava parentescos e levava diretamente a etnologias altamente especulativas, à descoberta da etnia celta, da etnia teutônica, da etnia indo-europeia, e assim por diante. Um livro que teve enorme influência nesse assunto devido ao seu uso na docência é *Breve história do povo inglês*, de J. R. Green[209], com sua grotesca insistência no anglo-saxonismo. No momento, o mundo parece estar tomado por um certo delírio acerca da raça e das lutas raciais. Quando os bretões se esquecem de Defoe[210] [*O verdadeiro inglês*], quando os judeus se esquecem da palavra "prosélito"[211], quando os alemães se esquecem das variações antropométricas, e os italianos se

---

[207] Joseph Rudyard Kippling, escritor e poeta de origem britânica. (N.T.)
[208] Friedrich Max Müller foi um linguista e estudioso alemão. (N.T.)
[209] *Short History of the English People* foi escrito por John Richard Green, historiador britânico. (N.T.)
[210] Daniel Defoe, escritor inglês de *The True-Born Englishman*. (N.T.)
[211] Prosélito é o indivíduo recém-convertido à religião judaica. (N.E.)

esquecem de tudo, é porque estão obcecados pela pureza singular de seu sangue e pelo perigo da contaminação que a mera continuação de outras raças representa. Todos os agrupamentos humanos envolvem o desenvolvimento de um espírito opositor a qualquer coisa alheia ao grupo, intensificações extraordinárias de definição racial persistem; a vileza, a inumanidade, a incompatibilidade de raças alheias tem sido exacerbada com insistência. A tendência natural de cada ser humano em relação às arrogâncias estúpidas em si e em sua gente, a depreciação das diferenças, é trocada pela ciência. Com o enfraquecimento das referências nacionais e com a pausa diante da reconstrução das crenças religiosas, esses novos preconceitos raciais arbitrários e inconsistentes crescem a cada dia. Eles elaboram políticas e modificam leis, e certamente serão responsáveis por uma grande proporção de guerras, dificuldades e crueldades que o futuro imediato reserva para a Terra.

Nenhuma generalização étnica é extravagante demais para a credulidade inflamada do presente. Não há tentativa nenhuma de diferenciar as características inerentes – as verdadeiras diferenças raciais – das diferenças artificiais criadas pela cultura. Nenhuma lição parece ter sido tirada da história da incidência flutuante do processo civilizatório, primeiro em relação a uma raça, e depois a outra. Os povos politicamente ascendentes na atualidade são compreendidos como superiores, incluindo tipos como os trabalhadores rurais de Sussex, os Bowerys, os *hooligans* de Londres e os apaches de Paris, as raças antigas que prosperaram politicamente como os egípcios, os gregos, os espanhóis, os mouros, os chineses, os hindus, os peruanos e todas as pessoas incivilizadas representadas como inferiores, incapazes de se associar às anteriores no que diz respeito à igualdade, incapazes de miscigenação com elas, incapazes de decidir qualquer coisa nos assuntos humanos. Na imaginação popular da Europa Ocidental, os chineses estão se tornando cada vez mais amarelados e abomináveis em todos os aspectos; os negros – as pessoas que possuem cabelos encaracolados e nariz chato, e que não detêm a propriedade de nenhuma criação de animais – deixaram de ser considerados parte da humanidade branca. Essas superstições ultrapassam o limite óbvio da lógica popular. A despovoação do Estado Livre do Congo pelos belgas e os massacres dos chineses pelos soldados europeus durante a expedição a Pequim são justificados com a desculpa de que foram algo doloroso, mas necessário no processo civilizatório do mundo. O repúdio global à escravidão em pleno século XIX caminhou na direção contrária da força emburrada do orgulho ignorante, que, revigorado pelas novas ilusões, voltou com toda a força ao poder.

Espera-se que a "ciência" sancione o fanatismo racial, mas apenas a "ciência", como é compreendida pelos iliteratos, é capaz de fazer algo desse tipo – a ciência dos "cientistas", na verdade. O que a ciência tem a dizer sobre "As raças humanas" será encontrado de modo compacto nos escritos do doutor J. Deniker[212], em um livro publicado com o mesmo título. [Consulte também o artigo excelente na Revista Americana de Sociologia, publicado em março de 1904, intitulado *A psicologia do preconceito racial*[213], escrito por W. I. Thomas[214].] Essa leitura torna possível compreender a origem da tolerância entre raças no mundo. Com a exceção de alguns poucos grupos isolados de humanidade selvagem, é provável que não haja nenhuma raça pura no mundo inteiro. As grandes populações continentais são todas misturas complexas de tipos numerosos e flutuantes. Até mesmo os judeus possuem conformações corporais que seriam, supostamente, distintivas da raça, mas que são bem diferentes, e uma grande variedade de características – desde as compleições mais escuras em Goa até as mais claras na Holanda –, bem como diversidades imensas em aspectos mentais e físicos. Se os judeus desfizessem todos os casamentos inter-raciais daqui em diante, eles dependeriam de leis desconhecidas de fecundação, predominância e variabilidade para saber como seria seu tipo final, ou, de fato, se alguma característica particular prevaleceria sobre a diversidade. E, sem avançar além dos povos nativos

---

[212] Joseph Deniker foi um antropólogo de origem francesa. (N.T.)
[213] *American Journal of Sociology*. (N.T.)
[214] Referência a William Isaac Thomas, sociólogo norte-americano. (N.T.)

das ilhas britânicas, é possível descobrir uma grande variedade de características: altos, baixos, de cabelos lisos ou encaracolados, claros e escuros, incrivelmente inteligentes e teimosamente estúpidos, honestos e desonestos, entre outras. A tendência natural é esquecer toda essa variedade "racial" em discussão e supor uma média ou um ideal arbitrário como o tipo final e considerar apenas ele. A coisa mais difícil a se fazer, mas que deve ser feita, se é que devemos obter resultados justos nessa discussão, é nos esforçar para manter a variabilidade em mente.

Suponhamos que o cidadão chinês mediano seja distinto em relação à expressão facial e a todos os outros aspectos físicos e psicológicos, em comparação com os ingleses. Será que isso representaria sua associação no que diz respeito à igualdade em um Estado-Mundo impossível? O cidadão chinês ou inglês mediano não tem nenhuma importância em nosso projeto de Estado-Mundo, pois não são médias que existem no mundo, mas indivíduos de carne e osso. O cidadão chinês mediano nunca se encontrará com o cidadão inglês mediano; apenas *indivíduos* chineses podem se encontrar com *indivíduos* ingleses. Entretanto, entre os cidadãos chineses há uma variedade tão abrangente quanto há entre os ingleses, e não existe nenhuma característica típica dos chineses que não se apresente entre os ingleses, e vice-versa. Até mesmo os olhos puxados não são universais na China, e há provavelmente muitos chineses que podem ter sido "modificados no nascimento", retirados e educados como ingleses. Mesmo após separar e permitir diferenças em relação à postura, a traços físicos e morais, a preocupações, e assim por diante, em consequência das culturas absolutamente diferentes, ainda resta, sem dúvida, um grande traço distintivo entre o chinês e o inglês medianos. Mas será que isso equivaleria a uma diferença maior do que é esperada entre os tipos extremos dentre os próprios ingleses?

Na minha opinião, não. Mas é evidente que qualquer resposta precisa só pode ser obtida depois que a antropologia tiver adotado métodos mais exatos e exaustivos de questionamento, bem como uma análise muito mais exata do que seus recursos permitem no atual momento.

Lembremos quão duvidosas e nebulosas são as nossas evidências a esse respeito. Esses são questionamentos extraordinariamente sutis, os quais poucos homens conseguem desenredar de suas próprias associações – os fios curiosamente entrelaçados de autorrespeito e autointeresse que afetam seus questionamentos. Há quem diga que o instinto luta contra essas investigações, como faz, de maneira indubitável, contra muitos recursos médicos necessários. Mas, enquanto um treinamento longo e especial, uma tradição arraigada e a possibilidade de recompensa e distinção permitirem a um residente encarar muitas tarefas como indignas e fisicamente repulsivas, as pessoas das quais obtemos informações antropológicas são raramente homens de inteligência muito maior do que a média e de nenhum treinamento mental. E os problemas são muito mais esquivos. É necessário, pelo menos, o dom e o conhecimento de um escritor de primeira classe, combinado com uma paciência diligente que provavelmente não pode ser esperada em combinação com os elementos anteriores, a fim de avaliar todas as diferenças sob todos os ângulos entre os homens. Mesmo quando não há barreiras de língua e cor, a compreensão pode ser quase impossível. Quantos homens educados parecem compreender a classe servil na Inglaterra ou os trabalhadores? Exceto a obra do senhor Bart Kennedy[215], autor de *Um homem à deriva*[216], não conheço nenhum outro livro que demonstre uma compreensão empática e vívida em relação aos operários e aos pescadores, os sujeitos mais rústicos de nossa sociedade. Caricaturas, comédias trágicas e alegres em que os erros de concepção do autor se misturam aos preconceitos do leitor e juntos obtêm sucesso são, obviamente, bastante comuns. E depois considere as pessoas que tecem julgamentos sobre a capacidade moral e intelectual dos negros, dos malaios ou dos chineses. Então você terá missionários, professores nativos, empregadores, comerciantes e homens simples que raramente suspeitam dos erros em suas convicções, que são incapazes de compreender a dife-

---
[215] Referência ao jornalista e escritor inglês Bart Kennedy. (N.T.)
[216] Obra original intitulada *A Man Adrift*. (N.T.)

rença entre o que é inato e o que é adquirido, muito menos capazes de compreender as diferenças entre eles em suas próprias relações. De quando em quando, alguém parece ter um vislumbre de algo realmente vivo – no trabalho dinâmico de Mary Kingsley[217], por exemplo –, e até mesmo isso pode não passar de mera ilusão.

Quanto a mim, estou disposto a descontar todos os julgamentos e afirmações de diferenças insuperáveis entre raças. Falo de qualidades raciais de todos os homens que tiveram oportunidades de observação atenta, e vejo que a insistência em relação a essas diferenças é, em geral, inversamente proporcional à inteligência. Pode ser um acaso das minhas descobertas, mas essa é uma impressão clara para mim. Navegantes comuns geralmente têm visões generalizadas sobre os irlandeses, os escoceses, os ianques, os habitantes de Nova Escócia[218] e os holandeses quando pensam sobre as diferenças entre espécies animais, mas o explorador instruído evita esses erros. Para eles, os homens são individualizados e geralmente se utilizam da cor para tecer toda classificação, ou então a língua, um hábito qualquer ou alguma outra superficialidade. Mas hoje em dia há pelo menos um tipo de evidência antropológica imparcial: as fotografias. Basta o leitor folhear as páginas de uma obra copiosamente ilustrada como *As raças da humanidade*[219], de H. N. Hutchinson[220], J. W. Gregory[221] e R. Lydekker[222] e olhar nos olhos de cada uma das raças apresentadas. Aquelas pessoas não são como as que conhecemos? Na maior parte das vezes, é difícil crer que, com uma língua e tradições em comum, não nos relacionaríamos bem com aquelas pessoas. Frequentemente há feições brutais ou malévolas, mas é

---

[217] Mary Henrietta Kingsley, etnóloga, exploradora e autora de textos e livros científicos, nasceu em Londres em 1862. Primeira mulher cientista a viajar à África, mostrou a importância de conhecer os povos convivendo com eles. Seus escritos influenciaram a opinião pública da Europa acerca das culturas e das religiões africanas, além de apresentar os efeitos do imperialismo europeu naquele continente. (N.T.) (N.E.)
[218] Uma das províncias do Canadá. (N.T.)
[219] *The living races of Mankind*. (N.T.)
[220] Referência a Henry Neville Hutchinson, anglicano e estudioso britânico. (N.T.)
[221] John Walter Gregory foi um geólogo e explorador de origem britânica. (N.T.)
[222] Richard Lydekker foi um escritor e estudioso das ciências naturais. (N.T.)

possível encontrar as mesmas feições em meio a um passeio em uma tarde qualquer. Há certamente diferenças, mas incompatibilidades fundamentais não existem! E muitos exibem traços especiais que nos remetem mais a um amigo do que a outro povo. Nota-se com surpresa que um vizinho ou amigo X se assemelha a um negro de Gold Coast[223] tanto quanto o amigo de outra pessoa Y se assemelha a um somalês, e assim por diante.

Em um aspecto, a natureza descuidada e preconceituosa das generalizações raciais é particularmente acentuada. Há um número grande e crescente de pessoas convencidas de que "mestiços" são, em geral, criaturas más, da mesma forma que os corcundas e os bastardos eram considerados indignos no período medieval. A lenda absoluta da fraqueza dos humanos mestiços é geralmente ouvida de brancos embriagados na Virgínia ou na Cidade do Cabo. Para eles, os mestiços personificam todas as ruindades de ambos os pais, possuem a saúde e o espírito pobres, são vingativos, poderosos e extremamente nocivos. A moral, por sua vez, é inexprimível, indigna até de sussurros, diz o homem branco e vil enquanto coloca-se em um padrão precisamente alto. Não há um átomo de evidência disso, e uma mente imparcial não acreditaria em nenhuma crença desse tipo. Não há nada mostrando que crianças mestiças, no que diz respeito à classe social, sejam melhores ou piores do que seus pais em algum aspecto. Há uma teoria igualmente sem fundamento de que são melhores, uma teoria apresentada em um grau refinado de estupidez no artigo sobre Shakespeare da Enciclopédia Britânica. Ambas as teorias pertencem ao vasto espectro da pseudociência que abafa as realidades do conhecimento moderno. Pode ser que a maioria dos mestiços fracasse na vida, mas isso não prova nada. Eles são, em um grande número de casos, ilegítimos e afastados da educação normal de ambas as raças; criados dentro de casa, as quais são verdadeiros campos de batalhas entre culturas conflitantes, vivem sob grandes desvantagens. Há, evidentemente, uma sugestão passageira de Darwin em relação ao atavismo, o qual poderia fundamentar

---

[223] Cidade costeira da Austrália. (N.T.)

a teoria da ruindade dos mestiços se tivesse sido provada, mas nunca foi. Não há nenhuma evidência a esse respeito.

SEÇÃO 3

Suponhamos que haja uma raça absolutamente inferior. Haveria algum motivo para preservá-la em condição de tutoria? Se há uma raça inferior, eu a desconheço; no entanto, sei que não há raça tão superior que possa estar encarregada de tal função. A verdadeira resposta ao apelo de Aristóteles à escravidão, de que haja "escravos naturais", reside no fato de que não existem mestres "naturais". O poder não deve ser entregue a homens sem disciplina e cujos hábitos incluam muito mais do que o gosto por bebidas alcoólicas. A verdadeira objeção à escravização não é que ela seja injusta aos inferiores, mas que corrompa os superiores. Há apenas uma coisa sã e lógica a ser feita com uma raça realmente inferior: o extermínio[224].

Há muitos meios de extermínio de uma raça, e a maioria deles é cruel. Você pode usar o fogo e as espadas, à velha maneira hebraica; pode escravizá-la até a morte pelo trabalho excessivo, como os espanhóis fizeram com os caribenhos; pode delimitar fronteiras e envená-los paulatinamente com artigos deletérios, como os norte-americanos fizeram com a maioria dos indígenas; pode incitar que usem roupas a que não estejam acostumados, sob novos regimes civilizatórios que os exporá a doenças infecciosas para as quais você está imune, como os missionários fizeram aos polinésios; pode simplesmente recorrer à chacina, como nós, ingleses, fizemos com os tasmanianos; ou pode manter as condições e levá-los a suicídios em massa, como a administração britânica fez em Fiji. Imagine,

---

[224] Antigamente, muitos eugenistas acreditavam que podiam controlar a "qualidade" de uma determinada raça. No entanto, esses preceitos caíram por terra, uma vez que não se pode medir a qualidade de nenhuma etnia, por sermos todos humanos, com os mesmos direitos e deveres. Sendo assim, a eugenia fere os direitos humanos ao prescrever a anulação de uma etnia em relação a outra e deve, portanto, ser desconsiderada. (N.T.)

por um instante, que haja uma raça absolutamente inferior; uma utopia moderna está sob a dura lógica da vida e teria de exterminar tal raça o mais rápido que pudesse. Em geral, o dispositivo usado em Fiji parece o menos cruel. Mas Utopia o conduziria sem nenhuma distinção de raça, da exata maneira e com a mesma máquina que extermina todos os exemplares defeituosos e inferiores, ou seja, assim como discutimos no capítulo 5, seção 1: por meio das leis matrimoniais e do salário-mínimo. Essa extinção não precisa ser discriminatória. Se alguma raça provasse ser capaz de sobreviver, sobreviveria – seria escolhida mediante uma justiça certeira e automática da condenação tempestiva de toda a sua gente.

Mas há uma raça absolutamente inferior na Terra? Até mesmo os australianos de pele negra não são inteiramente elegíveis para extinção tanto quanto um australiano branco, bom, íntegro e fazendeiro possa pensar. Essas raças diferentes, os negros, os pigmeus, os sertanejos, têm seus dons, são ávidos e refinados em um aspecto e outro e possuem uma imaginação estranha que pode servir como uma qualidade a mais para a totalidade da nossa civilização utópica. Estamos imaginando que todo indivíduo vivo na Terra está presente em Utopia; portanto, os nossos amigos de pele negra também estarão lá. Todos eles terão em Utopia o que não tiveram na Terra: educação e tratamento justos, justiça e oportunidades. Imagine que a ideia comum esteja certa acerca da inferioridade geral dessas pessoas[225]. Sendo assim, em Utopia a maioria deles não poderá ter filhos e trabalhará em troca do salário-mínimo; outros não terão nenhuma possibilidade de reprodução de acordo com a lei, mas mesmo assim – não somos capazes de imaginar essas pessoas nuas ou vestidas à maneira europeia, mas à maneira utópica – poderão praticar alguma arte delicada, algum tipo de entalhamento, por exemplo, que justifique sua criação por Deus? Uma vez que Utopia tem leis sanitárias sensatas, leis sociais sensatas, leis econômicas sensatas, que mal essas pessoas poderiam fazer?

---

[225] Tal inferioridade não existe sob nenhuma hipótese. (N.T.)

Algumas dessas pessoas poderiam inclusive prosperar e ser admiradas, casar com mulheres de sua própria raça e transmitir aquela característica refinada e distinta de excelência, assumir o lugar devido na grande síntese do futuro.

E, de fato, ao chegar ao terraço em Utopia, vejo uma pequena figura, um homem de barba e olhos brilhantes, de pele escura, cabelo crespo, vestido com uma túnica branca e meia-calça preta, com um manto verde-limão enrolado sobre os ombros. Ele caminha, como muitos habitantes de Utopia, com um ar de presunção, como se não tivesse nada a temer no mundo. Carrega um portfólio nas mãos. É isso, suponho, bem como seu cabelo, que me remete ao *Quartier Latin*[226] em minha mente.

SEÇÃO 4

Eu já havia discutido a questão racial com o botânico em Lucerna.

– Mas você não gostaria – gritou ele, tomado de horror – que sua filha se casasse com um chinês ou com um negro, não é mesmo?

– Obviamente, quando você diz "chinês", pensa em uma criatura com um rabicho, unhas longas e hábitos anti-higiênicos, e quando diz "negro" pensa em uma criatura negra de cabeça suja vestindo um chapéu. Você faz isso porque sua imaginação é débil demais para desassociar as qualidades inerentes a um ser vivo da concepção geral.

– Insulto não é argumento – retorquiu o botânico.

– Insinuações insensatas também não são. Você transforma uma questão de raça em uma questão de culturas desiguais. Você não gostaria que sua filha se casasse com um negro ladrão de galinhas, mas também não gostaria que ela se casasse com um inglês puro, mas corcunda, estrábico, bêbado, vendedor de carroça e de sangue normando. Na verdade,

---
[226] Bairro francês considerado como "bairro latino". Localiza-se em Paris. (N.T.)

raríssimas garotas inglesas bem-criadas cometeriam tamanha indiscrição. Você não acha necessário generalizar os homens da sua própria raça porque nela existem vendedores de carroça bêbados, mas, então, por que generaliza os negros? A proporção maior de aspectos indesejáveis entre os negros não justifica uma condenação indiscriminada a eles. Você teria de condenar alguns, mas por que todos? Deve haver, e nenhum de nós sabe ao certo, negros bonitos, capazes e corajosos.

– Credo! – retrucou o botânico.

– Você deve detestar Otelo! – emendei.

Uma vez que Utopia é minha, por um momento tive vontade de irritar o botânico materializando uma Desdêmona[227] moderna com seu amante negro até os lábios bem diante de nós. Mas isso seria exagero, e em seu lugar farei aparecer uma mulher birmanesa, de pele morena, vestida com as roupas da Ordem Superior, acompanhada de seu marido alto e inglês (como deve ser na Terra). Isso, no entanto, é uma digressão da minha conversa com o botânico.

– E os chineses? – indagou ele.

– As gentes amarelas hão de se misturar livremente.

– Os chineses se misturarão às mulheres brancas, por exemplo.

– Sim – respondi. – Você terá de engolir isso de alguma forma; vai ter de aceitar.

A ideia é revoltante demais para que ele comente algo. Procuro facilitar a coisa para ele:

– Tente compreender as condições de Utopia Moderna. O chinês falará a mesma língua de sua esposa, seja qual for a raça dela; usará as mesmas roupas de homens civilizados e terá praticamente a mesma instrução que seus rivais europeus; lerá a mesma literatura e respeitará as mesmas tradições. Além disso, você deve lembrar que em Utopia a esposa não é submissa a seu marido.

---

[227] Referência à mulher branca e rica, Desdêmona, que abandonou uma vida de privilégios para se casar com Otelo, militar de pele negra por quem se apaixonou. A obra foi escrita por Shakespeare. (N.T.) (N.E.)

O botânico verbaliza sua conclusão invencível:

– Então, todos poderiam usá-la!

– Esta Utopia é minha – digo, e logo depois tento tranquilizar sua mente. – Sem sombra de dúvida, entre os vulgares, as pessoas de mente suja fora da Ordem, haverá margem para desvios. Todos os moralistas da Terra viverão em Utopia, bem como aqueles pouco instruídos. Você certamente encontrará pessoas banidas e boicotadas, e todos aqueles dispositivos pelos quais os indivíduos mais tapados conseguem levar suas vidas às margens, seja aqui ou em qualquer outro lugar. – Aponto o dedo na direção da Terra. – Lá!

O botânico não responde durante algum tempo. Em seguida, com certa irritação e grande ênfase, diz:

– Bem, fico feliz de alguma forma por não ser um residente permanente de Utopia se as nossas filhas tiverem de se casar com coissãs[228]. Fico realmente feliz.

Em seguida virou de costas para mim.

"Mas eu disse algo do tipo?", pensei.

Eu tive de trazê-lo comigo, suponho. Não há como fugir dele nessa vida. Mas, como já observei, os nossos felizardos ancestrais embarcaram em suas utopias sem essa desagradável companhia.

SEÇÃO 5

O que coloca o botânico em grande vantagem em todas essas declarações anti-utópicas é a consciência de suas próprias limitações. Seus pensamentos são compostos por pedaços soltos, e nada tem muita ligação com nada em sua mente. Portanto, não posso contestá-lo por se opor a essa síntese de nações, línguas e gentes em um Estado-Mundo, e perguntar qual alternativa ideal ele propõe.

---

[228] Grupo étnico que habita o sudoeste da África. (N.T.)

Pessoas desse tipo sequer pensam sobre a necessidade de alternativas. Além dos escassos projetos pessoais, como encontrar Mary novamente, e coisas desse tipo, eles mal pensam sobre o futuro. Estão livres de convicções em relação a isso. Ao menos essa é a única maneira pela qual poderei explicar a alta mobilidade intelectual do nosso amigo. Pessoas como ele tentam traçar correlações entre a política – a qual consideram como uma relação dramática de personalidades – e qualquer movimento secular da humanidade; relacionam-se com o cálculo diferencial e o darwinismo como se fossem impassíveis de erros.

Sendo assim, o argumento deve chegar por um canal direto ao leitor.

Se você não está preparado para considerar uma síntese mundial de todas as culturas e regimes e raças em um Estado-Mundo como o fim desejável em que todos os esforços civilizatórios convirjam, qual é o final, na sua opinião, desejável? A síntese, há quem observe, não significa necessariamente uma fusão nem uma uniformidade.

As alternativas são três, grosso modo. A primeira é assumir que há uma raça melhor, em definir essa raça da melhor maneira possível e julgar todas as outras como relevantes para extermínio. Isso tem um ar refinado, moderno e biológico ("A sobrevivência dos mais fortes"). Se você é um daqueles professores alemães que escrevem insanidades sobre Weltpolitik[229], há de crer que a melhor raça é a teutônica; Cecil Rhodes[230] atingiu esse triunfo de criatividade, "a raça anglo-saxã", meu amigo, Moses Cohen[231] crê que há muito a ser dito em relação aos judeus. Em suas premissas, esta é uma política perfeitamente razoável e sã e inclusive dá vazão a uma perspectiva brilhante para os inventores científicos, na direção do que eles chamarão, no futuro, de Welt-Apparat[232], dilacerantes máquinas nacionais ceifadoras

---

[229] *Weltpolitik*, termo alemão que significa "política mundial", foi uma estratégia utilizada pelo imperador alemão Guilherme II, o qual desejava que a Alemanha participasse mais ativamente da política internacional. (N.T.)
[230] Cecil John Rhodes, empresário britânico, criador da Companhia Britânica da África do Sul. (N.T.)
[231] Moses Cohen Henriques, pirata de origem luso-judaica. (N.T.)
[232] Da tradução do alemão, "dispositivo mundial". (N.T.)

e fumigações para a destruição de raças. A grande planície da China ("perigo amarelo") serve, em especial, para uma empreitada universalmente marcante; ela pode ser, por exemplo, submersa por alguns dias e depois desinfetada com cloro vulcânico. Quando todas as raças inferiores forem erradicadas e uma raça superior não surgir prontamente, ou após um breve período milenar de harmonia social as classes se dividirem em subclasses e começarem o processo novamente em um nível mais alto, é uma interessante questão residual cujo mérito não precisamos abordar no momento.

Esse desenvolvimento completo de uma Weltpolitik científica não é, no entanto, muito defendida no momento, sem dúvida em razão de uma falta de confiança da imaginação pública. Contudo, temos uma escolha bastante audível e influente, a escola do Imperialismo Moderno, que distingue sua própria raça aos alemães, britânicos, anglo-saxões, bem como um ensinamento assaz abrangente que contempla toda a "raça branca" em uma tolerância notável como uma raça superior, superior inclusive à escravidão coletiva, se não individual; e os expoentes dessa doutrina possuem um olho resoluto, truculento e ligeiramente distinto acerca de um futuro em que todo o resto do mundo será submisso a essa elite. Os ideais desse tipo são expressos de maneira clara em *Controle dos trópicos*, do senhor Kidd[233]. O mundo inteiro deve ser administrado pelos poderes "brancos" – o senhor Kidd não previu o Japão –, o qual decidirá que seus sujeitos não podem impedir "o uso dos imensos recursos naturais pelos quais são responsáveis". As outras raças serão consideradas crianças, recalcitrantes às vezes, e sem nenhuma emoção em relação à paternidade. É um pouco duvidoso que essas raças, não possuidoras das "qualidades elementares de eficiência social", cheguem a adquirir tais qualidades, sob as mãos punitivas das outras raças, que, por meio da "força e do caráter enérgico, humanidade, probidade, integridade e uma devoção determinada às concepções relacionadas ao dever" desenvolvam "os recursos das regiões mais ricas da Terra" sobre suas cabeças ou que este seja o ideal máximo.

---

[233] William Kidd, corsário escocês, autor de *Control of the Tropics* (N.T.)

Em seguida, temos a alternativa realmente incoerente associada na Inglaterra ao liberalismo oficial.

O liberalismo na Inglaterra não é a mesma coisa que o liberalismo no resto do mundo; há duas variações primordiais. Há o *whiggismo*[234], a tradição poderosa do século XVII de uma Inglaterra republicana e protestante, que remete à Roma republicana, sua forte tendência construtiva e disciplinar, sua atitude ampla e originalmente vivaz e inteligente; e entrelaçado a isso há o liberalismo lógico e sentimental que floresceu dos atritos do século XVIII – o qual encontra uma expressão diferenciada e escassa em *Oceana*, de Harrington, e depois nos novos ares da tradição de Brutus e Cato e a elite encrencando com nobres selvagens –, surgiu em *La Cité Morellyste* e desabrochou no naturalismo democrático emotivo de Rousseau, resultando frutífero na Revolução Francesa. Há duas variações bastante distintas. Na América, foram diretamente libertas das amarras do conflito com o toryismo[235] britânico e se separaram, respectivamente, como os partidos dos republicanos e dos democratas. Sua união contínua no Reino Unido é um acidente político. Pois, dessa mistura, todo o trajeto do liberalismo inglês, embora permaneça eloquente, nunca produziu uma declaração política clara em relação a outros povos politicamente menos afortunados. Não desenvolveu nenhuma ideia definitiva sobre o futuro da humanidade. A disposição do partido Whig, o qual exerceu algum papel na Índia, foi certamente a de tentar anglicanizar os "nativos", assimilar sua cultura e então assimilar seu *status* político com aquele do governante temporário. No entanto, entrelaçada à sua tendência anglicanizadora – que também foi uma grande tendência cristianizadora – houve uma forte disposição, derivada de Rousseau, de deixar outros povos sozinhos, facilitar a separação e a autonomia de porções destacadas de nossos próprios povos, desintegrá-los perfeitamente para que se tornassem indivíduos sem leis. A exposição oficial do "liberalismo" britânico, no momento,

---

[234] Referência aos *Whigs*, partido politico inglês que fazia oposição aos *Tories*. A ideia foi proposta por Herbert Butterfield. (N.T.)
[235] Referência aos preceitos dos *tories*, partido político conservador-progressista inglês. (N.T.)

ainda se contorce de maneira instável em consequência desses elementos conflitantes, mas, em geral, a veia do *whiggismo* parece ser a mais fraca. O político liberal contemporâneo tece críticas convincentes a respeito da brutalidade e da arrogância dos imperialismos modernos, mas esse parece ser o limite de seus serviços. Ao considerarmos o que eles não dizem e não propõem como indicação das intenções liberais, pareceria que o ideal do liberalismo britânico e dos democratas estadunidenses favoreceria a existência de diversas nacionalidades tão insignificantes, desassociadas e independentes quanto possível; bem como inúmeras línguas, tanto quanto possível, para depreciar exércitos e todo tipo de controle, e confiar aos deuses inatos da desordem e dos poderes um sentimentalismo fervoroso para manter o mundo limpo e doce. Os liberais não irão encarar as consequências de uma situação extremamente instável que envolva um risco máximo de guerra com o mínimo benefício permanente e ordem pública. Eles jamais refletirão sobre o fato de que as estrelas em seus caminhos se opõem inexoravelmente a tudo isso. É um ideal vago e impossível, com um tipo rude de beleza moral ingênua, como a crença dos Doukhobors[236]. Além do charme do grupo, ele é extremamente sedutor para o liberal britânico, pois não exige atividade intelectual nem tipo algum de atividade. É, por virtude própria, uma doutrina muito menos enganadora do que o imperialismo cruel e violento da imprensa popular.

Nenhuma dessas escolas, nem o *laissez-faire*[237] dos liberais, nem a ambição desenfreada dos imperialistas prometem algum progresso permanente real para o mundo dos homens. São o recurso, a referência moral daqueles que não pensaram sobre a questão de maneira sincera e exaustiva. Ao fazer isso, ao insistir em soluções de aplicabilidade maior do que a acidental, é um convite para emergir em uma ou duas soluções contrastantes, conforme prevaleça a sua consciência humana ou indivi-

---

[236] Grupo religioso não ortodoxo da Rússia. (N.T.)
[237] Expressão francesa que significa "deixe fazer", amplamente conhecida pela relação com o liberalismo econômico. Nesse contexto, tem o sentido de não aceitar a intervenção do Estado na economia. (N.T.) (N.E.)

dual. No caso anterior, você adotaria o imperialismo agressivo, mas o levaria às últimas consequências no que diz respeito ao extermínio. Você buscaria desenvolver a cultura e o poder do seu povo, homens e mulheres, ao mais alto grau para, então, preterir todas as outras populações da Terra. Se, em contrapartida, você aprecia singularidade, provavelmente escolherá uma síntese, como demonstra a presente utopia, uma síntese muito mais crível e possível do que qualquer outra Weltpolitik. Apesar de todo o desfile de guerra moderno, a síntese está em alta no mundo. Para ajudar e desenvolvê-la, poderia ser adotada a política aberta e segura em qualquer grande império. A guerra moderna, a hostilidade internacional moderna, é, em minha opinião, possível apenas em razão do analfabetismo estúpido das massas, da presunção e da indolência intelectual dos governantes e daqueles que alimentam as mentes públicas. Se a vontade das massas fosse iluminada e sensata, estou certo de que nesse momento elas desejariam ardentemente a síntese e a paz.

Seria muito fácil obter paz mundial em poucas décadas se essa fosse de fato a vontade dos homens! Os grandes impérios que existem precisam de um diálogo básico e sincero uns com os outros. Dentro deles, os enigmas da ordem social já estão resolvidos em livros e pensamentos. Há as pessoas comuns e as pessoas submissas a serem educadas e treinadas, a serem levadas por discursos e literatura comuns, a serem assimiladas e tornadas cidadãs; mas, na falta disso, há a possibilidade de acordos. Por que, por exemplo, a França e a Bretanha, ou ambas e os Estados Unidos, ou a Suécia e a Noruega, ou a Holanda, ou a Dinamarca, ou a Itália continuariam guerreando? E, se não há razão para a guerra, quão tolo e nocivo ainda é sustentar diferenças linguísticas e alfandegárias, e todos os tipos de distinções irritantes entre cidadãos diversos? Por que essas pessoas não concordam em ensinar uma língua comum, o francês, por exemplo, nas escolas comuns ou ensinar suas línguas reciprocamente? Por que não enfatizam uma literatura comum e adotam leis em comum, leis matrimoniais comuns, e assim por diante, até o alcance de uma uniformidade? Por que não trabalham para a obtenção de condições trabalhistas uniformes em toda a comunidade? Por que não – exceto nos interesses de alguns plutocratas safados – comercializam livremente e trocam sua cidadania livremente ao longo de suas fronteiras compartilhadas? Sem dúvida, há dificuldades a enfrentar, mas são finitas. O que pode impedir um movimento paralelo de todos os poderes civilizados do mundo em direção a um ideal e a uma assimilação comum?

Estupidez, nada além de estupidez; um ciúme violento e estúpido, sem propósito e injustificado.

As concepções mais grosseiras de agregação estão à mão, os patriotismos hostis e ciumentos, o estrondo dos trompetes e o orgulho dos tolos; eles servem aos propósitos diários, embora levem ao desastre. O pequeno esforço intelectual, a breve força de vontade são exaustivos demais para as mentes contemporâneas. Esses acordos, movimentos internacionais empáticos, são sonhos na Terra, mas em Utopia terão sido realizados há muito tempo e, sobretudo, superados.

11

A EXPLOSÃO DA BOLHA

SEÇÃO 1

À medida que caminho ao longo das margens do rio até o hotel onde o botânico me espera e observo os habitantes utópicos que passam por mim, não penso que o meu tempo em Utopia se esgota mais e mais. Expectativas vagas começam a pairar em minha mente a respeito de novas conversas com o meu eu utópico e ainda mais com os detalhes das interessantes jornadas exploratórias. Esqueço-me de que Utopia é uma empreitada imaginativa que se torna mais frágil a cada circunstância adicionada, que, como uma bolha de sabão, é ainda mais brilhante e colorida no instante de sua ruptura. O tempo em Utopia está prestes a acabar. Toda a sua organização foi delineada, bem como a discussão de todas as suas dificuldades gerais e problemas. Os indivíduos utópicos passam por mim, há torres por todos os lados, não cruza meu pensamento a ideia de que posso olhar ainda mais de perto. Encontrar as pessoas assumindo o concreto e individual não é, como gosto de pensar, o último triunfo de realização, mas o momento de opacidade antes que o filme termine. Retornar aos casos emocionais individuais é o mesmo que retornar à Terra.

Encontro o botânico sentado a uma mesa no pátio do hotel.

– O que fez hoje? – falo, em pé diante dele.

– Caminhei pelo terraço, nas margens do rio – ele responde –, esperando encontrá-la novamente.

– Nada melhor a fazer?

– Nada, absolutamente.

– Seu eu utópico volta da Índia amanhã. Você finalmente poderá conversar com ele.

– Não quero – foi a resposta objetiva.

Dou de ombros assim que ele acrescenta:

– Pelo menos com ele não quero.

Recosto-me no assento ao lado dele.

Durante um tempo sento-me tranquilamente e aproveito sua companhia silenciosa, e penso de maneira fragmentada sobre aqueles samurais e sua Ordem. Penso sobre a satisfação de um homem que terminou de construir uma ponte; sinto que consegui amalgamar coisas que nunca foram amalgamadas antes. Minha utopia me parece real, muito real, ao ponto de eu conseguir acreditar nela, ao ponto de sentir o metal da cadeira em meus ombros e ouvir os pardais gorjeando e pulando sobre meus pés. Sinto uma autossatisfação hesitante; sinto uma exultação descarada. Por um instante, esqueço-me da consideração do botânico; a mera satisfação de completude, de segurar e controlar tudo o que me cerca.

– Você persistirá acreditando – provoco, com uma nota agressiva exploratória – que, se encontrar essa moça, ela será uma pessoa com as memórias e sentimentos de seu eu terráqueo. Pensa que ela vai compreender e lamentar e talvez amá-lo. Mas tudo é diferente aqui; você mal consegue diferenciar...

Noto que ele não está prestando atenção em mim.

– Qual é o problema? – pergunto de maneira abrupta.

Ele não responde, mas sua feição me alarma.

– Então, qual é o problema? – digo, e depois sigo seu olhar.

Avisto uma mulher e um homem entrando pelo saguão, e no mesmo instante imagino o que ocorreu. Ela chama a minha atenção. Muito tempo atrás foi uma moça doce e linda. Tem a pele clara, olhos azuis e mira seu companheiro com receptividade. Por algum momento ambos parecem duas figuras acinzentadas com sombras frias contra a luz do sol refletindo o verde dos jardins, mais adiante.

– É a Mary – o botânico sussurra com os lábios pálidos e encara a silhueta masculina ao lado dela. Seu rosto empalidece e se transfigura, tomado por uma emoção arrebatadora. Ele cerra os punhos.

Eu me dou conta de que não compreendo suas emoções.

Um medo repentino acerca do que meu amigo pretende fazer toma conta de mim. Ele se senta, pálido e tenso, enquanto os dois caminham pelo pátio. O homem, pelo que percebo, é um samurai, um homem negro de feições duras, um homem que nunca vi antes. Ela veste um roupão típico dos seguidores da Ordem Inferior.

Algumas faíscas do botânico afetaram a minha empatia. É realmente um homem estranho! Coloquei a mão sobre o braço dele, em um gesto apaziguador.

– Eu avisei – declaro lentamente – que ela na certa teria encontrado outro aqui em Utopia. Tentei prepará-lo para isso.

– Que absurdo! – ele sussurra, sem olhar em minha direção. – Não é isso que estou vendo. Esse patife...

Faz menção de levantar-se.

– Aquele patife! – repete.

– Ele não é um patife. Como você sabe? Controle-se! Por que se levantou?

Ele e eu nos erguemos rapidamente. Nesse momento compreendo o significado verdadeiro de grupo. Então, seguro-lhe o braço e peço que seja sensato enquanto dou as costas para o casal recém-chegado.

– Ele não é um cafajeste aqui. Este mundo é diferente daquele. Ele é um homem honrado. Seja o que for que os tenha perturbado na Terra...

O botânico está profundamente embebido em raiva por causa da minha acusação e pelo momento de força inesperada.

– Isso é coisa sua – ele diz. – Você fez isso para zombar da minha cara. De todos os homens possíveis, você me vem com o pior deles. – Durante algum tempo sua voz falha, mas depois vocifera: – Você fez isso para zombar de mim!

Tento explicar, e tenho pressa. Meu tom de voz é quase propiciatório.

– Eu nunca havia pensado nessa possibilidade até este instante. Como eu saberia que ele era um homem útil em um mundo tão disciplinado?

O botânico nem sequer me responde, mas olha em minha direção com olhos sinistros. De imediato leio em seus lábios mudos que Utopia precisa de um ponto final.

– Não permita que a velha rixa envenene toda a sua experiência – quase suplico. – Aqui as coisas aconteceram de maneira diferente, tudo é diferente. Seu eu utópico voltará amanhã. Espere por ele, talvez você compreenda...

Ele balança a cabeça e depois esbraveja:

– Estou pouco me lixando para o meu eu! Eu não ligo se as coisas aconteceram de forma distinta aqui! Isso...

Ele me empurra com suas mãos brancas e longas.

– Meu Deus! – diz forçosamente. – Que absurdo tudo isso, todos esses sonhos, toda essa Utopia! De repente, lá está ela! Mas eu sonhei com ela! E agora...

Então começa a chorar. Estou bastante preocupado, mas ainda tento fazer o intermédio entre os habitantes de Utopia e ele, tentando esconder seus gestos.

– É tudo muito diferente aqui – insisto. – O que você sente não cabe aqui. É uma cicatriz da Terra, uma cicatriz dolorida em seu passado...

– E o que somos além de feridas? O que é a vida além de uma grande cicatriz? É você que não entende! É claro que estamos cobertos de cicatrizes, vivemos para ser cicatrizados, nós mesmos somos cicatrizes! Somos as cicatrizes do nosso passado! Esses sonhos infantis...

Ele nem sequer precisa terminar a frase. Em seguida faz um movimento brusco com o braço.

Minha Utopia me esmaga.

Por um momento, a visão daqueles grandes pátios parece real. Os habitantes parecem reais, caminhando de um lado para outro, e o grande arco queima com o sol dos jardins à margem do rio. O homem, que é um samurai, e sua esposa, com a qual o botânico teve um romance na Terra, saem de vista, passando por trás da figura marmorizada e florida de Tritão, que confere frieza ao centro do pátio. Vejo dois trabalhadores vestidos com túnicas verdes, acomodados em assentos de mármore sob a sombra de uma das colunas, e uma doce senhora de cabelo grisalho, vestida de violeta, carregando um livro. Caminha em nossa direção, observa os gestos do botânico com curiosidade. Em seguida, ele diz:

– Cicatrizes do passado! Cicatrizes do passado! Não passam de sonhos inúteis!

SEÇÃO 2

Não há nenhum atrito, nenhum som, nenhum sinal de choque. O rugido obstinado de Londres ecoa em nossos ouvidos... Estamos vestidos com as roupas da moda da cidade.

Noto que estou ao lado de um assento de ferro, mal projetado, naquele asfalto cinza e desolado, Trafalgar Square. O botânico, com uma expressão perplexa, encara a pobre senhora franzina... Meu Deus! Que visão horrorosa! Ela oferece uma caixa de fósforos...

Ele compra quase mecanicamente e depois desvia a atenção para mim.

– Eu dizia que somos regidos pelo passado, e de modo absoluto. Esses sonhos...

Uma utopia moderna

Não consegue terminar a frase. Parece ansioso e irritado.

– Você tem um truque – recomeça – para fazer suas sugestões parecer tão vívidas.

Ele parece repentinamente decidido.

– Se não se importa – ele dá o ultimato, mas ligeiramente trêmulo –, não mais discutiremos esse aspecto. Refiro-me à moça.

Faz uma pausa, mas ainda há um ar de perplexidade pairando entre nós.

– Mas... – adiciono.

Ficamos parados por algum tempo, e o meu sonho utópico parece se esvair de maneira rápida. Almoçamos no clube, obviamente. Voltamos da Suíça não por um trem imaginário, mas pelo expresso de Bâle[238]. Falamos sobre a mulher de Lucerna, que ele cita com insistência. Fiz mais um comentário ou outro sobre sua história. Menciono algumas possibilidades.

– Você não é capaz de entender – ele diz. – Os fatos são os mesmos – continua, retomando o raciocínio, dessa vez com um ar decisivo. – Somos as cicatrizes do nosso próprio passado. Isso é algo que pode ser discutido sem personagens.

– Não – respondo bruscamente. – Não.

– Você sempre fala como se conseguisse desfazer o passado, como se fosse possível fugir e recomeçar do zero. É sua fraqueza... se não se importa com a minha franqueza. Faz você parecer difícil e dogmático. A vida foi fácil para você; nunca precisou se esforçar muito. Foi muito sortudo e nunca vai entender o outro lado. Você é difícil.

Permaneço em silêncio.

Ele busca fôlego. Noto, pela nossa discussão a respeito do caso dele, que fui longe demais e então ele se rebelou, reagiu mal. Eu devo ter tocado em sua ferida quando mencionei sua história de amor fracassada.

– Você não concorda comigo – ouvi-o dizer.

Respondi o que cruzou minha mente de imediato:

– Só analiso as coisas do meu ponto de vista.

---

[238] Terceira maior cidade da Suíça. (N.T.)

Nós dois nos movemos. Que sujeira espalhada! Caminhamos lentamente, lado a lado, em direção à lata de lixo, às margens da fonte, e permanecemos ali, observando dois pedintes encardidos, os quais discutem sentados em um banco próximo. Um deles carrega uma bota velha horrível e gesticula com a bota como se fosse uma extensão de seu braço, de um lado para outro, enquanto a outra mão acaricia o pé vestido. Ouvimos.

– O que Chamberlain diz? Qual é a vantagem de investir seu capital onde os americanos podem descarregar seu lixo quando bem entenderem?

(Não havia dois homens vestidos de verde sentados nos assentos de mármore?)

SEÇÃO 3

Continuamos caminhando em silêncio, passamos por blocos desajeitados de pessoas, homens e mulheres se espremem dentro dos ônibus. Um vendedor de jornais, a um canto, coloca um letreiro sobre a passagem de madeira, prende as extremidades com pequenas pedras e lemos:

MASSACRE EM ODESSA.
DESCOBERTA DE RESTOS HUMANOS EM CHERTSEY.
LINCHAMENTO CHOCANTE NO ESTADO DE NOVA YORK.
VOTOS DE FELIZ ANIVERSÁRIO. LISTA COMPLETA.

O bom e velho mundo que conhecemos!

Um pai nervoso conversando com o amigo passa por nós com um gentil solavanco.

– Eu vou socar aquele moleque dos diabos se ele se atrever novamente. São esses malditos internatos...

Um ônibus passa com uma bandeira do Reino Unido desenhada incorretamente, um chamado para que o verdadeiro patriota "compre uma deliciosa geleia britânica cozida".

Estou atordoado além do normal neste lugar, onde o terraço acompanha a extensão dos jardins logo abaixo, de onde vim quando encontrei meu eu utópico em nosso hotel. Voltarei, mas agora de verdade, pela passagem em que caminhei alegremente em meus sonhos. E as pessoas que vi são aquelas para as quais olho neste mesmo instante, mas com alguma diferença.

O botânico caminha ao meu lado, agitado, pálido e nervoso, fazendo jus ao seu ultimato.

Ao atravessarmos a rua, vemos uma carroça aberta passar carregando uma mulher de cabelo ruivo e desolada, suja de tinta, vestida com pelos e visivelmente descontente. Seu rosto é conhecido, mas diferente.

Por que a imagino vestida de verde?

Claro! Foi ela que vi anteriormente, segurando as crianças pelas mãos!

De repente, ouvimos uma batida do lado esquerdo e pessoas correndo para ver uma carruagem revirada na calçada escorregadia e inclinada, na frente da St. Martin's Church[239].

Subimos a rua.

Uma garota judia que parecia cansada, uma prostituta suja – sem nenhuma flor carmesim no cabelo, pobre garota! – olha em nossa direção de maneira especulativa, e ouvimos alguns palavrões de dois garotos no meio-fio.

– Não podemos continuar falando – comentou o botânico, e se esquivou, de modo a poupar os olhos da visão de um guarda-chuva empunhado estupidamente. Creio que vai dar como encerrado o assunto a respeito da moça. Ele parece retomar a conversa de algum ponto.

Dá um passo na sarjeta, passa por um vendedor negro, desvia de uma charrete e para em pé ao meu lado novamente.

– Não podemos continuar conversando sobre a sua Utopia – ele diz – em meio a essa multidão e barulheira.

Somos separados momentaneamente por um homem corpulento que caminha na direção contrária.

---

[239] Igreja nas proximidades de Trafalgar Square, em Londres. (N.T.)

– Não podemos continuar conversando sobre Utopia aqui em Londres. Nas montanhas e durante as férias, tudo bem, podemos prosseguir sem problemas.

– Tenho morado em Utopia – respondo, adotando sua proposta tácita de deixar a moça de fora dos assuntos.

Ele ri.

– Em certos momentos, você quase me fez morar lá também. – Faz uma pausa e reflete. – Não dá. Não! E, afinal de contas, não sei se, depois de tudo, ainda quero...

Novamente somos separados por meia dúzia de cartazes levantados, um braseiro e dois engenheiros preocupados com algo referente ao metrô, e justamente na hora em que o trânsito está mais caótico.

– Por que não dá? – pergunto.

– Faz mal divagar sobre perfeições impossíveis no dia a dia.

– Gostaria – grito na direção do trânsito – de poder esmigalhar o dia a dia. – Meu tom de voz se eleva. – Você pode aceitar este aqui como o mundo real, você pode concordar em ser a cicatriz de uma ferida mal curada, mas eu não! Isto é um sonho também. O seu sonho. Portanto, me leve de volta a ele, e longe dessa Utopia.

Fazemos outra pausa antes de cruzar Bow Street.

O rosto de uma garota que passa a oeste, uma garota desajeitada, com os livros presos a uma tira, preenche a minha visão. O sol de Londres reluz em seu rosto. Ela tem olhos sonhadores, mas não de uma maneira vulgar nem pessoal.

Afinal, dispersos, escondidos, desorganizados, desconhecidos, insuspeitados, até por eles mesmos, os samurais de Utopia estão neste mundo, e os motivos pelos quais estão desenvolvidos e organizados lá sufocam milhares de corações aqui.

Ultrapasso o botânico, o qual estava mais adiante por ter cruzado antes da passagem do caminhão de lixo.

– Você acha que tudo aqui é real porque não consegue fugir disso – digo. – Não passa de um sonho, e há pessoas que estão no limiar, entre dormir e acordar. Elas esfregarão os olhos com tamanha incredulidade. Sou apenas uma entre milhares.

Uma garota pequena e esquelética, com feridas no rosto, estica um maço de violetas murchas com seu punho débil e interrompe o meu raciocínio.

– Maço de violetas, apenas um centavo.

– Não! – respondo de modo ríspido, procurando endurecer meu coração.

Sua mãe, esfrangalhada e suja, com a última edição de *Imperial People*[240] embaixo do braço, sai de um bar, cambaleante, e enxuga a boca e o nariz ao mesmo tempo com as costas da mão avermelhada.

SEÇÃO 4

– Mas isso não é real? – indaga o botânico, quase com um ar de triunfo, e me põe perplexo.

– Isso – respondo com certo atraso – é um pesadelo!

Ele balança a cabeça e sorri de maneira irritante.

Percebo abruptamente que o botânico e eu chegamos ao limite de nossa relação.

– O mundo sonha com essas coisas porque sofre de indigestão com pessoas como você – declaro.

Seu tom baixo e autocomplacente, como um letreiro apagado de um forte obstinado, ainda paira, indomável. E sabemos que ele não é feliz assim!

Por dez segundos ou mais procurei as palavras em minha mente, um termo pejorativo qualquer, um míssil verbal objetivo que esmagasse esse homem para sempre. Algo que expressasse total insensatez de imaginação

---

[240] Referência ao Imperial College London People. (N.T.)

e que carecesse de compaixão, respeitabilidade, sentimentalismo... busco palavras de profunda mesquinhez...

Entretanto, elas não vêm. Nenhuma palavra existente serviria, pois ainda não foi criada. Não há nada de concentração injuriosa o suficiente para a estupidez moral e intelectual de pessoas instruídas...

– É – ele recomeça.

Não, não posso permitir.

Com um movimento rápido e passional, retiro-me, me enfio entre uma carruagem e um homem, por baixo e atrás de uma charrete, e então tomo um ônibus que vai para oeste, para algum lugar na direção contrária do botânico. Subo escadas e sento-me atrás do motorista.

– Até que enfim! – digo, e jogo-me, ofegante, sobre o assento.

Quando olho ao redor, não vejo mais o botânico.

SEÇÃO 5

Então, volto ao mundo real, e a minha Utopia chega ao fim.

Voltar a Utopia ocasionalmente seria uma boa medida disciplinar para o botânico.

Mas, do banco dianteiro, no topo de um ônibus em uma tarde ensolarada de setembro, vejo Strand, a esquina de Charing Cross, Whitehall, e uma multidão de pessoas. O zumbido atordoante dos veículos viajando em todas as direções pode ser até formidável. Há certo brilho, um tumulto e um vigor capazes de nos calar. E nos calam, de fato, se gritar não for uma opção. De que adiantou caminhar pela calçada em meio a esse barulho e tumulto da vida, tentando convencer o botânico sobre Utopia? De que adiantaria zumbir nos ouvidos do motorista sobre as vantagens de Utopia?

Há momentos na vida de todo filósofo e sonhador em que ele se sente um nada, quando a existência o acossa de maneira triunfante, quando ruge sem obter resposta, com o uso sólido do jargão contemporâneo: "Qual o sentido do lixo nessas utopias?"

Então, inspeciona-se a existência com a mesma desconfiança do homem das cavernas, o qual observa um elefante atrás de uma árvore.

(Há um presságio nessa cena. Em quantas ocasiões o nosso ancestral sentiu o mesmo que o utopista, uma irrealidade ambiciosa, e ao final descobriu que seria mais sábio voltar para casa em silêncio e deixar a grande empreitada para trás? Mas, ao final, os homens montaram no pescoço do elefante e o guiaram na direção desejada. A existência ruge tremendamente ao chegar à esquina da Charing Cross para um antagonista ainda maior do que o elefante. No entanto, com armas melhores do que pederneiras gastas.)

Afinal, em pouco tempo, tudo o que me impressiona tão grandiosamente nessa tarde de setembro terá mudado ou ficado no passado para todo o sempre. Esses ônibus grandes, robustos, lotados, coloridos e que parecem empurrar-se uns aos outros e tornam o tumulto algo bonito terão desaparecido; eles e os cavalos e os motoristas e a organização; você virá e não os encontrará. Outra coisa estará aqui, um tipo diferente de veículo, que é talvez uma vaga ideia na mente de um estudante de engenharia. E essa rua e essa calçada terão mudado, bem como esses prédios enormes e impressionantes; outras construções estarão aqui, construções ainda menos palpáveis do que esta página que você está lendo, mais indefinidas e frágeis do que qualquer coisa projetada aqui. Pequenos planos desenhados no papel, súbitos rabiscos produzidos por um lápis ou uma caneta serão as primeiras materializações do que finalmente destruirá cada detalhe e cada átomo dessas realidades que nos transbordam no momento. E as roupas e os gestos de inúmeras pessoas, os traços em seus rostos e suas posturas, esses também se redistribuirão no espírito do que são começos obscuros e impalpáveis.

As coisas novas serão de fato a essência, diferindo apenas quanto à medida da vontade e da imaginação de torná-las possíveis. Elas serão fortes e justas, como a vontade será robusta e organizada; e a imaginação será abrangente e firme; serão feias e cobertas com escombros como a vontade é volátil e a imaginação é tímida e vil.

Na verdade, a vontade é mais forte do que o fato; pode evoluir e superá-lo. No entanto, este mundo ainda tem de desvelar sua vontade, pois é um mundo que ainda cochila, inerte, e o rugido e o pulso de vida não passam de sua respiração profunda. Minha mente se apressa em imaginar esse despertar.

À medida que meu ônibus sobe a Cockspur Street em meio à loucura de charretes e carruagens, tenho outro pensamento... Seria possível pensar em uma imagem apocalíptica de um anjo, a serviço das sete igrejas da Ásia, a serviço da Grande Ordem? Posso vê-lo como uma figura elevada, brilhosa e colorida, pairando, entre a Terra e o céu, com um trompete nas mãos, lá acima do Haymarket, contra o brilho de outubro; e, quando o trompete ressoar, todos os samurais, todos os samurais de Utopia se reconhecerão...

("Opa!", diz o motorista, e então o policial para o trânsito com um gesto da mão.)

Todos nós que somos samurais nos reconhecemos!

Por um instante tenho uma visão da ressurreição dos vivos, de uma resposta vaga e magnificente, de miríades incontáveis prestando atenção, de tudo o que é bom na humanidade ao redor da Terra.

Então, aquela filosofia da singularidade individual volta a figurar em meus pensamentos, e o meu sonho a respeito de um mundo desperto se esvai.

Havia me esquecido...

As coisas não acontecem assim. Deus não é simples, Deus não é teatral, o julgamento vem para todos na hora certa, com uma infinita sutileza de variedade...

Se é assim, e quanto à minha Utopia?

Esse mundo infinito precisaria ser achatado para alcançar uma única retina. A figura de algo sólido, embora seja achatada e simplificada, não é necessariamente uma mentira. Certamente, no final, após graus e degraus, algo desse tipo, algo desse nível de entendimento, como Utopia, há de vir.

Uma utopia moderna

Primeiramente aqui, depois acolá, homens esparsos e depois grupos de homens entrarão em linha – não com as minhas sugestões pobres, faltosas e hesitantes, mas com um plano grande e abrangente criado por muitas mentes e em muitas línguas. Meu plano não convence porque tem erros, tece afirmações erradas e omite coisas. O mundo que virá não será como o meu sonho. Meu sonho é apenas um sonho pobre, suficiente para mim. Falhamos em compreender, falhamos de modo invariado e abundante. Vemos o que nos convém e paramos por aí. Contudo, as gerações mais novas e destemidas virão para continuar o nosso trabalho além dos nossos maiores esforços, além da nossa margem de ideias. Eles terão certezas que hoje são apenas achismos e previsões para nós.

Haverá muitas utopias. Cada geração terá sua nova versão de Utopia, um pouco mais reais, certas e completas, com seus problemas próximos dos problemas da existência. Até que finalmente, dos sonhos, as utopias se tornarão projetos reais, e o mundo todo contribuirá para moldar um Estado-Mundo justo, grande e frutífero que deixará de ser mais uma utopia para tornar-se uma realidade. Sem sombra de dúvida!

O policial abaixa a mão.

– Venha – diz o motorista do ônibus, e o cavalo tensiona repentinamente. Depois do zum-zum-zum, a fila de carruagens apressadas ultrapassa o ônibus na direção oeste. Um rapaz ágil em uma bicicleta, com um fardo de jornais às costas, desvia lepidamente pela fila e some em uma rua lateral.

O ônibus oscila para a frente. Extasiado e profético, ele segura o cabo do guarda-chuva com firmeza, seu chapéu coco se inclina em sua cabeça, esse homem mal-humorado, a Voz, esse sonhador impaciente, esse otimista ranzinza – o qual discutiu de maneira pouco polida e dogmática sobre economia, filosofia e decoração, e, na verdade, sobre tudo o que jaz sob o sol; o qual foi tão duro com o botânico e as moças da moda, tão relutante quanto à cevada – é levado adiante, sonhando sonhos, sonhos que, com as ironias inevitáveis da diferença, podem ser realidades quando você e eu formos apenas sonhos.

Ele passa e, por um fio, somos deixados para trás com todos os seus egoísmos e idiossincrasias incertas.

Mas por que ele foi interrompido?, você pode perguntar. Por que uma utopia moderna não pode ser discutida sem essa personificação impessoal? O livro ficou confuso, você dirá, tornou o argumento difícil de ser acompanhado e ainda o fez com rios de insinceridade. Estamos zombando das utopias?, você há de indagar. Estamos usando todas essas expectativas nobres e generalizadas como pano de fundo para que duas personalidades briguentas entrem em atrito e se matem? Dei a entender que nunca teremos a terra prometida novamente, exceto por meio de alguns viajantes pioneiros? Há uma noção comum de que a leitura de uma utopia deva terminar com o coração marcado e com soluções claras, com listas de nomes, formação de comitês e até mesmo com o começo de algumas subscrições. No entanto, esta utopia começou com uma filosofia de fragmentação e termina, confusamente, em meio a um tumulto nojento de realidades imediatas, em meio ao pó e às dúvidas, e, na melhor das hipóteses, com as aspirações de um sujeito. As utopias já foram bondosas demais, projetos de um novo mundo e de uma completude ingênua; a presente Utopia Moderna, todavia, é a mera história das aventuras pessoais entre filosofias utópicas.

De fato, isso veio à tona sem a intenção do autor. Foi como uma convocação. Pois vejo ao meu redor uma multidão de pobres almas e grupos de almas tão obscuras e derivadas quanto a minha; com a passagem dos anos entendo de maneira mais clara a qualidade dos motivos que urgem dentro de mim e dessas almas para agirmos como agimos. No entanto, isso não é tudo o que vejo, e não estou vinculado à minha pequenez. A todo momento, contrastando com essa visão imediata, me assaltam lampejos de um esquema abrangente, no qual essas personalidades flutuam, o esquema de um ser mais amplo e sintetizado, o grande Estado, a humanidade, em que todos nos movemos e caminhamos como corpúsculos sanguíneos, como células nervosas, e às vezes como células cerebrais no corpo de um homem. Mas as duas visões não podem ser observadas consistentemente juntas, pelo menos por mim, e não sei ao certo se de fato existem juntas de modo coerente. Os motivos necessários para essas questões mais amplas não interferem nas minhas vaidades e desejos. Aquele esquema maior repousa entre os homens e as mulheres que conheço à medida que tento criar as paisagens e os espaços, as montanhas, as cidades, as leis e a ordem de Utopia entre o casal que conversa ao meu lado, grande demais para uma compreensão prolongada. Ao focalizar os dois, a paisagem se torna distinta e irreal. Mesmo assim, não consigo separar esses dois aspectos da vida humana, um comentando sobre o outro. Nessa incongruência entre o todo e o indivíduo, jaz a incompatibilidade que não fui capaz de resolver e que, portanto, tive de apresentar de maneira conflitante. Em alguns momentos, aquele grande esquema parece penetrar as vidas dos homens como uma paixão, como um motivo real e existente; há quem o conheça na forma de desejo; para mim, a depender da ocasião, as pequenas tentações da vida imediata são consideradas pequenas e vaidosas, e então a alma vai em direção àquele Ser supremo, para compreendê-lo, servi-lo e possuí-lo. Mas essa é uma elucidação que vem da mesma forma que vai, uma lucidez rara e transitória, deixando o desejo da alma repentinamente voltado à presunção e à hipocrisia que brota dos lábios. As pessoas tentam se aproveitar do universo e obtêm Bathos. A fome, a inveja, o preconceito e os hábitos nos tomam novamente, e somos forçados a repensar que é isso mesmo, e não o contrário, ou seja, que fomos feitos para servir aos mistérios da vida; que nessas cegueiras somos guiados para um fim que não compreendemos. E depois, em determinados momentos de vigília noturna ou de solidão ou de reflexão e discussão com um amigo, as aspirações maiores voltam a brilhar com uma emoção sincera, com as cores do desejo atingível...

Isso é tudo sobre a minha Utopia, bem como sobre o desejo e a necessidade de criarmos uma. Esta obra também é sobre como aquele planeta mente para este planeta, o qual abriga a vida cotidiana de todo e qualquer homem.

APÊNDICE

CETICISMO DA OBRA

Um trecho de um arquivo lido à Oxford Philosophical Society[241] em 8 de novembro de 1903, e reimpresso após revisão da versão publicada em *Mind*, volume XIII. (N.S.), número 51.
(Veja também o capítulo 1, seção 6, e o capítulo 10, seções 1 e 2.)

Tentarei, da maneira mais oportuna, chamar sua atenção nesta noite ao descrever brevemente o sistema metafísico e filosófico em que me apoio, e ainda mais especificamente ao partir para a consideração de um ou dois pontos em que pareço diferir absolutamente da filosofia aceita na atualidade.

Vocês devem estar preparados para coisas que lhes parecerão grosseiras, dada a diferença de sotaque e dialeto de que possivelmente desgostarão; também devem estar preparados para ouvir o que pode parecer uma

---
[241] Referência a um clube de Oxford composto por filósofos de diversas áreas do conhecimento humano. (N.T.)

afirmação desajeitada da minha redescoberta ignorante de coisas já lindamente pensadas e ditas. Mas, ao final, você poderá até me perdoar desta primeira ofensa. É absolutamente inevitável que, partindo das minhas fundamentações intelectuais, eu faça algumas interrupções de cunho autobiográfico.

Uma convergência de circunstâncias guiou-me para a minha formação de conhecimento concreto extensivamente desenvolvida antes que eu fizesse qualquer análise filosófica. Ouvi dizer que um selvagem ou um animal é um ser mentalmente objetivo, e, nesse aspecto, fui um selvagem ou um animal até aproximadamente os vinte anos de idade. Eu não tinha a menor consciência do elemento subjetivo ou introvertido em mim mesmo. Eu era um positivista sem sabê-lo. Minha formação foi fraca, de forma que a minha observação pessoal, meus questionamentos e experimentos foram fatores muito mais importantes do que a minha instrução, ou, talvez, a instrução que recebi tenha sido mais rasa do que aquela que aprendi sozinho e terminou aos treze anos de idade. Eu havia tido contato com as realidades duras da vida, com as várias facetas da fome e com muitas necessidades básicas e desagradáveis antes dos quinze anos de idade. Nessa época, após a indicação de certas curiosidades teológicas e especulativas, comecei a descobrir algo que chamo, deliberada e legitimamente, de Ciência Elementar – coisas que tirei de *O educador popular*, de Cassell[242], de livros baratos e, mais tarde, por meio de acidentes e ambições que não nos importam nem um pouco nesta ocasião. Tive três anos de trabalho científico bom e elucidativo. O fato central desses três anos foi o curso de Huxley sobre Anatomia Comparativa na escola que ficava na Exhibition Road. Lá, como núcleo, fiz uma compilação ampla de fatos. Ao final, adquiri o que ainda penso ser uma visão razoavelmente clara, completa e organizada do universo real ostensivamente. Deixe-me tentar explicar quais foram as principais razões. Eu acreditava que o homem estava disposto em um grande esquema de tempo e espaço. Eu conhecia o homem

---

[242] John Cassell foi um escritor e editor inglês, e sua obra original é intitulada *Popular Educator*. (N.T.)

pelo que ele era, finito e mutável, um ser de compromissos e adaptações. Rastreei seus pulmões, por exemplo, de uma bexiga natatória, passo a passo, com um bisturi e uma sonda, em mais de doze tipos, vi o ceco primitivo murchar por causa de doenças e transformar-se no apêndice de hoje. Observei de guelras remendadas a orelhas e vi o maxilar superior réptil ser utilizado para aumentar as necessidades de um órgão sensível retirado do meio aquático nativo e natural. Trabalhei no desenvolvimento desses instrumentos extraordinariamente insatisfatórios e desconfiáveis, dentes humanos, das escutelas de tubarões até a função atual como base para a mineração, seguidos do desenvolvimento de processos de gestação lentos e dolorosos por meio dos quais o homem é capaz de vir ao mundo. Eu seguia essas coisas e muitas outras semelhantes por meio da dissecção e da embriologia – estudei toda a teoria do desenvolvimento novamente em um curso de um ano de paleontologia e analisei as dimensões do processo como um todo, por meio da escala das estrelas em um curso de física astronômica. E toda aquela quantidade de elucidação objetiva chegou antes que eu alcançasse o início de alguma pesquisa filosófica ou metafísica, qualquer pesquisa que me provasse por que eu acreditava, como eu acreditava, no que eu acreditava e o que fundamentava tudo isso.

Acompanhando rigidamente esse interlúdio com conhecimento, veio uma época em que tive de me dedicar à docência e fui aconselhado a adquirir um daqueles diplomas de docência que são tão ampla e tolamente desprezados, e a empreitada me colocou em um estudo superficial, mas sugestivo, dos métodos educacionais, da teoria educativa, da lógica, da psicologia. E então, finalmente, quando a questão do diploma estava resolvida, dediquei-me à filosofia. Mas usar a lógica em um terreno tão revigorante quanto a anatomia é como usar a lógica com muitos preconceitos naturais pairando na mente. Creio que é uma maneira de colocar a lógica de lado. Quando você entende profundamente que todos os órgãos de um homem e toda a sua estrutura física são o que são devido a uma série de adaptações e aproximações, e que são mantidos a um nível de eficiência prática apenas pela eliminação da morte – e que isso é verdade também em relação ao cérebro e aos instintos e a muitas predisposições mentais –, você não vai considerar seu aparato intelectual como algo misteriosamente diferente e melhor sem questionamentos. Eu havia lido pouco sobre lógica antes de saber das consequências com as quais não poderia concordar e assunções que me pareciam variáveis com o esquema geral objetivo estabelecido em minha mente.

Fiz análises de processos lógicos e de língua com a expectativa de que pudessem compartilhar o caráter profundamente provisional, o caráter de limitação irregular e de adaptação que penetra a existência física e animal do homem. E encontrei o que esperava. Como consequência, encontrei um tipo de dureza intelectual nas hipóteses da lógica, que a princípio me confundiram e inflamaram todo o ceticismo latente em mim.

Desenvolvi a minha primeira briga com a lógica lá atrás, em um arquivo publicado no *Fortnightly Review,* em julho de 1891. Foi chamado de "Redescoberta da singularidade"[243], e ao lê-lo novamente percebo quão ruim e irritante ele é (algo que sei há tempo), mas também quão incrivelmente ruim foi a maneira como me expressei. Tenho boas razões para duvidar de que meus poderes de expressão nesses usos melhoraram perceptivelmente, mas, de algum modo, tenho feito o meu melhor com tamanho fracasso diante de mim.

Essa obra infeliz, entre outros enganos que não posso classificar como triviais, desconsideraram completamente o fato de que toda uma literatura baseada no antagonismo de um e de muitos, do ideal específico e da realidade individual, já existiam. Sem relação com outros pensamentos e pensadores. Entendo agora o que não entendia antigamente, porque foi totalmente ignorado. Mas ainda me atenho à ideia por trás daquela obra. Considero uma ideia de importância primária para o pensamento humano e tentarei apresentar sua essência brevemente e da melhor forma possível. Meu ceticismo inicial é essencialmente uma dúvida sobre a realidade objetiva da classificação. Não hesito em dizer que é a proposição primordial da minha filosofia.

---

[243] *Rediscovery of the unique.* (N.T.)

Acredito que essa classificação é uma condição necessária do processo mental, mas é uma ruptura em relação à verdade objetiva das coisas. Tal classificação é bastante útil para os fins práticos da vida, mas é uma preliminar duvidosa para o mergulho que o propósito filosófico, da maneira mais arrogante possível, demanda. Todas as peculiaridades do meu modo de pensar derivam disso.

Uma mente alimentada com os estudos de anatomia é claramente permeada de sugestões vagas e da instabilidade da espécie biológica. Uma espécie biológica é obviamente um grande grupo de sujeitos singulares separáveis de outras espécies biológicas apenas pelo fato de que um número enorme de outros indivíduos que traçam uma conexão está acessível em razão da passagem dos anos – em outras palavras, estão mortos há muito tempo –, e cada indivíduo naquela espécie, na distinção de sua própria individualidade, desfaz o laço em qualquer grau infinitésimo das propriedades anteriores médias da espécie. Não há propriedade de nenhum tipo, até mesmo as propriedades que constituem a definição específica, que não seja uma questão de mais ou de menos. Se, por exemplo, uma espécie é distinguida em razão de uma mancha grande nas costas, você descobrirá, ao analisar diversos exemplares dessa espécie, que a mancha é menor em uns e maior em outros, mais rosada aqui e amarronzada ali, que algumas adquirem uma tonalidade carmesim, e assim por diante. E isso é verdade não apenas com relação às espécies biológicas. É verdade entre os minerais que constituem uma espécie mineral, e lembro-me constantemente do professor Judd[244] falando, sobre a classificação das pedras, que as palavras "variam em infinitos graus". Essa é a verdade suprema, na minha opinião.

Você pensará que os átomos são idênticos, mas isso é uma questão de teoria, e não de experiência. Na verdade, não há um fenômeno em química que não seja igualmente bem explicado sob a suposição de que é meramente uma imensa quantidade de átomos submetidos a algum experimento que mascara, pela operação da lei das médias, o fato de que cada átomo

---

[244] Referência ao professor John Wesley Judd, geólogo britânico. (N.T.)

também tem sua qualidade única, sua distinção individualmente especial. Essa ideia de singularidade em todos os indivíduos não é apenas verdadeira sobre a classificação da ciência material; é verdadeira e ainda mais evidente no tocante às espécies de pensamento comum, é verdadeira em termos comuns. Analisemos a palavra "cadeira". Quando alguém pronuncia a palavra "cadeira", pensa vagamente em uma cadeira ordinária. Mas passemos a exemplos individuais: pense em poltronas e cadeiras de leitura, cadeiras de jantar e de copa, cadeiras que se tornam bancos, cadeiras que cruzam os próprios limites e se tornam sofás, cadeiras de dentistas, tronos, bancos de teatro, assentos de todos os tipos, aquelas colônias miraculosas de fungos que repousam sobre o chão de galerias de arte. Pronto, agora você perceberá como o termo simples e direto "cadeira" pode ser vago. Em cooperação com um marceneiro inteligente, eu defenderia qualquer definição de cadeira e "cadeirismos". Cadeiras, assim como organismos individuais, tanto quanto espécies minerais e rochosas, são coisas únicas – se você as conhecer bem, encontrará diferenças individuais até mesmo em um conjunto de cadeiras industrializadas –, e é somente pelo fato de não possuirmos mentes de capacidade ilimitada, pelo fato de que o nosso cérebro possui apenas um número limitado de compartimentos para as nossas correspondências com um universo ilimitado de singularidades objetivas, que temos de nos ludibriar com a crença da existência de "cadeirismos" que aproxima e distingue todas as cadeiras.

Deixe-me repetir: isso não tem a menor importância nos assuntos práticos da vida, a não ser com a filosofia e as amplas generalizações. Na filosofia, é de extrema relevância. Se eu pedir dois ovos frescos para o café da manhã e vierem dois ovos não chocados, mas ainda assim indivíduos aviários únicos, as chances são de que eles sirvam para o meu propósito fisiológico, grosso modo. Posso ignorar os ovos de galinha do passado que não se aproximavam tanto disso, e os ovos das galinhas do futuro que acumularão modificações de geração em geração; posso decidir ignorar a rara chance de uma anormalidade na composição química e de alguma aberração angustiante em minha reação física; posso, quase com toda a segurança, dizer com uma simplicidade desqualificada que são "dois ovos", mas não [poderei fazê-lo] se a minha preocupação não for o meu café da manhã, mas, sim, a máxima verdade possível.

Agora, deixe-me apontar para que lado essa ideia de singularidade pende. Digo que o silogismo é baseado em classificações, que todo raciocínio lógico duro tende a insinuar, e está apto a insinuar, uma segurança na realidade objetiva da classificação. Em consequência, ao negar isso, nego também a validade absoluta da lógica. A classificação e os números, que na verdade ignoram as diferenças sutis de realidades objetivas, impõem-se sobre as coisas no passado do pensamento humano. Tomarei alguma liberdade aqui, a título de esclarecimento, para cometer, como você há de pensar, uma grosseria imperdoável. O pensamento hindu e o pensamento grego me impressionam igualmente por serem extremamente obcecados pelo tratamento objetivo de certas condições preliminares necessárias do pensamento humano – número, definição, classe e forma abstrata. Mas essas coisas – números, definições, classes e formas abstratas –, creio, são condições meramente inevitáveis da atividade mental, condições lastimáveis, e não fatos essenciais. O fórceps da nossa mente é desajeitado e esmaga a realidade à medida que a pinça.

Foi com essa dificuldade que a mente de Platão jogou um pouco inconclusivamente durante toda a vida. Na maior parte das vezes, ele tendeu a considerar a ideia como sobreposta à realidade, enquanto, para mim, a ideia é a coisa mais próxima e menos perfeita, a coisa pela qual a mente, ao ignorar as diferenças individuais, tenta compreender outro número incontrolável de realidades singulares.

Deixe-me usar uma imagem grosseira para explicar o que estou tentando dizer nesse primeiro ataque à validade filosófica em temos gerais. Você viu os resultados daqueles métodos variados de reprodução em preto e branco que envolvem o uso de uma teia retangular. Você sabe de que imagem processual estou falando, pois costumava ser utilizada com frequência na reprodução de fotografias. A uma distância curta você realmente parece ver uma reprodução fiel da figura original, mas, quando observa de perto, não encontra uma forma única ou massa, mas pequenos retângulos, uniformes em tamanho e formato. Quanto mais você se aprofunda na imagem, quanto mais de perto você a observar, verá que ela se perde em meio aos retângulos. Penso que o mundo dos questionamentos razoáveis tem uma relação singular com o mundo que chamo de objetivamente real. Pois a figura será capaz de cobrir os duros propósitos da vida diária, mas, quanto mais refinado o propósito, menos ela servirá. E, para um propósito idealmente refinado, para o conhecimento absoluto e geral que será tão real para um homem com um telescópio quanto para um homem com um microscópio, não servirá para nada.

É verdade que você pode tecer a sua teia de interpretações lógicas de maneira cada vez melhor, você pode aprimorar a sua classificação mais e mais, porém até certo limite. Você está essencialmente circunscrito a determinados limites, e, assim que você se aproxima, assim que olha para coisas mais sutis e refinadas, assim que deixa o propósito prático pelo qual o método existe, o erro aumenta. Toda espécie é vaga, todo termo é opaco em suas delimitações, e então, ao meu modo de pensar, a lógica implacável é apenas mais uma estupidez para um tipo de teimosia intelectual. Se você submeter uma investigação filosófica ou metafísica a uma série de silogismos válidos – sem cometer nenhuma falácia reconhecida e generalizada –, você deixará, contudo, uma dificuldade e a perda marginal de verdade objetiva e obterá deflexões que são difíceis demais para rastrear em cada fase do processo. Cada espécie cria uma definição, cada ferramenta é um pouco frouxa ao manuseio, cada escala tem um erro individual. Até que você raciocine em termos práticos sobre as coisas finitas da experiência, poderá ocasionalmente verificar seu processo e corrigir seus ajustes. Mas não quando você faz o que chamam de investigações filosóficas e teológicas, quando você se vira para a verdade absoluta final das coisas. Fazer isso é como atirar em um alvo inacessível, não visto e indestrutível, que está a uma distância desconhecida, com um tipo defeituoso de rifle e cartuchos variáveis. Se acertar esse alvo, sequer saberá que acertou, e então isso não terá nenhuma relevância.

Essa afirmação sobre a desconfiança de todos os processos de raciocínio que surgem da falácia da classificação no que é um universo de singularidades é apenas um aspecto introdutório do meu ceticismo geral em relação ao instrumento do pensamento.

Mas tenho de contar-lhe sobre outro aspecto desse ceticismo acerca do instrumento, que diz respeito aos termos negativos.

As classes, de acordo com a lógica, não são representadas apenas por círculos de contorno firme, até porque elas não possuem esses limites bem definidos, mas também há uma disposição constante em pensar sobre os termos negativos como se representassem classes positivas. Com as palavras, assim como com os números e as formas abstratas, há fases definidas do desenvolvimento humano. Há, como você sabe, em relação aos números, a fase em que o homem mal consegue contar, ou a fase em que consegue contar perfeita e conscientemente usando as pontas dos dedos. Em seguida, há a fase em que se esforça com o desenvolvimento dos números, quando começa a elaborar ideias sobre eles até que desenvolve finalmente superstições complexas sobre os números perfeitos e imperfeitos, sobre os três, os setes, e assim por diante. O mesmo acontece com as formas abstratas, e ainda hoje não ultrapassamos muito a vasta e tênue desordem de pensamentos sobre as esferas e as formas idealmente perfeitas, e assim por diante. Esse foi o preço desse pequeno passo necessário na direção de um raciocínio mais claro. Você sabe melhor do que eu quão distantes estão a mágica numérica e a geométrica, a filosofia numérica e a geométrica, e quanto influenciaram a história da mente humana. Todo o aparato da comunicação linguística e mental está coberta de perigos. Suponho que a linguagem dos selvagens seja puramente positiva; a coisa tem um nome, e o nome tem uma coisa. Isso está, de fato, na tradição da língua ainda hoje, quando ouvimos um nome e estamos predispostos – e às vezes é uma disposição muito viciosa – a imaginar de imediato algo que corresponda àquele nome. Estamos dispostos, como um vício mental incurável, a acumular intenção nos termos. Se eu lhe disser as palavras *wodget* ou *crump*[245], você notará que não representam nada; são, por assim dizer, meros nadas. Mas tentará imaginar que tipo de coisa *wodget* ou *crump* são. E onde essa disposição surge, em sua aparência mais atraente, é no caso dos termos negativos. Nosso instrumento de conhecimento persiste no manuseio até mesmo de termos abertamente negativos, como "absoluto", "infinito", como se fossem existências reais; e, quando o elemento negativo é pouco disfarçado, como na palavra "omniscência", então a ilusão de realidade positiva pode ser completada.

Lembre-se de que estou tentando explicar-lhe a minha filosofia, e não discutir a sua. Deixe-me esclarecer como esse assunto dos termos negativos se moldou em minha mente. Penso em algo que posso talvez descrever como "fora de cena" ou "fora de juízo", como o "vazio" sem "implicações" ou como o "nada" ou "as profundezas da escuridão". Esse é um tipo hipotético de "além" do mundo visível do pensamento humano, e é para lá que todos os termos negativos vão ao final, onde se fundem e se tornam nada. Seja qual for sua classe positiva, seja qual for o seu limite, de tal limite, diretamente, começa a classe negativa correspondente e passa pelo horizonte ilimitado do nada. Você fala de coisas rosadas e ignora, se for um lógico estudado, outras nuances elusivas de rosa, e então estabelecerá seu próprio limite. O além é o não rosa, conhecido e desconhecido, e ainda na região "não rosa" é possível encontrar as profundezas da escuridão. A região "não azul", "não feliz", "não ferro", todas as "não regiões" se encontram nas profundezas da escuridão. Essa mesma profundeza da escuridão e o nada fazem parte do espaço infinito, e do tempo infinito, assim como todo ser de qualidades infinitas, e toda aquela região que julgo fora de juízo em minha filosofia. Não afirmarei nem negarei que posso evitar as "não coisas". Não lidarei com "não coisas" de maneira nenhuma, exceto ao acaso e por inadvertência. Se eu uso a palavra "infinito", uso-a no sentido empregado por outros como "incontável", "os infinitos hospedeiros do inimigo", ou "imensurável", "falésias

---

[245] Essas palavras não existem, como substantivos, na língua inglesa. Foram citadas pelo autor simplesmente para demonstrar sua tese. Portanto, realmente não significam nada. (N.T.)

imensuráveis" – isto é, como o limite da medição, e não como o limite da mensurabilidade imaginária. Trata-se de um equivalente conveniente para quantas vezes posso contar um metro de pano, e outro metro, e outro, sucessivamente. Mas um grande número de termos aparentemente positivos são, ou se tornaram, termos praticamente negativos e estão sob a mesma proibição, a meu ver. Numerosos termos que tiveram um grande papel no mundo do pensamento me parecem invalidades pelo mesmo defeito: ter um conteúdo indefinido ou injustificável. Por exemplo, a palavra "onisciente", a qual implica conhecimento infinito, me impressiona por seu ar enganoso. Parece ser sólida e completa quando, na verdade, é oca e sem conteúdo. Estou convencido de que o ato de saber é a relação de um ser consciente com algo que não é ele próprio, que a coisa sabida é definida como um sistema de partes e aspectos e relacionamentos, que o conhecimento é a compreensão e que apenas as coisas finitas podem conhecer e ser conhecidas. Quando você fala sobre um ser de extensão e duração infinitas, onisciente e onipotente e perfeito, você me parece falar em termos negativos a respeito de absolutamente nada. Quando você fala sobre "o absoluto", você fala sobre o nada. Entretanto, se você fala sobre um ser grande, mas finito e pensável, um ser que não sou eu – o qual se estende além da minha imaginação no tempo e no espaço, considerando tudo o que posso considerar conhecido e capaz de existir, tudo o que posso pensar como passível de ser feito –, você entra na esfera das minhas operações mentais e no esquema da minha filosofia...

Essas são as minhas duas primeiras queixas contra o nosso instrumento de conhecimento. Em primeiro lugar, ele apenas funciona ao desconsiderar as singularidades da individualidade e do tratamento como objetos idênticos nesse aspecto ou naquele; portanto, ao agrupá-los sob o mesmo termo, há uma tendência automática de intensificar a significância daquele termo. Em segundo lugar, critico o modo de lidar livremente com termos negativos ao tratá-los como se fossem positivos. No entanto, tenho mais uma objeção ao instrumento do pensamento humano que não está correlacionada às objeções anteriores e que é ainda mais difícil de expressar.

Essencialmente, essa ideia busca apresentar um tipo de estratificação nas ideias humanas. Tenho em mente que vários termos em nosso raciocínio, como no passado, encontram-se em níveis e planos diferentes, e que cometemos muitos erros e confusões ao unir termos que não pertencem ou nem sequer se aproximam do mesmo plano.

Deixe-me tentar ser menos obscuro com exemplos mais claros das coisas físicas. Imagine que alguém tenha começado a falar seriamente de um homem que tenha visto um átomo por meio de um microscópio, ou talvez sobre cortar um átomo com uma faca. Há milhares de pessoas não analíticas que estariam preparadas para acreditar que um átomo pode ser visível ou divisível dessa maneira. No entanto, todo aquele que entenda os preceitos da física quase certamente pensaria que tentar cortar um átomo com uma faca seria como matar a raiz quadrada de 2 com um rifle. A nossa concepção de átomo é alcançada mediante um processo de hipótese e análise, e no mundo dos átomos não há facas nem homens para cortá-los. Se você pensa de maneira rigorosa, forte e consistente, então, quando pensou sobre o seu átomo prestes a ser cortado pela lâmina de uma faca, a lâmina de tal faca tornou-se uma nuvem de átomos agrupados e oscilantes, e a lente do seu microscópio tornou-se um pequeno universo de moléculas oscilatórias e vibratórias. Se pensar sobre o universo como níveis de átomos, saberá que não há faca para cortá-los, tampouco escala de peso ou olho para vê-los. O universo do qual a mente do físico molecular descende não tem nenhuma forma ou formato que se assemelhe à vida comum. Essa mão, com a qual lhes escrevo, está no universo da física molecular como uma nuvem de átomos e moléculas beligerantes, as quais se combinam e recombinam, colidem, rodam, voam de um lado para outro na atmosfera universal do éter[246].

---

[246] O conceito de éter surgiu entre os filósofos da Grécia antiga, como o quinto elemento constitutivo do universo, ao lado de terra, água, ar e fogo. Ele entraria, segundo Aristóteles, na composição dos astros e planetas; já a Terra seria formada pelos quatro elementos citados. A física também usou esse conceito para explicar como a luz e as ondas eletromagnéticas se propagavam no espaço. Em 1905, quando publicou a teoria da relatividade especial, ou restrita, Einstein negou a existência do éter. Em 1918 ele foi alertado por seu amigo Paul Ehrenfest de que sua teoria da relatividade geral, publicada em 1915, teria admitido a existência do éter, embora com outro nome: espaço-tempo. (N.T.)

Espero que você compreenda o que quero dizer quando afirmo que o universo da física molecular está em um nível diferente do universo de experiência comum; o que chamamos de estável e sólido [em nossa realidade diária] é, naquele mundo, um sistema livre e móvel de centros entrelaçado de forças; o que chamamos de cor e de som não passa de um comprimento vibratório ou outro. Chegamos a uma concepção do universo da física molecular por meio de uma grande empreitada de análises organizadas, e o nosso universo de experiências diárias permanece relacionado com aquele mundo elementar como se fosse uma síntese daquelas coisas elementares.

Eu sugeriria a você que isso é apenas um exemplo extremo da situação como um todo, que pode haver diferenças ainda mais sutis e refinadas entre um termo e outro, e que os termos podem muito bem ser pensados como oblíquos e distorcidos entre níveis diferentes.

Talvez fique mais claro se eu sugerir uma imagem concreta para o mundo todo do pensamento e conhecimento de um homem. Imagine uma gosma grande e clara em que suas ideias estejam embebidas em todos os seus ângulos e em todos os seus estados de simplicidade ou contorção. Todas essas ideias são válidas e possíveis, mas nenhuma delas é, na verdade, incompatível com outra. Se imaginar a direção acima ou abaixo dessa gosma clara como se fosse a direção em que alguém se move por análise ou síntese, se você descer, por exemplo, da matéria dos átomos e centros de força e chegar aos homens, estados e países – se imaginar as ideias repousando desta maneira –, você compreenderá o início de minhas intenções. Entretanto, nosso instrumento, nosso processo de pensamento, como um desenho anterior à descoberta da perspectiva, parece não apresentar dificuldades em relação à terceira dimensão, parece capaz apenas de lidar e raciocinar com ideias ao projetá-las sobre o mesmo plano. É óbvio que uma grande quantidade de coisas pode muito bem existir junto de uma gosma sólida, o que seria algo sobreposto e incompatível e mutuamente

---

Em 1920, finalmente, numa conferência na Holanda, Einstein deu razão a Ehrenfest e admitiu que o éter existia. Só que passara a se chamar espaço-tempo. Em 1903, ano desta palestra de H.G. Wells, o conceito de éter era amplamente aceito pela ciência. Explica-se, assim, o uso da palavra por Wells.

destrutível quando projetado juntamente sobre o mesmo plano. Por meio da tendência do nosso instrumento de fazer isso e por meio do raciocínio entre termos em planos diferentes, surge uma confusão absurda, junto de perplexidade e travamento.

O velho entrave teológico entre predestinação e livre-arbítrio serve admiravelmente como exemplo do tipo de entrave ao qual me refiro. Suponha a vida das sensações e experiências comuns e não haverá fato mais indiscutível do que o livre-arbítrio de um homem, sua responsabilidade moral. Mas, ao fazer uma análise menos penetrante, você perceberá que há um mundo de consequências inevitáveis, uma sucessão rígida de causa e efeito. Insista na direção de um acordo justo entre os dois e bingo! O instrumento falha.

É sobre essas três objeções e sobre uma suspeita extrema acerca dos termos abstratos, que surgem materialmente das minhas primeiras e segundas objeções, que eu encerro meu caso devido a um profundo ceticismo em relação às possibilidades mais remotas do instrumento de pensamento. É algo não mais perfeito do que o olho ou o ouvido humanos, embora, assim como esses outros instrumentos, ele possa ter possibilidades indefinidas de evolução em direção a uma abrangência e a um poder maiores.

Chega desse assunto controverso. Mas, antes que eu conclua, já que estou aqui, devo dizer algo mais de cunho autobiográfico e com vistas a essa discussão para mostrar como concilio esse ceticismo fundamental com as crenças superpositivas sobre questões globais, bem como a distinção definida que teço entre o certo e o errado.

Concilio essas coisas simplesmente ao apontar que, se houver alguma validade na minha imagem daquela gosma tridimensional em que as nossas ideias estão suspensas, tal conciliação, como a lógica demanda, tal projeção de coisas de acordo com um plano, é totalmente desnecessária e impossível.

Essa insistência em relação ao elemento de singularidade no ato de ser, essa subordinação de classe à diferença individual, não apenas destrói a alegação universal da filosofia, mas a alegação universal de imperativos éticos, a alegação universal de todo ensinamento religioso. Se você me pressionar contra a minha posição fundamental, confesso que colocarei a fé, os padrões e as regras de conduta exatamente no mesmo nível em que coloco minha crença a respeito do que é certo na arte, na prática artística em si. Cheguei a um tipo de autoconhecimento e há, em minha opinião, muitos imperativos distintos em mim, mas estou bastante preparado para admitir que não há como prová-los em relação a outros indivíduos. Os procedimentos políticos de um sujeito, a moral, são uma autoexpressão tanto quanto a poesia e a pintura ou a música também são. Mas, já que a vida tem a assimilação e a agressão como elementos primordiais, tento não apenas obedecer aos meus imperativos, mas transmiti-los de maneira persuasiva e convincente, trazer o meu melhor à tona e superar meus demônios como se fossem o bem universal e o mal universal em que os homens que não pensam acreditam. E é óbvio, mas de nenhuma forma contraditório, a meu ver, encontrar pessoas respondendo com simpatia a quaisquer observações minhas ou quando eu mesmo respondo com simpatia a observações tecidas sobre mim, ou então quando conferem um nome semelhante entre mim e os outros, quando se referem aos outros e a mim de maneira semelhante, como se fosse algo externo e nos englobasse a todos.

O ceticismo do instrumento não é, por exemplo, compatível com a associação religiosa e com a organização sobre as bases de uma fé comum. É possível considerar Deus como um ser sintético em relação aos homens e às sociedades, assim como a ideia dos átomos e das moléculas e das relações inorgânicas é analítica em relação à vida humana.

O repúdio de demonstração em qualquer caso imediato e verificável ao qual esse ceticismo do instrumento se equivale, o abandono de toda validade universal devido a proposições morais e religiosas, traz ensinamentos éticos, sociais e religiosos ao território da poesia e faz algo para corrigir o estranhamento entre conhecimento e beleza, que é a característica da existência mental nesse momento. Todas essas coisas são autoexpressões.

Tal opinião confere um valor novo e ainda maior àquela qualidade penetrante e iluminada da mente que chamamos de *insight*, o qual é chamado de humor quando encara as contradições que surgem das imperfeições do instrumento mental. Nessas qualidades inatas e impossíveis de ensinar – no humor e no senso de beleza – repousa tal esperança de salvação intelectual do pecado original do nosso instrumento intelectual conforme possamos pensar nesse mundo incerto e volátil de aparências únicas...

Francamente, lanço o meu pequeno dispositivo de hipóteses fundamentais diante de vocês, extremamente satisfeito pela oportunidade que me foi concedida de olhar para elas com a particularidade da presença de ouvintes, de ouvir a impressão alheia a respeito delas. Claro que tal projeto tem uma crudeza de efeito inevitável. O tempo que dediquei a ele – refiro-me ao tempo que dispendi em sua preparação – foi bastante limitado devido a um final de apresentação exaustivo; mas penso, como um todo, que consegui transmitir uma ideia verossímil a respeito desse projeto sobre o qual constituí a minha base mental. Se me fiz claro é outra questão. Fica a cargo de vocês, leitores, dizer como esse projeto se saiu em relação à sua cartografia mais sistemática...

Esses foram alguns comentários sobre as obras *Idealismo pessoal* e *Humanismo*[247] de Schiller, sem valor específico.

---

[247] *Personal idealism* e *Humanism* são obras do alemão Friedrich Schiller, filósofo, médico e estudioso de várias áreas do conhecimento. (N.T.)